La Famille Hudson

***

L'œil du cyclone

Virginia C. Andrews™

La Famille Hudson

***

L'œil du cyclone

ÉDITIONS FRANCE LOISIRS

Titre original : *Eye of the storm*
publié par Pocket Books, a division of Simon & Schuster, Inc., New York

Traduit de l'américain par Françoise Jamoul

Édition du Club France Loisirs,
avec l'autorisation des Éditions J'ai lu.

Éditions France Loisirs,
123, boulevard de Grenelle, Paris.
www.franceloisirs.com

ISBN : 2-7441-6089-X

Prologue

Il m'arrive de penser qu'en me baptisant Rain, faisant ainsi de moi la fille de la pluie, Mama Arnold savait déjà que mes yeux verseraient bien des larmes. Les autres enfants se moquaient souvent de mon prénom.

Va-t'en la pluie, va-t'en plus loin

Ne reviens pas avant demain

me serinaient-ils à tout bout de champ. Et les garçons faisaient des jeux de mots stupides sur mon nom. Jamais devant mon frère Roy, bien sûr. Mais il savait qu'ils ne s'en privaient pas quand il n'était pas là, et cela le rendait fou de rage. Dans ces moments-là, il demandait toujours à Mama Arnold pourquoi elle m'avait choisi un nom pareil. Et chaque fois, elle levait sur lui le même regard ingénu et vaguement perplexe.

– Là d'où je viens, dans le pays d'origine de ma famille, la pluie est considérée comme un grand bienfait, Roy. Sans elle, nous aurions faim. Vous n'avez jamais connu cette faim-là, grâce à Dieu, mais moi je m'en souviens. Nous l'appelions le grand trou, parce que nous sentions nos pauvres estomacs aussi vides et creux qu'un panier crevé.

« Et je me rappelle encore ce que nous éprouvions à la première goutte de pluie, après des jours et des jours de sécheresse. C'était une vraie bénédiction ! Mes parents étaient si heureux qu'ils restaient debout sous l'averse jusqu'à ce qu'ils soient trempés jusqu'aux os. Et même qu'une fois...

En racontant cela, Mama s'interrompait souvent, toute songeuse, avant de poursuivre en souriant :

– Une fois nous nous sommes tous pris par la main et nous avons dansé sous la pluie, sans nous soucier d'être mouillés ni d'avoir l'air idiots. Pour nous la pluie signifiait l'espoir, et assez d'argent pour acheter le nécessaire, c'était tout ce qui comptait.

« Il y avait aussi des gens qui priaient et pratiquaient toutes sortes de rituels, expliquait-elle encore. J'avais dix ans quand j'ai vu mon premier faiseur de pluie. Un petit homme très brun, aux yeux aussi noirs que des bonbons de réglisse. Tous les enfants croyaient qu'il était chargé d'électricité, à force d'être en contact avec l'orage. Et l'idée qu'il pourrait nous toucher nous terrifiait.

« C'était notre église qui le payait pour appeler la pluie, continuait Mama. Mais ses rituels n'amenaient jamais la moindre goutte d'eau, et il s'en allait en affirmant que c'était notre faute. Que nous avions dû vraiment beaucoup pécher pour que le Seigneur nous refuse son pardon. Tu imagines ce qui en résultait pour la congrégation, Roy ? Tout le monde se mettait à soupçonner son voisin. Chacun accusait quelqu'un d'autre d'avoir causé notre malheur par ses péchés. J'ai même entendu dire qu'une communauté avait chassé une famille entière, en la rendant responsable d'une sécheresse qui n'en finissait pas.

« Quand ta sœur est née et que j'ai vu combien elle était belle, je me suis dit qu'elle était un signe d'espoir, qu'elle serait aussi bienfaisante pour nous qu'une bonne pluie. Et j'ai décidé que ce serait un beau nom à lui donner.

Roy écoutait avec fascination, et Beneatha baissait la tête, l'air boudeur. Elle avait reçu le nom d'une parente, et trouvait que c'était bien peu de chose à côté de tout ce que Mama racontait à mon propos. Quant à moi, je me souviens d'avoir pensé que j'étais chargée d'une grande responsabilité, à cause de mon nom. Mama Arnold croyait que je serais une sorte de porte-bonheur pour la famille.

Aujourd'hui, en m'habillant pour aller me recueillir sur la tombe de Grand-mère Hudson, je pensais que Mama n'aurait pas pu se tromper plus lourdement. On aurait dit que tout ce que j'apportais aux gens, c'était la malchance, justement. Ce n'était pas ce qu'avait pensé Grand-mère Hudson, bien sûr, en tout cas pas au moment de sa mort. Mais au début, elle l'avait peut-être cru, quand ma véritable mère s'était arrangée pour me confier à elle. Il avait été décidé que je vivrais chez elle, comme si j'étais une jeune fille pauvre hébergée par charité. Ainsi Megan Hudson Randolph, ma vraie mère, pouvait continuer à garder le secret sur sa grossesse indésirable, survenue quand elle était encore étudiante. Son mari lui-même ignorait mon existence, tout comme ses deux autres enfants, Brody et Alison. Mes grands-parents Hudson avaient généreusement payé Ken Arnold pour me prendre chez lui aussitôt après ma naissance. Des années plus tard, Grand-mère Hudson devait me recueillir chez elle à contrecœur, comme pour expier le péché de sa fille.

Mama Arnold était malade, mais aucun de nous ne connaissait la gravité de son mal. Et quand ma jeune sœur Beni avait été assassinée, quand Ken, mon beau-père, s'était fait arrêter pour vol à main armée, Mama n'avait plus songé qu'à une chose : me protéger. Elle avait contraint ma vraie mère à nous rencontrer, dans un restaurant de Washington, et l'avait convaincue de me reprendre auprès d'elle. Quand je repense à ce déjeuner, je me rends vraiment compte de la force que possédait Mama Arnold. Elle et Grand-mère Hudson n'étaient pas si différentes, en fin de compte, en tout cas sur un point. Toutes les deux étaient prêtes à tous les sacrifices dès qu'il s'agissait du bien de leur famille.

Les gens comme Mama, qui passent leur vie à tirer le diable par la queue, ne produisent pas une impression très remarquable. La plupart du temps, on les voit se traîner misérablement, vieillis avant l'âge, désabusés, désespérés, les yeux aussi vides que des lampes éteintes. Ce qu'on ne voit pas c'est la force immense, le courage et l'optimisme qui sont nécessaires aux femmes comme Mama, pour se battre contre l'horreur qui les entoure et en protéger leurs enfants. Mama Arnold était notre forteresse.

À présent, il semble un peu ridicule de prêter un tel pouvoir à une petite femme aussi menue et fragile, et pourtant... cette force était en elle. Nous n'étions pas du même sang, mais c'est d'elle que je tiens mon courage devant l'adversité. Grâce à elle, je me sens plus grande. Et l'une des choses qui m'ont le plus attachée à Grand-mère Hudson, c'est qu'elle ait admis mon admiration pour Mama Arnold.

Nous sommes rapidement devenues très proches, Grand-mère Hudson et moi. J'aimais réellement cette femme et je sais qu'elle m'aimait, en dépit de sa répugnance des débuts. Après tout, elle était née et avait grandi dans le Vieux Sud, si traditionaliste, et voyait soudain arriver une petite-fille illégitime, métisse de surcroît. Elle qui ne supportait pas la moindre tache sur ses vêtements, et encore moins sur l'honneur familial ! Pourtant, elle avait fini par éprouver de l'affection pour moi, et m'en avait fourni la preuve. En m'envoyant étudier l'art dramatique à

Londres, d'abord, puis en me léguant une part considérable de sa fortune. Cinquante et un pour cent de sa propriété, y compris la maison ; cinquante pour cent de l'entreprise familiale, et deux millions de dollars en investissements. De quoi pourvoir à tous mes besoins, et bien au-delà.

Sa fille cadette, ma tante Victoria, avait fort mal pris la chose et juré de me poursuivre en justice. Toujours célibataire, elle dirigeait les affaires de la famille et trouvait que l'on n'appréciait pas suffisamment ses mérites. D'après ce que j'avais pu voir au cours de mon court séjour chez Grand-mère Hudson, Victoria était toujours plus ou moins brouillée avec quelqu'un. Elle en voulait à sa sœur Megan, ma mère, qui, selon elle, avait été la préférée de leur père, et qu'elle traitait de tête de linotte. Peut-être la jalousait-elle surtout d'avoir un mari tel que Grant, beau, intelligent et ambitieux. Le genre d'homme qu'elle aurait sans doute voulu pour elle-même, et à qui elle s'imaginait convenir beaucoup mieux que Megan.

Vers la fin de mes études secondaires, Grand-mère Hudson avait fait le nécessaire pour que j'aille vivre à Londres chez sa sœur Leonora et son époux Richard Endfield, afin de suivre les cours de l'École d'art dramatique Richard Burbage. Ni Grand-tante Leonora ni Grand-oncle Richard ne savaient qui j'étais réellement. Ils croyaient que Grand-mère Hudson m'avait prise en charge comme une sorte de protégée, par le biais d'une œuvre de bienfaisance. Ils ne devaient découvrir la vérité qu'à sa mort.

Quand je dus revenir en Amérique avec eux, après le décès de Grand-mère Hudson, ma mère et son mari tentèrent de m'amener à signer un compromis, par lequel je renonçais à la plus grande part de mon héritage. Je pense que c'était pour eux un moyen de se débarrasser de moi, en m'octroyant une sorte de pourboire pour que je disparaisse de leur vie. Mais je croyais que Grand-mère avait eu ses raisons d'agir ainsi. Et je refusai de changer quoi que ce soit, ne fût-ce qu'une virgule, à ses dernières volontés.

Ma tante Victoria ne décolérait pas. Elle menaçait de contester légalement le testament, au grand effroi de Grant qui, je le savais, nourrissait des ambitions politiques. Il ne tenait pas du tout à voir révéler publiquement les anciennes amours de sa femme avec un Noir américain, non plus que mon existence. Même après les funérailles et la lecture du testament, ma mère et lui n'avaient toujours pas dit la vérité à leurs enfants. Brody m'aimait bien, lui, mais Alison ne comprenait pas pourquoi j'étais si favorisée, ni pourquoi sa famille s'occupait tellement de moi. Elle me méprisait, mais je soupçonnais que savoir la vérité n'aurait pas changé grand-chose à son attitude. C'est ainsi que secrets et mensonges, tel un essaim d'abeilles en furie, continuaient à hanter la famille et à planer dans tous les coins de la demeure.

Moi qui, pour l'instant, vivais seule dans la grande maison, je croyais presque entendre leur bourdonnement menaçant. Ils finiraient par nous piquer, nous faisant plus de mal encore, mais qui s'en inquiétait dans cette famille ? Chacun restait braqué sur ses petits intérêts personnels et sa vision étriquée de la vie, comme s'il avançait dans un tunnel. Ils ne voyaient rien de tout cela.

Mama Arnold me disait toujours qu'il n'y a pas plus aveugles que ceux qui refusent de voir ; ceux qui préfèrent se bercer d'illusions plutôt que regarder la vérité en face. Et sur ce point, cette famille était particulièrement douée. Entre mon grand-oncle, qui s'adonnait à ses bizarres fantasmes dans son cottage de Londres, et ma mère, qui se jetait dans une débauche d'achats pour fuir les moindres problèmes, ils auraient mérité un prix d'honneur dans un concours.

Ma tante Victoria ne cessait de se plaindre d'elle et la surnommait Scarlett O'Hara, parce qu'elle disait toujours : « Je m'occuperai de ça demain. » Demain, demain ! ronchonnait sans arrêt ma tante. Demain ne viendra jamais, bien sûr !

En tout cas, pour cette famille et n'en déplaise à ma mère, demain était venu. Grand-mère Hudson y avait veillé en rédigeant son testament. Même après sa mort, et peut-être surtout maintenant, elle demeurait omniprésente dans la maison. Et elle continuait à surveiller les siens, exigeant qu'ils assument leurs responsabilités, celle de leurs personnes comme celle de leurs actes.

Je n'avais pas l'intention de m'y opposer, loin de là, mais je redoutais ce que l'avenir me réservait. Jusqu'ici, je n'avais pas eu beaucoup d'alternatives possibles, à vrai dire. Mais à Londres, j'avais quand même retrouvé mon véritable père, Larry Ward, et rencontré sa famille. Il avait réalisé son rêve : se spécialiser dans l'étude de Shakespeare, et il enseignait la littérature dans une faculté. Il souhaitait me voir plus souvent, afin que nous nous connaissions mieux et nous rapprochions tous, y compris sa femme Leanna. Mais le dernier conseil de Grand-mère Hudson avait été de ne pas chercher à les fréquenter, ce qui pourrait finir par leur peser. Mieux valait patienter, sans doute. Au bout d'un certain temps, quand je serais plus sûre de moi, peut-être pourrais-je retourner les voir.

En attendant, avec mon frère Roy qui faisait son service en Allemagne, mon seul ami de ce côté de l'Atlantique était Jake, le chauffeur de Grand-mère Hudson. Nous étions devenus très proches tous les deux, pendant mon séjour ici. Et un jour, avant mon départ pour l'Angleterre, il m'avait fait la surprise de m'emmener voir sa pouliche de course, à laquelle il avait donné mon nom.

Jake Marvin avait une longue histoire avec la famille Hudson et la maison. Autrefois, la propriété appartenait à sa propre famille. Mais, il y avait des années de cela, les Marvin avaient dû la vendre et les Hudson l'avaient rachetée. Jake avait servi dans la Marine et beaucoup voyagé. Mais il ne s'était jamais marié, n'avait pas d'enfants et plus personne au monde. J'avais souvent l'impression qu'il m'avait adoptée.

Ce matin, il m'attendait dehors pour me conduire au cimetière. J'y étais déjà venue avec tout le monde, bien sûr, mais aujourd'hui, c'était différent. Je voulais être seule avec Grand-mère Hudson pour lui dire adieu.

Après l'enterrement et la lecture de son testament, j'étais allée dans sa chambre. Je n'avais rien déplacé, rien touché, pas même une photo ni une chaise. Cela m'aidait à la sentir présente, toujours là pour veiller sur moi.

Mais Tante Victoria avait déjà fouillé dans les effets de sa mère, pour s'emparer de ses bijoux, de ses objets précieux et même de quelques vêtements. Certaines parties de la pièce avaient subi une véritable razzia. Armoires béantes, tiroirs ouverts et montrant le fond, espaces vides dans la penderie… tout révélait le pillage. Ma tante avait même emporté des cintres.

Moi qui avais habité la maison, je m'y trouvais comme chez moi, bien sûr, et en particulier dans la cuisine. Je me souvenais des repas que j'avais mijotés pour Grand-mère Hudson, et de la façon dont elle les avait appréciés. Son avocat m'avait fourni toutes les informations nécessaires pour gérer la propriété. Il avait dit que, si je le souhaitais (ce qui était le cas), il continuerait à s'occuper de cette partie de mon héritage. Grand-mère Hudson avait dû lui dire beaucoup de bien de moi. Il semblait enchanté que j'aie tenu tête à ma mère, à son mari et à Victoria.

– Jusqu'ici, observa-t-il, vous êtes à la hauteur de ce que votre grand-mère attendait de vous, Rain.

Je le remerciai pour le compliment et lui dis que, si peu de temps que j'aie vécu avec elle, Grand-mère Hudson m'avait fourni un exemple à suivre. Mais combien de temps serais-je capable de le faire ? Je n'aurais pas osé parier là-dessus.

J'eus un dernier regard pour mon miroir, puis je descendis dans le hall. Le temps était couvert, une petite brise fraîche annonçait l'automne tout proche. Un jour idéal pour se rendre au cimetière, pensai-je en sortant. Appuyé contre la Rolls de Grand-mère Hudson, les bras croisés, Jake m'attendait. Il se redressa dès qu'il m'aperçut et me sourit.

– Bonjour, princesse, m'accueillit-il comme je m'avançais vers lui.

– Bonjour, Jake.

– Vous avez bien dormi ?

Je savais que tout le monde se demandait si je serais capable de vivre seule dans cette maison immense. Tante Victoria espérait que cela me ferait peur, et que je viendrais la supplier de m'accorder le marché qu'elle m'avait proposé, par l'entremise de Grant Randolph.

– Oui, Jake. Très bien dormi.

Son sourire s'élargit. C'était un homme de haute taille, très mince, avec de gros sourcils broussailleux qui semblaient compenser la rareté de ses cheveux. Une lueur malicieuse pétillait dans ses yeux bruns, éclairant son visage émacié. Il avait le nez un peu trop long et trop étroit, sans doute, mais son sourire amical et chaleureux rachetait tout. Il m'accueillait toujours avec ce sourire.

Depuis quelque temps, ses joues avaient pris une teinte vermeille. Je savais qu'il buvait un peu plus que d'habitude, mais il appelait cela son carburant, et je ne me souvenais pas de l'avoir jamais vu ivre.

Il m'ouvrit la porte arrière de la Rolls. Je contemplai fixement le siège où Grand-mère Hudson s'asseyait toujours, si droite et le maintien si altier. Je pouvais encore sentir son parfum, et cela me fit hésiter.

– Tout va bien, Rain ?

– Oui, Jake, affirmai-je en me hâtant de monter.

Il referma la porte et nous partîmes pour le cimetière. Nous roulions déjà sur la route quand il annonça :

– Victoria a appelé pour me dire de passer prendre Megan et Grant à l'aéroport demain. Vous étiez au courant ?

– Non.

– Je m'en doutais, commenta-t-il. Une attaque surprise !

– Mais comment pouvaient-ils savoir que je serais là ?

Jake haussa les épaules.

– Victoria suppose que vous y serez, c'est tout. Cette femme est tellement sûre d'elle ! Je la revois encore, quand elle était petite. Elle marchait d'une allure guindée, toute raide et l'air concentré comme si elle réfléchissait. Elle était toujours si sérieuse ! Elle regardait Megan avec mépris, en fronçant le nez, comme si elle se demandait comment cet insecte indésirable était entré dans la maison.

« Ce qui laissait Megan complètement indifférente, d'ailleurs. Les commentaires de Victoria glissaient sur elle comme la pluie sur le dos d'un canard.

– Ce qui devait rendre Victoria furieuse, j'imagine.

– Exactement, s'esclaffa Jake. Même à cette époque, j'avais déjà trouvé un surnom pour Megan. Je l'appelais Tortue. Elle prenait un regard lointain et rêveur, et elle se retirait dans sa coquille pour échapper à Victoria.

– Megan est comme ça avec tout le monde, marmonnai-je, plus pour moi que pour lui.

En guise de réponse, il se contenta de se racler la gorge.

Je ne lui avais jamais dit que Megan était ma véritable mère, et je ne lui avais jamais parlé de mon père non plus. Depuis les obsèques, nous n'avions pas vraiment eu le temps d'être ensemble, lui et moi. C'était la première sortie en voiture que nous faisions seuls.

– Alors, qu'avez-vous décidé ? s'enquit-il. Vous allez retourner en Angleterre, princesse ?

– C'est probable. Mais cette fois, en tant que pensionnaire de l'école, bien sûr !

– Je comprends ça. Leonora et Richard ne doivent pas être drôles tous les jours. Frances s'amusait beaucoup des grands airs de sa sœur et de ses manières britanniques.

J'avais envie d'ajouter qu'il n'y avait pas que cela de drôle, chez eux. Depuis la mort de leur petite fille, née avec une malformation cardiaque, mon grand-oncle était devenu plutôt bizarre. Peu avant mon départ, il avait mis enceinte leur bonne, Mary Margaret, dont j'avais récemment découvert qu'elle était la fille du chauffeur, le redoutable Boggs, l'homme de confiance de mon grand-oncle, qui lui servait aussi d'intendant. Boggs, Mary Margaret et moi étions les seuls à savoir. Mon grand-oncle et ma grand-tante s'étaient forgé un monde imaginaire, pour remplacer la réalité qu'ils ne pouvaient supporter. Mary Margaret en avait fait les frais. Grand-oncle Richard s'était servi d'elle pour assouvir ses fantasmes pervers et l'avait contrainte à y jouer un rôle.

– Vous n'avez pas rencontré un charmant jeune Anglais pendant que vous étiez là-bas, princesse ? voulut savoir Jake.

– Non.

Il haussa ses gros sourcils. Le ton de ma réponse et le soupir qui avait suivi ne lui avaient pas échappé. Pendant mon séjour à Londres, j'avais connu un jeune Canadien, Randall Glenn, étudiant lui aussi au cours Burbage. Un vrai prince charmant, du genre à faire battre le cœur de toutes les filles sur qui il jetait les yeux. Nous avions eu une brève amourette, lui et moi. Il avait une voix merveilleuse, j'étais sûre qu'il deviendrait un jour un chanteur célèbre. Mais finalement, il s'était révélé un peu trop immature pour moi.

– Alors vous n'avez personne à retrouver là-bas, princesse ?

– Si. Shakespeare, répliquai-je, ce qui me valut un nouveau sourire.

Nous arrivions en vue du cimetière. Nous passâmes sous une arche, puis changeâmes deux fois de direction avant de parvenir à la concession des Hudson. Grand-mère Hudson y avait été enterrée auprès d'Everett, son mari.

– On dirait qu'un orage se prépare, observa Jake en coupant le contact. Je comptais aller faire trotter Rain, mais j'attendrai demain. Au fait ! ajouta-t-il comme je m'attardais dans la voiture, vous pourriez la monter de temps en temps, non ? Jusqu'à votre retour en Angleterre, je veux dire.

– Je n'ai pas monté depuis quelque temps, Jake. En fait, pas depuis le collège, avant de partir.

– Cela reviendra tout seul. Je vous ai vue à cheval, princesse, me rappela-t-il. Vous êtes bonne cavalière.

– Entendu, Jake. Je la monterai.

Sur cette promesse, je pris une grande inspiration et descendis.

Je n'avais pas beaucoup pensé à Grand-mère Hudson pendant les funérailles. Il y avait trop de monde, trop de tension entre ma tante Victoria et ma mère, et je n'avais pas l'esprit libre. Je m'attendais toujours à voir apparaître Grand-mère Hudson, indignée par le décorum qu'avait exigé Victoria.

– Comment as-tu osé organiser cette cérémonie grotesque en mon nom ? Rentrez chez vous, tous autant que vous êtes ! aurait-elle ordonné, péremptoire.

Puis elle m'aurait souri et nous serions revenues à la maison.

Rêver semblait le meilleur remède à la tristesse qui m'accablait, méditai-je en m'avançant vers sa tombe.

Jake resta dans la voiture, sans me quitter des yeux.

– C'est moi, Grand-mère, murmurai-je. Me voici arrivée où vous avez voulu que je sois. Vous deviez avoir vos raisons d'agir ainsi. Vous savez qu'ils me haïssent tous, à cause de tout ce que vous m'avez donné. Vouliez-vous me soumettre à une sorte d'épreuve ?

Je contemplai fixement la pierre gravée à son nom. Je n'attendais aucune réponse de sa part, bien sûr. Les réponses, aurait-elle dit, se trouvent en toi-même. En venant ici, j'espérais que cela m'aiderait à les trouver.

Le vent se faisait plus vif, à présent. Les nuages semblaient parcourir le ciel au grand galop. Jake ne s'était pas trompé. Je remontai la fermeture de mon blouson.

Peut-être devrais-je me contenter de faire ce qu'ils veulent, dis-je en pensée à Grand-mère Hudson. Prendre l'argent de leur compromis et m'en aller. Retourner en Angleterre et ne jamais revenir ici, comme l'a fait mon père. Aucun d'eux ne me regretterait. Et pour être tout à fait franche, ils ne me manqueraient pas non plus.

« Quelque chose me dit que vous n'aimeriez pas ça, mais qu'attendez-vous de moi si je reste ici, Grandma ? Que puis-je faire que vous n'ayez déjà fait ? »

Je m'agenouillai, posai les mains sur la terre qui recouvrait son cercueil, fermai les yeux... et son image m'apparut. Je la revis debout sur le seuil, telle qu'elle était ce jour-là, au moment de mon départ pour l'Angleterre. Elle n'avait pas voulu m'accompagner à l'aéroport. Elle disait qu'elle avait horreur des adieux. Mais elle m'avait laissée la serrer dans mes bras et, dans ses yeux, j'avais vu de l'espoir. J'étais venue à elle pour retrouver mon nom, un nom qui m'avait été dénié dès ma naissance. Et j'entendis sa voix chuchoter dans le vent : « Ne les laisse pas te le reprendre, Rain... »

Peut-être était-ce la réponse. La seule réponse.

Et pour moi, peut-être était-ce une bonne raison de rester.

1

Le secret de Jake

Bien souvent, pendant mes premiers jours de solitude dans la grande maison de Grand-mère Hudson, il m'arriva de faire halte devant l'un des miroirs anciens pour m'interroger sur moi-même. Qui étais-je vraiment, à présent ? demandais-je à mon reflet. L'expression que je surprenais sur mon visage était si étrange, si nouvelle pour moi, que j'avais peine à me reconnaître. C'était presque comme si l'un des esprits du lieu avait pris possession de moi pour un moment, ou que des fantômes allaient et venaient à leur guise dans ma tête, modifiant mon humeur, mon apparence et jusqu'au son de ma voix.

À Endfield Place, la maison de mon grand-oncle et de ma grand-tante à Londres, on prétendait qu'un fantôme était prisonnier quelque part. Celui d'une femme, la maîtresse du premier propriétaire, empoisonnée par son épouse. Je n'avais jamais vraiment cru aux revenants. Mais Grand-mère Hudson disait toujours qu'une demeure comme celle-ci, qui avait abrité des générations de la même famille, était beaucoup plus qu'un assemblage de bois, de pierre, de verre et de métal. Elle retenait quelque chose du caractère de ses habitants. Au fil des heures, des jours et des années, à force de répercuter leurs voix, leurs rires et leurs sanglots, elle s'imprégnait de souvenirs.

– Pense que la maison est comme une gigantesque éponge qui nous entoure, expliquait Grand-mère. Qu'elle absorbe nos pensées, nos actions, notre nature intime, jusqu'à devenir une part de nous-mêmes et nous une part d'elle-même. Une nouvelle famille pourra s'installer ici, repeindre les murs, changer la moquette et les tentures, renouveler le mobilier, rien n'y fera. Nous serons toujours là, au cœur de la maison.

« Une nuit, le nouveau propriétaire pourrait bien se réveiller et entendre des voix étranges, tandis que la maison rejouerait une scène de notre passé. Mais oui, comme une éponge qu'on presserait et qui laisserait s'échapper son contenu, révélant ce qui se cache vraiment en elle.

Grand-mère souriait de mon regard sceptique. Je ne croyais plus aux fées depuis longtemps, ni à la petite souris. Je connaissais trop bien la cruelle dureté de la réalité.

– Ce que je veux vraiment dire, Rain, c'est que lorsque tu regardes quelque chose, si tu y vois seulement ce que tout le monde peut y voir, tu es partiellement aveugle. N'importe quoi, que ce soit une maison, un arbre, ou même le lac. Prends ton temps. Laisse les choses se mettre en place autour de toi, en toi. Cela demande une certaine confiance, je sais. Mais au bout d'un moment cela te deviendra de plus en plus facile ; tu en tireras plus de force, et tu y gagneras un sentiment de plénitude. Tu deviendras toi-même une partie de tout ce que tu vois, de tout ce que tu touches, conclut-elle.

C'était un de ces rares moments où elle se permettait de baisser sa garde et me donnait une chance d'entrevoir qui elle était vraiment. Une grande dame autoritaire et forte, en apparence. Mais en réalité rien d'autre qu'une petite fille affamée de tendresse, de douceur, de sourires et de promesses mirifiques. Même à son âge, elle pouvait souffler des bougies d'anniversaire et faire un vœu, elle aussi.

Une grande partie d'elle-même, de tout cela, était toujours présent dans la maison. Son corps reposait au cimetière, à quelques kilomètres de là, mais son esprit avait rejoint les autres ; ceux qui erraient de pièce en pièce, en une chaîne de souvenirs plus légère qu'un souffle, cherchant un moyen de ramener à la vie un peu de l'éclat des jours anciens.

Ils me testaient, me hantaient, me provoquaient en semant le trouble dans mes sentiments et mes pensées. Ils s'amassaient dans les coins d'ombre et chuchotaient dans les escaliers, mais je n'avais pas peur, bien que des rêves étranges n'aient pas tardé à peupler mon sommeil. Étranges, en effet, car ils concernaient des gens que je n'avais jamais vus. Et pourtant, il y avait en eux quelque chose qui me paraissait familier : l'écho d'un rire, la trace d'un sourire, qui m'emplissait d'une curiosité grandissante.

Une fois, je vis une fillette recroquevillée sur un canapé, les yeux agrandis de surprise. J'entendis des sanglots à travers les murs. Mon regard dériva jusqu'à ce que j'aperçoive deux adolescentes qui écoutaient, bouche bée d'étonnement. Des gens élégamment vêtus se pavanaient dans les couloirs, se dirigeant vers de somptueux buffets dressés dans les salons. Des violons jouèrent quelques mesures, puis la plus ravissante voix qu'on puisse entendre chanta l'aria célèbre de *Madame Butterfly*.

Rien de tout cela n'avait grand sens pour moi, mais je m'obstinais à chercher des indices, à tenter de comprendre. J'avais habité la maison un certain temps, avant de partir pour Londres, mais il me restait encore beaucoup à découvrir et à explorer. Je passais des heures dans la bibliothèque à parcourir les livres, les vieux papiers, et une partie de la correspondance conservée dans des secrétaires et des tiroirs. Presque tous ces documents concernaient diverses opérations immobilières de Grand-père Hudson et ses projets en cours de réalisation. Mais j'y trouvai aussi des lettres personnelles, venant d'anciens amis qui avaient depuis changé d'adresse, s'étaient fixés dans un autre État ou même à l'étranger. La plupart d'entre eux étaient d'anciens camarades de classe.

Je découvris qu'au cours de sa dernière année d'études secondaires, Grand-mère Hudson avait eu une amie très proche qui était depuis longtemps mariée, mère de famille et vivait à Savannah. Elle se nommait Ariana Keely, et son mari était avocat. Elle avait trois enfants, deux garçons et une fille. Les lettres fourmillaient de détails à leur sujet, mais ne disaient pas grand-chose d'elle-même ni de son époux. De temps à autre, pourtant, une révélation lui échappait, et il m'était facile de lire entre les lignes. Je compris sans peine que ni elle ni Grand-mère Hudson n'avaient trouvé le bonheur auquel des jeunes filles comme elles, si favorisées par le sort, étaient en droit de s'attendre.

« Comme tu le dis, Frances, écrivait Ariana, nous sommes des gens privilégiés. Mais tout ce que cela semble nous garantir, c'est un univers plus confortable, plus de distractions, plus de moyens pour ignorer la réalité. »

Tout cela me rendait songeuse. Si des gens nés dans un milieu si aisé, avec autant d'avantages sociaux, ne parvenaient pas à trouver le bonheur... que pouvais-je espérer moi-même ?

C'est à tout cela que je pensais, tandis que Jake me ramenait à la maison. Nous nous taisions, depuis déjà un bon moment. Je regardais par la fenêtre, sans rien voir, sinon le ciel qui ne cessait de s'assombrir.

– Tout va bien, princesse ? finit par demander Jake.

– Pardon ? Oh oui, très bien. Il va pleuvoir, on dirait ?

– Pour sûr, confirma-t-il. Je voulais aller à Richmond ce soir, mais je crois que je vais attendre demain, me lever tôt et filer à l'aéroport.

Je m'adossai aux coussins. Le ciel noir et cet afflux de souvenirs mélancoliques me glaçaient le cœur. Tu es trop jeune pour devoir te battre avec une famille aussi puissante, raisonnai-je avec abattement. Je n'avais rien demandé de tout cela. La pensée que ma mère, son mari et Tante Victoria allaient à nouveau se liguer contre moi me faisait frémir.

– Vous devriez peut-être aller voir un film, princesse, suggéra Jake. Je peux revenir vous chercher, si vous voulez.

– Non, merci, Jake.

Il hocha la tête d'un air entendu, puis demanda :

– Êtes-vous restée en contact avec l'une ou l'autre de vos amies d'ici ? Celles du collège de Greenwood, je veux dire.

– Non, Jake, avouai-je en souriant, attendrie par sa sollicitude. Et tout va bien pour l'instant, ne vous en faites pas pour moi. Je vais m'occuper en me préparant un bon petit repas. Vous aimeriez venir dîner avec moi ?

– Pardon ?

– J'ai une excellente recette de poulet aux pêches, un plat que Mama faisait souvent.

– Hmm… ça doit être délicieux, acquiesça-t-il. À quelle heure ?

– Venez vers les six heures.

– Dois-je apporter quelque chose ?

– Votre appétit, ça suffira. Mme Hudson avait toujours un stock de provisions bien fourni, vous devez le savoir.

Il me sourit dans le rétroviseur et son regard pénétrant me frappa. Il savait sûrement que j'aurais dû l'appeler Grand-mère, et non pas Mme Hudson. Elle avait très bien pu le lui dire elle-même, mais il ne m'avait jamais posé la moindre question indiscrète. Parfois, il avait l'air de quelqu'un qui observait tout depuis les coulisses, savait tout, et attendait seulement de voir comment les choses allaient tourner.

– Si je le sais ! répliqua-t-il. Je l'ai assez souvent emmenée faire des courses pour ça. Et j'avais beau être toujours à sa disposition, elle se comportait comme si elle n'était jamais sûre de me trouver quand elle aurait besoin de moi.

– Elle vous aimait beaucoup, Jake.

Il hocha la tête et je vis ses yeux s'assombrir. Il était devenu silencieux, tout d'un coup. Nous n'échangeâmes plus un mot jusqu'à ce qu'il s'arrête devant le perron, juste au moment où la pluie commençait à tomber. Je tendis la main vers la poignée de ma portière.

– Merci, Jake. Ne vous dérangez pas, je suis déjà dehors. À tout à l'heure.

– Entendu, princesse ! lança-t-il comme j'escaladais les marches et m'engouffrais dans le hall.

Je me sentais toute guillerette : j'avais quelque chose d'agréable à faire. J'allais nous préparer un merveilleux repas, mon premier dîner de maîtresse de maison. Et quelle maison ! Mama Arnold en aurait ri si elle avait pu me voir.

Environ une heure avant l'arrivée de Jake, pourtant, le téléphone sonna et mon moral dégringola en chute libre. C'était M. Sanger, l'avocat de Grand-mère Hudson.

– J'ai reçu un appel de l'avocat mandaté par Megan, Grant et Victoria, m'annonça-t-il d'emblée. Ils ont l'air décidés à poursuivre l'affaire jusqu'au bout. Ils vont demander le dossier médical de Frances, pour tenter de prouver qu'elle n'avait plus tous ses moyens quand elle a rédigé ce testament. Mais il s'agit peut-être d'une simple manœuvre d'intimidation, afin de vous amener à accepter leur compromis.

– Je sais qu'ils viennent ici demain tous les trois, monsieur Sanger. Jake me l'a dit.

– Je peux venir moi-même, si vous voulez ? proposa-t-il.

– Cela risquerait d'envenimer davantage la situation, j'en ai peur. Je vous appellerai si j'ai besoin de vous.

– Je suis navré, Rain, mais c'est souvent ainsi que ce genre de choses se passent, conclut-il.

Le vent avait forci, la pluie giflait les vitres et le toit, j'étais menacée d'une bataille juridique avec une famille hostile... Rien d'étonnant si j'avais les mains tremblantes en m'affairant dans la cuisine. Je mis le couvert et disposai des bougeoirs sur la table. Je me doutais que Jake apprécierait un bon vin, mais je ne m'y connaissais pas du tout en la matière. Je préférai attendre pour le laisser choisir. En consultant la grande horloge du hall, je vis qu'elle retardait encore, d'environ trois heures cette fois-ci. Je ne pus retenir un sourire.

Grand-mère Hudson se souciait si peu de l'heure ! Presque toutes les pendules de la maison étaient arrêtées, même celles qui fonctionnaient sur piles. L'horloge murale de la cuisine attendait toujours d'être réparée, et le coucou du petit salon marchait ou ne marchait pas, selon les jours. Il pouvait jaillir de sa boîte aux moments les plus imprévus. J'avais souvent demandé à Grand-mère pourquoi elle ne le faisait pas réparer, ni lui ni les autres pendules. Et à chaque fois, j'avais obtenu la même réponse.

– À mon âge, on ne tient pas trop à ce qu'on vous rappelle combien le temps passe vite, ma fille.

Je lui disais qu'elle n'était pas si âgée que cela. Que Jake était plus vieux qu'elle, et ne se préoccupait pas du tout de la vieillesse.

– Jake, rétorquait-elle, n'a pas assez de bon sens pour y réfléchir. S'il le faisait, il prendrait conscience d'avoir gâché la plus grande partie de son existence.

Cela aussi me faisait sourire. Grand-mère Hudson parlait sur un ton sévère, mais jamais elle n'avait critiqué Jake. Ses reproches revenaient à brandir un fouet de plumes. À la façon dont ils se regardaient, tous les deux, je voyais bien qu'ils éprouvaient de l'affection l'un pour l'autre. Pourtant, chaque fois qu'elle lui souriait, Grand-mère Hudson se hâtait de regarder ailleurs, comme si un sourire pouvait briser le mur de verre qu'ils maintenaient soigneusement entre eux. Cela devait tenir à leurs positions respectives d'employeur et d'employé, supposai-je. Une étiquette que, pour ma part, je ne pourrais jamais observer, même si je devenais richissime.

D'ailleurs ce n'était pas du tout le cas, comme je n'allais pas tarder à le découvrir.

J'allai ouvrir au premier carillon et ne pus cacher ma surprise. Jake était en complet sport, il avait mis une cravate, et il apportait une boîte de confiseries. Je lui souris.

– Il n'était pas nécessaire de vous habiller, Jake, vous savez.

– Je n'aurais même pas l'idée de venir dîner chez Frances en tenue négligée, dit-il en entrant.

Puis il me tendit la boîte.

– Tenez, princesse. Des douceurs… pour la plus douce.

– Merci, Jake. Est-ce qu'il pleut toujours autant ?

– Ça se calme. Le front nuageux va vers le nord, maintenant c'est le tour des Yankees, s'égaya-t-il.

Puis, en apercevant la table dressée, il émit un long sifflement admiratif.

– Magnifique, princesse. Tout à fait charmant. Vous avez appris beaucoup de choses en travaillant au pair en Angleterre, on dirait.

– J'ai appris le nom anglais de quelques plats, et aussi un peu d'argot, en effet. Mais pour ce qui est du vin, je ne suis pas capable de choisir, Jake. Je préfère vous laisser ce soin. Vous savez où se trouve la cave, j'imagine ?

– Oh oui, princesse. Je sais même quelles sont les lames du plancher qui craquent dans cette maison.

Bien sûr qu'il le savait, me rappelai-je avec un temps de retard. Il avait habité là, des années et des années auparavant. C'était l'ancienne demeure de sa famille.

– Très bien, alors. Pendant que vous vous occupez de ça, je file à la cuisine.

Quand j'apportai la salade, il avait déjà ouvert deux bouteilles et rempli mon verre. Apparemment, il devait déjà en être à son deuxième.

– Je dois reconnaître un grand mérite à Frances, observa-t-il, elle avait toujours du bon vin. C'était une femme très raffinée. Portons-lui un toast, voulez-vous ?

Nous levâmes nos verres, et les fîmes tinter l'un contre l'autre quand il ajouta :

– À Frances, qui veille sûrement à ce que tout marche droit là où elle est, où que ce soit.

Là-dessus, chacun de nous but une longue rasade.

– Voilà une salade qui a fort bonne mine, Rain, commenta Jake d'un air approbateur. Et du pain tout chaud, en plus ! Je me régale d'avance.

– Merci, Jake.

– Et maintenant, parlez-moi un peu de votre séjour à Londres. Vous avez pris du bon temps, j'espère ?

Je lui décrivis l'école, lui parlai de Randall Glenn, le jeune Canadien qui étudiait le chant, et lui racontai nos randonnées dans Londres. Je mentionnai aussi Catherine et Leslie, les deux sœurs françaises. Et enfin la présentation de prestige à laquelle j'avais pris part, et les encouragements qu'elle m'avait valus.

– Si je comprends bien, ce serait une bonne chose pour vous d'y retourner, fit-il observer. J'espère que vous n'allez pas rester coincée ici pour une raison idiote, Rain. Tirez parti de vos avantages, c'est ce que Frances aurait voulu. Elle serait déçue si vous n'en profitiez pas.

Nos regards se croisèrent, et je ne pus m'empêcher de penser qu'il ne disait pas tout ce qu'il avait en tête. Chaque fois qu'il faisait allusion à Grand-mère Hudson, ses yeux changeaient. L'espace d'un instant, ils paraissaient se voiler.

J'apportai le plat de consistance et il me couvrit de compliments, déclarant que mon futur mari serait un homme heureux.

– Vous ferez une épouse merveilleuse, Rain… Mais peut-être deviendrez-vous une de ces femmes qui ne veulent plus s'abaisser à faire la cuisine ?

– Cela m'étonnerait, Jake. Je n'ai pas été élevée comme ça.

Il voulut en savoir davantage sur ma vie à Washington, et m'écouta parler avec attention. Ses traits se durcirent quand je racontai, avec plus de détails que je ne lui en avais jamais donné, ce qui était arrivé à ma demi-sœur Beneatha.

– Pas étonnant que votre mère ait voulu vous arracher à un endroit pareil ! s'indigna-t-il.

Une fois de plus, nous nous regardâmes longtemps dans les yeux. J'avais noté, non sans surprise, qu'il en était à la deuxième bouteille de vin alors que je n'avais toujours pas fini mon verre. Je baissai les yeux, remuai ma nourriture du bout de ma fourchette et demandai sans le regarder :

– Que savez-vous réellement à mon sujet, Jake ? Qu'est-ce que Mme Hudson vous a raconté, exactement ?

Il commença par secouer la tête, s'interrompit, et un lent sourire se dessina sur ses lèvres.

– Elle disait toujours que, pour dénicher la vérité, vous aviez une vraie baguette de sourcier, murmura-t-il.

– Une quoi ?

– Vous savez bien, ces bâtons qui permettent de trouver les eaux souterraines, d'après certaines gens.

– Ah oui, je vois. Et quel puits de vérité ai-je découvert, Jake ?

Il eut un petit gloussement de rire, vite étouffé.

– Je sais que Megan est votre véritable mère, admit-il. Je l'ai toujours su.

– Grand-mère Hudson vous l'a dit ?

Il fit signe que oui.

– Et que vous a-t-elle dit d'autre ?

– Quelque temps avant de mourir, elle m'a appris que vous aviez débusqué votre véritable père à Londres.

– Je ne l'ai pas exactement « débusqué », protestai-je. Vous parlez comme si je lui avais donné la chasse !

– C'est le terme qu'elle a employé. J'étais certaine qu'elle le ferait, a-t-elle ajouté. Frances n'en était pas fâchée, loin de là. Elle admirait beaucoup votre ingéniosité.

J'attachai sur lui un regard insistant.

– Pourquoi vous a-t-elle révélé ces importants secrets de famille, Jake ?

– Eh bien…

Il prit le temps de se verser le reste du vin.

– Peut-être parce qu'elle n'avait personne d'autre à qui se confier, acheva-t-il en fixant le fond de son verre.

– Je n'aurais jamais pensé qu'elle en éprouvait le besoin.

Ma remarque parut le surprendre.

– Ça, c'est ce qu'elle voulait faire croire. En réalité, elle était loin d'être aussi dure qu'elle voulait le paraître.

– Pourquoi m'a-t-elle légué une telle fortune, et placée dans une position si difficile envers la famille ? Vous a-t-elle dit cela aussi ? S'est-elle expliquée sur le but qu'elle visait ?

Jake exprima son ignorance d'un haussement d'épaules.

– Elle pensait beaucoup de bien de vous, princesse. Vous avez surgi dans sa vie comme un flot d'eau fraîche. Elle n'avait plus beaucoup d'illusions sur sa famille, et elle était assez démoralisée jusqu'à votre entrée en scène. À son âge, quand on est déçu par les siens, on se demande à quoi sa vie a servi et c'est très triste. Vous l'avez délivrée de sa tristesse, enfin presque. Elle n'a pas voulu s'en aller sans vous donner le moyen d'être forte.

Je réprimai un soupir.

– Je ne suis pas forte, Jake, même avec tout ce qu'elle m'a laissé. Je me retrouve toute seule, une fois de plus. L'avocat de Grand-mère m'a téléphoné tout à l'heure, pour me prévenir que ma mère, Grant et Victoria vont entamer des poursuites judiciaires. Ils sont prêts à tout étaler en public, le dossier médical de Grand-mère, le passé de ma mère, tout ce qui me concerne. Ils me feront passer pour une aventurière, qui aurait profité d'une vieille dame pour capter sa fortune. J'aimerais mieux n'avoir rien hérité du tout !

– Hé là, hé là ! Ne parlez pas comme ça, m'ordonna-t-il.

Mais je fus incapable de retenir mes larmes. Elles jaillirent, brûlantes, et roulèrent sur mes joues.

– Tous ceux que j'aime sont ou morts, ou trop loin de moi pour m'aider, me lamentai-je.

Il se leva, s'approcha vivement de moi et m'entoura l'épaule de son bras.

– Moi, je suis là, princesse. Vous vous en tirerez, j'en suis sûr. Nous devons cela à Frances.

– Ou… oui, balbutiai-je en m'essuyant les yeux.

– Je vous aiderai, vous verrez.

– Entendu, Jake.

– Je veux dire que je peux vous aider, insista-t-il.

– Mais oui, Jake.

Il s'écarta de moi et contempla fixement le mur.

– J'en arrive à croire qu'elle a tout prévu pour que je doive le faire, l'entendis-je marmonner, comme s'il se parlait à lui-même.

– Faire quoi, Jake ?

Il garda longuement le silence. Puis il se retourna et me toisa, comme s'il me regardait de très haut.

– Vous révéler notre secret.

– Quel secret ? Vous me troublez encore plus, Jake !

Je lorgnai furtivement la bouteille vide. Était-ce le vin qui le faisait divaguer ?

– Celui de Frances et le mien, dit-il avec un curieux sourire. Et maintenant le vôtre, mais gardez-le en réserve, comme dernière cartouche. Que ce soit votre ultime ressource, d'accord ?

Je le dévisageai. Ses propos n'avaient toujours aucun sens pour moi. Il était très gentil et je l'aimais beaucoup, mais pour l'instant... mieux valait paraître le croire et achever tranquillement de dîner.

– Vous ne me croyez pas, n'est-ce pas ? Vous ne croyez pas que je puisse vous donner quelque chose qui consolidera votre position et votre détermination ?

– Mais si, Jake.

Il regagna sa place et me regarda bien en face.

– Frances et moi, nous nous sommes aimés autrefois, dit-il très vite. Nous avons eu une liaison, qui a même duré assez longtemps. Il nous était facile de nous voir, et nous en profitions. Tout s'est terminé quand elle a été enceinte.

– Enceinte ?

– De Victoria, oui. C'est ma fille. J'en suis absolument sûr, et Frances l'était aussi.

Je secouai la tête comme pour chasser les mots de mes oreilles. Grand-mère Hudson, infidèle à son mari ? Elle était pour moi le symbole même de la moralité.

– Ce n'était la faute de personne, reprit Jake. C'est arrivé, c'est tout. Everett négligeait Frances. Il était obsédé par ses affaires et n'allait jamais nulle part, en société ou en voyage, à moins que le déplacement ne fût utile à ses intérêts.

« Un beau jour, nous avons commencé à nous voir de plus en plus. Je doute qu'Everett ait jamais pensé qu'elle puisse aimer quelqu'un d'autre, en admettant qu'elle l'ait jamais aimé.

« Ils avaient fait un mariage de raison, typique du Vieux Sud. Une de ces unions arrangées par les parents, comme cela se pratiquait en ce temps-là. Les parents étaient si certains de toujours agir pour le mieux, à cette époque ! Ce qui prouve bien qu'ils se trompaient, pas vrai ?

Je n'en croyais pas mes oreilles.

– Est-ce que mon grand-père l'a su, Jake ? Je veux dire… que Victoria n'était pas sa fille ?

– Je crois, mais il n'en a jamais soufflé mot. C'était un homme du Vieux Sud, un aristocrate, et dans son monde ces choses-là n'étaient tout simplement pas concevables. Frances ne lui a jamais rien dit. Dès qu'elle a su qu'elle était enceinte, elle a mis fin à notre liaison. Instantanément. Quand je suis revenu, après avoir roulé ma bosse…

Il acheva de vider son verre et reprit le fil de ses souvenirs.

– … Victoria allait déjà sur ses trente ans. J'avais toujours peur que quelqu'un ne remarque une ressemblance entre nous, mais je m'inquiétais pour rien. Elle avait un de ces visages qui semblent s'être modelés tout seuls. Elle n'a ni les traits de Frances ni les miens. Peut-être la forme des yeux, concéda-t-il, ou celle de mes oreilles, en cherchant bien. Et elle ne ressemble pas à Everett non plus, vous avez vu ses photos.

– Peut-être n'est-elle pas votre fille, suggérai-je. Peut-être y a-t-il eu quelqu'un d'autre.

– Quoi ? Quelqu'un d'autre ? (Il secoua vivement la tête.) Non. Impossible.

– Et pourquoi pas ? Si ma grand-mère a eu une aventure avec vous, elle a pu en avoir une avec un autre.

Il me dévisagea fixement, comme si pareille idée ne l'avait jamais effleuré. J'insistai.

– Ou bien êtes-vous le même genre d'aristocrate que mon grand-père, Jake ? Tellement Vieux Sud que vous ne pouvez pas concevoir une chose pareille. Eh bien ?

Il garda un long silence rêveur, sans me quitter des yeux, puis me sourit.

– Non. Quand elle m'a parlé, Frances était trop sûre d'elle pour que le doute soit permis. Nous étions sur la jetée, ce jour-là, juste avant le coucher du soleil. Et elle a dit... – je ne l'oublierai jamais, à cause de la façon dont elle s'est exprimée. Elle a dit : « Nous pouvons être fiers de nous, Jake. Nous avons fait du beau travail. » Naturellement, je n'ai rien compris. J'ai demandé : « Que veux-tu dire, Frances ? » Et elle a répondu, aussi crûment qu'une fille de la campagne : « J'ai une brioche au four, mon cher. »

« Oui, c'est exactement ce qu'elle a dit. Une brioche. Et elle a ajouté : "Voilà où mène la passion, quand on s'y abandonne. On envoie promener la prudence aux quatre vents."

Jake vit ma stupeur, soupira et reprit avec mélancolie :

– J'étais sous le choc. Je suis resté planté là, à faire des ronds dans l'eau avec une branche, en me demandant : *Que va-t-il arriver ?*

« "Bien sûr, nous ne pourrons plus nous voir de cette façon, a dit Frances. Je regrette, Jake. Je regrette d'avoir eu tellement besoin de toi."

« Et là-dessus, elle est partie.

« Il m'a semblé qu'à l'intérieur de moi, quelque chose s'évaporait, je me sentais devenir comme une coquille vide. J'avais l'impression que le vent aurait pu m'emporter comme un cerf-volant et m'envoyer dans les arbres. C'est un peu ce qui est arrivé, j'imagine, car juste après ça je me suis engagé dans la Marine.

Jake se tut, contempla tour à tour son assiette et son verre vide, puis ferma les yeux.

– Je n'ai jamais aimé que Frances, continua-t-il. Ce n'était pas possible. C'était comme si j'avais reçu juste assez d'ardeur amoureuse pour une seule femme, et tout dépensé pour elle. Je suis revenu travailler ici uniquement pour ne pas être trop loin d'elle.

« Quelquefois, quand je la conduisais quelque part, je me faisais croire que je n'étais pas son chauffeur. J'imaginais que nous étions mariés, que je l'emmenais en ville comme n'importe quel mari peut y conduire sa femme. Et si Victoria nous accompagnait, je faisais comme s'il s'agissait d'une sortie en famille tout à fait normale.

Tout le monde a besoin de jouer avec ses chimères, pensai-je en l'entendant. Oui, tout le monde.

– Victoria se doute-t-elle de quelque chose ? voulus-je savoir. Grand-mère Hudson ne lui a jamais rien dit ?

– Oh non, absolument rien ! C'est pour cela que je tenais à vous l'apprendre. Si jamais elle vous met le dos au mur, vous pourrez lui envoyer ça dans la figure, Rain. Je serai là pour en témoigner.

« Il existe des tests infaillibles pour prouver la filiation, maintenant, et elle le sait. Ça la fera dégringoler de son piédestal, croyez-moi.

– En dévoilant le secret de Grand-mère Hudson, par la même occasion. Je ne sais pas si je pourrai jamais faire ça, Jake.

– Bien sûr que vous pourrez, affirma-t-il avec assurance. Vous la connaissez suffisamment pour savoir que ça lui serait bien égal.

Brusquement, les choses m'apparurent sous un tout autre jour. Je les trouvai presque drôles.

– Waouh ! Quand on parle de squelettes dans les placards… On devrait les entendre cliqueter dans toute la maison !

Jake sourit jusqu'aux oreilles.

– Je ferais mieux de rentrer, maintenant. Demain, je me lève tôt et je file les chercher à Richmond.

– Vous ne voulez pas prendre un café, d'abord ?

J'aurais aimé lui en servir un, après tout le vin qu'il avait bu, mais il n'eut pas l'air d'en ressentir le besoin.

– Non, merci. Et félicitations pour cet excellent dîner. Puis-je vous aider à débarrasser ?

– Non, Jake. J'ai l'habitude de ce travail, rappelez-vous. Je n'ai pas été fille au pair pour rien.

– C'est vrai, alors à demain. Peut-être aurai-je l'occasion de vous voir dans l'après-midi, en les ramenant.

– Est-ce qu'ils comptent dormir ici ? questionnai-je, alarmée.

– Non. Je les reconduis dans la soirée, pour le vol de neuf heures.

Tant mieux, pensai-je avec soulagement. Jake m'embrassa sur la joue et s'en alla. Je le raccompagnai jusqu'à la porte.

Dès qu'elle se fut refermée derrière lui, le vide de la grande maison m'enveloppa comme un nuage noir. Le ciel était toujours couvert, la nuit transformait les fenêtres en miroirs qui me renvoyaient mon image quand je traversais les pièces. La vieille maison craquait et gémissait sous les assauts du vent. Histoire d'entendre des sons moins sinistres, j'allumai la télévision et sélectionnai un programme musical. Je réglai le volume pour que le son porte jusqu'à la cuisine, puis je commençai à débarrasser. Quand j'eus tout remis en ordre, je revins au salon et m'installai devant la télévision.

Je regardai l'écran jusqu'à ce que les yeux me piquent et que je me surprenne à somnoler. Je vais bien dormir cette nuit, me réjouis-je en montant me coucher. Mais la tension causée par l'arrivée prochaine de la famille fut la plus forte. Elle me suivit dans l'escalier. Le temps que j'arrive dans ma chambre, l'air vibrait d'électricité statique autour de moi. Et quand je posai la tête sur l'oreiller, je crus entendre crépiter des étincelles sous mon crâne.

J'eus beau me tourner et me retourner, frotter mes joues contre l'oreiller, je me sentais toujours aussi mal à l'aise. Le sommeil me fuyait, et cela dura jusqu'à l'approche du matin.

Finalement, je m'endormis comme si je tombais dans un puits, terrifiée par ma chute, assourdie par mes propres cris que les parois répercutaient au-dessus de moi. À l'instant où je touchais le fond, mes yeux s'ouvrirent. Le soleil entrait à flots par la fenêtre, inondant la chambre d'une impitoyable clarté.

Je grognai. J'avais mal partout. L'idée que je pourrais être malade m'affola. Si jamais cela devait arriver, que ce ne soit surtout pas aujourd'hui, pensai-je avec angoisse. Aucun moment n'aurait pu tomber plus mal. Je me levai, versai un peu des sels parfumés de Grand-mère Hudson dans un bain chaud et m'y prélassai pendant vingt minutes. Puis je m'habillai et descendis me faire un peu de café.

Le téléphone sonna comme j'entrais dans la cuisine. C'était M. Mac Waine, le directeur du cours d'art dramatique Burbage, de Londres. L'homme qui m'avait découverte et, avec l'appui de Grand-mère Hudson, m'avait fait venir en Angleterre. Il voulait savoir comment j'allais, et quels étaient mes projets pour l'immédiat.

– On s'intéresse énormément à vous ici, m'apprit-il. Je ne compte plus les demandes de renseignements qui vous concernent. Nous espérons vivement que vous nous reviendrez, Rain.

– Merci, monsieur. Je l'espère aussi. J'allais prendre contact avec vous pour m'inscrire comme pensionnaire, monsieur Mac Waine.

– Ce ne sera pas un problème, m'assura-t-il. Je suis heureux de savoir que vous restez chez nous. C'est ce qu'aurait souhaité Mme Hudson, j'en suis certain.

Je le remerciai pour ses prévenances et l'intérêt qu'il me portait.

– Oh, j'allais oublier ! reprit-il. Parmi les demandes de renseignements à votre sujet, il y en a une que j'ai promis de vous transmettre. Apparemment, vous avez fait grande impression sur un professeur d'université, un spécialiste de Shakespeare. Il s'agit du Dr Ward, de Londres. Il connaît l'un des membres de notre conseil d'administration et a demandé de vos nouvelles. Assistait-il à notre soirée ?

– Oui, lançai-je impulsivement, ne sachant que répondre.

Mais immédiatement après, je regrettai mon mensonge. Chaque fois que je mentais au sujet de mon passé, je participais à la tricherie qui régnait dans cette famille, la mienne à présent. Et je détestais ça.

– Excellent, commenta M. Mac Waine. Tenez-moi informé de vos dispositions. En attendant, je m'occupe de votre hébergement, promit-il.

Parler avec lui m'avait remonté le moral. Il m'avait rappelé que j'avais un endroit où aller, un avenir qui m'attendait. Que je n'étais pas coincée ici. Et mon père avait demandé de mes nouvelles, il pensait à moi, faisait des projets pour me revoir ! C'était merveilleux. Grand-mère Hudson avait été trop souvent déçue par les gens, elle ne pouvait pas croire que retrouver mon père puisse m'apporter quoi que ce soit de bon. Je comprenais son cynisme, certes... mais je n'étais certainement pas prête à l'accepter.

Délivrée d'un grand poids, je m'aperçus que j'avais faim et me préparai un petit déjeuner. Puis je fis un peu de ménage, pour que Victoria ne puisse pas se plaindre, ni m'accuser de ne pas prendre soin de la maison. Je terminais la vaisselle quand, à nouveau, le téléphone sonna. Cette fois c'était Tante Victoria.

– Votre mère, commença-t-elle d'un ton venimeux, comme si elle proférait un gros mot, votre mère et Grant arrivent par avion ce matin. Nous serons à la maison vers deux heures. Nous déjeunons d'abord avec notre avocat, précisa-t-elle, dans l'intention évidente de m'intimider.

Mais elle manqua complètement son effet. Je pris un ton froidement détaché pour répliquer :

– Décidément, c'est le jour des avocats.

– Que faut-il comprendre par là ?

– Je rencontre le mien aujourd'hui, justement. Il déjeune à la maison.

C'était faux, bien sûr ; mais je voulais lui rendre la monnaie de sa pièce, et lui montrer que, moi aussi, je savais être intimidante. Un ange passa.

– Vous commettez une grave erreur en vous obstinant de cette façon, finit-elle par dire.

– Tiens donc ! Comme c'est curieux.

– Qu'y a-t-il de si curieux ?

– J'étais précisément en train de me dire que vous commettiez une grave erreur, en vous montrant si obstinée.

Si jamais silence fut chargé de dynamite, ce fut celui-là. On croyait presque entendre se consumer la mèche qui ferait exploser la charge.

– Nous serons là à deux heures, répéta-t-elle. Arrangez-vous pour y être aussi.

– C'est l'endroit où j'ai le plus envie d'être aujourd'hui, figurez-vous. Merci pour l'avertissement.

Mon cœur battait à tout rompre quand je reposai le combiné sur sa fourche. Il cognait à grand bruit dans ma poitrine.

Mais, pour moi, ce fut comme si tous les fantômes de la maison m'applaudissaient.

2

Un coureur de dot

Quand le carillon de la porte retentit, un peu après midi, je sus tout de suite que ce ne pouvait pas être la famille. Ma première pensée fut que c'était sans doute M. Sanger, mon avocat, qui avait décidé de faire un saut pour me donner quelques conseils.

Mais quand j'allai ouvrir, ce fut pour me trouver face à face avec Karel Adams. Karel avait été mon partenaire de théâtre, au collège de Dogwood, où j'étudiais quand je vivais chez Grand-mère Hudson. À la grande soirée de fin d'année, il tenait le rôle de George Gibbs dans *Notre Ville,* et moi celui d'Emily Webb. C'était une tradition que Dogwood et son équivalent masculin, Sweet William, montent une pièce en commun pour la circonstance. M. Mac-Waine assistait à la représentation, et j'avais gagné son admiration. Il m'avait aussitôt proposé d'entrer comme élève au cours d'art dramatique Burbage, à Londres, dont il était le directeur.

De très loin le plus beau garçon de Sweet William, Karel était la vedette incontestée de toutes les productions théâtrales. Et, bien sûr, la coqueluche de toutes les filles de Dogwood, ou presque.

C'était le premier garçon avec qui j'avais fait l'amour. Et le revoir provoquait chez moi une réaction ambiguë, où se mêlaient colère et culpabilité. Mais qui aurait pu me blâmer d'avoir succombé à son charme ? Non seulement il était beau, mais une fille comme moi ne pouvait qu'être éblouie par la richesse et les privilèges dont ses camarades et lui jouissaient. Sans y avoir été préparée, j'avais été arrachée à mon univers et brutalement projetée dans le sien.

Comme autrefois, ses yeux de saphir étincelèrent en se posant sur moi. Il n'avait pas beaucoup changé, depuis la dernière fois que je l'avais vu. Ses cheveux bruns aux reflets d'acajou avaient toujours leur mouvement rebelle, et lui frôlaient la nuque en une vague mouvante. C'était le seul détail qui tranchait avec son apparence rigoureusement correcte et respectable. Né dans la grande bourgeoisie, d'une famille hautement estimée, il avait toujours eu un côté provocant. Un petit air de défi, très attirant pour la plupart des filles, et dont j'avais moi-même subi la séduction.

Ses lèvres au dessin ferme s'ouvrirent en un affriolant sourire.

– Tu as encore embelli, Rain. Ou alors j'avais oublié à quel point tu étais jolie.

– Bonjour, Karel, dis-je avec froideur.

Je ne lui avais pas proposé d'entrer, et je le dévisageai d'un air maussade. Il portait ce jour-là le blazer bleu marine de Sweet William sur une chemise bleu clair, un jean et des tennis blancs. Dans la main droite, il tenait un bouquet de roses blanches qu'il tendit vivement vers moi.

Je ne fis pas mine de les prendre, pas plus que je n'adoucis mon expression. Karel transféra son poids d'un pied sur l'autre.

– Je suis désolé pour Mme Hudson, commença-t-il. Ma famille était à l'enterrement, et je sais que tu étais très belle et très digne. Très triste aussi, paraît-il. Ce qui a impressionné beaucoup de gens, puisque tu n'étais que la dame de compagnie de Mme Hudson, et depuis si peu de temps, encore. On parle beaucoup de toi, tu sais ? Et de ce qu'elle t'a légué par testament, ajouta-t-il, avec ce sourire enjôleur que j'avais appris à mépriser.

Et pour cause ! Une fois qu'il avait obtenu de moi ce qu'il voulait, il s'était empressé de s'en vanter et de me traiter comme un trophée.

Non seulement je ne pris pas les roses, mais j'en détournai les yeux.

– Que veux-tu au juste, Karel ? demandai-je avec rudesse.

– Oh, je… j'étais juste venu en passant, pour savoir ce que tu devenais et te présenter mes respects.

– Tes respects ? persiflai-je. J'ignorais que tu connaissais le sens du mot.

En me retrouvant devant lui, je découvrais que le temps n'avait pas encore guéri en moi les blessures du passé. Il n'avait pas effacé l'embarras et l'humiliation que j'avais ressentis, le jour où Karel était venu assister à ma leçon d'équitation avec ses amis. À leur mine égrillarde, j'avais tout de suite su qu'il leur avait raconté, dans les moindres détails, ce qui s'était passé entre nous après la représentation. Et ce jour-là, il m'avait proposé de coucher avec un de ses camarades. Il m'offrait comme une chose qui à présent lui appartenait, dont il pouvait faire ce qu'il voulait, quand il voulait.

Voyant que je restais figée sur place, telle une statue, il abaissa le bouquet de roses.

– Je sais, je sais, insista-t-il. Tu es tout à fait en droit d'être fâchée contre moi.

– Merci de m'en accorder la permission, Karel.

– Je n'étais qu'un idiot, en ce temps-là. Je voulais épater tout le monde, ce qui n'était pas très malin, et je ne me posais pas beaucoup de questions sur la morale. Que veux-tu, c'est l'ego masculin qui veut ça, et ce jour-là...

Il haussa les épaules et reprit sur un ton de regret :

– Je me suis conduit comme un gamin immature, je suis le premier à l'admettre. Je voudrais pouvoir revenir en arrière, je t'assure. Je m'enverrais un bon coup de poing dans le nez.

À voir son regard s'emplir de remords, je fus presque choquée. Il passait si aisément d'une attitude à l'autre, et savait si bien feindre l'émotion. Pas étonnant qu'il ait été si longtemps l'acteur vedette de son collège ! Quelle fille aurait pu rester insensible à un physique pareil ? On avait envie de croire à sa sincérité, à tous les mots doux qu'il savait si bien dire. Et, oubliant toute prudence, on ignorait les signaux d'alarme qui auraient dû vous mettre en garde.

Les hommes se plaignaient toujours que les femmes se servent de leurs charmes pour les prendre au piège. Karel Adams était la preuve éclatante que le contraire est tout aussi vrai. Catherine et Leslie, mes amies françaises de Londres, adoraient jouer les femmes fatales. Karel Adams représentait, pour les filles, le même danger que ces fameuses femmes fatales pour les hommes.

– Je suis heureuse que tu regrettes ta conduite, Karel. Ta prochaine conquête n'éprouvera peut-être pas, autant que moi, l'impression d'avoir été salie et rabaissée. Merci pour ta visite, ajoutai-je en commençant à repousser la porte.

D'un geste vif, il la retint pour m'empêcher de la fermer.

– Attends, Rain ! Tu ne veux pas m'accorder un moment, pour tenter d'arranger les choses ? Je pars pour l'université dans quinze jours, et je ne reviendrai pas avant des mois.

– Franchement, je ne crois pas que nous ayons grand-chose à nous dire, Karel.

— Alors là, tu te trompes. J'ai eu quelques amies, cette année, mais aucune n'était aussi belle ni aussi intelligente que toi. J'ai vite compris combien j'avais été idiot de te traiter si mal. Je t'en prie, implora-t-il, laisse-moi au moins une chance de m'excuser correctement. Après ça, si tu as toujours envie de me renvoyer, je me jetterai dehors tout seul. Juré, insista-t-il, en me présentant à nouveau ses roses.

Tout en moi, y compris mon cœur si vulnérable, me criait de les lui jeter à la figure et de fermer la porte… mais je n'en fis rien. Peut-être étais-je à bout. Peut-être voulais-je penser à autre chose qu'à l'arrivée de ma mère, tout simplement. Je pris les roses et reculai d'un pas.

– Très bien. Tu peux rester un instant, mais pas plus. J'attends du monde dans une heure pour une réunion importante.

– Merci, dit-il en entrant.

Il regarda autour de lui, l'air surpris. On aurait dit qu'il s'attendait à voir une maison vide, dépouillée de tous ses biens précieux après la mort de Grand-mère Hudson.

– Quelle maison ! murmura-t-il, admiratif. Ma mère en parle tout le temps. Elle serait ravie de l'acheter.

– Elle en aura peut-être l'occasion, répliquai-je en le précédant au salon.

Je disposai les fleurs dans un vase. Elles étaient superbes. D'un blanc crémeux, somptueux, avec un arôme à la fois puissant et frais.

– On raconte par ici que tu as hérité de presque tout. C'est vrai ? demanda Karel sans perdre une seconde.

Je me retournai pour lui faire face.

– C'est donc ça ! Tu es venu faire provision de potins, en prenant tes renseignements à la source. Je parie que tu t'es vanté de m'arracher tous les détails. Je me trompe ?

Il commençait à secouer la tête, mais j'éclatai de rire.

– Allons, assieds-toi, ordonnai-je comme si je m'adressais à un enfant espiègle, en lui désignant un fauteuil.

Il obéit et je pris place en face de lui, sur le plus petit des canapés. Pendant un moment, je ne fis rien d'autre que le regarder, avec une insistance qui finit par l'embarrasser.

– Tu n'es plus la même, observa-t-il. Tu sembles plus amère. Que t'est-il arrivé, en Angleterre ?

– Je ne suis ni plus ni moins amère qu'avant mon départ, Karel. Ce qui m'est arrivé, c'est que j'ai mûri. Toi, par contre, tu n'as pas beaucoup changé.

Je n'avais pas l'intention de lui faire un compliment, mais c'est ce qu'il choisit de comprendre.

– Pourquoi réparer ce qui n'est pas abîmé ? plaisanta-t-il.

– Et qui prétend que rien n'est abîmé ?

Son sourire satisfait s'évapora.

– Tu as toujours été plus coriace que les autres filles de Dogwood, Rain. Je l'ai su tout de suite et ça m'a plu. Qui a besoin d'une poupée Barbie de plus ?

– Je devrais me sentir flattée, je suppose, mais venant de toi ces mots sont presque insultants. Très bien, Karel, dis-je en croisant les bras sur ma poitrine, raconte-moi ta vie. Tu as fait une session d'été à l'université, si je ne me trompe ? C'était bien ?

– Fantastique. J'ai même eu un rôle dans une pièce, figure-toi. C'est très rare pour un nouveau. J'étais Biff, dans *Mort d'un commis-voyageur*. Tu connais la pièce ?

– Bien sûr. Et je te vois très bien en Biff, Karel.

Je pensais à l'ego démesuré du personnage, sans rapport avec ses capacités réelles, mais une fois de plus Karel ne vit que ce qu'il voulait voir. Il se complut à me donner d'autres détails.

– J'ai reçu des tas de compliments pour mon interprétation. Et je pense sérieusement à partir pour Hollywood, sans attendre la fin de mes études. Un de mes amis a parlé de moi à son oncle, qui est impresario. Tu pourrais très bien me voir un de ces jours dans un film, fanfaronna-t-il.

– Je trouve que tu n'y serais pas du tout déplacé, Karel.

Il me dévisagea quelques instants, l'air perplexe, avant de comprendre que ma remarque n'était pas un compliment.

– Décidément, tu m'en veux et je te comprends. Je ne peux m'en prendre qu'à moi-même.

– Je ne pense plus assez à toi pour t'en vouloir, Karel.

Cette fois encore, il ignora la pique et choisit d'être aimable.

– J'espérais que nous pourrions enterrer la hache de guerre et sortir ensemble, par exemple. J'adorerais t'emmener dîner ce soir. En tout bien tout honneur, crut-il bon de préciser. Ce n'est pas un piège pour t'attirer chez moi. Je ne t'embrasserai même pas pour te dire bonsoir, si tu n'y tiens pas. Promis.

J'étais presque tentée de dire oui, rien que pour me trouver avec quelqu'un de mon âge, pour échapper à cette tension et à tous ces tracas. Mon hésitation lui fournit une raison d'espérer. Il tenta sa chance.

– J'ai découvert un petit restaurant italien super, Rain. Un endroit intime, où nous pourrions parler tranquillement, et apprendre à mieux nous connaître.

Après tout, nous avons beaucoup plus de choses en commun à présent, ajouta-t-il.

– Et qu'entends-tu par là ?

– Eh bien... tu es un membre important de la communauté, maintenant. Tu es propriétaire, tu as hérité une fortune. Tu n'es plus une pauvre fille sans ressources dépendant de la charité d'autrui. Tu es différente...

– Je ne suis pas différente de ce que j'étais, Karel, l'interrompis-je d'une voix tranchante. Tu crois que le fait d'avoir un peu d'argent a fait de moi quelqu'un d'autre ? C'est à cela que tu mesures la valeur des gens ?

Il secoua vivement la tête.

– Non, bien sûr que non. Bon sang ! Tu m'obliges à peser chaque mot comme si j'étais au tribunal, Rain. Tu devrais songer à faire une carrière d'avocate.

– C'est une idée. De nos jours, ces gens-là semblent devenus plus importants que les médecins, rétorquai-je, en pensant à ce qui m'attendait.

Il leva les mains en signe d'apaisement.

– Tu as raison, mettons que je n'aie rien dit, s'excusa-t-il avec son irrésistible sourire. Nous n'allons pas nous chamailler pour une parole en l'air.

Allais-je me laisser prendre à son numéro de charme et baisser ma garde ? Un vieux dicton que m'avait cité Grand-mère Hudson me revint à l'esprit. *Si tu me trompes une fois, honte à toi. Si tu me trompes deux fois, honte à moi.* Ce souvenir inopiné m'inspira : j'allais mettre à l'épreuve la sincérité de Karel.

– Peut-être ne suis-je pas aussi riche que tu le crois, annonçai-je tranquillement. Peut-être ne suis-je pas non plus propriétaire. Peut-être a-t-on beaucoup exagéré. Il se pourrait que j'attende le règlement des formalités pour partir, et disparaître définitivement de la circulation.

Son étincelant sourire se figea, puis s'éteignit.

– Qu'y a-t-il de vrai, alors ?

Sa belle assurance avait disparu, tout à coup, et ses yeux avaient perdu l'éclat qui les rendait si séduisants. Je réprimai un sourire.

– Très bien, déclarai-je en baissant la voix. Je te dirai tout si tu me promets de ne pas aller le colporter dans tout le voisinage.

– Les cancans, ce n'est pas mon genre, voyons !

– Tant mieux. Les Hudson m'ont dit que je pouvais rester aussi longtemps que je m'occupais de l'entretien de la maison.

– Quoi ?

– En fait, ils aimeraient beaucoup que j'accepte. Contre un salaire, bien sûr. Ils me paieraient même les frais de voyage quand je voudrais partir, pour la destination de mon choix. Ils espèrent vendre la propriété d'ici un mois, je pense. En attendant, il faudra bien que quelqu'un s'en occupe, et aucun membre de la famille ne tient à y vivre.

– Es-tu en train de me dire que tu n'es pas la principale héritière ?

– Loin de là ! m'exclamai-je en riant. C'est donc ça qu'on raconte ?

Karel était bouche bée. Je décidai d'ajouter quelques détails, pour fignoler.

– Mais Mme Hudson m'a inscrite pour une année de cours en Angleterre, en fait. Et j'espère bien obtenir une bourse d'études, sinon…

– Sinon quoi ?

– J'ai une cousine qui dirige un grand magasin à Charlotte, elle pourrait me trouver une place. Au rayon des cosmétiques, si j'ai bien compris.

– Tu veux dire que tu abandonnerais tes études ?

– Pour le moment, oui. Tu sais combien ça revient cher, et je ne suis pas une fille à papa, moi. Je n'ai même pas de papa.

Karel hocha la tête en silence. Il semblait très mal à l'aise, tout à coup. Il s'agita dans son fauteuil.

– C'est quoi cette réunion importante que tu dois avoir dans un moment ?

– Oh, juste une rencontre pour me donner mes instructions, l'informai-je avec une nonchalance étudiée.

Puis je lui décochai un grand sourire.

– Alors tu tiens à m'emmener dîner ? À quelle heure, environ ?

– Pardon ? Euh… il faut d'abord que je voie si je peux réserver, en fait. C'est très petit, et c'est devenu tellement à la mode, ces temps-ci.

– Tu as besoin de téléphoner ? proposai-je. Aucun problème, tant que ce n'est pas un appel longue distance.

Karel se racla la gorge.

– Ah bon ? En fait, d'ici ça fait une assez longue distance, justement. Je préfère téléphoner de chez moi, et te rappeler après.

– Parfait.

Il se tortillait sur son siège, et louchait vers la porte. Je le maintins sur le gril.

– Tu avais raison, tout à l'heure, en me demandant d'accepter tes excuses. Ce n'est pas bien de garder rancune, et tout le monde devrait avoir droit à une seconde chance, tu ne crois pas ?

– Oui, c'est juste.

– Les garçons seront toujours les garçons, mais tu as mûri, Karel. Une chose pareille n'arrivera plus, j'en suis certaine. Je sais que tu es beaucoup plus sérieux, maintenant. Ah, au fait… comment va ton frère ?

Il avait tellement honte d'avoir un frère mongolien qu'il m'avait d'abord fait croire qu'il était mort. J'avais découvert qu'il n'en était rien. Et quand je l'avais mis en face des faits, il avait reporté tout le blâme sur sa mère. Il prétendait qu'elle ne pouvait accepter l'état de son fils et préférait le croire mort. En réalité, c'était Karel qui le considérait comme mort, et que cette version des choses arrangeait.

– Ça va, c'est toujours pareil, répondit-il brièvement. Bon, eh bien…

Il consulta rapidement sa montre.

– Je ferais mieux de me remuer si je dois m'occuper de ces réservations.

– Déjà ? Nous n'avons pas vraiment eu l'occasion de remettre les choses au point, observai-je innocemment.

– C'est vrai, mais… nous aurons tout le temps plus tard, non ?

– C'est juste, nous avons tout le temps, dis-je en me levant. (Il bondit littéralement sur ses pieds.) Merci pour les roses et pour ta visite, Karel. Et s'il te plaît…

Je feignis de prendre un ton menaçant pour achever :

– Ne va pas raconter partout ce que je t'ai dit.

– Je serai muet comme une tombe.

Toujours souriante, je le reconduisis jusqu'à la porte d'entrée.

– Je te téléphone d'ici une heure ou deux, promit-il. À moins que ce ne soit absolument impossible pour ce soir, bien sûr. Dans ce cas-là, je t'appelle demain ou après-demain, d'accord ?

– Entendu. N'oublie pas. Je suis impatiente de te voir sous ton nouveau jour.

Il inclina la tête et s'éloigna. Pour ne jamais revenir, j'en étais sûre. Je le regardai monter en voiture et lui adressai un petit signe de la main. Puis, dès qu'il eut démarré, je rentrai dans le hall et refermai derrière moi.

Pendant quelques instants je restai là sans bouger, réfléchissant à ce qui venait de se passer. Cet intermède était une leçon pour moi, une leçon sur l'importance de l'argent. J'étais reconnaissante à Karel d'être venu me la donner. Grâce à lui, je me sentais plus forte, plus résolue pour affronter cette réunion de famille.

Naturellement, ils n'eurent pas besoin de sonner, j'aurais dû m'en douter. Victoria avait son trousseau de clés personnel. Je débarrassais la table, mon déjeuner fini, quand j'entendis ses éclats de voix résonner dans le hall.

– J'exige une évaluation de tout ce que contient la maison, clamait-elle. Certains objets sont très anciens et ont une valeur considérable. Mère n'a jamais fait attention au prix des choses. Elle n'avait pas la moindre idée de ce qu'elle distribuait à tout va !

Je sortis et les aperçus tous les trois. Ma mère était très élégante, avec son blouson de cuir noir et sa longue jupe plissée. Tante Victoria portait son inévitable tailleur de ville et Grant, un complet rayé bleu marine.

Dès ma première entrevue avec ma mère, j'avais détecté les ressemblances entre nous. Nous avions à peu près la même taille, la même ossature fine, la même couleur d'yeux et presque le même contour de visage. Son front n'était pas aussi large que le mien mais nous avions pratiquement le même nez, au modelé délicat. Le sien était juste un peu plus petit que le mien, et très légèrement pointu au bout.

La petite fossette de sa joue se creusait et s'effaçait, selon son humeur et les pensées qui lui passaient par la tête. Je m'étais toujours demandé ce qu'elle voyait quand elle me regardait. Retrouvait-elle en moi quelque chose de mon père, et cela réveillait-il en elle de doux souvenirs ? Ou me voyait-elle comme un simple problème, rappel vivant de la grande erreur de sa vie ? J'avais renoncé depuis longtemps à recevoir d'elle ce que toute fille attend de sa mère : un regard d'amour et de fierté.

Aujourd'hui, ses yeux étaient assombris par l'inquiétude. Chaque fois qu'elle les tournait vers moi, j'y lisais la même requête, vibrante comme un cri. Elle m'implorait de mettre fin à toute cette tension. Je croyais entendre sa prière. « Laisse-moi retourner à mon univers chimérique. Laisse-moi dériver parmi mes illusions heureuses, ignorer les soucis, les enterrer, les oublier. S'il te plaît, Rain. S'il te plaît. »

Grant conservait son calme et sa distinction coutumiers. Il était très beau. Ses cheveux bruns avaient des reflets mordorés, son teint hâlé avivait l'éclat de ses yeux bleu-vert, brillants d'intelligence. Quand ils se fixaient sur moi, je sentais sa concentration, axée sur la recherche de la moindre trace de faiblesse en moi. Je ne m'étonnais plus qu'il eût tant de succès dans ses interventions au tribunal.

À l'instant où j'apparus, Victoria tourna vers moi son visage sec et rageur. Elle redressa les épaules, raidit son long cou. Après les révélations de Jake, je ne pus m'empêcher de chercher sur ses traits une ressemblance entre eux. Maintenant que j'y pensais, j'en discernais une dans le dessin de la bouche, la ligne de la mâchoire, et même le contour des yeux. Mais elle n'avait rien de la jovialité de Jake, pas la plus infime trace de douceur ou de compassion dans l'expression. Ce qui le faisait rire, ou sourire, ne provoquait chez elle qu'une grimace de dédain ou un froncement de sourcils. Je ne parvenais pas à imaginer la moindre possibilité d'une parenté entre eux.

Il avait raison : elle serait profondément blessée si elle apprenait la vérité. Elle qui était si fière de son milieu ! Elle me toisa et annonça comme si elle donnait un ordre :

– Nous serons au salon.

– J'arrive tout de suite, répondis-je en continuant mon chemin vers la cuisine.

J'y mis une lenteur délibérée : je voulais qu'ils attendent. Quand je les rejoignis, je vis que mon manège avait porté la colère de Victoria jusqu'à l'ébullition. Ses joues d'ordinaire si blêmes étaient cramoisies, et ses yeux brasillaient comme des tisons.

– Si vous avez un peu de temps à nous accorder, nous aimerions avoir une conversation raisonnable, attaqua-t-elle.

Ma mère et Grant avaient pris place sur le canapé. Grant était adossé aux coussins, les jambes croisées. Les épaules rentrées, la tête basse, ma mère semblait affreusement mal à l'aise.

– Bonjour tout le monde, dis-je en m'asseyant dans un fauteuil, en face de Victoria.

Elle pivota vers Grant, manifestement désigné pour diriger la réunion. J'aurais pu jurer qu'ils avaient répété leur texte pendant le déjeuner.

– Vous nous attendiez, je pense ? s'informa-t-il poliment.

– Pas vraiment, non. J'ai appris votre arrivée par Jake, quand il m'a dit qu'il allait vous chercher à Richmond. Je me suis demandé pourquoi.

Grant regarda Victoria, carrée dans son fauteuil telle une reine sur le point de prononcer un verdict.

Ses doigts longs et maigres battaient nerveusement l'accoudoir.

– Je pensais qu'elle était prévenue, s'étonna-t-il.

– Et qu'est-ce que ça aurait changé ? Elle n'allait nulle part, que je sache, rétorqua-t-elle avec aigreur.

Puis elle ajouta d'un ton un peu plus amène :

– Je savais que Jake le ferait, d'ailleurs.

Elle gardait les yeux fixés sur Grant avec un air contrit, qui révélait sa crainte de l'avoir fâché. Ce fut à moi qu'il s'adressa.

– Veuillez nous excuser pour cette négligence, Rain. Nous n'avions pas l'intention de vous prendre par surprise.

– Mais ce n'est pas le cas.

– Tant mieux. À présent que les choses se sont un peu tassées, nous devrions tous prendre un peu de recul, ne croyez-vous pas ? Et réfléchir en toute lucidité à ce qui a été fait, comme à ce qu'il conviendrait de faire. Dans l'intérêt de toutes les personnes concernées, ajouta vivement Grant.

– Il est un peu tard pour y penser, non ?

Je cherchai le regard de ma mère, mais elle évitait toujours le mien. Grant fit celui qui n'avait rien remarqué.

– Revenir sur les erreurs passées ne nous fera aucun bien, reprit-il d'un ton conciliant. C'est comme rouvrir d'anciennes blessures, et retarder indéfiniment leur guérison.

Il avait une voix sonore et vibrante, dont il jouait avec beaucoup de sentiment, et un accent de sincérité convaincant. D'excellents atouts pour un politicien, ne pus-je m'empêcher de penser.

Victoria le buvait du regard. On aurait pu croire qu'il s'adressait à elle seule, et non à moi. C'était la première fois qu'un peu de douceur estompait la dureté de ses traits. Cette découverte éveilla ma curiosité, tout autant que l'objectif de leur visite.

– Personne ici ne songe à vous contester ce qui vous appartient, poursuivit Grant. Personne ne tient à vous voir retourner à votre ancienne condition de vie, si difficile.

Je décochai un coup d'œil aigu à Victoria.

– Personne, vraiment ?

– Non, insista-t-il avec force. Toutefois, il existe une disproportion évidente dans l'application de ces bonnes intentions, un déséquilibre flagrant. Je suis sûr que Mme Hudson a vu là un moyen de réparer les torts dont elle vous croyait victime. Comme n'importe quelle mère, elle voulait réparer les fautes de sa fille, expliqua-t-il.

Je notai qu'en évoquant l'aventure de ma mère avec un Noir américain, c'est à peine s'il regardait de son côté. Il aurait pu parler de n'importe quel client. En bon professionnel qu'il était, il parvenait à maintenir ses distances avec sa propre femme.

Ma mère garda les yeux rivés au plancher, mais sa main droite se plaqua sur sa gorge comme si elle y cherchait un collier à triturer. En même temps, sa main gauche étreignit sa cuisse. On aurait dit qu'elle s'accrochait à une rampe par crainte de tomber.

– Je ne crois pas que ma grand-mère ait fait quoi que ce soit pour moi par culpabilité, observai-je. Ce n'était pas son genre. Elle a fait ce qu'elle croyait juste et elle avait ses raisons pour cela. Vous pouvez qualifier son geste de disproportionné, ou de n'importe quel grand mot de votre choix, mais c'était sa décision et elle avait toute sa tête. Son avocat est prêt à en témoigner devant la Cour.

Grant ne se départit pas de son ton calme et posé.

– Je sais, je sais. Mais quand ces choses-là vont jusqu'au tribunal, ce qui paraissait tout simple risque fort de se compliquer. À la barre, M. Sanger sera le premier à reconnaître qu'il n'est pas qualifié pour évaluer l'état mental des gens. Il n'est pas psychiatre, ni même médecin. Ce n'est qu'un avocat aux ordres de son client.

« Ce qu'un autre avocat établira sans peine, poursuivit-il avec assurance. Et s'il existe quelque raison de croire que Mme Hudson subissait alors, comme je le crois, une grande tension émotive et psychologique, les choses pourraient prendre une tout autre tournure. Maintenant...

Grant me gratifia d'un sourire indulgent.

– Regardez les choses en face, Rain. Vous n'avez pas vécu très longtemps avec Mme Hudson, avant votre départ pour Londres. À cette époque-là, elle avait le plus grand mal à se faire aider. Ou bien les domestiques ne la supportaient pas, ou c'était elle qui les trouvait insupportables.

– Elle était tout à fait normale mentalement, insistai-je. Jake pourra en témoigner.

Victoria émit un ricanement sarcastique.

– Jake ? Le chauffeur ? Encore un expert à la barre des témoins !

Je fus sur le point de lui lancer la vérité à la figure.

Cet homme que vous rabaissez parce qu'il n'est que chauffeur est votre père, avais-je envie de lui crier.

Mais je me souvins de l'avertissement de Jake : n'utiliser cet argument qu'en dernier ressort. Sur quoi, Grant lui jeta un coup d'œil sévère qui lui fit détourner la tête, et reprit à mon intention :

– Cela étant, je m'en remets à votre bon sens, Rain. Vous êtes une jeune femme très intelligente, et vous voyez sûrement à quoi tout cela risque d'aboutir. La famille en souffrira. Vos projets seront mis en attente. Et vous pourriez très bien vous retrouver beaucoup moins riche si vous n'acceptez pas de vous montrer raisonnable.

« Rien ne s'oppose à ce que nous discutions en amis, dans l'intérêt les uns des autres, affirma-t-il. Je suis certain que c'est ce que Mme Hudson aurait voulu, ne croyez-vous pas ?

Ma mère risqua un regard furtif dans ma direction et je devinai pourquoi. Elle se demandait, j'en aurais juré, s'il y avait une chance pour que je lui ressemble un tant soit peu. Si j'accepterais l'offre de Grant, présentée avec tant de sollicitude. Allais-je tenter d'éviter le conflit, et tous ses désagréments ? Comment mes réactions pouvaient-elles être si différentes des siennes, elle qui cherchait toujours la facilité, dût-elle y perdre le respect d'elle-même ? Une réflexion de Victoria, un jour où elle se plaignait de sa sœur à Grand-mère Hudson, me revint à l'esprit.

– Megan aurait peur d'attraper des rides, si elle se mettait à réfléchir sérieusement !

Ce souvenir m'arracha un sourire. Victoria n'avait pas eu besoin de me regarder deux fois pour comprendre que ce n'était pas mon cas.

– Je crois, énonçai-je avec lenteur, que ma grand-mère a agi selon sa volonté et s'attend à ce que ses enfants la respectent.

Grant me dévisagea un moment, trahissant malgré lui sa frustration. D'imperceptibles rides se formèrent au coin de ses yeux, telles de fines craquelures sur une vitre. Il revint à la charge.

– Au cours d'une récente conversation avec vous, j'ai mentionné la somme d'un demi-million de dollars. Les avocats vont nous coûter très cher, aux uns comme aux autres. Je pense que si vous évitiez toutes ces tracasseries, en y gagnant un million de dollars, vous auriez là une merveilleuse occasion de réussir votre vie, débita-t-il tout d'une traite. Surtout si cette somme est judicieusement placée, ce en quoi je suis tout prêt à vous aider.

Ma tante avait l'air d'avoir avalé un noyau de pêche. Ses joues avaient viré à l'écarlate, comme si elle suffoquait. Ma mère semblait surprise. J'en déduisis que Grant venait de décider, de son propre chef, de faire monter l'offre jusqu'au million.

– C'est une somme énorme, murmura ma mère.

– Ce n'est pas tellement l'argent qui compte pour moi.

– Alors qu'est-ce que c'est ? s'enquit avidement Grant. Pourquoi tenez-vous à rester ici, et à vous impliquer dans un procès sordide ?

– C'est ce que voulait Grand-mère Hudson.

Je savais que je répétais sans arrêt la même chose comme une litanie, un mantra pour m'aider à supporter l'épreuve. Mais c'était mon intime conviction.

Grant n'en fut pas ébranlé : il poursuivit sa plaidoirie.

– Vous ne pouvez quand même pas croire qu'elle voulait voir tout le monde s'entre-déchirer, non ? Ni qu'elle voulait voir sa famille traînée dans la boue, son nom étalé en première page des journaux ? Que son mari et elle avaient travaillé toute leur vie en vue d'un résultat pareil ? Si vous l'aimiez vraiment, et si vous vous souciiez de son héritage, vous n'agiriez pas ainsi.

– Et aucun d'entre vous non plus, ripostai-je.

Un peu de couleur monta au visage de Grant. Renversé dans son fauteuil, il laissa lentement s'échapper l'air de ses poumons. Je me permis un sourire et proposai :

– Quelqu'un souhaite-t-il des rafraîchissements ?

Cette fois, c'est un regard satisfait que Victoria posa sur Grant. Elle avait l'air de dire que ses prédictions se vérifiaient, et elle adorait avoir raison. Puis elle se tourna vers sa sœur, ce qui était —, de toute évidence, le signal convenu pour que ma mère entre en scène.

– N'as-tu pas envie de reprendre tes études à Londres ? demanda-t-elle avec douceur.

– J'y pense, en effet. J'aimerais aussi faire plus ample connaissance avec mon père.

Ma mère parut soulagée.

– Mais comment le pourras-tu si tu es clouée ici par toutes ces procédures ? Tu n'as pas besoin de t'empoisonner la vie avec ça, Rain. Surtout pas maintenant. Passe dans le bureau avec Grant, et rédigez un compromis, que nous puissions oublier tout ça et redevenir une famille.

– Une famille ? Quel genre de famille ? explosai-je. Vous n'avez même pas dit à vos enfants qui j'étais vraiment.

À l'enterrement, ils avaient l'air de se demander pourquoi je pleurais plus qu'eux !

– Nous allons nous occuper de ce problème, c'est promis.

– Hmm, hmm ! fit Victoria.

Je savais très bien ce qu'elle pensait : que ce problème n'aurait jamais dû exister, pour commencer.

– Très bien, Mère, acquiesçai-je en me levant. Faites donc cela. M. Sanger m'a chargée de vous dire que, si vous aviez la moindre question à poser au sujet du testament, vous deviez vous adresser à lui. J'allais justement faire du café, quand vous êtes arrivés. Quelqu'un en prendra ?

Trois paires d'yeux convergèrent sur moi.

– Ne fais pas ça, je t'en prie, Rain, implora ma mère. Ta mama n'aurait jamais voulu te voir mêlée à ce genre d'histoire.

Je sentis le feu qui me brûlait le cœur monter jusqu'à mon visage. Mes yeux devaient flamboyer. Je m'exprimai lentement, décochant les mots un à un comme autant de flèches.

– Vous avez rencontré ma mama, Mère. Vous connaissiez son caractère. Pensez-vous qu'elle était femme à déserter sur le champ de bataille ?

Je ne lui laissai pas le temps de répondre. Je lui tournai le dos et sortis, avec l'impression très nette que Grand-mère Hudson ne m'avait pas quittée des yeux depuis le début. Je pouvais presque la voir sourire.

Dans la seconde qui suivit, ma tante Victoria entama ses récriminations. Je m'attardai dans le hall pour écouter.

– Et toi qui étais si sûre de la convaincre, Megan ! Au temps pour toi. Non seulement ta présence n'a servi à rien, mais c'est à toi que nous devons tout ça, se fit-elle un plaisir de souligner. Tu as mis Grant dans une position très délicate.

Subitement, sa voix changea du tout au tout. Elle prit le ton d'une femme désespérée, se tournant vers son homme pour recourir à sa force.

– Et maintenant, qu'allons-nous faire, Grant ?

– Nous devrons aller voir Mary Braunstein. J'espérais que ce serait pour de tout autres raisons.

– Ne vous en faites pas, Grant, le rassura-t-elle. En temps voulu, elle verra comme sa position est ridicule. Elle est trop jeune pour être la propriétaire majoritaire des biens. Elle ne voudra pas se charger de toutes ces responsabilités. Croyez-moi, au bout d'un moment elle acceptera le compromis. Vous n'avez pas besoin de risquer votre réputation, laissez-moi m'occuper de ça. Elle veut fourrer son nez dans nos affaires ? Eh bien, elle va être servie !

– C'est une jeune femme très décidée, lui fit observer Grant. S'il ne s'agissait pas d'une telle fortune, je serais presque tenté de l'admirer.

Il se racla la gorge, se leva, et j'entendis ma mère renifler.

– Trop tard pour pleurnicher ! la rabroua Victoria.

Je poursuivis mon chemin jusqu'à la cuisine et commençai à préparer le café. La porte d'entrée s'ouvrit, puis se referma, et je crus qu'ils s'en allaient sans autre formalité. Mais un moment plus tard, ma mère se montra sur le seuil.

Elle promena le regard autour d'elle et sourit.

– C'est si pénible de venir chez elle et de ne pas l'y trouver, commença-t-elle. Même maintenant, j'espère toujours la voir apparaître, par la porte-fenêtre du jardin peut-être, avec un de ses ridicules chapeaux de paille à large bord.

– Elle me manque, murmurai-je.

– Je sais.

Nos regards se soudèrent. J'aurais tant voulu que nous puissions nous aimer, comme une mère et une fille devraient s'aimer. Je ne pus m'empêcher de lui demander :

– Pourquoi laissez-vous toujours Victoria vous dicter votre conduite ?

– Elle a toujours été la plus sensée de nous deux, Rain, et la plus réaliste. Cela tient à son éducation différente, je suppose. Mon père ne l'a pas envoyée dans un pensionnat chic, comme moi. Elle n'a pas eu droit non plus à cette année de fin d'études, qui sert surtout à préparer les jeunes filles à leur entrée dans le monde. Elle est allée dans une école de commerce et a tout appris sur la Bourse, la gestion, les placements... enfin, ce genre de choses. Alors que moi, j'ai appris l'étiquette mondaine de la haute société. Peut-être est-ce pour cela que j'ai si mal accepté l'université.

« On ne m'avait jamais rien appris de pratique, tu comprends ? J'étais destinée à épouser quelqu'un comme Grant, et à compter sur un mari pour prendre les décisions à ma place. Je t'en prie, ma chérie, pense à tout ça. Nous pourrions vraiment former une famille, tu sais ?

Ses yeux humides m'imploraient, son sourire tendre s'efforçait de me faire croire qu'un trésor m'attendait au bout de l'arc-en-ciel. Je soupirai. J'aurais tant aimé conserver à jamais mon optimisme !

Mais je ne croyais plus à la magie des arcs-en-ciel, surtout si c'était elle qui me les promettait.

– Vous n'auriez jamais dû m'amener ici, Mère. Grand-mère Hudson était l'une des rares personnes qui m'aient aimée, et que j'aie aimées. L'amour signifie aussi qu'on honore les gens et qu'on les respecte. Elle m'a appris cela. Je ne trahirai pas sa volonté, ni les projets qu'elle a faits pour moi, uniquement pour satisfaire votre sœur. Elle n'a jamais aimé Grand-mère Hudson comme je l'ai aimée, pendant le peu de temps où il m'a été donné de la connaître.

Incapable de nier cela, ma mère fit un signe d'assentiment.

– Elle aussi t'aimait, Rain. Je n'ai pas eu besoin de connaître ses dernières volontés pour savoir à quel point.

– Alors vous devriez comprendre, dis-je en me détournant pour m'en aller.

Mais elle se rapprocha de moi.

– Tu es une brave fille, Rain. Sincèrement, je ne te souhaite que du bien. Je veux que tu sois heureuse et que tu laisses le passé derrière toi. Sois raisonnable. Tu serais sans doute plus heureuse loin de nous, de toute façon, dit-elle tristement.

Elle me serra brièvement dans ses bras et fit quelques pas, mais s'arrêta dans l'embrasure.

– Appelle-moi si tu as besoin de moi, dit-elle encore.

Je la regardai s'éloigner dans le hall, puis franchir la porte d'entrée.

– Je t'ai appelée il y a déjà bien longtemps, Mère, murmurai-je après son départ. Et tu n'as jamais répondu.

3

Chevauchée dans le vent

Le téléphone sonna si tôt, le lendemain, que je crus l'entendre dans mes rêves. La personne qui appelait s'obstina, pourtant. Finalement, mes paupières se décollèrent et je compris que le son était bien réel. En décrochant, je consultai mon réveil : il n'était que cinq heures et demie.

– Allô ! proférai-je d'une voix rauque, si enrouée que je ne la reconnus pas moi-même.

– Rain ? C'est toi ?

Je me frictionnai vigoureusement les joues et m'assis dans mon lit.

– Roy ?

– Désolé, je sais qu'il est très tôt là-bas mais je n'aurai pas d'autre occasion de t'appeler d'ici un bout de temps, s'excusa-t-il. Comment ça va pour toi ?

Non loin de lui, une voix rude grogna :

– Cinq minutes, Arnold !

– Mais où es-tu, Roy ?

– En Allemagne, évidemment. Alors, quelles nouvelles ? Tu vas rentrer en Angleterre ? Tu as parlé à ta mère ? Est-ce que tout le monde est au courant ? Je veux dire, est-ce qu'ils savent qui tu es vraiment, et tout ça ?

Il débitait ses questions à toute allure, et je devinai pourquoi. Il devait s'efforcer de recueillir le plus d'informations possible durant ces cinq malheureuses petites minutes.

Pendant presque toute notre vie, nous avions cru que nous étions frère et sœur, lui et moi… Pourtant, quelqu'un qui eût pris la peine de nous examiner de près, lui, ma sœur Beneatha et moi, en aurait vite douté. Mes traits n'avaient rien de commun avec ceux de Roy ou de Beni. Mais la pensée que Mama Arnold ait pu m'avoir avec un autre homme que Ken, mon beau-père, ne nous effleurait même pas. Et comment une famille de Noirs dans le besoin eût-elle pu adopter un enfant de plus ? Ken, qui n'avait jamais souhaité être père, pour commencer, s'apitoyait souvent sur son sort. « Le diable nous donne des enfants pour nous pousser à boire », se complaisait-il à répéter. À quoi Roy répliquait qu'il n'avait pas eu besoin du diable pour ça. Qu'il se saoulait très bien tout seul, mieux que n'importe quel démon.

Ken et Roy se disputaient souvent, et jusqu'à ce qu'il soit devenu grand et fort, Roy avait reçu des raclées sans nombre. Mais vers la fin de notre séjour aux Cités, à Washington, Roy avait commencé à tenir tête à son père. Et il y avait eu de sérieuses bagarres entre eux, ce qui ne valait rien pour le cœur fragile de Mama. Son amour pour elle était la seule chose qui permettait à Roy de se dominer, avec son amour pour moi.

Quand il découvrit que nous n'étions pas réellement frère et sœur, il m'avoua ses sentiments amoureux. Mais je l'avais toujours considéré comme un grand frère, et il m'était impossible de le voir autrement. Je le lui dis bien des fois. Il me préférait à Beni, et nous le savions toutes les deux, mais je m'efforçais toujours de lui trouver des excuses. Après la mort brutale de Beni, assassinée par les membres d'un gang, Mama Arnold n'eut plus qu'une idée en tête :

nous faire échapper aux Cités, tous les deux, par tous les moyens. Elle poussa Roy à s'engager dans l'armée, et partit vivre avec sa tante, sans nous laisser soupçonner à quel point elle était malade.

Après cela, nous fûmes séparés pour un certain temps, Roy et moi. Nous ne nous revîmes que lorsqu'il vint me rendre visite à Londres. Pendant un moment, ne sachant plus où j'en étais, j'envisageai sérieusement la possibilité de l'épouser. Je le laissai me faire l'amour, cette fois-là, un peu comme on pratique un test. Mais l'expérience confirma mes réticences : je restai persuadée que ce n'était pas bien. Je savais que c'était un crève-cœur pour lui, mais je ne pouvais rien y changer. Le sort nous avait joué un tour cruel, sans doute. Mais peut-être moins cruel, finalement, que le mal que nous nous serions fait à nous-mêmes, j'en avais l'intuition.

– Pas encore, répondis-je à la dernière question. Le mari de ma mère est au courant, bien sûr, et quelques personnes savent certaines choses. Mais mon demi-frère et ma demi-sœur ignorent encore tout.

– Et pourquoi ça ?

– Je n'en sais rien, Roy. C'est à ma mère et à son mari de le leur dire.

Il émit un grognement mécontent.

– Ils ont toujours honte de toi, Rain. Voilà pourquoi.

– C'est probable.

– Et qui prend soin de toi ? Ta mère s'occupe de tes besoins matériels, au moins ?

– Non, avouai-je, mais Grand-mère Hudson y a pensé, tu te souviens ? Je figure sur son testament.

– Oui, c'est vrai. Combien est-ce qu'elle t'a laissé ?

– Beaucoup d'argent, Roy.

Je ne tenais pas à entrer dans les détails, mais il en demanda.

– Combien ? répéta-t-il.
– Des millions, Roy.
– Quoi ? Tu veux dire… de dollars ?
– Oui, confirmai-je en riant. Je détiens une part majoritaire de la propriété, un portefeuille d'actions et cinquante pour cent de l'affaire familiale.
– Waouh !
– Mais ils ne sont pas ravis et ils parlent de m'attaquer en justice. Ils veulent que je renonce à mes droits pour un million de dollars.
– Vraiment ? Et que vas-tu faire ?
– Me battre, répondis-je sans hésiter.
J'eus le sentiment qu'il attendait autre chose.
– Te battre ? Peut-être que tu devrais prendre l'argent et filer, Rain. Pourquoi t'imposer à une famille qui ne veut pas de toi ?
Bonne question. Qu'espérais-je tirer de tout ça, finalement ? Peut-être attendais-je de les voir contraints à m'accepter, pour pouvoir leur tourner le dos avec orgueil et m'en aller ? Je m'en sentais fort capable.
La même voix ronchonne grommela :
– Ça suffit, Arnold. Raccroche.
– Où es-tu, Roy ? m'alarmai-je. Pourquoi t'ordonne-t-on de raccrocher ? Roy ?
– Tout va bien, ne t'en fais pas.
– Tu t'es attiré des ennuis en venant me voir à Londres, c'est ça ? Dis-moi la vérité, Roy Arnold ! Tu es aux arrêts ?
Il pouffa de rire.
– Quelque chose comme ça, oui. Ne te tracasse pas pour moi. Dès que j'aurai fait mon temps je rentrerai chez nous, Rain, pour toi. Je te le promets.
– Roy…
La voix rude intervint à nouveau.
– Ce coup-là tu raccroches, t'entends ? Maintenant.

– Alors à plus tard, Rain, chuchota Roy en toute hâte.

Puis ce fut le silence. À des milliers de kilomètres de là, Roy était en cellule, payant le prix qu'il avait accepté d'avance pour passer vingt-quatre heures de plus avec moi. Mais pourquoi, me désolai-je, pourquoi fallait-il qu'il m'aime autant ?

Je laissai retomber ma tête sur l'oreiller, mais il me fut impossible de retrouver le sommeil. Qu'allais-je faire de ma vie, à présent ? Jusqu'à quand durerait cette controverse ? Roy avait-il raison ? Devais-je plier bagage et rentrer en Angleterre au plus vite ? Si seulement j'avais eu près de moi quelqu'un qui puisse me conseiller ! Quelqu'un de proche, et pas simplement un avocat, qui ramenait tout à la paperasserie officielle et au code civil. Je n'avais même pas d'amie intime.

La solitude était comme la rouille, elle vous rongeait, minait votre détermination. Je mourais d'envie de remonter la couverture sur ma tête, pour fuir cette journée avec tous ses ennuis. Puis je me rappelai combien Grand-mère Hudson détestait qu'on s'apitoie sur soi-même, et sa rage quand j'avais osé montrer de la pitié pour elle. Mama était pareille, au fond. Elle ne supportait pas d'entendre mon beau-père gémir sans arrêt sur son sort.

– S'apitoyer sur soi n'est qu'un moyen d'esquiver ses devoirs, disait toujours Grand-mère Hudson. Au lieu de te lamenter, pique une bonne colère et prends le taureau par les cornes, tu iras beaucoup plus loin dans la vie.

– Je vous entends, Grand-mère, chuchotai-je sous les couvertures.

Certains êtres ont une personnalité si marquante que, des années après leur disparition, l'écho de leur voix est toujours présent en vous. Grand-mère Hudson était certainement de ceux-là.

Je rejetai la couverture et me levai pour aller me doucher, m'habiller et aller me préparer un petit déjeuner. Ce fut en buvant mon café que je décidai d'écrire à mon père. Me répondrait-il, pour me donner les conseils dont j'avais besoin ? Sitôt la vaisselle finie, je commençai ma lettre.

Cher papa,

Comme tu le sais, je suis retournée en Virginie pour les obsèques de Grand-mère Hudson. J'ai dit à ma mère que je t'avais retrouvé, et elle a manifesté un vif intérêt pour ta réaction. Je lui ai aussi parlé de ta merveilleuse famille.

Elle-même, son mari et ma tante Victoria ressentent très mal que Grand-mère Hudson m'ait tellement favorisée dans son testament. Ils veulent que je signe un compromis et renonce à une grande partie de l'héritage. Sinon, et je pense que c'est une idée de Victoria, ils entameront des poursuites contre moi et contesteront la validité du testament.

Je ne crois pas que Grand-mère Hudson aurait voulu que j'accepte ces conditions. Peut-être est-ce de l'entêtement de ma part, et finirai-je par le regretter, mais pour le moment j'ai dit non. L'avocat de Grand-mère Hudson, et maintenant le mien, ne pense pas non plus que je devrais transiger. Mais je sais que, parfois, les avocats vous poussent à aller en justice pour gagner plus d'argent. C'est du moins ce que dit Grant, le mari de ma mère, qui est avocat lui-même. Il croit que les frais de procédure seront si élevés que, pour moi comme pour eux, un compromis est préférable.

Quoi qu'il en soit, tout ça pourrait retarder mon retour à Londres. Qu'en penses-tu ? Devrais-je prendre ce qu'ils m'offrent et m'en aller, en leur laissant cet endroit pour toujours ?

Ce n'est pas très juste de te mêler à tout ça en te demandant ton avis, je suppose. Je tiens à te dire que je ne m'attends pas du tout à ce que tu fasses quoi que ce soit pour moi. Simplement, je trouve agréable d'avoir quelqu'un à qui je peux faire confiance, à qui écrire et parler de temps en temps.

J'espère que tout le monde va bien. Je te ferai savoir quelle décision j'aurai prise et la date de mon retour.

Avec toute ma tendresse,

Rain

J'envisageai un instant de signer : *ta fille, Rain,* mais j'estimai que mon seul prénom suffirait. Je rédigeai l'adresse, scellai l'enveloppe et la timbrai.

Peu après midi, on sonna à la porte. Karel n'avait pas pris la peine de me rappeler, naturellement, mais le contraire m'eût étonnée. Se pouvait-il qu'il ait décidé de revenir en personne, estimant que je méritais une nouvelle tentative de séduction ?

Je restai bouche bée en découvrant Tante Victoria. Depuis quand jugeait-elle nécessaire de sonner, au lieu d'entrer en coup de vent dans la maison ?

– J'aimerais m'entretenir avec vous, annonça-t-elle.

Le temps était couvert et plus frais, elle avait passé un trois-quarts en lainage bleu marine par-dessus son tailleur gris. Je notai qu'elle portait également des gants de chevreau noir. Ses cheveux, d'habitude simplement tirés en arrière, étaient coiffés avec soin. Elle se maquillait à peine, mais je remarquai qu'elle avait changé de rouge à lèvres. Celui d'aujourd'hui était d'un rose clair et brillant tout à fait inhabituel. Ses traits y gagnaient un soupçon de douceur, et pour la première fois je crus saisir une ressemblance entre elle et Jake.

– Je croyais que nous nous étions tout dit hier, rétorquai-je.
– Non. Puis-je entrer ou comptez-vous me laisser sur le seuil ?
– Entrez, dis-je avec un haussement d'épaules indifférent.
Elle s'avança en retirant ses gants.
– Auriez-vous du café tout prêt, par hasard ?
– Du café ? Oui, acquiesçai-je, de plus en plus surprise.
– Parfait.
Je restai un moment immobile, toujours sous le coup de la stupeur, jusqu'à ce que je la voie hausser les sourcils. Je me hâtai de proposer :
– Désirez-vous le prendre dans le petit salon ?
– Ce sera très bien, dit-elle en s'éloignant dans le couloir, à grands pas rapides et bruyants.
Je courus à la cuisine chercher une tasse et une soucoupe.
– Alors, et ce séjour à Londres chez mon oncle et ma tante ? s'enquit-elle en ôtant sa veste, qu'elle posa sur une chaise. Comment avez-vous trouvé votre expérience de fille au pair, chez eux ?
– Pas très agréable, en fait. Ce M. Boggs, leur intendant, dirige la maison comme une caserne. C'est un vrai garde-chiourme. Après le grand ménage, il mettait des gants blancs pour s'assurer qu'il ne restait pas un grain de poussière !
– Ça ne m'étonne pas. La seule fois où j'y suis allée, je n'avais qu'une idée, c'était de repartir. Est-ce qu'ils ont toujours cette ridicule maison de poupée, bourrée des jouets de Heather comme un mausolée ?
Je restai un instant muette d'étonnement.
– Vous êtes au courant pour le cottage ?
– Naturellement. Quand j'étais là-bas, j'ai failli être condamnée au bûcher pour avoir osé y entrer.

– Oui, il est toujours là, dis-je en lui versant du café. Du lait ?

– Je vous remercie.

Était-ce mon imagination, ou la redoutable tante Victoria commençait-elle à s'humaniser ? Je remplis une seconde tasse pour moi et m'assis en face d'elle.

– Je sais que j'ai le mauvais rôle, ici, fit-elle. C'est comme ça depuis toujours. Quand une difficulté se présentait, ou qu'il fallait prendre une décision grave, votre mère disparaissait et me laissait le problème sur les bras. C'était toujours à moi qu'on en voulait. Même ma propre mère, se plaignit-elle d'une voix larmoyante qui surprenait chez elle.

Il me revint à l'esprit que je ne l'avais pas vue verser une larme, à l'enterrement de Grand-mère Hudson. C'était elle qui avait supervisé toute l'organisation, depuis les arrangements floraux jusqu'au stationnement des voitures au cimetière. Ma mère sanglotait, accueillait les gens avec des yeux rouges et leur donnait l'accolade. Victoria, l'air distant, semblait contrôler son émotion tout aussi bien que les détails de la cérémonie.

– J'aimais ma mère à ma façon, reprit-elle, quand elle me permettait de l'aimer. Comme vous avez pu le voir, pendant le peu de temps que vous avez passé auprès d'elle, c'était une femme forte et dominatrice. Elle avait horreur du compromis, de l'échec et de la sottise. Je pensais qu'elle m'aimerait davantage parce que je lui ressemblais plus que Megan, mais vous savez quoi, Rain ? J'ai fini par conclure qu'elle ne s'aimait pas beaucoup.

« C'est vrai, appuya-t-elle en voyant ma mine incrédule. À la fin de sa vie, elle en était là, et c'est pourquoi elle s'est si vite attachée à vous. Ce genre d'élan charitable n'était pas du tout dans son caractère.

« Peut-être a-t-elle vu en vous une troisième fille, moins faible que Megan et moins forte que moi. Peut-être étiez-vous plus proche de la fille qu'elle avait rêvé d'avoir. J'ai passé des nuits à réfléchir à cela, en essayant de comprendre pourquoi elle vous avait laissé une telle part de la fortune familiale. Et c'est à cette conclusion que j'en suis arrivée.

Ma tante avala une gorgée de café, puis laissa son regard errer par la fenêtre. L'avais-je mal jugée ? Me montrais-je aussi injuste et aussi malveillante envers elle que je l'accusais de l'être elle-même ?

Elle ramena soudain son attention sur moi.

– Comme vous avez pu le constater hier, Rain, ma sœur ne vous sera pas d'un grand secours dans cette situation, si pénible pour nous tous. Et franchement, j'en ai assez de faire la sale besogne dans cette famille. J'ai mes ambitions et mes intérêts, moi aussi.

« C'est pourquoi j'ai décidé de vous proposer une trêve, acheva-t-elle tranquillement.

Je n'en croyais pas mes oreilles.

– Une trêve ?

– Grant a raison. Nous n'avons pas besoin de remplir les poches des avocats, qui sont toujours les grands bénéficiaires des conflits de famille, expliqua-t-elle. Pour le meilleur ou pour le pire, ma mère a jugé bon de faire de nous des partenaires, en quelque sorte. Je continuerai à faire fructifier l'entreprise familiale, et vous en récolterez le profit. Qu'en pensez-vous ?

– Cela me paraît correct, dis-je avec prudence, pressentant que ce n'était pas tout. Que devrai-je faire ?

– Faire ? Il n'y a rien que vous puissiez faire. Vous pourrez reprendre la vie qui vous convient. Vous souhaitez retourner en Angleterre, j'imagine ?

– Oui.

De toute évidence, c'était ce que Tante Victoria voulait entendre. Elle enchaîna aussitôt :

– Eh bien, alors, le plus simple sera de mettre la maison et la propriété en vente, et ensuite de placer l'argent.

– Je n'en suis pas sûre, objectai-je.

– Vous n'en êtes pas sûre ?

– Cette maison... je sais quelle importance elle avait pour Grand-mère Hudson.

– C'est vrai, mais elle est morte, et il faut songer aux frais d'entretien. Comment une fille comme vous peut-elle penser à rester ici indéfiniment ?

– Une fille comme moi ?

– Vous êtes jeune, vous avez toute la vie devant vous, répliqua-t-elle. Vous ne pouvez pas vouloir vous charger d'un fardeau pareil, surtout si vous comptez retourner en Angleterre.

– Je suppose que c'est vrai.

Ma tante se pencha en avant, les mains à plat sur la table.

– Bien sûr que c'est vrai. Tout le monde a un destin à accomplir. Le mien était de marcher sur les traces de mon père, et de le remplacer après sa mort. Je me suis dévouée pour la famille. Et j'ai réussi, même si Mère n'a jamais voulu le reconnaître. Elle était très vieux jeu, et pour elle une femme n'avait pas sa place dans le monde des affaires. De son temps, les femmes de caractère se contentaient de manipuler leurs maris avec discrétion, derrière l'écran des convenances.

« À ses yeux, ce n'était pas féminin de s'occuper de chiffres et de biens. Elle n'a jamais su faire la différence entre une action et une obligation.

– Moi non plus, avouai-je.

– C'est bien ce que je disais. Et c'est pourquoi il est si urgent de nous entendre. Il y a une propriété importante à protéger et à gérer, vous vous en rendez compte, j'en suis sûre.

– Je m'en rends compte.

Ma tante se redressa, l'air soulagé.

– Parfait. Je suis ravie que nous ayons pu bavarder un moment. J'aurai quelques documents à vous apporter, demain ou un peu plus tard, concernant une ou deux questions à mettre au point. Je vous expliquerai tout ça très clairement, promit-elle en se levant. Ne vous inquiétez pas. J'ai le sentiment que ce sera plus facile de m'entendre avec vous qu'avec Megan.

« Au fait, ajouta-t-elle en enfilant son manteau, je ne suis pas surprise qu'elle n'ait toujours rien dit à Brody et à Alison. Demain, vous vous rappelez ? Avec elle, tout est toujours remis au lendemain. Elle s'occupera de ça demain, conclut-elle en quittant la pièce.

Je la raccompagnai jusqu'à la porte. Elle l'ouvrit et se retourna, l'air toujours aussi détendu.

– Je suis enchantée d'avoir pris la décision de vous parler, Rain. Qui voudrait se gâcher la vie avec toutes ces turpitudes ? Et ne vous faites pas de souci pour Grant : je lui expliquerai tout et il comprendra.

Elle partit enfin, et je crus avoir deviné la véritable raison de cette transformation soudaine. En se montrant si aimable et si raisonnable, elle voulait sans doute prouver à Grant qu'elle s'y prenait mieux que Megan avec moi, qu'elle maîtrisait la situation. Et qu'elle était celle dont il avait besoin, pour protéger sa précieuse image de marque.

Songeait-elle réellement à voler le mari de sa sœur ?

Je commençais à les connaître, tous autant qu'ils étaient. Je n'aurais pas parié un centime sur les bonnes intentions qu'ils nourrissaient les uns envers les autres, et encore moins envers moi.

Je refermai la porte, toujours aussi perplexe.

Que venait-il de se passer, au juste ? Que signifiait toute cette scène ? Victoria était-elle sincère ? Avait-elle vraiment réfléchi à cela toute la nuit ?

J'avais grande envie de monter faire mes bagages et de prendre le prochain vol pour Londres.

Jake eut un coup d'œil sceptique quand, après lui avoir résumé ma matinée, je mentionnai la visite surprise de Victoria brandissant le drapeau blanc. Il ramenait la Rolls après une visite au garage, pour la vérification régulière, et j'étais sortie pour lui parler.

– Elle vient juste de partir, précisai-je. Elle dit qu'elle va revenir avec des papiers. Croyez-vous que je devrais demander à M. Sanger de les lire, d'abord ?

– Évidemment ! Restez toujours sur vos gardes quand Victoria est dans les parages, Rain.

La vivacité de sa réaction m'amusa.

– Quant à cela, vous n'aviez pas besoin de me prévenir Jake. Mais pour tout dire… je trouve que vous ne montrez pas beaucoup de fierté paternelle.

Il pouffa de rire mais reprit très vite son sérieux.

– Je ne suis pour rien dans son éducation, Rain. C'est Everett qui a eu le plus d'influence sur elle. Bien plus que Frances, malgré ce que Victoria vous a laissé entendre. Il lui a enseigné sa méthode de comportement personnelle dans le monde des affaires : l'indifférence, l'esprit d'analyse et la froideur. Il l'a mise en garde contre l'attitude des hommes envers les femmes, dans ce milieu. Il l'a avertie qu'elle n'y serait pas respectée par ses concurrents masculins. Qu'ils feraient tout pour se montrer plus forts qu'elle et l'évincer. Il lui a même donné un conseil que

Frances m'a répété. Celui de se faire passer pour une faible femme, naïve et sans défense, jusqu'au moment où elle aurait assez d'informations utiles. Et alors, mais seulement alors, de sauter à la gorge de l'adversaire.

« Elle en est venue à aimer ça, soupira Jake. Everett a fait d'elle une redoutable chasseresse, à l'affût des bonnes occasions et des faiblesses de ses concurrents. Elle se plaît à dire que s'il était encore là, il serait fier d'elle. Au fond… Elle ressemble à mon grand-père, déclara-t-il, dans la mesure où je me souviens de lui. Mais ne vous y trompez pas, Rain…

Sa voix se fit soudain plus grave.

– Je reconnais le mérite de Victoria, et la valeur de sa réussite. Everett n'avait pas tort : les hommes n'en auraient fait qu'une bouchée si elle ne s'était pas montrée si habile. Quand il s'agit d'amasser de l'argent, la compétition est impitoyable, et la compassion n'entre pas en ligne de compte. Plus l'enjeu est élevé, plus la lutte est féroce. Il y a quelques choses utiles à apprendre de Victoria. Toutefois…

Une étincelle de malice pétilla dans les yeux de Jake.

– Si elle voit en vous un adversaire, retenez bien mon conseil, Rain. Surveillez vos arrières.

– Entendu, Jake.

Il fit un signe d'assentiment et promena son regard autour de lui. Le ciel était limpide, sans un nuage. La journée promettait d'être radieuse, sans doute l'une des plus belles qu'il y ait eues depuis mon retour. La brise était presque tiède. Tout resplendissait.

Jake sortit soudain de sa contemplation.

– Vous savez ce que vous devriez faire, Rain ? Vous devriez sortir ma pouliche, pour votre première promenade à cheval. Elle est prête et n'attend que ça. Qu'est-ce que vous en dites ?

– Eh bien… Je ne sais pas trop.

– Allons, venez. Ça vous plaira. Elle vous a réclamée, affirma-t-il.

Je souris malgré moi. J'avais adoré mes leçons d'équitation, à Dogwood, et j'avais hâte de me remettre en selle. Je ne me fis pas prier.

– C'est d'accord, Jake.

Je rentrai aussitôt pour aller passer ma tenue d'équitation, un cadeau de Grand-mère Hudson pour mon entrée à Dogwood.

– Quelle allure ! commenta Jake à mon retour. Très professionnel. Rain sera impressionnée.

– Nous verrons, répliquai-je en montant dans la Rolls. Nous prîmes la direction de la ferme où son cheval était en pension.

À l'écurie, c'est moi qui fus impressionnée devant sa beauté. Sa robe était d'une chaude couleur châtain, avec la crinière et la queue plus claires, presque blondes. Elle me regarda m'approcher, le regard plein de curiosité, puis leva l'antérieur gauche et en frappa le plancher de la stalle.

– C'est sa façon de dire bonjour, m'apprit Jake. Elle ne dit pas bonjour à n'importe qui, vous savez. Comme début, c'est une réussite.

Je souris et grattai doucement le chanfrein de l'alezan. Jake me donna quelques morceaux de sucre à lui offrir, pendant qu'il allait chercher sa selle et son bridon. Je savais comment nourrir un cheval. Je présentai les sucres sur ma paume, la main bien plate, et laissai Rain les happer un par un. Après quoi, elle inclina plusieurs fois la tête.

– Elle vous dit merci, expliqua Jake tandis que Rain reculait vers lui, sans qu'il ait eu besoin de l'appeler.

Il jeta la selle sur son dos, ajusta la sangle et observa :

– Vous devriez savoir faire ça toute seule, non ?

– C'est l'une des premières choses qu'on m'a apprises, figurez-vous.

– Alors je vous laisse la brider.

Je m'acquittai de ma tâche sans que Rain oppose la moindre résistance, puis je regardai Jake lui curer les sabots. Quand il les eut vérifiés un à un, il resserra la sangle et me dit de sauter en selle, pour qu'il puisse ajuster les étriers. Cela fait, il m'emmena hors de l'écurie et me donna ses consignes.

– Dirigez-vous vers l'ouest, vous verrez la trace de Rain dans l'herbe haute. Elle vous conduira jusqu'à la crête de cette colline, indiqua-t-il, le bras tendu. Et j'y pense… de là-haut, vous découvrirez toute la propriété. Continuez à suivre la piste et elle vous ramènera ici. Vous devriez en avoir pour une heure et demie, estima-t-il.

« Si vous serrez bien les genoux en vous penchant en avant, Rain prendra le galop. Elle adore ça, mais il se peut qu'elle résiste un peu pour vous éprouver. Ça aussi, elle adore ! glousse Jake. Ne lui cédez jamais, sous aucun prétexte. Elle réagit comme une enfant gâtée, en fait. Une fois que vous l'aurez bien en main, elle sera douce comme un agneau. Vous y êtes ?

– Parfaitement, Jake.

– Alors bonne promenade, je vous attendrai. Il faut que j'aille dire un mot au propriétaire des écuries. À tout à l'heure.

Je le regardai s'éloigner, le cœur battant. Je sentais sous moi la force immense de la pouliche, qui piaffait d'impatience, percevant mon hésitation. Mais je tins fermement les rênes et l'obligeai à rester tranquille quelques instants, pour respecter les instructions de Jake.

– Nous partirons quand je serai prête, lui murmurai-je.

Puis, très progressivement, je donnai du mou aux rênes et elle partit au pas vers le sentier, la tête haute. En me retournant, je vis que Jake s'était arrêté pour m'observer.

– C'est ça, excellent ! cria-t-il de loin. J'en étais sûr.

Il avait dit vrai. Quelques minutes suffirent pour que tout ce que j'avais appris me revienne. À Dogwood, une fois surmontées mes premières frayeurs, j'avais pris grand plaisir à mes leçons d'équitation. Mais je n'avais jamais perdu de vue l'ironie de ma situation : Moi, une fille des quartiers pauvres, me retrouver en tenue d'équitation ultra-chic, au coude à coude avec les filles de la grande bourgeoisie régionale… il y avait de quoi sourire. Souvent, pendant ces reprises, j'imaginais la réaction de Mama Arnold si elle avait pu me voir. Elle en aurait rugi de rire… et en même temps pleuré de joie.

Rain avait envie de prendre le galop, je le sentais. Elle tirait sur les rênes, donnait des coups de tête de côté, reniflait, hennissait. Bref, elle faisait tout son possible pour en venir à ses fins, sauf se cabrer et me désarçonner. Je la fis s'arrêter, ce qui ne lui plut guère. Elle s'ébroua, recommença ses coups de tête, frappa nerveusement le sol de l'antérieur droit. Finalement, elle se calma, et je la laissai repartir au pas. Je l'y maintins pendant cinq minutes. Ensuite je me penchai légèrement sur l'encolure, donnai du talon, et la pouliche prit le galop.

Ce fut merveilleux, j'avais l'impression de chevaucher le vent. Puis je craignis de donner trop de liberté d'un coup à la jument, et la ramenai peu à peu à une allure plus sage. Nous approchions de la colline, à présent. Nous gravîmes la côte avec lenteur et, parvenue au sommet, je fis halte comme Jake m'avait conseillé de le faire.

Et je la vis. La grande, la magnifique maison de Grand-mère Hudson, en majeure partie mienne à présent, nichée au creux de la vallée. Au-dessus du lac argenté, deux corbeaux décrivaient de grands cercles, très haut dans le ciel. Voir la propriété d'ici me dilata le cœur de joie.

Comment pouvions-nous songer à la vendre ? Traiter cette maison, la terre qui l'entourait, comme une simple marchandise qu'on met aux enchères ? Elle avait sa personnalité, son histoire. Ce n'était pas un simple bien qu'on échange contre de l'argent. C'était un foyer.

Aucun doute, j'allais donner du fil à retordre à Victoria, sur ce point précis. En contemplant la propriété d'en haut, je fus quasi certaine d'avoir compris les intentions de Grand-mère Hudson. Elle savait que cette maison serait un foyer pour moi, que je saurais la préserver, la protéger et l'aimer.

Rain aussi semblait apprécier ce qu'elle voyait, elle ne montrait plus aucune impatience. Je lui caressai l'encolure.

– Un jour, nous galoperons dans ces prés, Rain, lui chuchotai-je. Tu pourras venir me rendre visite.

Nous reprîmes le sentier, traversâmes quelques bois, puis un cours d'eau limpide, dont les cailloux brillaient comme des joyaux dans le soleil de l'après-midi. J'offris à mon homonyme à quatre pattes une nouvelle course au galop, puis nous revînmes au petit trot vers les écuries. Assis dans un fauteuil où il lisait le journal, Jake observa notre approche et se leva.

– Alors, cette balade ?

– C'était divin, Jake. Merci à vous.

– Elle a l'air contente de sa sortie, princesse. Vous vous en êtes bien tirée.

Nous promenâmes Rain pour la rafraîchir en douceur, puis je l'étrillai et la bouchonnai pendant une bonne demi-heure. Nous le faisions toujours nous-mêmes, à Dogwood. C'est le meilleur moyen pour qu'un cheval s'habitue à vous. L'après-midi était déjà très avancé quand Jake et moi quittâmes les écuries.

– Je reviendrai, Rain, dis-je à la pouliche.

Elle tourna la tête et la pencha en avant, comme si elle comprenait mes paroles. Jake approuva vigoureusement.

– J'y compte bien ! Quand vous retournerez en Angleterre, vous pourriez vous entraîner un peu, suggéra-t-il comme nous remontions en voiture.

Je me retournai pour voir s'éloigner le ranch.

– On verra. C'est si beau ici, Jake ! J'ai pris une décision quand nous étions sur la colline. Je ne vendrai pas. Aussi longtemps que ce sera possible, je garderai la maison.

Il sourit jusqu'aux oreilles.

– À la bonne heure !

– Quand je serai en Angleterre, vous pourriez y habiter et vous en occuper, pourquoi pas ?

– Ma foi, princesse… je ne sais pas trop.

– Moi, je sais. Pensez-y, Jake. Un jour, j'aimerais revenir ici et pouvoir m'y sentir chez moi. Je sais que la maison sera entre de bonnes mains.

– Je ne sais pas, répéta-t-il. J'ai tellement de souvenirs, ici… Enfin, j'y réfléchirai, promit-il.

Je m'appuyai au dossier de mon siège et m'absorbai dans mes pensées. Étais-je en train de rêver, créant mon propre univers chimérique afin d'ignorer la dure réalité ? Comment pourrais-je revenir un jour ici ? Vers quoi reviendrais-je ?

– Allons bon ! grommela Jake en ralentissant dans l'allée carrossable. Qu'est-ce que c'est encore ?

Une Corvette argentée décapotable était garée devant le perron. Karel avait-il une nouvelle voiture de sport ? me demandai-je, à peine étonnée.

Je descendis et m'approchais de la Corvette quand une voix me héla, du côté du lac. Mon demi-frère Brody me fit signe de loin.

– Megan a dû lui dire la vérité sur mon compte, finalement, fis-je observer à Jake.

– Apparemment. Et vous devez avoir besoin d'être un peu seuls ensemble, j'imagine. Je repasserai demain. Si vous avez besoin de moi, vous savez où je suis. Merci d'avoir sorti Rain, ajouta-t-il en redémarrant.

Pleine de curiosité, j'attendis Brody qui arrivait en courant.

– Je suis là depuis près d'une heure ! haleta-t-il. J'étais sur le point d'abandonner. Je commençais à croire que tu étais partie, pour rentrer en Angleterre si ça se trouve. Quand j'ai questionné ma mère, elle n'avait pas l'air au courant de tes projets.

– Ah bon ?

– Je sais que mon père et elle sont venus ici, mais pourquoi ? Elle n'a rien voulu me raconter. Alors j'ai décidé d'offrir sa première grande virée à ma nouvelle voiture, expliqua-t-il. Elle te plaît ? C'est un cadeau de papa pour mes bons résultats scolaires, et aussi mes succès au football. J'ai marqué un nombre de buts fabuleux cette année, tu sais ? annonça-t-il avec fierté.

Il parlait très vite, comme s'il se sentait nerveux, ce qui m'étonnait un peu. Nous ne nous étions pas beaucoup vus, mais en ces rares occasions il se montrait toujours très sûr de lui, parfois jusqu'à friser l'arrogance. Et il faut avouer que cette confiance en lui-même se justifiait. C'était un grand et beau garçon à la silhouette élancée, avec une carrure impressionnante développée par le sport. Ses cheveux étaient aussi noirs que les miens, mais la nuance de ses yeux était plus difficile à décrire. Entre le vert et le brun, plutôt verts selon moi, et parsemés de paillettes couleur noisette. Sa bouche avait le même dessin que la mienne, et son teint clair était avivé par le grand air. Aujourd'hui, comme la première fois où je l'avais vu, il portait son blazer d'université bleu et or.

– Dois-je comprendre que tes parents ne savent pas que tu es ici, Brody ?

– À l'heure qu'il est, ils doivent le savoir. J'ai laissé un mot dans la cuisine. Mais la dernière fois que j'ai fait ça, ma garce de sœur a trouvé le billet la première et l'a jeté à la poubelle, pour m'attirer des ennuis. En rentrant, rien qu'à l'air furieux de mon père, j'ai deviné qu'elle m'avait joué un de ses tours. J'ai couru droit à la poubelle de la cuisine et j'ai trouvé le mot, que j'ai montré à papa. Il a consigné Alison à la maison pour un mois. Mais comme toujours, au bout d'une semaine il a levé sa punition.

Tout ce discours ne parvint pas à me faire oublier l'essentiel.

– Tes parents ne seront pas contents que tu sois venu ici, Brody.

– Et pourquoi donc ?

Sa surprise était sincère. Et temps pour les belles promesses de ma mère ! pensai-je avec dépit. Elle n'avait toujours rien dit à ses autres enfants. Brody était-il seulement au courant des dernières volontés de Grand-mère Hudson ?

Pour l'instant, il semblait avoir tout autre chose en tête. Il ne me quittait pas des yeux.

– Tu reviens d'une balade à cheval, on dirait ?

– Jake m'a demandé de faire prendre un peu d'exercice à sa jument.

– Je n'ai pas beaucoup pratiqué l'équitation, mais je crois que ça me plairait bien.

Son regard dériva sur la maison et, après un bref silence, il ajouta :

– Je crois toujours voir Grand-mère Hudson ici. C'est dur d'imaginer cet endroit sans elle.

– Oui.

– Et si je t'emmenais dîner quelque part ?

Je saisis la première excuse qui me vint à l'esprit.

– Tu ne crois pas que tu devrais penser à rentrer chez toi ? Cela fait une longue route, il me semble.

– Mais qu'est-ce que je suis venu faire ici, d'après toi ? Me garer devant le perron et repartir en vitesse ? Tu as raison, c'est une longue route. Il faut que je fasse au moins quelque chose qui en vaille la peine, non ?

Devant son sourire désarmant, je dus me faire violence pour insister.

– Je suis un peu fatiguée, Brody. Quand on n'a pas monté depuis longtemps, c'est plutôt épuisant, surtout avec un nouveau cheval. On ne peut pas se permettre une seconde d'inattention, et ça aussi c'est éprouvant.

– J'en suis sûr, dit-il d'un air convaincu. Et tu n'as pas envie non plus de faire la cuisine, je suppose. Alors voilà ce que je vais faire. Je connais un restaurant chinois super, pas très loin d'ici, où on vend des plats à emporter. Je vais aller acheter quelques trucs genre soupe, rouleaux de printemps et petits gâteaux. Qu'en penses-tu ?

– Que tu devrais rentrer chez toi. Sérieusement.

– Ne dis pas de bêtises, Rain ! Nous n'avons jamais eu l'occasion de faire vraiment connaissance, et j'y tiens. Ma grand-mère t'aimait vraiment beaucoup, et pour moi ça veut dire que tu n'es pas n'importe qui. Elle n'aimait pas tellement de gens que ça !

– Écoute, Brody…

Il n'eut même pas l'air de m'entendre.

– Qu'est-ce que tu préfères ? Poulet, crevettes, langoustines ? Non, je n'ai rien dit : je prendrai les trois et tant pis pour les restes.

– Brody…

– Non, j'insiste. D'un point de vue purement théorique… (Il jeta sur la façade un regard d'expert)… j'ai certains droits sur cette maison par ma mère, non ?

Je le dévisageai sans répondre. Il était si exubérant, et d'une certaine façon si innocent, comparé à moi ! Que devais-je faire ? Lui jeter brutalement la vérité à la figure, et créer de nouveaux problèmes dans la famille ? Pourquoi ma mère n'avait-elle pas fait le nécessaire pour éviter ce genre de choses ? Si elle n'en avait pas eu le courage, Grant aurait dû l'avoir, lui. Sa crainte de ternir sa précieuse image était-elle si forte qu'il préférait vivre avec tous ces mensonges, même dans son propre foyer ?

De son côté, Brody avait réfléchi lui aussi. Mais ses pensées avaient suivi un autre cours. Il demanda brusquement :

– Tu attends quelqu'un d'autre, peut-être ? Je parie que c'est ce garçon avec qui tu as joué dans la pièce de fin d'année. C'est ça ?

– Non, répondis-je un peu trop vite.

Si j'avais pris le temps de réfléchir, j'aurais sauté sur l'occasion, mais c'était trop tard.

– Si tu es aussi fatiguée que tu le dis, tu n'as sûrement pas rendez-vous avec un autre garçon. Je me trompe ?

– Non, je n'attends personne, admis-je à contrecœur.

– Eh bien alors, tout est pour le mieux. Tu as épuisé toutes les excuses possibles, Rain. Sauf…

Il marqua un temps d'arrêt avant d'achever :

– Sauf si tu n'oses pas dire que tu ne peux pas me supporter ?

– Tu sais bien que ce n'est pas ça, Brody.

– Alors ?

– Bon, d'accord, capitulai-je.

– Génial !

Il sauta littéralement dans sa voiture et me décocha un sourire conquérant.

– Il faudra que je t'emmène faire un tour là-dedans, Rain. C'est un vrai petit avion ! lança-t-il en mettant le contact. Et avant que tu n'aies le temps de dire kung-fu en chinois, je serai revenu.

Je fus obligée de lui rendre son sourire. Quelle raison avais-je de me montrer désagréable envers lui, après tout ?

Il agita la main, descendit l'allée si vite qu'il dut freiner avant le portail et disparut dans le tournant.

– C'est sans doute une erreur, dis-je à voix haute, mais ce n'est pas entièrement ma faute. En fait, rien de tout cela n'est ma faute.

Je rentrai dans la maison, en proie à un tumulte d'émotions confuses, toutes reliées à la même question. Quand et comment la vérité parviendrait-elle à se faire jour, libérant enfin la famille de tous ces mensonges ?

4

Chagrin secret

J'allai rapidement prendre une douche, me faire un shampoing et me changer. Je choisis un chemisier blanc, une jupe bleu clair et des tennis bleu et blanc. Une tenue adéquate pour la soirée que projetait Brody, estimai-je. Apprendre à mieux nous connaître me convenait tout à fait, mais je devrais veiller à ne pas encourager Brody. En aucun cas il ne devait repartir chez lui en croyant qu'une relation amoureuse était possible entre nous. Il me quitterait déçu, ou même fâché, mais quand ses parents lui diraient enfin la vérité, il comprendrait. Toutefois, si la situation avait été différente…

Oui, m'avouai-je en me brossant les cheveux. Si Brody était pour moi un garçon comme n'importe quel autre, il me serait facile de tomber amoureuse de lui, et pas seulement pour son physique. Il était sincère, sensible, et lucide. Il acceptait sa famille telle qu'elle était, sans la parer de qualités imaginaires. Il connaissait les faiblesses de notre mère, et ne se faisait certainement pas d'illusions sur Alison. Tout cela, à mes yeux, était une preuve de maturité. J'aurais tant voulu que mon secret fût enfin révélé, que nous puissions devenir véritablement frère et sœur. Quand cela se produirait, j'étais certaine de trouver en lui un ami merveilleux.

Malgré toutes mes réticences, pourtant, je ne pus quitter ma coiffeuse sans avoir mis un peu de rouge à lèvres. Je souris toute seule, en évoquant mes deux amies du cours Burbage, Leslie et Catherine. Les deux Françaises, un peu trop précoces à mon avis, avaient des théories sur l'amour qui me laissaient parfois perplexe. Elles soutenaient que les femmes avaient toujours conscience de leur apparence, comme les actrices sur scène. Qu'il n'y avait aucun mal à vouloir plaire. Que seule comptait la joie de vivre. Et que le plaisir amoureux était la grande affaire de la vie.

Je me souvenais encore d'une conversation mémorable, où elles avaient tenté de me convertir à leur philosophie. Je les avais traitées d'obsédées, ce qui les avait fait rire, et j'avais ri avec elles. Mais après cela, quand le regard d'un homme s'attardait sur moi — même celui d'un adolescent —, je me sentais rougir. Je prenais malgré moi une pose avantageuse, feignais de regarder ailleurs, battais des cils. Puis je me reprochais de m'être montrée si futile.

Peut-être était-il temps de m'avouer que c'était agréable de plaire, d'être admirée, d'être tout simplement... une femme. Pour rien au monde je ne l'aurais admis devant les deux sœurs, si sûres d'elles-mêmes, mais qu'est-ce qui m'obligeait à le reconnaître devant elles ? Je n'avais pas besoin de le leur dire.

Mais attention, recommandai-je à mon reflet en reposant mon tube de rouge à lèvres. Surtout, sois prudente...

Je descendis mettre la table et allai attendre au salon. Brody tardait, et même tellement que je commençais à me poser des questions. Avait-il changé d'avis, ou appelé notre mère, pour s'entendre ordonner de rentrer sur-le-champ ? Je ne pus m'empêcher de l'espérer. Tout aurait été tellement plus facile !

Mais dix minutes plus tard, sa voiture freina devant la maison et j'allai regarder par la fenêtre. Les bras chargés de sacs et de paquets, il s'avançait déjà vers le perron. Pendant un instant, j'envisageai sérieusement de ne pas lui ouvrir. Si seulement...

– Désolé d'avoir mis tout ce temps, s'excusa-t-il quand je le fis entrer. Ils étaient débordés, chez le Chinois. Comme dit toujours mon père à ses amis, — à propos de ma mère —, plus personne ne fait la cuisine aujourd'hui.

Il avait l'air si heureux, détendu, plein d'entrain ! Il se hâta vers la cuisine comme s'il était porté par un tapis volant, et déposa ses achats sur le plan de travail.

– La table est déjà mise, annonçai-je.

– Ah bon ? Super !

Il reprit les sacs, les porta dans la salle à manger, et commença aussitôt à retirer les plats de leur emballage.

– Veux-tu que je fasse du thé ? proposai-je.

– Du thé ? Qu'est-ce que les Anglais ont fait de toi, à Londres ? Sûrement pas. J'ai de la bonne bière chinoise, dit-il en retirant deux packs de six bouteilles du second sac. Tout est encore chaud, c'est moi qui vais servir.

Là-dessus, il plongea une cuiller dans l'un des plats et entreprit de remplir mon assiette.

– Je n'ai pas pris de soupe, précisa-t-il. J'ai pensé que ça ferait trop.

Au vu de la montagne de victuailles qui trônait sur la table, je ne pus m'empêcher de sourire.

– Il y a des chances, oui.

– Il t'en restera pour déjeuner demain, la belle affaire ! C'est prévu comme ça, chez les traiteurs chinois, expliqua-t-il. Allez, attaque.

C'était délicieux et je le dis à Brody.

– Oui, je me souviens d'avoir fait un bon repas en famille, à cet endroit. Nous étions allés voir Grand-mère et mon père a décidé que nous devrions aller dîner tous ensemble. Grand-mère ne voulait pas, mais il l'a persuadée de venir, et elle a beaucoup aimé ça, finalement. À la fin du repas…

Il eut un sourire plein de malice.

– Tante Victoria a épluché la note, bien sûr, et elle a trouvé quelque chose qui n'allait pas. On nous avait compté des menus complets, alors que nous avions dîné à la carte. Elle a une calculatrice dans la tête, cette femme-là !

Je souris à mon tour. Brody m'attendrissait, tout à coup. On aurait dit qu'en lui une digue venait de se rompre, libérant des souvenirs d'enfance longtemps contenus.

– Tu veux une bière ? proposa-t-il.

– Non, merci.

– Elle est vraiment bonne, je t'assure.

Je le regardai vider une cannette dans son verre.

– As-tu toujours aimé venir ici, Brody ?

– Ça n'arrivait pas si souvent. La plupart du temps, c'est Tante Victoria qui insistait parce qu'elle avait des questions d'argent à discuter, ou des trucs de ce genre. Ma mère a horreur de parler affaires. Elle ne lit même pas ses relevés de compte. Quand elle est à découvert, notre comptable l'appelle pour la prévenir. Et elle va se plaindre de lui à mon père, en l'accusant de ne pas l'avoir avertie en temps voulu.

– Elle est vraiment irresponsable à ce point ?

C'était plus fort que moi, j'étais curieuse de savoir comment ma mère était vraiment, quelle avait été la vie de famille de Brody, et aussi ce qu'elle était à présent.

– Non, dit-il en reposant sa fourchette. Pas vraiment, mais elle sait manipuler mon père. Il est censé être le politicien de la famille, mais ma mère le bat haut la main. Je ne l'ai jamais vue ne pas obtenir ce qu'elle voulait.

– C'est que ton père veut bien le lui donner, alors. Sinon, il ne le ferait pas.

Il réfléchit un instant et fit un signe d'assentiment.

– C'est bien possible. Le seul conseil que j'aie reçu de lui au sujet des femmes, c'est de ne jamais les sous-estimer. « Avec elles, les choses sont rarement ce qu'elles ont l'air d'être », voilà exactement ce qu'il m'a dit.

– Les hommes peuvent être tout aussi retors, Brody.

– Nous essayons, railla-t-il en mastiquant une bouchée de son rouleau de printemps. Mais nous ne sommes que des amateurs, comparés au prétendu sexe faible.

– Pourtant nous sommes plus faibles, insistai-je.

Son sourire amusé s'effaça.

– Mais oui, c'est ça. Comme la reine Élisabeth Ire, par exemple. Toi qui as vécu en Angleterre, tu dois connaître son histoire en détail.

– C'est différent, protestai-je. Elle était reine, il fallait qu'elle soit forte.

– Toutes les femmes sont reines dans leur foyer, affirma-t-il. Ou plutôt, c'est ce qu'elles devraient être. Et tu as raison sur un point : les choses sont comme ça parce que mon père le veut bien. Quoique depuis quelque temps… il cède surtout pour avoir la paix, je suppose. Il ne veut pas être distrait de son travail. C'est un homme ambitieux, mais seulement parce que les autres reconnaissent sa valeur. Tu sais… il pourrait bien finir président des États-Unis, conclut-il avec orgueil.

– Tu t'entends bien avec lui, alors ?

– Et comment ! On est très copains, il assiste à tous mes matchs. Une fois, il a même pris un vol de nuit pour arriver à temps, et il a payé le prix fort pour avoir un billet.

– C'est vraiment très bien, ça, Brody. Je suis contente pour toi.

Il hocha la tête et remplit à nouveau son verre. J'éprouvai le besoin de le mettre en garde.

– Ne bois pas trop, quand même !

– Bof ! Si tu voyais quelle quantité de bière nous consommons au collège, tu ne t'inquiéterais pas pour si peu. On finit par être immunisé, je suppose. Je ne compte plus les fois où j'ai bu un pack de six à moi tout seul.

Une autre occasion s'offrait, cette fois je ne la laissai pas passer.

– Je ne veux pas que tu sois malade, Brody, ou hors d'état de conduire.

– Justement, j'y avais pensé, riposta-t-il. Si tu n'y vois pas d'inconvénient, je vais passer la nuit ici. Je dormirai dans ma chambre habituelle, bien sûr.

Mon cœur battit une charge frénétique, tel un tambour annonçant l'imminence du désastre.

– Je ne crois pas que ta mère appréciera cette idée, Brody.

– Au fait, elle n'a pas encore appelé ? s'étonna-t-il.

– Non.

– Cette peste d'Alison ! Si elle a trouvé mon mot et l'a jeté à la poubelle, je lui tords le cou.

S'il tentait de faire diversion, il en fut pour ses frais.

– Tu ferais mieux d'appeler ta mère, Brody. S'il te plaît.

– C'est ça, promit-il. Je l'appellerai.

Il lampa une longue gorgée de bière, se renversa sur sa chaise et m'observa d'un œil scrutateur. Je finis par me sentir mal à l'aise.

– Eh bien, Brody ? Pourquoi me regardes-tu comme ça ?

– Il y a quelque chose qui m'a toujours intrigué. Ma mère ne m'a jamais donné de réponse nette.

Je manifestai un intérêt subit pour mes langoustines.

– Ah bon ?

– Comment ma mère t'a-t-elle connue, et ensuite recommandée pour ce projet qui t'a valu de te retrouver ici, avec Grand-mère Hudson ? J'ignorais que ma mère s'intéressait aux problèmes des minorités, d'ailleurs. À part les thés de la Jeunesse républicaine, ses activités sociales et politiques sont plutôt limitées.

Je fixais toujours le contenu de mon assiette. Je me faisais l'effet d'être une araignée, tissant sa toile de mensonges. Sauf qu'au lieu d'une pauvre mouche innocente, c'est moi que je finirais par y prendre. Combien de temps me faudrait-il encore tricher ?

– J'ignore ce qu'elle a pu te dire, hasardai-je prudemment.

– Pratiquement rien. Je sais qu'elle a convaincu Grand-mère de te prendre à l'essai, et apparemment Grand-mère t'a aimée dès le début.

– C'était juste un projet du lycée pour les élèves qui promettaient, improvisai-je. Un jour, j'ai été convoquée chez le directeur pour une entrevue avec ta mère. Sans que je sache comment ni pourquoi, j'ai été choisie. La suite, tu la connais.

Il ne paraissait toujours pas convaincu.

– Ce que je ne saisis pas très bien, c'est quand elle a fait tout ça. Elle est vraiment allée dans un lycée ?

– Peut-être que ça ne présentait aucune difficulté. Peut-être qu'une de ses amies lui a parlé du programme, et qu'elle a trouvé que c'était une bonne idée.

– Ça fait beaucoup trop de « peut-être » répliqua-t-il en décapsulant une nouvelle cannette.

Le rythme de mon cœur s'accéléra. Certains mensonges sont un peu trop transparents, j'en avais conscience, et Brody ne devait pas être dupe. Il vidait verre sur verre, à présent, et sa curiosité à mon sujet devenait quasiment fébrile.

– Je me souviens que mon père avait trouvé cette histoire assez surprenante, reprit-il. Ce qui l'étonnait le plus, c'est que ma mère ait trouvé si vite une solution pour toi, et qu'elle ait si facilement convaincu ma grand-mère de t'accueillir.

« Ma grand-mère n'ouvrait pas sa porte au premier venu, et n'acceptait pas n'importe qui sous son toit. Pour ce qui est de renvoyer ses domestiques, je crois qu'elle détient un record. Et aucun représentant n'osait s'approcher de la propriété.

– Elle était malade, expliquai-je. Elle avait besoin d'une personne à demeure.

Brody eut une moue sceptique.

– Une adolescente ? Je sais ce que pensait Grand-mère Hudson des jeunes d'aujourd'hui. Elle disait toujours que si elle avait un enfant de cet âge, elle serait obligée d'engager un dompteur de lions.

J'éclatai de rire, espérant créer une diversion, mais Brody ne se laissa pas détourner de son sujet.

– Tout ça est trop mystérieux, décidément. Ces derniers temps, on dirait que mes parents nous cachent quelque chose. Je sais que Grand-mère t'a laissé une certaine somme dans son testament, mais il n'y a pas moyen de savoir combien. Mon père dit que c'est encore en discussion, quant à ma mère… Elle soupire en répétant que c'est une situation très difficile. Ce qui est sa façon de dire qu'elle ne veut pas entendre parler de ça. Combien t'a laissé ma grand-mère, exactement ?

– C'est encore en discussion, répondis-je en souriant.

– Ne plaisante pas, je suis sérieux !

– Tout ça est entre les mains des avocats, Brody. Je ne connais pas moi-même les détails, dis-je en manière d'excuse.

Ce qui ne l'empêcha pas d'insister, loin de là.

– Je pense sérieusement à devenir avocat, justement. Je suis assez malin pour lire entre les lignes, et réunir les bribes de renseignements que je peux glaner. Grand-mère Hudson t'a laissé assez d'argent pour donner une attaque à Tante Victoria, si je comprends bien. Et comme tu ne fais pas partie de la famille, ils voudraient contester la validité du testament. C'est bien ça ?

– Brody…

– Bon sang, je ne suis pas un espion, quand même ! Dis-moi quelque chose.

– Tu as deviné juste, concédai-je, mais je crois que tout finira par s'arranger.

– S'arranger ? s'esclaffa-t-il. Telle que je connais ma tante, cela veut dire que tu vas te retrouver sur le pavé. Que comptes-tu faire maintenant, de toute façon, Rain ? Tu penses sérieusement à retourner à Londres ?

– Oui.

– Tu as rencontré quelqu'un, là-bas ?

Je m'avisai que c'était peut-être enfin la porte de sortie que j'avais vainement cherchée. Je hochai la tête.

– Oui, Brody. J'ai rencontré quelqu'un à qui je pourrai m'attacher profondément. Quelqu'un qui m'aimera.

En réalité, c'était de mon père que je parlais, mais Brody se méprit, exactement comme je l'avais souhaité. Il eut un sourire forcé.

– Ah ! Eh bien... je n'en suis pas du tout surpris. Tu es une fille ravissante, Rain. N'importe qui serait fier de sortir avec toi.

Je lui rendis son sourire et désignai la table du geste.

– Merci pour tout ça, Brody. C'était délicieux.

– Pardon ? Oh oui, bien sûr, répondit-il d'un ton lointain.

Je me levai pour débarrasser et sentis son regard sur moi. Il m'observait avec une attention qui me gêna.

– Il commence à se faire tard, Brody. Il serait temps pour toi de penser au retour, tu ne crois pas ?

Subitement, son visage durcit ; je vis qu'il était furieux et blessé. J'en fus désolée pour lui, mais que pouvais-je y faire ? J'emportai la vaisselle à la cuisine. Quand je revins dans la salle à manger, il débouchait une nouvelle bouteille de bière. Je me sentis obligée de le mettre en garde.

– Brody, tu n'as pas besoin de me prouver que tu peux boire comme un trou, je te crois sur parole. Mais si tu dois conduire ce soir...

– Ne t'en fais pas pour moi, coupa-t-il avec brusquerie. Tu sais, j'ai beaucoup réfléchi à tout ce que tu m'as raconté sur ton passé. Ta vie difficile, ta sœur assassinée par un gang et tout ça... Il faut que tu sois très prudente, Rain. Tu es orpheline, tu as besoin de quelqu'un qui t'aime, et tu espères sûrement le trouver. Tu es dans une position très vulnérable, et à la merci d'une décision trop précipitée.

– Je sais tout ça, Brody. Merci.

– Non, vraiment, insista-t-il. Tu devrais prendre un peu de recul et y penser sérieusement. Qui est ce garçon, en Angleterre ? Est-il beaucoup plus âgé que toi ?

Avant que j'aie eu le temps d'inventer un nouveau mensonge, le téléphone sonna et j'allai décrocher dans la cuisine. C'était ma mère. Sa voix suraiguë frisait l'hystérie.

– Rain, est-ce que Brody est là ? Est-il vraiment allé là-bas ?

– Oui.

– Mais qu'est-ce qu'il fait là ?

Je crus deviner ce qu'ils imaginaient. Que j'avais encouragé Brody à venir, dans un but intéressé : les empêcher de contester la validité du testament.

– Je ne l'ai pas invité, ripostai-je. Il a débarqué sans crier gare. J'ai essayé de le renvoyer plus tôt, mais il a absolument voulu rester pour dîner. Il a acheté un repas chez un traiteur chinois et nous venons juste de finir de manger.

– Et ensuite ?

– C'est tout. Rien n'a été dit, précisai-je, sachant que c'était surtout ce qui la préoccupait.

– Mais alors, qu'est-ce qu'il fait là ?

La voix maternelle était toujours aussi tendue.

– Vous n'avez qu'à le lui demander, je l'appelle. Brody, c'est ta mère !

– Ma sœur n'a pas dû jeter mon mot, finalement, commenta-t-il en s'emparant du combiné.

Je regagnai la salle à manger, pour finir de débarrasser la table. Ce qui ne m'empêchait pas de voir Brody, ni de l'entendre protester.

– Enfin, maman ! J'ai eu envie de faire un saut jusqu'ici, c'est tout. Il n'y a pas de quoi en faire un plat.

Puis il écouta quelques instants et le dialogue reprit, entrecoupé de brefs silences.

– Tu n'étais pas à la maison, je ne savais pas où te joindre et papa est à New York. Comment ? Je n'en sais rien, maman. Il commence à se faire tard. Je ferais peut-être mieux de dormir ici et de rentrer demain matin. Un motel ? Mais pourquoi veux-tu… J'ai ma chambre ici, voyons ! Qu'est-ce qui te chiffonne tellement ?

Brody écouta encore, tout en secouant la tête, puis leva les yeux au plafond.

– Maman, je n'ai jamais dormi chez Tante Victoria, et je n'ai pas l'intention de débarquer chez elle ce soir. Elle ne m'a pas adressé plus d'une douzaine de mots dans toute l'année. Je vais très bien, et arrête de t'inquiéter pour ça, tu veux ? Oui, d'accord, je te la passe. Maman veut te parler, conclut-il en me rendant le récepteur.

Je le pris avec appréhension.

– Oui ?

– Il est venu parce qu'il est amoureux fou de toi, attaqua ma mère. Il n'arrête pas de poser des questions sur toi, et il le faisait même quand tu étais à Londres. Sois très prudente, surtout.

– Je comprends.

– Fais très attention avec lui, insista-t-elle. C'est un garçon très mature et très séduisant. N'oublie pas qui tu es, ni qui tu es pour lui, Rain.

– Vous n'avez pas besoin de me le rappeler, me rebiffai-je. Et si vous aviez réglé la question plus tôt, nous ne serions pas dans cette impasse. S'il est si intelligent et si mature, il devrait pouvoir supporter le choc, non ?

– Je le ferai. Dès que Grant sera de retour, nous lui parlerons, promit-elle.

Mais quelles raisons aurais-je eues de la croire ? J'avais déjà entendu cette promesse si souvent !

Brody, qui était retourné dans la salle à manger, me cria par la porte ouverte :

– Dis-lui que je me conduis en vrai gentleman du Sud !

Ce qui n'apaisa en rien l'angoisse de notre mère.

– Je n'aime pas le savoir là-bas, Rain. Je vais appeler Victoria.

– Comme vous voudrez.

– Si seulement Grant était là ! gémit-elle. Il saurait l'obliger à rentrer, lui.

« Quand prendrez-vous enfin vos responsabilités ? fus-je sur le point de lui dire. Quand cesserez-vous de vous décharger de tout sur votre époux, y compris de vos erreurs passées ? Peut-être devriez-vous essayer pour de bon de faire de nous tous une vraie famille, Mère. Il est grand temps, la conduite de Brody le prouve assez. Ce n'est plus le moment de vous cacher la tête dans le sable. Relevez-la, et regardez les choses en face : demain est déjà là. »

Voilà ce que j'aurais voulu lui crier, mais je n'en fis rien. Je me contentai de lui dire au revoir.

– Désolé pour tout ça, s'excusa Brody dès que je revins dans la salle à manger.

Après avoir achevé un pack de six bouteilles de bière, il venait d'entamer le second. Je fis une nouvelle tentative pour le renvoyer.

– Ta mère est très inquiète, Brody. Pourquoi ne vas-tu pas dormir chez ta tante ?

– Qu'est-ce qui la tracasse tellement ? railla-t-il. Que savent-ils de toi et que j'ignore ? Que tu es une dangereuse séductrice ? Vas-tu m'envoûter avec un charme ? Je risque d'y succomber, tu sais.

– Écoute, Brody…

Il eut un sourire en coin.

– Je plaisantais, voyons ! Mais où en étions-nous ? Ah oui ! Tu me parlais de ta vie amoureuse en Angleterre. Où as-tu rencontré ce garçon ? À l'école ?

– Oui.

– Et à quoi ressemble-t-il ? C'est un Anglais ?

Je décidai de me servir de Randall comme rempart. Je ne serais pas si loin de la vérité, après tout.

– Non. Il est canadien, et très doué pour le chant.

– Ah bon ? À mon avis, tu ne devrais pas trop t'engager avec quelqu'un qui veut faire carrière dans le show-business. Pense un peu à la vie qu'ils mènent.

– C'est celle que je compte mener moi-même, justement. Je n'ai pas l'intention de m'embourgeoiser, entre un mari et une nichée d'enfants.

Brody éclata de rire.

– Tu finiras bien par le faire un jour ou l'autre, non ?

– Je n'en sais rien. Pour l'instant, je préfère ne penser qu'à ma carrière, et non aux amourettes. Je pourrais très bien ne pas me marier. J'épouserais ma carrière, en quelque sorte.

Je m'efforçais de le décourager, de lui apparaître sous le jour le moins attirant possible. Il hocha gravement la tête, mais le regard qu'il attacha sur moi me parut de plus en plus vitreux.

– Je deviendrai peut-être comme la tante Victoria, déclarai-je pour faire bonne mesure.

Il pouffa.

– Alors là, tu te paies ma tête ! Tu ressembles autant que moi à la tante Victoria. Tu es plutôt du genre de ma mère, quand j'y pense. Par certains côtés, tu lui ressembles même un peu. Je ne veux pas dire que tu te sers de ton charme pour manipuler les hommes, pas du tout. Simplement, je te trouve aussi jolie qu'elle, et même plus.

J'estimai urgent de changer de conversation.

– Je ferais mieux de ranger les restes avant qu'ils ne se gâtent, déclarai-je en tendant la main vers un carton.

Brody happa mon poignet au vol.

– Tu es plus jolie, en fait, Rain. Vraiment.

– Brody ! protestai-je en me libérant. Laisse-moi, s'il te plaît.

– C'est parce que j'ai presque deux ans de moins que toi ? Je suis plus mûr que les autres garçons de ma classe, tu sais. Alors ? C'est à cause de mon âge ?

– De quoi parles-tu, Brody ? Qu'est-ce qui est à cause de ton âge ?

– Le fait que tu essaies de m'ignorer, d'ignorer ce que je ressens pour toi.

Je le dévisageai en silence et, une fois de plus, le téléphone sonna. Brody soupira de frustration.

– Oh, non ! Encore elle. Laisse-moi répondre, dit-il en se levant pour retourner à la cuisine.

Il décrocha si brutalement qu'il faillit arracher l'appareil du mur.

– Oui, maman ? Oh, pardon, je croyais que c'était Mère qui rappelait… Bonsoir, Tante Victoria. Comment ?

Il couvrit le récepteur de sa paume et chuchota :

– Ma mère l'a appelée, tu te rends compte ? Non, Tante Victoria, j'ai décidé de ne pas rester. Mais merci pour l'invitation, c'est très aimable à toi. Entendu, reprit-il avec un clin d'œil à mon adresse. La prochaine fois que je viendrai, je t'appellerai d'abord. Au revoir !

Il raccrocha, un curieux sourire aux lèvres. Il attachait sur moi un regard si appuyé, si intense que j'interrompis ce que j'étais en train de faire.

– Qu'y a-t-il, Brody ?

– Tu dois avoir une dangereuse réputation pour qu'elles se fassent tant de souci, toutes les deux. J'avoue que ça m'intrigue.

– Pas du tout ! ripostai-je avec indignation.

Il haussa les épaules.

– Très bien, comme tu voudras. Et si nous reprenions notre conversation ?

– Je termine de débarrasser, d'abord. Pourquoi n'irais-tu pas te reposer sur le canapé du salon ?

– Pas de repos pour les braves, s'esclaffa-t-il, la voix épaisse.

Et il sortit de la cuisine en titubant.

Il est en train de se saouler, pensai-je avec effroi. Cela va mal finir.

Brusquement, je me découvrais aussi inquiète que ma mère.

En revenant à la salle à manger, je vis qu'il avait suivi mon conseil. Il était passé dans le salon… en emportant la dernière bière. J'achevai de débarrasser avant de venir voir ce qu'il devenait. Je le trouvai vautré sur le canapé, déchaussé, les yeux clos et un sourire béat aux lèvres. Pendant quelques instants, j'eus tout le loisir de l'observer à son insu.

Je me souvins qu'enfant j'avais essayé d'imaginer l'effet que cela faisait d'être un garçon. Je devais avoir sept ou huit ans, alors, et j'avais observé Roy de la même façon que j'étudiais Brody en ce moment. Roy aussi dormait sur le canapé du séjour. Je m'étais assise en face de lui, regardant sa poitrine se soulever et s'abaisser au rythme de son souffle. Chaque fois qu'il exhalait, sa lèvre inférieure palpitait légèrement. Tous ses traits paraissaient s'ajuster dans un moule, soutenus par l'ossature de son visage.

Les garçons ne sont pas comme nous, avais-je pensé. Leurs os sont plus épais, leurs traits plus grands et plus vigoureux. C'est pour cela que Roy et moi sommes si différents. Si j'étais un garçon, moi aussi j'aurais cet air-là.

Mais regarder Brody, c'était tout autre chose. En constatant sa ressemblance avec ma mère, j'en discernais une avec moi-même, si vague et si ténue qu'elle soit. Il ressemblait aussi à son père, bien sûr, et même beaucoup. Leurs similitudes masquaient ce qu'il avait en commun avec ma mère et moi. Rien d'étonnant à ce qu'il ne se soit jamais demandé si je pouvais être sa sœur. Cette idée n'avait jamais dû l'effleurer.

Il s'étira, les coins de sa bouche s'abaissèrent. Puis il ouvrit les yeux et me contempla fixement, sans un mot. Son expression laissait deviner qu'il n'était pas sûr d'être bien éveillé. Il semblait attendre, prêt à me voir disparaître comme un rêve au premier battement de cils. Puis il murmura :

– Bonjour, toi…

– Bonjour.

– Je crois que j'ai un peu trop bu, avoua-t-il.

– C'est bien possible.

– J'ai dû m'allonger, j'avais la tête qui tournait.

Je me permis une moue ironique.

– Ce qui ne t'a pas empêché d'emporter ta bière, apparemment !

– Si tu en avais bu aussi, je n'en serais pas là.

– Ça, c'est typiquement masculin ! Il faut toujours que vous trouviez le moyen de faire retomber vos torts sur une fille.

Il sourit, et je me hâtai d'enchaîner :

– As-tu vraiment l'intention de rentrer, ou as-tu dit ça juste pour ta tante ?

– Juste pour ma tante, reconnut-il.

– Eh bien moi, ce soir, je vais me coucher tôt. J'ai mal partout, après cette promenade à cheval. J'ai l'impression d'avoir été secouée comme un vulgaire ballot de paille. C'est normal, quand on n'a pas monté depuis longtemps.

– Je pourrais te masser, proposa Brody. En tant que footballeur, je sais exactement comment m'y prendre. L'entraîneur me masse deux fois par semaine, pendant la saison.

– Non, vraiment, je te remercie.

– Je suis très doué pour ça, tu sais ? se vanta-t-il.

– Je n'en doute pas, mais ce ne sera pas la peine. Tout ira mieux après une bonne nuit de sommeil. C'est ce que je te conseille de faire, d'ailleurs : bien dormir. Je me lève tôt et je te préparerai un petit déjeuner, avant ton départ.

– Tu es pressée de te débarrasser de moi, on dirait.

– Non, mais je ne tiens pas à t'attirer d'autres ennuis avec ta famille. Ni à toi ni à moi, d'ailleurs, ajoutai-je en me levant.

Il resta étendu à la même place, les mains sous la nuque à présent, et les yeux levés sur moi.

– Tu es un joli brin de fille, Rain.

– Pour le moment, je ne me sens pas spécialement jolie, je dois dire.

– J'imagine mal qu'on puisse te surprendre à ton désavantage, insista-t-il. Je suis sûr que tu es délicieuse le matin, quand tu ouvres ces grands yeux ravissants.

Je souris malgré moi.

– Où apprends-tu tous ces beaux discours, Brody Randolph ?

– Là ! dit-il en plaquant la main sur sa poitrine. Ils viennent tout droit de mon cœur.

– Parfait, alors. Tu sais où trouver tout ce dont tu as besoin. Bonne nuit.

J'étais sur le point de sortir du salon quand je l'entendis s'écrier :

– Il y a bien plus de choses encore dans mon cœur, bien plus que pour mes propres besoins !

Notre mère avait raison, m'avouai-je en souriant pour moi-même. C'était un vrai séducteur.

Je me gardai bien de répondre. Je montai les marches deux à deux et me hâtai vers ce qui était à présent ma chambre. Une fois en chemise de nuit, prête à me coucher, j'entendis de la musique au rez-de-chaussée. Le son était très fort, et Brody augmenta encore la puissance. Puis il diminua le volume et, finalement, éteignit. Mon cœur battit plus vite quand j'entendis ses pas dans l'escalier.

– Dors bien ! lança-t-il en passant devant ma porte fermée.

Je ne répondis rien, cette fois non plus, et il se dirigea vers la chambre d'amis qu'il utilisait toujours. J'entendis des heurts, des bruits d'eau, puis la maison retomba dans son silence accoutumé.

Il va dormir tout d'une traite, me rassurai-je. Après le petit déjeuner, il rentrera chez lui et enfin, enfin ma mère lui révélera notre grand secret.

Pendant un moment, j'imaginai cette scène et j'en fus triste pour lui. Pas seulement pour la déception qu'il éprouverait à mon endroit, d'ailleurs. Je me disais que pour un garçon, cela devait être beaucoup plus tragique de découvrir la conduite scandaleuse de sa propre mère. Roy avait une telle vénération pour Mama Arnold ! Pour un fils, aucune femme ne saurait être aussi parfaite que sa mère. Tel que je le connaissais, Brody prendrait très mal de n'avoir pas été mis au courant des faits, surtout au cours de cette dernière année.

Pour Alison, ce serait différent. Elle ressentirait surtout de la honte et de la rage, mais elle les dirigerait instantanément sur moi, aucun doute là-dessus. En pensant à la tension qui allait peser sur la maison, à l'orage qui allait éclater sur ce foyer par ailleurs si parfait, je partageais presque les sentiments de ma mère. Je comprenais mieux qu'elle ait tenu à garder le secret le plus longtemps possible. En fin de compte, n'aurait-il pas mieux valu pour eux tous que je disparaisse, purement et simplement ?

Je réfléchis à la question, et à mon entretien avec Victoria. Elle avait raison, finis-je par conclure. Désormais, j'allais me montrer plus coopérative, et rendre mon retour en Angleterre plus facile pour tout le monde.

Tous ces tracas m'avaient épuisée, je sentais peser la fatigue. À l'instant où je me décidai à fermer les yeux pour tenter de dormir, je sombrai dans le sommeil. Un sommeil si profond que, tout d'abord, je ne m'aperçus pas que Brody était entré dans ma chambre. Il devait être penché sur moi depuis un moment, et sans doute m'avait-il déjà embrassée au moins une fois, quand un autre baiser m'éveilla. Au début, je ne compris pas ce qui se passait. J'avais oublié jusqu'à la présence de Brody dans la maison.

Puis je sentis son haleine contre mon oreille.

Je pivotai sur moi-même, étouffant le cri qui me montait à la gorge. Dans le clair de lune qui entrait par la fenêtre, je reconnus Brody, debout près de mon lit. Et complètement nu.

– N'aie pas peur, chuchota-t-il.

– Qu'est-ce que tu fais là ?

– Je ne pouvais pas dormir. Je n'arrêtais pas de penser à toi. Ne retourne pas en Angleterre, Rain. Peu importe ce que ce garçon t'a promis, j'en ferai bien plus pour toi. Crois-moi. Je te traiterai encore mieux que mon père ne traite ma mère.

– Mais de quoi parles-tu, Brody ? Tout ça ne tient pas debout ! Retourne te coucher.

– Je parle de nous, Rain. Pendant toute cette année, tu es restée présente ici, annonça-t-il avec emphase en portant la main à son front. Je n'écoutais plus en classe, ni quand des amis s'adressaient à moi. Je te voyais, je t'entendais, je sentais même le parfum de tes cheveux. Et cela m'emplissait d'un tel désir que j'en avais mal. Ce n'est pas de l'amour, ça ? Qu'est-ce que ça pourrait être d'autre ?

– Brody, non...

– Je te plais. Tu pourrais même tomber amoureuse de moi, si ce n'est pas déjà fait. Je sais que ça finira comme ça. Et de toute façon... j'ai assez d'amour au cœur pour nous deux, affirma-t-il en s'asseyant au bord du lit.

Et aussitôt, il reprit sa plaidoirie.

– Tu n'as qu'à nous donner une chance, c'est tout ce que je te demande. Je t'en prie, Rain...

Je reculai quand il tendit la main vers mon visage. Puis je me redressai en position assise, retenant les couvertures contre mon buste.

– Tu es encore ivre, Brody. Sinon tu ne serais pas ici, à me tenir des propos pareils. Va te recoucher, tout ira mieux demain.

– Non. Je n'ai jamais été aussi sobre, protesta-t-il en se penchant pour m'embrasser.

Je plaquai la paume sur sa joue et le repoussai. Il résista, écarta de force ma main et parvint à poser ses lèvres sur les miennes. Je criai. Puis je pesai des deux mains sur ses épaules et, cette fois, je réussis à l'éloigner.

– J'ai mauvaise haleine ou quoi ? s'efforça-t-il de plaisanter. Calme-toi, voyons.

– Nous ne pouvons pas faire ça, Brody. Sors de cette chambre.

– Mais pourquoi ?

– Nous ne serons jamais amants, Brody, énonçai-je le plus fermement possible. Ôte-toi cette idée de la tête.

– Pourquoi ne peux-tu pas m'aimer ? Tu crois que je suis un sale enfant gâté, comme ma sœur ? Je travaille dur, moi. Je ne crois pas que tout m'est dû. Et je ne croirai jamais cela de toi, Rain.

– Ce n'est pas pour ça, Brody. Je t'aime bien.

– Alors ? C'est à cause de mes parents ? Tu crois qu'ils ne voudront rien savoir, parce qu'ils appartiennent à une vieille famille du Sud et que tu as du sang noir ? Si c'était le cas, ça me serait bien égal. Ils me perdraient, voilà tout.

Je secouai la tête.

– S'il te plaît, Brody. Arrête ça.

Loin d'obéir, il saisit mon poignet pour le porter à ses lèvres.

– Brody ! m'écriai-je en me libérant sans douceur. Arrête, à la fin !

Cette fois, je l'avais vraiment blessé.

– Tu t'imagines que tu vaux mieux que moi, c'est ça ?

– Crois ce que tu veux, mais va-t'en, ripostai-je âprement.

– Il y a des tas de filles qui seraient bien contentes de me garder dans leur chambre, lança-t-il, ulcéré.

– Tant mieux. Va les rejoindre, alors.

J'avais horreur d'être méchante, mais il fallait que je le sois, et même encore plus. Je me forçai à poursuivre.

– Tu es bien trop jeune pour moi, voilà. Tu n'es encore qu'un gamin, et il n'y a pas que les années qui nous séparent. Il y a un monde entre toi et moi, et je ne veux aucune relation avec toi. Je te l'ai déjà dit. Je me demande ce qui a pu te faire croire que nous pourrions nous aimer.

– Moi aussi, grinça-t-il.

– Alors va te coucher, et laisse-moi dormir !

Dans l'obscurité, il ne pouvait pas voir les larmes qui baignaient mes joues. Mais même s'il les avait vues, il n'aurait pas compris pourquoi je pleurais. Il ne décolérait pas.

– C'est ça. Retourne en Angleterre, tu le regretteras. Je vois que je m'étais trompé sur ton compte !

– En effet, bien trompé, soupirai-je en me cachant le visage entre les mains.

Il resta là quelques instants à me regarder, puis sortit en claquant la porte.

– Oh, Mère ! me lamentai-je. Vous ne savez pas quelles souffrances vous causez toujours à vos enfants.

Je retombai en arrière et laissai rouler ma tête sur l'oreiller, pour y étouffer mes larmes. Il me fut impossible de me rendormir. Environ vingt minutes plus tard, j'entendis les pas furieux de Brody marteler le couloir en passant devant ma chambre.

– Profite bien de ta vie ! lança-t-il en s'éloignant.

– Brody !

Je me levai d'un bond, m'élançai derrière lui. J'étais au milieu de l'escalier quand la porte d'entrée se referma avec fracas. Le temps que j'arrive sur le perron, Brody était au volant et faisait déjà gronder le moteur. Il démarra dans un hurlement de pneus et fonça dans l'allée comme un bolide.

– Brody ! appelai-je en dégringolant les marches.

Quelques secondes plus tard, ses feux arrière disparaissaient dans la nuit.

5

Nos péchés nous poursuivent

Le cauchemar était si vivace qu'il devint vrai. Les gens ont peur de rêver, mais pourquoi ? Est-ce à l'idée de passer de mauvaises nuits, de se réveiller en sueur, ou même en larmes ? Non. Ils redoutent le pouvoir qu'eux-mêmes prêtent aux rêves. Ils y voient une prédiction, qui change en prophétie le caprice de leurs fantasmes.

Après le départ de Brody dans ce terrible accès de rage, il me fallut des heures pour m'endormir. Quand j'y parvins enfin, des visions me hantèrent. Je voyais ses feux arrière grossir, devenir de gros yeux rouges flamboyant de fureur, avant de se fondre en une énorme boule de feu. À la fin, elle explosa, au moment où retentissait la sonnerie du téléphone. J'eus l'impression qu'un ciel noir comme l'enfer crachait sur moi une pluie de charbons ardents, puis je m'éveillai.

Mon cœur battait si fort que j'en perdais le souffle. Les pulsations se répercutaient dans mes poumons, envoyant leurs vibrations dans tout mon corps. Le carillon sonnait sans fin. Je m'assis, allumai la lumière et décrochai.

– Allô ? fis-je d'une voix sourde.

Pour toute réponse, il n'y eut qu'un silence pesant, prolongé, menaçant.

– Brody, c'est toi ?

Un long gémissement-me parvint.

– Brody ?

– Il est mort ! hurla une voix de femme.

Jamais je n'avais entendu de cri aussi déchirant. Il me perça le cœur et je sentis mon pouls s'arrêter, puis repartir. Ce fut comme si mon corps explosait, telle la terrifiante lumière de mon cauchemar, pour s'éparpiller dans toutes les directions.

– Il est mort !

Mon estomac se tordit, ma gorge se noua. J'eus l'impression que le sang se retirait de mes veines. Je pouvais à peine garder le téléphone en main : à chaque seconde qui passait, il semblait peser davantage.

– Mais qu'est-ce que vous dites, Mère ? Qui est mort ?

– Grant vient de m'appeler du lieu de l'accident, je n'ai pas reconnu sa voix. Il avait l'air à moitié mort lui-même. Je n'arrêtais pas de répéter : « C'est toi, Grant ? C'est toi ? » À la fin, il m'a simplement crié : « Brody est mort ! »

« Qu'est-ce que tu lui as fait ? vociféra-t-elle, si fort que j'en eus mal au tympan.

Je parvins à grand-peine à proférer :

– Brody ? Brody ne peut pas être mort. Que s'est-il passé ?

– Je n'en sais rien. Il paraît qu'il a dérapé dans un virage, à environ une heure de chez ma mère. Il a quitté la route et percuté un arbre. Pourquoi rentrait-il si tard ? Je croyais qu'il devait dormir là-bas, ou alors chez Victoria. Qu'est-il arrivé ? Que lui as-tu fait ? Que lui as-tu dit ?

Un violent frisson me parcourut. J'en fus glacée jusqu'à la moelle. Mes dents s'entrechoquèrent.

– Je lui ai dit que nous ne pouvions pas être amants, Mère. Il voulait coucher avec moi et j'ai eu du mal à l'en dissuader. J'ai même dû me montrer dure.

– Ô mon Dieu ! s'exclama-t-elle. C'est ma faute. Tout est ma faute.

Je ne prétendis pas le contraire. Je ne lui trouvais pas d'excuses, car en mon âme et conscience je l'estimais responsable. Mon manque de sympathie pour elle, toutefois, eut une conséquence inattendue. Subitement, elle s'en prit à moi.

– Tu ne pouvais pas trouver quelque chose ? Lui laisser quelques illusions, par exemple, pour ne pas trop le démoraliser. Pourquoi l'as-tu renvoyé si tard, d'abord ? Pourquoi est-il resté, alors qu'il avait dit le contraire à Victoria ? Tu l'as encouragé, c'est ça ? Pour régler tes comptes avec moi ?

– Bien sûr que non ! m'indignai-je.

– Alors pourquoi est-il parti comme ça ? Pourquoi ne l'as-tu pas retenu ?

– Que vouliez-vous que je lui dise, Mère ? Était-ce à moi de lui révéler la vérité, parce que vous n'avez jamais eu le courage de le faire ? Je n'ai rien à me reprocher.

– Tu aurais peut-être dû être plus gentille, gémit-elle. Pourquoi ne t'es-tu pas contentée de l'ignorer ?

– Il est entré dans ma chambre au beau milieu de la nuit, Mère. Complètement nu. Il voulait coucher avec moi.

– Tais-toi, tu inventes n'importe quoi. Tais-toi !

– Il voulait que je devienne sa petite amie. Il disait qu'il était amoureux fou de moi et qu'il se moquait de l'opinion des gens. Qu'il m'aimerait toujours.

– Je ne veux pas le savoir ! Brody est mort. Mon fils…

Ma mère poussa un soupir à fendre l'âme.

– Grant va me haïr, à présent. Il m'accusera. Tout le monde m'accusera. Comprends-tu ce qui est arrivé ?

– Je regrette, murmurai-je à travers mes larmes. Je voulais qu'il soit mon frère. Que nous soyons amis.

– Est-ce qu'il avait bu ? Vous vous êtes saoulés avec les alcools de ma mère, c'est ça ? Voilà pourquoi il a essayé de coucher avec toi !

– Non, Mère. Ce n'est pas du tout ce qui s'est passé. Il a apporté de la bière, mais il n'était pas ivre quand il est parti.

– Il a apporté de la bière, répéta-t-elle sur un ton pénétré, comme si elle venait de découvrir le vrai coupable. Grant voudra le savoir. Il a apporté de la bière.

Je l'imaginais très bien disant cela, les yeux agrandis et l'air égaré. Je croyais presque la voir.

– Il a bu à table, mais c'était des heures et des heures avant de partir, Mère.

– Très bien, alors. Peut-être sommes-nous tous dans l'erreur. Il peut s'agir d'un autre garçon, dans une voiture identique. Grant a pu se tromper. Je l'appellerai sur son téléphone portable. Ce doit être ça.

Sa voix n'était plus la même. Plus légère, soudain, presque joyeuse. J'y discernai une note d'espoir.

– Je ne crois pas, dis-je avec douceur.

– Alison dort encore. Elle va être dans tous ses états, la pauvre. Ils n'arrêtaient pas de se chamailler, comme tous les frères et sœurs, mais ils s'adoraient. Il deviendra un grand avocat, tu sais ? Comme Grant.

Elle eut un petit rire haut perché, puis reprit de cette voix changée, presque puérile :

– Un très grand avocat, tout le monde est d'accord là-dessus. Il s'exprime très bien, il est brillant et il a une excellente présentation. Si tu le voyais en smoking ! Les jurés en seront fous, ils seront prêts à tout pour lui faire plaisir. C'est aussi l'avis de Grant…

Elle eut un autre petit rire flûté, puis enchaîna d'une voix brisée :

– Il n'est pas mort. Dieu ne l'aurait pas repris maintenant. C'est une erreur. Grant était bouleversé par l'accident, c'est pour ça. Il a appelé trop tôt. Il va rappeler d'un moment à l'autre pour m'annoncer qu'il s'est trompé. Qu'il s'agit d'une énorme erreur.

Je gardai le silence. Brody était mort. Subitement, je suffoquai. Ma poitrine était comme paralysée, mes poumons bloqués. La tête me tournait.

– Je ne me sens pas très bien, Mère. Je vais devoir te laisser.

– Comment ? Qu'y a-t-il ? Mère ?

Mère ? Je crus avoir mal entendu.

– Pardon... Qu'avez-vous dit ?

– Mère ! hurla-t-elle d'une voix démente.

Je lâchai le combiné. Les mains plaquées sur l'estomac, je courus à la salle de bains et tombai à genoux devant la cuvette des toilettes. Juste à temps. Je vomis et vomis encore, jusqu'à en avoir mal à crier. Puis je roulai de côté sur le sol et restai là, étendue sur le carrelage froid. Je me blottis en chien de fusil et, en quelques secondes à peine, je m'endormis.

Avec le téléphone décroché, personne ne pouvait me joindre, mais les mauvaises nouvelles vont vite. Jake en fut informé par Victoria, qui avait en vain tenté de m'appeler. Il arriva le plus vite possible à la maison. Là, comme je ne répondais pas à son coup de sonnette, il alla chercher la clé de secours au garage et entra. Je ne l'entendis pas crier mon nom en bas, et il s'élança dans l'escalier. Quelques instants plus tard, il me découvrait dans la salle de bains.

– Rain ! appela-t-il en me secouant par l'épaule.

J'ouvris les paupières. Elles me semblaient lourdes comme du plomb, et j'avais mal aux yeux.

– Qu'est-il arrivé ? s'enquit-il aussitôt.

Je promenai autour de moi un regard vague, en me demandant ce que je faisais là.

– Euh-euh... quoi ?

– Victoria m'a téléphoné. Brody est mort cette nuit dans un accident de la route. Vous êtes au courant ?

Je refermai les yeux, souhaitant de toutes mes forces que tout cela ne fût pas vrai, que Jake ne fût pas réellement là. Celà ne pouvait pas être. J'allais rouvrir les yeux et me retrouver dans mon lit. Tout cela n'aurait été qu'un affreux cauchemar. J'en remercierais Dieu tous les jours de ma vie, pensai-je avec reconnaissance. Je ferais tout ce qu'il attendrait de moi.

– Rain. Que s'est-il passé ici, exactement ? Pourquoi êtes-vous étendue sur ce carrelage, avec le téléphone décroché ?

Je geignis et m'assis péniblement. Jake alla humecter un gant de toilette et le plaqua sur mon front, où je le maintins moi-même.

– Je me sens si mal... me lamentai-je.

– Pouvez-vous vous lever ?

– Je n'en sais rien.

Il m'aida à me remettre debout, me ramena jusqu'à mon lit. Une fois sous mes couvertures, je levai les yeux sur lui et lui fis part du coup de fil de ma mère. Je lui dis que oui, je savais tout. Et j'eus envie de pleurer, mais je restai sans larmes. Au lieu de quoi, je fus secouée de sanglots secs. Le puits de mon chagrin, pour le moment du moins, était tari.

– Il devait conduire à une allure d'enfer, observa Jake. La voiture est en miettes. Et comme il ne portait pas sa ceinture de sécurité, il a été projeté contre le volant. Il est mort sur le coup, pense-t-on. Ou du moins, on l'espère. Après l'avoir vu arriver, j'aurais peut-être dû venir faire un tour par ici, vous ne croyez pas ?

Décidément, chacun tenait à prendre sa part de responsabilité, constatai-je.

– Cela n'aurait rien changé, Jake.

– Vous vous êtes disputés, ou quelque chose comme ça ?

Je lui expliquai ce qui s'était produit. Je m'exprimai avec lenteur, dans une sorte de transe. Il m'écouta dans un silence attentif, puis secoua doucement la tête.

– Vous n'êtes coupable de rien, Rain. Vous avez fait ce qu'il fallait. Ils n'ont pas le droit de rejeter les torts sur vous. Vous n'avez aucun reproche à vous faire, vous entendez ?

– Oui, Jake.

– Je vais appeler Victoria pour la rassurer, et lui dire qu'il n'y a pas le feu à la maison. Je vous prépare du thé, d'accord ?

– Cela me changera ! plaisantai-je avec un rire forcé. À mon tour de me faire servir. Au fait, je suis une adepte du LEP ! lançai-je comme il s'éloignait.

Déjà sur le seuil, il tourna vivement la tête.

– Pardon ?

– Vous savez bien : le lait en premier. Je suis de ceux qui versent le lait d'abord, le thé ensuite. Comme il se doit.

J'avais voulu être drôle, en raillant cette habitude britannique un peu snob, mais c'était manqué. Mon rire sans joie s'acheva en sanglots, toujours sans larmes. Finalement trop lasse même pour cela, je repris mon calme et restai immobile, regardant fixement le plafond.

– Mama, chuchotai-je pour moi seule. Penses-tu encore que je porte bonheur aux gens ? Crois-tu toujours que le nom de Rain est bénéfique, et répand autour de moi une pluie de bénédictions ? Je suis une erreur de la nature, Mama. J'ai été conçue par erreur et toute ma vie n'est qu'une erreur.

Jake dut me faire boire mon thé à la petite cuiller, ou presque. Mon corps épuisé refusait de coopérer. Je ne voulais plus avoir de corps. Je voulais disparaître, et le meilleur moyen d'y parvenir était de cesser de boire et de manger. Mais Jake était obstiné.

– Pas question, Rain, m'admonesta-t-il. Vous n'allez pas flancher maintenant. Ce dont cette famille a besoin en ce moment, pour le meilleur ou pour le pire, c'est de force. La faiblesse n'est pas de mise. Personne ne vous blâmera. Personne, parmi ceux qui savent la vérité, ne peut vous reprocher quoi que ce soit.

– Sauf moi, répliquai-je.

– Que pouviez-vous faire ? Accepter ? Jouer la comédie ? Vous ne l'auriez pas supporté. Ressaisissez-vous, Rain. Prenez une douche et habillez-vous. Victoria sera là cet après-midi, et vous devez être capable d'affronter tout ce qui vous attend.

Jake marqua une pause et regarda autour de lui.

– C'était la chambre de votre grand-mère Hudson, me rappela-t-il. Pensez à ce qu'elle aimerait vous voir faire, et faites-le.

– Je suis fatiguée, Jake.

– Fatiguée ? On n'est pas fatigué à votre âge ! Moi, je peux me permettre de dire ça, pas vous. Vous avez trop de choses à vivre… mademoiselle LEP, acheva-t-il en souriant.

Sur quoi, il se leva du lit et me reprit ma tasse vide.

– Je vous attendrai en bas, Rain. J'ai faim, et j'espère que vous aussi. Nous mangerons un morceau ensemble.

Lui parti, je me tournai vers la photographie de Grand-mère Hudson, posée sur la commode. C'était celle où on la voyait debout près du lac, désignant du doigt quelque chose au loin, le sourire aux lèvres. Je croyais presque l'entendre dire : « Jake a raison, Rain. Ressaisis-toi, et aide-moi à venir à bout de cette famille stupide ! Pense à ce que je t'ai dit, à propos de l'apitoiement sur soi-même. C'est le moment ou jamais de t'en souvenir. »

Je me levai dans un état second, avec des gestes d'automate. Je fis exactement ce que Jake m'avait dit de faire. Je me douchai, m'habillai, descendis, et nous préparai un repas frugal : une soupe à la tomate et des croque-monsieur. Je m'étonnai moi-même d'en être capable, mais j'y parvins. Attablés dans la cuisine, Jake et moi parlâmes à mi-voix des événements.

Nous n'avions pas fini de manger quand Victoria fit son entrée, avec sa brusquerie habituelle. Elle était à la fois furieuse et bouleversée, cela se lisait dans son regard. Pour une fois, elle paraissait désemparée. Elle jeta un coup d'œil incisif à Jake, qui se leva pour aller porter la vaisselle dans l'évier.

– Je serai devant la maison si vous avez besoin de moi, déclara-t-il, sans préciser à qui il s'adressait.

Victoria attendit qu'il fût sorti pour demander :

– Que s'est-il passé, Rain ? Je n'ai rien compris aux propos incohérents de Megan, elle doit être sous sédatifs. Grant ne veut pas répondre au téléphone. Il est en état de choc, paraît-il. Complètement prostré. Il s'est enfermé dans son bureau.

Je fixai le sol à mes pieds. Malgré tout ce que ces gens m'avaient fait subir, et tout ce qu'ils me réservaient encore, le poids de leur tristesse m'était insupportable. Cela me rappelait trop l'état de Mama, juste après la mort violente de Beni.

– Grant est anéanti, annonça Victoria en s'asseyant à la table. Je ne sais pas s'il redeviendra jamais lui-même. Megan ne lui sera d'aucun secours. Pour lui, elle est pire qu'un boulet rivé à sa cheville, à présent.

Je relevai la tête et dévisageai ma tante. Elle m'en voulait, mais non pour ce qui était arrivé à Brody. Pour la façon dont l'accident affectait Grant.

– Je n'ai rien fait pour le blesser, me justifiai-je, en tout cas pas délibérément.

Je lui révélai combien il avait insisté pour dîner avec moi. Avec quelle ardeur il m'avait déclaré son amour, et à quel point les choses étaient devenues sérieuses. Tellement qu'il m'avait fallu trouver un moyen pour y mettre un terme.

– Et vous ne lui avez jamais dit qui vous étiez vraiment ?

– Peut-être aurais-je dû le faire. Peut-être aurait-il compris et se serait-il calmé. Il ne se serait sans doute pas mis dans une telle colère contre moi, mais j'ai eu peur. Je ne voulais surtout pas créer de nouveaux problèmes.

Victoria me dévisagea un moment, puis hocha la tête.

– Ce n'est pas votre faute, déclara-t-elle avec une surprenante fermeté. C'est celle de Megan, depuis le tout début. Et celle de mes parents, qui l'ont toujours excusée, protégée. Qui ont ignoré tous ses torts et lui ont permis de vivre dans l'illusion.

« Si elle échouait en classe, c'étaient les professeurs qu'on blâmait. Quand elle avait dilapidé son argent, c'est qu'on avait profité d'elle. Pauvre Megan par-ci, pauvre Megan par-là. C'était toujours elle la victime.

Victoria s'interrompit, le temps de respirer. Quand elle reprit son homélie, on aurait presque dit qu'elle parlait pour elle seule.

– Grant n'aurait jamais dû se montrer aussi tolérant, une fois qu'il a su la vérité à votre sujet. Mais elle a l'art d'apitoyer les gens, qui se sentent malheureux pour elle. Les hommes sont si faibles avec les femmes comme Megan ! Mon père était aveugle et stupide en face d'elle. C'est une vraie charmeuse de serpent.

« Grant n'est pas dans la même situation, poursuivit-elle avec un nouvel aplomb. Cette fois-ci, bien sûr, il était piégé. Il ne pouvait pas la chasser, pour que tout le monde sache quelle femme il avait épousée. Il a un grand avenir devant lui, je comprends ça. Il faut savoir faire des compromis pour obtenir ce qu'on veut. C'est cela, le sens des affaires.

« Grant a un excellent sens des affaires. C'est une chose qu'il admire aussi chez moi, vous savez. Je peux m'en vanter.

De plus en plus sûre d'elle, Victoria serra les lèvres et hocha la tête.

– Il faut que j'aille le voir, pour savoir en quoi je peux l'aider. Ma sœur ne lui sera d'aucune utilité. Elle jouera son rôle d'héroïne tragique, afin que personne n'ose lui reprocher quoi que ce soit. Mais vous et moi...

Ma tante fixa sur moi des yeux rétrécis par la fureur. Ses paupières en tremblaient.

– Nous connaissons la vérité, n'est-ce pas ? Un jour, nous la contraindrons à y faire face.

« Très bien, ajouta-t-elle en se levant. Ne faites rien, ne dites rien de tout cela à qui que ce soit. Je vous ferai signe. Comme vous voyez, conclut-elle avec un sourire froid, je suis bien la seule à qui vous pouvez faire confiance, dans cette famille.

Je n'eus même pas le temps de répondre. Elle pivota sur ses talons et sortit, pour accomplir la mission qu'elle s'était elle-même assignée.

Mon Dieu, m'effarai-je, c'est qu'elle est vraiment heureuse ! Elle va se servir de moi pour séparer Grant et ma mère, les éloigner de plus en plus l'un de l'autre. Elle s'imagine qu'il va se détourner de sa sœur et lui tomber dans les bras, débordant de gratitude.

Je me levai pour la suivre, bien décidée à lui dire que je n'entrais pas dans ses projets visant à détruire ma mère. Mais elle était déjà partie. Comme le ronronnement du moteur s'éloignait, Jake s'avança dans l'allée.

– Qu'est-ce qu'elle a dit ?

Je le regardai sans sourire.-

– Vous vous trompez, Jake.

– À propos de quoi ?

– Il est strictement impossible qu'elle soit votre fille.

À part un coup de fil de Victoria, pour m'annoncer qu'elle se chargeait d'organiser les funérailles, je n'eus aucune nouvelle de la famille au cours des jours suivants. Je m'attendais à tout moment à ce que ma mère appelle et se lance dans des propos confus, allant de l'autocritique aux reproches. Je redoutais d'entendre le téléphone sonner.

– C'est heureux que je sois venue leur offrir mon aide, se vanta Tante Victoria. Grant est toujours hors d'état de s'aider lui-même. Quant à Megan... elle passe le plus clair de son temps dans un semi-coma. En fait, elle jouit autant qu'elle peut de la situation.

– Je doute qu'une mère qui vient de perdre son fils prenne plaisir à inspirer la compassion.

– Vous ne la connaissez pas aussi bien que moi ! Grant est dégoûté d'elle. Il n'en a rien dit à personne, mais quand je lui parle je le vois dans ses yeux.

« Les obsèques auront lieu à l'église de leur paroisse, et Brody sera enterré dans la concession des Hudson. C'est ce que ma mère aurait voulu, vous ne croyez pas ?

Pourquoi essayait-elle de faire de moi son alliée, dans tout ça ? Je ne tenais pas à être d'accord avec elle en quoi que ce soit, fût-ce au sujet du temps. Je gardai le silence.

Mais Victoria insista :

– Vous venez à la cérémonie, bien sûr. J'en ai déjà discuté avec Jake.

– Je ne sais pas si je devrais...

Cette seule idée me glaçait le sang. J'en aurais pleuré.

– Il faut que vous soyez présente. Vous êtes la sœur de Brody, se complut-elle à me rappeler.

– Je ne crois pas qu'ils tiennent à me voir là-bas, vous savez.

– Personne n'a rien dit de pareil. Si vous ne venez pas, vous aurez l'air de vous sentir coupable, allégua-t-elle.

Cette affreuse pensée s'insinua dans mon cœur, tel un ver nuisible. Ma tante poursuivit son travail de sape.

– Cela ne fera qu'alimenter les médisances, à votre sujet comme au nôtre, et Grant en souffrira d'autant plus. Vous n'aurez qu'à rester à l'arrière-plan, mais soyez là. Vêtue décemment pour la circonstance, évidemment.

« Bon, je dois partir. Je suis seule à pouvoir persuader Grant de manger un morceau. Il n'est plus que l'ombre de lui-même, appuya-t-elle. La maison est pleine de gens venus présenter leurs condoléances, et pas n'importe qui. Beaucoup d'entre eux sont des notables, ou d'importantes personnalités.

L'histoire est parue dans toute la presse. Et finalement, si affreux que ce soit, Grant en sortira grandi.

– C'est vraiment terrible.

Ce fut tout ce que je trouvai à lui dire, mais elle n'était pas disposée à écouter ce qu'elle ne voulait pas entendre, surtout venant de moi.

– C'est dans la tragédie que les grandes âmes se révèlent. « Que chaque épreuve soit pour vous une leçon, et tirez-en parti », cita-t-elle. C'est mon père qui m'a appris cela, je ne l'ai jamais oublié. Si vous êtes raisonnable, prenez-en de la graine. Sur ce, je vous laisse, conclut-elle abruptement. Au revoir.

Je soupirai, en songeant à ce qu'aurait dit Mama de Victoria. « Ce n'est pas un cœur que cette femme a dans la poitrine. C'est un morceau de charbon. »

Sans Jake, jamais je n'aurais eu la force d'assister aux funérailles. Tandis qu'il nous conduisait à l'église, ce jour-là, il ne cessa de parler de Grand-mère Hudson. De sa classe, de sa dignité. De son aptitude à les conserver en toutes circonstances, contre vents et marées.

– Le fait est que je ne l'ai jamais vue flancher, me confia-t-il. Même quand elle m'a appris qu'elle était enceinte, sa force transparaissait dans ses paroles.

C'était pour m'empêcher d'avoir peur qu'il me parlait ainsi, pour que je ne cède pas à la panique, et je le savais. Mais quand nous approchâmes de l'église, je frémis voyant l'immense foule qui s'y pressait. Les camarades d'études de Brody étaient tous là, dans leur blazer d'université, ses meilleurs amis aux quatre coins du catafalque.

Tante Victoria vint m'accueillir et me fit descendre, la nef, jusqu'au banc de la famille proche. Tous les regards convergeaient sur moi. Je percevais la curiosité dont j'étais l'objet, les questions que se posaient les assistants, leur surprise. C'était comme une marée qui déferlait sur moi. De mon côté, je m'efforçai de tenir les yeux fixés sur l'autel, mais à la vue du cercueil l'émotion m'étouffa. J'avais une boule dans la gorge, c'est à peine si je pouvais respirer.

Seigneur, implorai-je, empêche-moi de m'évanouir. Épargne-moi tout ce qui pourrait attirer davantage l'attention sur moi.

Grant avait le visage creusé, les yeux cernés, il semblait très amaigri. Ma mère, selon toute apparence, était bourrée de sédatifs. Elle titubait presque. La femme qui se tenait à ses côtés, m'apprit ma tante, était une infirmière engagée tout spécialement pour l'assister. C'était elle-même, Victoria, qui en avait pris l'initiative.

– Grant a trouvé que c'était une excellente idée, chuchota-t-elle comme nous nous faufilions entre les bancs.

Alison donnait l'impression d'être devenue plus petite, et paraissait terrifiée. Elle ne réagit pas tout de suite en m'apercevant. Elle nous regarda nous installer, puis son attention se porta vers le cercueil, et revint enfin se fixer sur moi. Cette fois, j'eus droit à une œillade meurtrière.

Pas une seule fois ma mère ne releva la tête. Le prêtre ne tenta pas de trouver un sens à cette mort tragique. Il se contenta d'insister sur la chance qui était la nôtre d'avoir eu Brody parmi nous, pendant le temps qui lui était donné. À part Alison, qui grimaça pendant tout le sermon, personne n'afficha la moindre émotion. Stoïque, Grant regardait droit devant lui. Ma mère gardait la tête baissée, les yeux fermés, comme quelqu'un qui endure le martyre en attendant simplement qu'il prenne fin.

Les porteurs du cercueil l'emmenèrent par une porte latérale, et tout le cortège funèbre se mit en marche vers le cimetière. C'est alors que je me souvins d'une réflexion de Mama, peu après la mort de ma sœur Beneatha. Elle m'avait dit qu'on ne parvient pas à croire à la mort de ceux qu'on aime, jusqu'au moment où on les voit mettre en terre.

– C'est cela que signifie « la poussière retourne à la poussière », Rain. Ces mots-là vous rentrent tout droit ici, avait-elle dit en se frappant le cœur, si fort que j'en avais eu mal pour elle. À l'église, on croit assister à une cérémonie pour quelqu'un d'autre. Mais quand on regarde dans la tombe, plus moyen de se mentir. C'est comme si le rempart qu'on a bâti autour de soi s'écroulait.

Je comprenais si bien la vérité de ces paroles, en avançant à travers les pierres tombales jusqu'à la concession Hudson ! Quand nous y fûmes, ma mère parut s'effondrer, Grant tomba à genoux et Alison éclata en sanglots hystériques. Les camarades de Brody étaient sous le choc. Confrontés à la réalité, leurs visages de jeunes gens redevenaient ceux d'enfants effrayés, stupéfaits, désemparés. J'avais hâte que tout cela finisse.

Tante Victoria se tenait juste derrière Grant. Quand ses amis l'aidèrent à se relever, elle tenta aussitôt de lui prendre la main. Quant à ma mère, il fallut la soutenir jusqu'à la voiture. Le pire était passé, enfin ! Le long trajet de retour jusqu'à la maison serait une bénédiction pour eux tous. Dans leur luxueuse limousine, ils allaient pouvoir dormir et reprendre des forces.

Je voulais rentrer, à présent. Mais une fois de plus, Tante Victoria insista pour que je me joigne au groupe familial.

– Ou vous faites désormais partie de la famille, ou pas ! glapit-elle quand je me risquai à protester. Vous allez présenter vos condoléances, comme il se doit.

J'eus l'impression d'être enlevée, si vite que j'en eus le vertige. Mais elle avait réussi à alourdir le poids qui pesait sur ma conscience.

Je n'avais jamais mis les pieds chez ma mère, bien sûr. La maison n'était pas aussi grande que celle de Grand-mère Hudson, et le terrain qui l'entourait non plus, mais la propriété n'en était pas moins très imposante. Un parc immense, avec un bassin pavé où l'eau tombait en cascadant, et un grand kiosque de jardin. L'allée carrossable était bordée de haies, ponctuées de lampadaires à l'ancienne. La maison elle-même était une demeure géorgienne classique, à deux étages. Dans le hall d'entrée, sur la gauche, s'élevait un escalier circulaire. Sur la droite s'ouvrait un grand salon, pour le moment rempli de monde. Tante Victoria, toujours elle, s'était occupée du buffet et du service. Grant avait un vaste bureau dans le fond de la maison, et c'était là qu'il recevait ses amis. Ma mère était montée se coucher.

Je ne voyais vraiment pas ce que je venais faire ici. Je ne connaissais personne, et la plupart des gens ignoraient totalement qui j'étais. Ils ne devaient même pas savoir que j'avais vécu un certain temps chez Grand-mère Hudson. Ils devaient penser, supposai-je, que j'étais une amie d'Alison. Pour l'heure, elle se tenait dans la bibliothèque, entourée d'un groupe de ses amies de classe. Je leur jetai un bref coup d'œil et m'éloignai en hâte, avant qu'elle ne m'aperçoive. Je ne tenais pas à lui adresser la parole, si je pouvais m'en dispenser. Devais-je aller parler à Grant ? Je n'en étais pas certaine. Mais Victoria me prit par la main et déclara que je devais le faire.

– Dites-lui combien vous êtes désolée, me conseilla-t-elle.

– Que sait-il à propos de la visite que m'a faite Brody ?

– Megan ne lui en a pas dit grand-chose. J'ai dû lui fournir tous les détails, ajouta-t-elle en prenant une mine affligée.

Mon cœur se mit à battre à grands coups. Qu'avait-elle bien pu lui raconter sur moi, sur ce qui s'était passé ?

– Quels détails ?

– La situation pénible où vous vous trouviez, bien sûr. Et sans que ce soit votre faute, ajouta-t-elle, les yeux au plafond.

Un regard qui désignait la chambre de ma mère, aussi clairement que si elle avait pointé le doigt sur sa sœur pour l'accuser. Du coup, je pris sa défense.

– Grant aussi a laissé Brody dans l'ignorance !

– Contre son gré, croyez-moi. Le pauvre homme ! s'apitoya-t-elle. Ah, le pauvre homme !

Devant la porte du bureau, elle s'arrêta et me poussa pratiquement dans la pièce. Grant était invisible, caché par ses amis et ses associés. Quelques-uns d'entre eux se retournèrent sur nous, puis s'écartèrent, et je découvris Grant. Affalé sur un canapé de cuir rouge, la cravate desserrée, les cheveux en désordre, il tenait un verre à la main. Son regard se posa sur moi, mais sans la moindre trace d'émotion ou d'intérêt.

– Rain aimerait t'exprimer sa sympathie, annonça Victoria en s'avançant avec moi.

Il haussa les sourcils et m'observa intensément, cherchant à s'assurer de ma sincérité.

– Je suis désolée pour le malheur qui vous frappe, dis-je avec émotion. Je regrette de n'avoir pas mieux connu Brody.

Il inclina la tête, le regard adouci. Puis il ferma les yeux et se laissa aller en arrière.

– As-tu besoin de quelque chose, Grant ? s'empressa Victoria.

Il se borna à faire signe que non, et nous sortîmes toutes les deux. Ma tante marmonnait entre ses dents :

– Il n'a besoin de rien, sauf de ce qui lui manque le plus : une femme qui soit à ses côtés dans un moment pareil.

Je ne pouvais pas partir sans avoir vu ma mère. Même si elle était abrutie par les sédatifs, comme l'affirmait Victoria, il fallait que je la voie. Je le dis à ma tante, qui tenta de m'en dissuader.

– Elle ne sait même pas que vous êtes là, ma pauvre petite ! À quoi bon perdre votre temps ?

– Ce ne sera sûrement pas du temps perdu, ripostai-je en marchant droit sur l'escalier.

Victoria me suivit des yeux un moment, puis retourna aux devoirs qu'elle s'était imposés : ceux d'une épouse de remplacement.

Je ne savais pas où me diriger, à l'étage, pour trouver la chambre de ma mère. Mais par chance pour moi, l'infirmière en sortait. Elle vint à ma rencontre.

– Puis-je vous aider ?

– Certainement. J'aimerais voir Mme Randolph.

– Elle n'est pas en état de voir qui que ce soit pour l'instant, mademoiselle. Je suis désolée. Je suis sûre que vous comprenez, ajouta-t-elle avec un sourire figé.

Je lui en décochai un semblable, tournai les talons et fis semblant de la suivre en bas. Dès qu'elle entra dans le salon, je rebroussai chemin et regagnai l'étage. J'ouvris très lentement la porte de la chambre et jetai un coup d'œil à l'intérieur. C'était une très vaste pièce, avec un coin salon pourvu d'un petit canapé, d'un poste de télévision et d'une chaise longue inclinable. Des rideaux de velours bleu encadraient les hautes fenêtres, voilées de fin coton blanc. La moquette, bleue elle aussi, paraissait aussi moelleuse qu'un tapis de mousse.

Tout d'abord, je ne vis même pas ma mère. Son lit à colonnes rondes, de dimensions bien supérieures à la moyenne, était de ceux que l'on fabrique sur commande. Deux roses sculptées, symbolisant l'union de ceux qui s'aiment, s'entrelaçaient sur le panneau de chevet, Presque perdue dans les énormes oreillers, ma mère était mollement étendue, son visage blanc tout auréolé de mèches sombres. La couette remontée jusqu'au menton, elle tournait légèrement la tête du côté opposé à la porte. Je la refermai sans bruit derrière moi et m'avançai vers le lit. Ma mère avait les yeux grand ouverts, mais elle conservait une immobilité si totale qu'on aurait pu la croire endormie.

– Mère, appelai-je à voix basse. Mère...

Elle bougea un peu, juste assez pour lever sur moi son regard douloureux.

– Je veux que vous sachiez à quel point je suis triste pour Brody et désolée pour tout ça. Vraiment désolée.

Je ne m'attendais pas à ce qu'elle réponde. Je n'étais même pas sûre qu'elle m'ait entendue. Mais brusquement, elle agita la tête et eut une petite moue navrée, qui voulait sans doute être un sourire.

– Nos péchés, souffla-t-elle. Nos péchés nous poursuivent. On a beau essayer de les enterrer, de les brûler, ils sont toujours là. Ils n'attendent que l'occasion de resurgir, n'oublie pas cela. Ne l'oublie jamais.

Je fis un signe de dénégation, et je vis ses yeux s'agrandir.

– Tu es cette occasion, affirma-t-elle. Tu reviens. C'est en toi. Les ténèbres, le mal, chuchota-t-elle. C'est en toi.

Les paupières brûlantes de larmes contenues, j'avalai ma salive et secouai la tête. Ma mère s'obstina.

– Si, si, c'est en toi. Tu as surgi de la nuit, par ma faute, bien sûr. Tout a commencé avec Larry et mon père. Je t'ai entendue pleurer quand tu es née. Sais-tu que je n'ai jamais cessé d'entendre ces pleurs ?

« J'ignore quand tout ça finira, gémit-elle. Il ne me reste plus qu'à attendre. Que savait-il de tout ça, ce prêtre ? S'il avait connu le passé, il m'aurait désignée du doigt et m'aurait montré le cercueil. C'est moi qui devrais être dans ce cercueil, pas Brody.

« L'enfant pleurait, s'est-elle lamentée. Oui, quand ils me l'ont prise, elle pleurait. Je savais que c'était mal, mais mon père ne voulait rien entendre.

– Mère, vous dites n'importe quoi. Écoutez-moi...

– Il ne me reste plus qu'à attendre, répéta-t-elle en détournant la tête. Attendre.

– Mère, il faut vous montrer plus forte. Pensez à Grand-mère Hudson. Pensez à Grant, et à Alison.

Elle ferma les yeux. Je restai là pendant quelques interminables secondes, à la regarder. Puis je décidai qu'il valait mieux lui parler plus tard ; lorsqu'un peu de temps aurait passé. Je tendis la main, effleurai ses cheveux et elle sourit. Les yeux toujours fermés, elle murmura :

– Maman, c'est toi ? Je n'ai plus peur, maintenant, tu peux aller te coucher. Ce n'était qu'un mauvais rêve. J'ai tapé des mains comme papa m'avait dit, et il est parti.

– Au revoir, dis-je dans un souffle, avant de quitter la pièce.

Comme je descendais, Alison apparut au bas de l'escalier, encadrée par deux de ses amies.

– Je te l'avais dit, constata l'une d'elles.

Les poings sur les hanches, ma demi-sœur lança d'un ton agressif :

– Qu'est-ce que tu faisais là-haut ?

Je parlais à ta mère, dis-je en arrivant au bas des marches. C'est là que tu devrais être, à lui tenir la main, au lieu de bavarder avec tes amies.

Je m'éloignais déjà en direction de la grand-porte quand elle m'agrippa le bras, me forçant à me retourner.

– Pourquoi es-tu venue ici, d'abord ? Ce n'est pas ta place. Si Brody n'était pas allé te voir, il serait encore avec nous.

– Pense ce que tu voudras, répliquai-je en me dégageant.

Je marchai droit sur la porte mais elle me suivit sur le perron, ses deux satellites sur les talons. Quittant sa faction près de la Rolls, Jake s'avança vivement, au cas où.

– Tu as entortillé ma grand-mère pour qu'elle te laisse autant d'argent, cracha-t-elle avec dépit, mais nous te reprendrons tout. Tu verras, nous te reprendrons tout !

Sans répondre, je continuai à me rapprocher de la voiture. Mais Alison fulminait toujours.

– Tu n'es qu'une espèce de sous-produit, tu sais ça ? Une bizarrerie de la nature, un… un phénomène de foire ! Tu n'as rien à voir avec notre famille. Mon père va se débarrasser de toi, tu vas voir ça.

« C'est la voiture de ma grand-mère, glapit-elle quand Jake m'ouvrit la portière. Tu n'as rien à faire dedans. Ta place est à l'arrière d'une camionnette. Ta place est en enfer, va-t'en au diable !

Je me retournai pour lui faire face. Le ciel était bas, gris et lourd, mais à ce moment précis le soleil se montra entre deux nuages. L'appareil dentaire d'Alison scintilla, un reflet fit briller ses yeux comme deux billes de verre. Dressée dans une attitude combative, elle serrait les poings.

La voix du sang ne parlait pas très fort entre nous, m'avouai-je. Et franchement, j'imaginais mal que nous puissions jamais partager un seul instant d'affection fraternelle.

À qui en incombait la faute ? À moi ? À ma mère ? À ma grand-mère ? À Ken ?

Peut-être en portaient-ils chacun leur part, tous autant qu'ils étaient. Chacun ou chacune embarquant sur le fragile vaisseau de l'amour avec ses intérêts personnels, au risque de causer sa perte. De le faire chavirer, sur cette mer cruelle où nous étions tous destinés à nous croiser.

Ou à nous noyer.

Mais au point où en étaient les choses, quelle importance en fin de compte ?

Aucune.

Plus rien ne pouvait m'atteindre. Tout m'était devenu absolument indifférent.

6

Ce qui ne sera plus

Le temps, qui avait menacé toute la journée, finit par tourner au désastre. Il nous restait environ une heure de route à faire quand l'averse éclata. Le ciel nous creva sur la tête. Des fouets de pluie balayèrent le pare-brise : c'est à peine si Jake y voyait devant lui. Autour de moi, des trombes d'eau sillonnaient les vitres, tel un flot de larmes déversé par le ciel. Je croyais presque l'entendre se plaindre, à travers le grincement des essuie-glaces, le chuintement des pneus sur le sol mouillé. D'autres voitures nous doublaient, tous feux allumés, comme si chacun conduisait sous l'effet de la panique.

– Ça va être du sérieux, marmonna Jake.

Tassée dans un coin du siège arrière, j'avais fermé les yeux, pour ne les rouvrir qu'au grondement du tonnerre. Le toit en vibrait. Les gouttes de plus en plus denses, rapides et drues, y résonnaient avec un bruit de cailloux. Sur notre droite, un éclair violent parut brûler l'air lui-même. Les nuages bas étaient comme une fumée montant des prés détrempés, des arbres, et même des maisons que nous laissions derrière nous.

Et si c'était la fin du monde ? me laissai-je aller à rêver. Peut-être les épreuves de ma vie avaient-elles été trop dures, et la nature avait-elle décidé d'y mettre fin. De tout effacer, tout recommencer, peut-être même sur une autre planète, pourquoi pas ? Là où l'évolution produirait des êtres beaucoup moins cruels les uns envers les autres, envers eux-mêmes, et surtout envers la nature.

Pour me remonter le moral, Jake me décrivit quelques-unes de ses mésaventures comiques par temps d'orage, quand il était jeune. Et une en particulier. Cette fois-là, il était sorti en voilier avec une fille, en lui laissant croire qu'il était bon marin pour qu'elle n'hésite pas à venir.

– Vous connaissez l'expression « être pris à ses propres filets » ? Eh bien, j'ai tiré des bords jusqu'à ce que nous soyons trempés comme une soupe, avant d'avouer à cette fille que j'étais incapable de regagner la côte. Elle m'a traité de tous les noms, il fallait l'entendre. Finalement, dès que nous nous sommes retrouvés en eau peu profonde, nous avons halé le bateau jusqu'à la rive. On n'aurait jamais cru qu'un cafouilleur pareil finirait dans la Marine, pas vrai ? Pourtant, c'est arrivé. Après cette journée...

Jake me décocha un clin d'œil pétillant et gloussa.

–... chaque fois qu'elle me voyait, elle roulait des yeux, haussait les épaules et m'apostrophait : « Qui vas-tu encore essayer de noyer ces jours-ci, Captain Marvin ? »

Je lui souris dans le rétroviseur et m'aperçus qu'il m'observait. Il commenta d'un ton sagace :

– Je ne devais pas être du genre don Juan, il faut croire. La gent féminine a toujours été un mystère, pour moi.

– La vie entière est un mystère pour moi, Jake, dis-je après y avoir réfléchi.

– Eh bien, peut-être vaut-il mieux éviter de trop s'en faire pour ça, princesse. C'est sans doute le meilleur moyen de s'en tirer. Se contenter d'aller de l'avant, et laisser toutes ces grandes questions aux prêtres, aux philosophes et aux professeurs, pas vrai ?

– Possible, acquiesçai-je.

Un long silence s'établit, que je rompis la première.

– La prochaine fois que Victoria viendra me voir, je crois que j'accepterai leurs conditions, Jake. Voilà au moins une chose qui n'a rien de mystérieux : ma place n'est pas ici, et je n'ai rien à y faire.

– En voilà une idée ! Oubliez-la, princesse. Vous avez autant le droit d'être ici que n'importe qui.

J'eus une moue dubitative.

– Pour l'instant, j'ai plutôt l'impression que je n'ai de place nulle part, Jake.

– Vous changerez d'avis demain matin, décréta-t-il. Quand l'orage sera passé, nous sortirons Rain, il est grand temps. Elle vous a réclamée, affirma-t-il, m'arrachant un autre sourire. Quand elle hennit, donne des coups de sabot et passe la tête hors de la stalle, c'est qu'elle vous demande. Je le sais, je parle cheval.

Cette fois, j'éclatai de rire.

– Entendu, Jake. Jusqu'à mon départ, je la monterai pour vous.

– Pour vous, rectifia-t-il. Et pour elle.

La pluie ne se calma pas de tout le trajet, au contraire. L'orage paraissait croître en violence. Les arbres se courbaient sous le vent au point qu'ils semblaient prêts à se rompre. Déjà, des branches cassées encombraient les bas-côtés de la route et la chaussée. Jake me promit qu'il appellerait les jardiniers le lendemain matin, afin qu'ils viennent dès que le temps le permettrait.

– Puis-je faire quoi que ce soit pour vous, princesse ? demanda-t-il en stoppant devant la maison.

– Non, Jake. Tout ce qu'il me faut, c'est un peu de repos.

– Faites-vous un de vos fameux thés à l'anglaise, suggéra-t-il. Un bon LEP bien chaud.

– Bonne idée.

– J'appellerai demain matin, d'accord ? Si vous avez besoin de moi, vous savez où me trouver.

– Merci, Jake. Ne vous mouillez pas à cause de moi, lui recommandai-je en le voyant sur le point de sortir. Contentez-vous de rentrer la Rolls. Je ne suis pas près d'aller me promener en voiture, c'est moi qui vous le dis.

J'ouvris la portière, mais je ne me risquai pas à ouvrir le parapluie. Le vent me l'aurait arraché des mains, et peut-être même déchiré.

Je me précipitai dehors, claquai la porte derrière moi, escaladai les marches du perron. Devant la porte, je me retournai. J'eus le temps de voir Jake avaler une lampée de sa fiasque en argent, puis démarrer. À chacun sa façon d'affronter la solitude, méditai-je. Mais j'aurais préféré que Jake en ait choisi une autre.

Il faisait très froid et très sombre dans la maison. J'allai de pièce en pièce pour donner de la lumière, puis je passai dans la cuisine où je me fis chauffer un peu de soupe. Après quoi j'allumai du feu dans la cheminée du salon, y transportai mon bol fumant et m'installai devant les flammes.

Le vent rugissait autour de la maison, secouait les fenêtres, faisait claquer les volets. Le vacarme était assourdissant. On aurait dit qu'un troupeau de chevaux sauvages caracolait sur le toit. J'allai chercher une couverture et me blottis sur le canapé, le visage exposé à la chaleur du feu. Une question, par-dessus toutes les autres, me hantait. Pourquoi ? Pourquoi avais-je été conduite vers cette maison ? Elle aurait pu être un refuge pour moi, un havre de paix, un sanctuaire… mais il n'en était rien. N'étais-je qu'un jouet dont s'amusait le destin ? Se servait-il de moi pour tourmenter cette famille, dans laquelle je n'avais certainement pas demandé à naître ?

Ces questions m'obsédaient toujours quand, enfin, je m'endormis.

La tempête dura encore plusieurs jours ; et à part Jake, qui venait voir de temps en temps si tout allait bien, personne ne donna signe de vie. Les journées s'étiraient dans la monotonie. J'attendais que le ciel s'éclaircisse, que les choses s'arrangent petit à petit. C'était très dur à vivre. Que faire de soi, du temps lui-même, quand on en a tellement ? Vers quoi diriger ses pensées, quand la rêverie peut vous entraîner dans des régions si lugubres ?

Je tentais de m'occuper en lisant, en regardant la télévision, en écoutant de la musique… Un beau jour, enfin, la tempête cessa. Les jardins commencèrent à sécher. Le lendemain, Victoria m'appela. Elle m'apprit qu'elle avait été très occupée à aider Grant à sortir du marasme, pour reprendre peu à peu une vie plus active. Quand je lui demandai des nouvelles de ma mère, elle répondit que son état restait inchangé.

– Nous allons prendre une décision à ce propos. Je ne sais pas si un traitement à domicile sera suffisant, déclara-t-elle sur un ton ambigu, où filtrait une sorte de menace. Et Grant non plus.

Que pouvait-elle bien manigancer ? Devais-je m'en inquiéter ?

Elle m'avertit qu'elle passerait le surlendemain, avec les documents dont elle m'avait déjà parlé. Je ne lui révélai pas que j'avais pris une décision qui la ravirait. Je venais de décider de partir et de leur laisser tout ce qu'ils souhaitaient. Avec Jake, je fus moins réservée. Je lui dis que j'avais eu tort de me montrer si obstinée. Que j'aurais dû accepter le compromis et retourner en Angleterre. Que si je l'avais fait, Brody serait encore en vie.

Jake n'aima pas du tout ce discours. Selon lui, je n'avais pas le droit de me reprocher ce qui s'était passé. Il me le répéta tant et plus, puis changea de tactique. Cessant d'argumenter, il insista pour que je sorte avec Rain, maintenant que le temps le permettait. Je voyais bien ce qu'il avait en tête. Il espérait que sa ravissante pouliche me rendrait la paix du cœur et m'apporterait un peu de joie. Pour tout dire, c'est aussi ce que j'espérais moi-même.

Les promenades à cheval étaient à peu près la seule chose que j'attendais avec plaisir. Rain se montrait de plus en plus à l'aise avec moi, et je commençai à croire Jake quand il affirmait qu'elle guettait impatiemment mon arrivée. Si étrange que cela puisse paraître, elle était maintenant le seul être vivant — à part Jake lui-même — qui semblait m'aimer vraiment. Et mes chevauchées avec elle étaient pour moi le meilleur moyen de combattre mes humeurs noires.

Chaque fois que nous arrivions en haut de la colline, Rain s'attendait à ce que je m'arrête et mette pied à terre. Tandis qu'elle broutait l'herbe tendre, je m'asseyais sur un rocher pour contempler la propriété, la maison de Grand-mère Hudson et la splendeur de l'horizon. Je me disais qu'avec mes origines, et l'adolescence qui avait été la mienne, j'aurais dû bénir ma chance. J'aurais dû chérir cet endroit, lutter de mon mieux pour ne pas le perdre. Mais la tragédie survenue était un fardeau trop lourd, et qui m'écrasait.

C'est qu'il ne devait pas en être ainsi, me raisonnais-je. Cesse de te battre. Va-t'en.

Comme elle l'avait promis, Victoria vint me voir avec une montagne de papiers. Je l'écoutai d'une oreille tandis qu'elle parlait investissements, dispositions légales, procurations et autres, tout un charabia juridique qui engourdissait ma pauvre cervelle fatiguée en m'embrouillant les idées. Peut-être tenais-je plus de ma mère que je ne le croyais, après tout. Peut-être ne demandais-je pas mieux, moi aussi, que de laisser quelqu'un d'autre s'occuper de tout ça pour moi, et ne pas m'embarrasser de questions pratiques.

Au beau milieu de ce déluge d'informations, je levai les mains devant moi pour signifier que je rendais les armes.

– Vous aviez raison, finalement. Je me moque bien de tout cela. Je souhaite rentrer en Angleterre aussitôt que possible.

Victoria me dévisagea, hocha la tête et sourit.

– Ainsi, vous êtes d'accord pour que je mette en vente la propriété ?

– Faites ce qui doit être fait, acquiesçai-je.

Elle pointa le menton vers la pile de documents.

– Et… pour tout ceci ?

– Ce n'est pas mon affaire. Dites à Grant que j'accepte sa proposition.

Elle ne répondit pas, mais son expression satisfaite et l'éclat de ses yeux en disaient long : elle jubilait. À présent, elle pouvait aller trouver Grant et lui dire : « Vois combien je sais t'être utile. Comment je tiens mes promesses. »

Cela m'était bien égal. Si Grant se laissait prendre à ses machinations, tant pis pour lui. Pour ma part, plus je serais loin de cette famille et moins je serais mêlée à sa vie, mieux ce serait. Quoi qu'il arrive ensuite, on ne pourrait pas m'en rendre responsable.

Victoria prit une longue inspiration et entreprit de rassembler les documents.

– Parfait. Je retournerai voir notre avocat pour l'informer de ces changements, déclara-t-elle. Vous devenez très raisonnable, Rain. Réellement. En fin de compte, vous n'en serez que plus heureuse.

– Je suis déjà plus heureuse.

Elle parut sur le point de rire, mais n'en fit rien. Elle se contenta d'un signe approbateur et d'un mince sourire.

Le lendemain, je reçus une lettre de mon père. Ce courrier d'Angleterre était la chose la plus excitante qui me fût arrivée depuis bien longtemps. Je restai longtemps assise à contempler l'enveloppe, partagée entre la joie délirante et la terreur. Et s'ils avaient réfléchi à la situation, sa femme et lui, et décidé qu'il valait mieux pour tout le monde que nous rompions tout contact ? Après tout, j'avais un certain don pour apporter toujours des problèmes et des complications dans mes bagages. Et cependant, qui me restait-il comme famille, à part eux ?

Mes doigts tremblèrent quand je déchirai l'enveloppe et en tirai la lettre, Il l'avait écrite sur le papier à en-tête de son université, probablement entre deux cours. Était-ce pour que Leanna n'en sache rien ?

Je dévorai les deux pages d'une traite.

Chère Rain,

Quelle merveilleuse surprise d'avoir de tes nouvelles, même si je comprends que tu vis des moments difficiles ! Je suis heureux que tu m'aies écrit en pareilles circonstances. Je n'avais aucune raison de m'y attendre, et je ne le mérite pas non plus.

Il serait présomptueux de ma part de prétendre te conseiller : je ne connais pas assez ta situation là-bas. Je ne peux même pas me faire une idée de ce que tu vis.

Par exemple, le secret de ta naissance est-il entièrement révélé ? Ou est-il toujours l'un de ces fameux squelettes, dans l'un des placards de la famille Hudson ?

Peut-être que rien de tout cela ne compte plus pour toi, d'ailleurs. Ce qui me frappe, c'est que tu n'es pas exactement accueillie à bras ouverts. Je t'imagine comme un petit bateau à la dérive sur une mer démontée, ballotté en tous sens, et cherchant désespérément l'abri d'un port.

Il y a longtemps de cela, j'ai décidé qu'il y avait des choses plus importantes pour moi que de faire fortune. Une séquelle de ma jeunesse rebelle, je suppose. Les grandes compagnies, les brasseurs d'argent, les hommes et les femmes d'affaires à succès représentaient pour moi l'ennemi numéro un. La force qui voulait vaincre les petits et les faibles, pour conquérir le tout-puissant dollar.

Ainsi, tu as l'occasion de devenir très riche, et plus encore si tu tiens tête à la famille. Mais quand tu auras triomphé d'eux, quel bonheur en retireras-tu ? Je crois que c'est cette pensée qui devrait être ton principe directeur. Megan t'acceptera-t-elle complètement, sans réticence ? Et son mari ? Et ta tante Victoria ? Et les autres ?

Le plus probable, c'est qu'ils t'en voudront encore plus.

Tu m'as demandé conseil, je vais oser t'en donner un. Accepte un arrangement et reviens. Continue tes études ici, et donne-moi une chance de devenir le père que je n'ai jamais été. Leanna est d'accord là-dessus. Au début, cela semblera un peu bizarre aux enfants, bien sûr. Mais avec le temps, je pense qu'ils accepteront et qu'ils comprendront.

Tu pourras toujours retourner en Amérique et commencer une vie nouvelle.

Si tu jettes cette lettre à la poubelle, je comprendrai. Si tu ne me donnes plus jamais signe de vie, je comprendrai. Comme je te l'ai dit, je sais que je n'ai aucun droit de prétendre à quoi que ce soit.

Dans Jules César, *Shakespeare écrit que l'œil ne voit pas par lui-même, mais par réflexion. Trouve le moyen de lire en toi-même, Rain. Les réponses que tu cherches sont là, qui t'attendent.*

Exactement comme moi.

Avec toute ma tendresse,

Ton père

Je ne me rendis même pas compte que je pleurais. Je fus toute surprise de sentir, brusquement, des larmes rouler sur mon menton. Je les essuyai de la main et me renversai dans mon fauteuil, entièrement absorbée par la pensée de mon père. Pour la première fois depuis des semaines, j'entrevoyais un rayon d'espoir. Je décidai de lui répondre sur-le-champ. De lui apprendre que j'avais décidé, sans attendre sa lettre, de rentrer le plus tôt possible en Angleterre. De tourner le dos à cette famille. D'accepter ce que l'on pouvait à bon droit nommer réparation, restitution, ou compensation pour tout le mal qu'on m'avait fait, toute la souffrance que j'avais endurée… et que j'endurais encore. Sans la moindre honte, je mènerais la transaction financière à terme et je m'en irais. Le seul regret que j'éprouverais serait pour Jake, et bien sûr pour Rain. J'aimais tellement la monter !

En attendant que Tante Victoria ait préparé toute la paperasse officielle avec l'avocat de la famille, c'est à cela que je passai le plus clair de mon temps. Chaque matin, Jake m'emmenait aux écuries un peu plus tôt et je l'aidais à nourrir et à soigner la pouliche. Nous faisions de longues promenades où, quittant les sentiers battus, nous tracions nos propres chemins à travers bois et prés, allant presque jusqu'aux limites des terres de ma grand-mère. Jake disait que je m'en tirais à merveille, et Rain devenait de plus en plus vigoureuse.

– À présent, vous faites vraiment la paire, toutes les deux, affirmait-il avec fierté.

Il fit venir Mick Nelsen, l'entraîneur, pour avoir son opinion sur la jument, et je fis même une sortie avec Mick. Rain semblait malheureuse, sans doute était-elle jalouse. Tantôt elle détournait la tête, comme si elle boudait. Ou bien elle trottait d'un air morne, l'encolure basse, jetant de temps à autre une œillade à l'autre cheval, qui restait totalement indifférent.

Quand nous nous séparâmes de Mick et de son cheval pour rentrer à l'écurie, le comportement de Rain changea. Elle releva fièrement la tête et retrouva subitement tout son allant. Peu pressée de voir finir la promenade, à présent, elle tenta de m'entraîner à recommencer le parcours. Quand je lui racontai la scène, un peu plus tard, Jake éclata de rire.

– Exactement comme une femme ! s'égaya-t-il. Elle exige toute votre attention pour elle toute seule.

Ce soir-là, Tante Victoria téléphona. Elle m'annonça qu'elle viendrait le lendemain en fin d'après-midi, avec son avocat, pour qu'il m'explique toutes les dispositions dans les moindres détails.

– Nous tenons à vous assurer que rien ne sera fait à votre insu, précisa-t-elle. Nous n'avons pas l'intention de nous exposer à de futures poursuites, croyez-le bien.

– Alors c'est parfait. Je serai là.

Je prévins Jake que je voulais être de retour pour deux heures, le lendemain. Un jour que je n'oublierai jamais. J'en revois et revis chaque circonstance, tel un détective cherchant obstinément un indice, un motif, une réponse. Qu'avais-je donc fait de différent ce jour-là ? Si je m'étais attardée dix minutes de plus à la table du petit déjeuner, ou si je m'étais moins pressée de me rendre à l'écurie, le reste de la journée en eût-il été changé ? Aurais-je pu empêcher ce qui était arrivé ?

Allais-je être punie pour avoir défié le sort, ou les dernières volontés de Grand-mère Hudson ? Qui étais-je pour oser me croire maîtresse de ma destinée ? Je n'avais pas choisi de venir en ce monde, avec ce corps et cette âme-là, ni ce nom ni toutes ces idées. Encore moins de naître non désirée. Et voilà que j'avais l'audace de croire que je pouvais tout redresser, tout arranger à ma convenance ?

En plus il y avait Brody, bien sûr. Une ombre obsédante projetée sur mes pensées. Une âme dont j'étais responsable pour l'éternité. Une âme qui réclamait satisfaction.

Dès que la voiture s'arrêta devant les écuries, Mick s'avança.

– Votre pouliche Rain me paraît bien nerveuse aujourd'hui, observa-t-il. Je ne l'ai jamais vue comme ça. Elle va vous donner du fil à retordre, jeune fille, je vous préviens ! Elle n'aime pas que vous ne soyez pas là quand elle vous réclame.

– Est-ce qu'elle va bien, au moins ? s'inquiéta Jake.

– Mais oui. Il suffira de prolonger un peu l'échauffement, et ça ira. C'est ce temps frisquet qui les excite. Ça leur fouette le sang.

Je fis marcher Rain autour de la carrière. Elle reniflait, hennissait, tirait sur sa longe et tournait la tête vers sa croupe avec impatience. On aurait juré qu'elle voulait dire : « Dépêche-toi de me mettre cette selle, et qu'on en finisse avec toutes ces inepties ! » Ce qui fit rire Mick, mais n'amusa pas Jake.

– Elle est plus capricieuse que d'habitude, me fit-il remarquer d'un air soucieux. Laissez Mick la monter aujourd'hui, Rain.

– Mais pourquoi ?

– Je n'aime pas sa façon de se comporter. Mick ?

– D'accord pour moi, consentit l'entraîneur.

Déçue, je le regardai seller Rain et lui mettre son mors. Elle ne me quittait pas des yeux, Mick lui-même s'en aperçut.

– Elle sait que quelque chose se prépare, pour sûr.

– Oh que oui, approuva finalement Jake, souriant presque.

La jument tenta de ruer quand Mick sauta en selle. Un autre en eût été désarçonné, mais il maintint fermement les rênes. Elle s'ébroua, s'agita, piétina le sol de l'antérieur gauche, s'efforçant de se retourner vers moi.

– Du diable si j'en viens à bout ! grommela-t-il.

Jake nous regarda l'une après l'autre, Rain et moi, et parut se détendre.

– Très bien. Vous pouvez la sortir, accorda-t-il.

Ces mots devaient plus tard l'entraîner dans les plus sombres abîmes de la boisson, et peut-être hâter l'heure de sa mort.

Tout heureuse, je courus jusqu'à la pouliche et sautai en selle. Instantanément, Rain se calma. Elle attendit patiemment les ordres.

– Juste un petit tour, me recommanda Jake. Un seul circuit sur le petit parcours, d'accord ?

– D'accord, Jake.

Je donnai du talon et, avec sa grâce coutumière, Rain s'élança en avant.

– Tu me manqueras, lui dis-je tandis que nous trottions sur le sentier. Si je reviens te voir, tu te souviendras de moi ?

Quand je lui parlais, Rain avait une façon bien à elle de remuer la tête, comme si elle comprenait vraiment. J'en souris de plaisir. Puis, fermant les yeux pour mieux sentir le vent, je passai la main dans mes cheveux, caressai l'encolure de Rain et lui lâchai la bride. Elle partit au galop.

Comme toujours, j'eus l'impression que nous ne faisions qu'un. En parfaite coordination, nous établîmes un rythme harmonieux. J'étais certaine que Mick et Jake nous suivaient des yeux et souriaient, eux aussi. Je savais qu'ils allaient me surveiller plus longtemps que d'habitude. Jake, je l'avais bien vu, n'était pas encore tout à fait rassuré quand j'étais partie.

La tempête avait laissé des traces, éparpillant des feuilles et des branches brisées dans la prairie. L'humidité faisait sortir les rongeurs, ainsi que d'autres créatures, attirées par la soudaine recrudescence des insectes. Juste au pied de la crête que, pour obéir à Jake, nous aurions dû gravir et redescendre, la sente bifurquait à présent sur la droite. Cette deuxième voie, c'était Rain et moi qui l'avions tracée, au cours de nos promenades. Quelques arbres morts, tombés non loin d'un éboulis de rochers, marquaient la croisée des chemins.

Mick, de son côté, m'avait recommandé de toujours prendre garde aux serpents, surtout aux vipères cuivrées.

– C'est d'ailleurs presque impossible de les voir, avait-il ajouté. Avec leur couleur, elles se confondent avec le paysage, surtout les arbres morts. Mais, m'avait-il aussitôt rassurée, comme la plupart des serpents, elles ne sont pas agressives. Vivre et laisser vivre, voilà leur devise. Le problème, c'est que les chevaux n'en savent rien. Alors un conseil : évitez les endroits où elles pourraient s'abriter.

Autrement dit, les rocs et les arbres morts. D'habitude, je restais à bonne distance de ces repères, mais aujourd'hui j'étais distraite. Je réfléchissais à ma décision et ces pensées m'absorbaient. Rain, en temps normal, se tenait d'elle-même sur ses gardes. Mais comme avait dit Mick : « Les vipères cuivrées ont le don de se rendre invisibles. Elles ne bougeront pas si elles n'y sont pas forcées. Vous pourriez marcher en plein dessus sans même vous en apercevoir. »

C'est exactement ce que fit Rain. Les vipères cuivrées, surtout les plus jeunes, ont une façon particulière de chasser. Elles dressent la queue, afin que les animaux qu'elles poursuivent soient attirés, croyant avoir affaire à un lézard ou autre chose du même genre. Et quand ils sont assez proches, la vipère frappe. Rain marcha sur la queue du serpent, qui pivota brusquement. Il ne mordit pas Rain. Mais sa vue l'emplit d'une panique éperdue, dont je perçus la vibration dans mes jambes et jusqu'à mon cœur. Elle se cabra, se tordit en arrière, dans un effort frénétique pour s'écarter du reptile qui dressait la tête. Ce mouvement de torsion fut si vif et si brutal que je m'envolai littéralement de ma selle. Je ne me souviens même pas d'avoir touché le sol.

Tout ce dont je me souviens, c'est d'un choc à la tête et dans le bas du dos, puis tout devint noir.

Quand je rouvris les yeux, je contemplais le plafonnier rutilant d'une salle d'urgence, au-dessus de ma tête. Autour de moi, j'entendais toutes sortes de bruits. Des gens s'activaient, de l'eau coulait, on posait des objets sur de la céramique. Des uniformes blancs dansèrent une sorte de ballet, jusqu'à ce que je distingue le visage soucieux d'un médecin. D'âge moyen, les cheveux gris et clairsemés, il avait une petite marque rouge sur le nez. Sans doute laissée par les lunettes qu'il mettait pour lire, me surpris-je à penser. Je vis dans ses yeux qu'il était très inquiet.

– Bonjour, vous ! dit-il avec un bon sourire.

– Où suis-je ?

Ma voix ne fut qu'un murmure voilé, lointain, comme si j'avais parlé dans un tunnel.

– Vous êtes à l'hôpital. Vous avez eu un accident. Vous souvenez-vous de quelque chose, à ce sujet ? questionna-t-il.

Je lui dis le peu que je savais, mais je me sentais tout étourdie et nauséeuse. Mon corps aussi me paraissait lointain.

– Eh bien, ce coup sur la tête a provoqué une commotion. Pas très grave, vous vous en remettrez, me promit-il.

Mais il se pencha sur moi, et je vis s'effacer son sourire.

– J'aimerais que vous leviez la jambe gauche, dit-il enfin.

– Que je la lève ?

Il inclina la tête et j'essayai de lever la jambe, mais rien ne se passa. Je ne sentis rien non plus.

– Maintenant essayez la droite, demanda-t-il, et je renouvelai ma tentative. Pouvez-vous sentir ça ?

– Sentir quoi ?

Le médecin se redressa.

– Qu'est-ce qui ne va pas chez moi, docteur ?

– Quand vous êtes tombée de cheval, vous avez également reçu un choc au bas du dos. Nous allons vous faire transférer à Richmond. Là, ils sont mieux équipés pour évaluer avec précision les lésions de la moelle épinière, et pour les traiter.

– La moelle épinière ?

– Plus tôt nous vous transférerons, meilleures seront vos chances de guérison, expliqua-t-il.

Le mot « chances » s'attarda dans l'air comme une bulle de savon, menaçant à tout instant de crever et de disparaître. Je m'entendis crier :

– Non !

– Calmez-vous, reprit-il avec douceur. Je vais vous envoyer votre père.

Mon père ? m'effarai-je. Est-ce que j'entendais des voix ?

Quelques instants plus tard Jake entrait dans la chambre, triturant sa casquette à deux mains, l'air vieilli de dix ans. Ses joues s'étaient creusées, ses rides accentuées. Le chagrin faisait paraître ses yeux plus sombres qu'ils n'étaient.

– Comment ça va, princesse ? articula-t-il.

– Jake, je ne peux pas bouger les jambes !

Il hocha lourdement la tête.

– Je ne sais pas comment j'ai pu vous laisser la monter. Mon instinct me soufflait que ça se passerait mal.

La tête me tournait, je dus fermer les yeux pour lui répondre :

– Et maintenant, qui se fait des reproches pour ce qui n'est pas sa faute ?

– J'aurais dû savoir. Je suis plus vieux, j'ai plus d'expérience que vous.

– Ne vous torturez pas, Jake. Je vous en prie. Au fait… Avez-vous dit au médecin que vous étiez mon père ?

– Oui. C'était plus simple pour la paperasse, marmonna-t-il. Dans ce genre d'endroits…

Je rouvris les yeux et lui pris la main.

– Vous êtes déjà un père pour moi, Jake. Plus que personne ne l'a jamais été.

Il se mordit les lèvres, sa mâchoire se crispa. Je n'ai jamais supporté de voir un homme sur le point de pleurer, cela me rend toujours affreusement triste. Je sais que n'importe qui peut avoir besoin, parfois, de s'abandonner à ses sentiments. Mais un homme comme Jake, qui avait vu tant de choses au cours de sa vie, et survécu à tant d'épreuves, m'apparaissait comme un roc inébranlable. Bien trop solide pour se laisser aller en public.

– Je vais voir si l'ambulance arrive, marmonna-t-il en s'éloignant brusquement.

Mais, si rapide qu'il fût, j'eus le temps de voir une larme sillonner sa joue rugueuse.

Le trajet fut particulièrement inconfortable. Il fallut me sangler, pour réduire mes mouvements au minimum, et pourtant... Je ne risquais pas de me lever pour me mettre à danser ! Le simple fait de soulever la tête me faisait voir trente-six chandelles. Heureusement pour moi, je m'assoupis de temps à autre, et ces petits sommes furent les bienvenus.

À Richmond, le centre de neurologie fonctionnelle était surchargé, mais efficace. Une fois entre les mains des médecins, je n'attendis pas longtemps le diagnostic. Ils vérifièrent d'abord l'état de mes poumons, puis se concentrèrent sur ma moelle épinière. Je subis un examen neurologique, des tests de réflexes, puis toute une série d'autres tests pour évaluer la gravité de la blessure.

Pour moi tout se passa comme dans un brouillard et, sans savoir comment, je me retrouvai dans une chambre d'hôpital, à attendre. Je n'attendis pas longtemps : deux médecins se montrèrent sur le seuil. Ils s'entretinrent quelques instants à voix basse, avant de s'approcher du lit. L'un des deux avait les cheveux gris, ses yeux bleus illuminaient son visage plein de bonté. Le second, beaucoup plus jeune, était un brun aux yeux noisette. Pour moi, il évoquait plus un savant qu'un médecin. Je n'avais pas l'impression qu'il voyait en moi une personne, mais un problème médical à résoudre.

– Je suis le Dr Eisner, se présenta le plus âgé. Voici le Dr Casey, mon assistant.

Il me sourit avec gentillesse, et consulta la fiche attachée à sa planche à pince.

– Ainsi, vous vous appelez Rain ?

– Oui.

Mes lèvres avaient remué, mais j'avais parlé si faiblement que je n'avais pas entendu le son de ma voix.

– Un prénom intéressant, observa-t-il. Eh bien, ma chère, voici ce que nous savons au sujet de votre blessure. Vous avez subi une lésion de la moelle épinière, au niveau L3-L4, autrement dit celui des troisième et quatrième vertèbres lombaires.

Il retourna la planche, révélant un schéma de la colonne vertébrale.

– Comme vous voyez, reprit-il d'un ton doctoral, la moelle épinière part de la base du cerveau, et descend le long du dos jusqu'à un point situé au-dessous de la taille. Elle renferme des neurones qui jouent un rôle de messagers entre le cerveau, d'une part, et les nerfs situés sur le parcours. Ils assurent la circulation aller-retour de l'information entre le cerveau et les nerfs moteurs, supérieurs et inférieurs, en abrégé NMS et NMI. Ces nerfs, issus de la moelle épinière, communiquent avec les diverses parties du corps et y envoient les ordres nécessaires à l'action ; comme le mouvement des muscles, par exemple. Vous me suivez ?

Le souffle suspendu, je fis signe que oui.

– La moelle, enchaîna-t-il en pointant le doigt sur l'image, est entourée d'anneaux osseux, les vertèbres. D'une façon générale, plus la lésion de la moelle se situe haut, plus le handicap sera important. Donc, si vous me suivez toujours…

Il laissa courir son doigt le long du schéma.

–... vous pouvez voir que le traumatisme s'est produit, grâce à Dieu, en dessous du point où il aurait eu des conséquences graves pour le haut de votre corps, ainsi que vos fonctions respiratoires. Il n'affecte que vos jambes.

« En fait, reprit-il très vite, sans me laisser le temps de poser une question, nous avons déterminé ce que vous avez. Il s'agit de ce que nous appelons une lésion incomplète. Autrement dit, vous disposerez encore d'une certaine capacité de mouvement. Nous pensons que vous serez capable de bouger un peu la jambe droite. En temps voulu, vous parviendrez à prendre partiellement appui sur elle, assez pour vous lever seule de votre fauteuil roulant et vous y asseoir sans aide.

– Un fauteuil roulant !

Le médecin répondit à mon cri d'angoisse par un sourire bienveillant.

– Oui, confirma-t-il avec douceur.

Son assistant se contentait de m'observer fixement, ce qui n'allégeait pas mon malaise. Il fallait que je sache.

– Pourquoi ? Est-ce que ma moelle épinière est coupée ?

Le Dr Eisner parvint à garder une expression sereine.

– Eh bien... il n'est pas nécessaire qu'elle le soit pour avoir des problèmes. Le plus souvent, elle est écrasée, ou gravement atteinte. Le Dr Casey pourra vous expliquer tout cela.

Le jeune médecin s'éclaircit la gorge et, en guise de sourire, ne produisit qu'une grimace, il débita sur un ton nasal, comme si sa voix sortait de ses narines :

– La moelle épinière est compressée. La pression sanguine chute dans la région concernée, privant les cellules de l'apport de sang nécessaire. Elles sont en manque. Une hémorragie s'amorce au cœur de la moelle et se répand à l'extérieur. Les cellules nerveuses qui meurent produisent un tissu cicatriciel, les connexions sont rompues. Le résultat est la paralysie, conclut-il avec indifférence.

– Je suis paralysée à vie ?

– Sous la taille, précisa le Dr Eisner, comme si c'était une bonne nouvelle. Nous poursuivons l'examen de votre vessie.

Je gardai le silence. Je voyais qu'il m'observait attentivement, guettant ma réaction. Je finis par demander :

– Est-ce que je vais mourir ?

– Mais non, mais non ! me rassura-t-il.

J'aurais préféré qu'il ait dit oui.

Pendant plusieurs jours, je fus examinée, palpée, explorée au moyen d'impulsions électriques. Les médecins m'étudièrent sous toutes les coutures. Je me faisais l'effet d'être un morceau de viande, mais je ne me plaignais pas, ne parlais presque pas. Quand on me demandait si je sentais quelque chose, si c'était le cas je le leur disais. Si je ne sentais rien, je le disais aussi. Sans plus. Je ne bavardais ni avec les infirmières ni avec les internes, ils essayaient de me faire parler, mais je me contentais de les regarder.

L'effet de la commotion s'atténuait, je fus bientôt capable de lever la tête avec plus d'aisance. Je pouvais m'alimenter seule, bien que j'eusse fort peu d'appétit. On m'allumait toujours la télévision, mais j'y prêtais à peine attention. Ce qui se passait sur l'écran n'avait pour moi aucune réalité.

Jake venait me voir chaque jour. Il séjournait chez un ami, à Richmond. Il m'apportait des sucreries, des magazines. S'il avait paru subitement vieilli, après mon accident, ce « coup de vieux » brutal s'était solidement installé. J'avais même l'impression que ses cheveux blanchissaient plus vite. Ses épaules se voûtaient, et il ne lui était pas facile de me regarder en face. On aurait dit qu'il redoutait de lire un reproche dans mes yeux.

La seule chose qui pouvait encore piquer ma curiosité, c'était cette famille si peu disposée à m'accueillir. Que devenaient-ils, tous ? Comment réagissaient-ils à ces événements surprenants ?

– Victoria se sent frustrée, m'apprit Jake. Elle est complètement déboussolée. Tous ses projets sont en plan, maintenant. Peut-être pour toujours.

– Alors ça, c'est le cadet de mes soucis.

– Justement, releva-t-il. Vous devriez vous en soucier. Jusqu'à votre guérison, vous allez avoir besoin de tout l'argent dont vous disposez. Alors pas question d'en laisser perdre un centime, vous entendez ? J'ai pris la liberté de parler à M. Sanger, et il s'occupe de tout ça.

– Ma guérison ? Je ne guérirai jamais, Jake. Vous n'avez pas parlé aux médecins ?

– Sûr que ça ne se fera pas tout seul, admit-il, et vous avez du pain sur la planche. Mais le traitement vous rendra plus forte et…

–… et je serai toujours en fauteuil, achevai-je à sa place.

Je savais pourquoi il feignait l'optimisme, mais cela m'était impossible.

– N'en veuillez pas à Rain, Jake.

Cette fois, il n'évita pas mon regard, et je pressentis que quelque chose avait changé.

– Qu'y a-t-il, Jake ? Vous ne lui avez pas fait de mal, au moins ?

– Bien sûr que non, mais j'ai décidé de la vendre. Qu'est-ce que je ferais d'un cheval comme elle, maintenant ?

Je détournai les yeux. Peut-être mon nom était-il une malédiction, finalement. L'avoir donné à cette magnifique pouliche lui avait, à elle aussi, porté malheur. Et maintenant elle allait souffrir sans avoir commis de faute, sinon celle d'être venue au monde. Pas étonnant que nous nous soyons si bien entendues !

– Vous ne devriez pas faire ça, Jake.

Il contempla longuement le bout de ses chaussures, puis releva la tête. Il avait les yeux gonflés, tout injectés de sang.

– J'ai reçu un coup de fil de Grant, annonça-t-il soudain.

– Ah bon ?

– Il a demandé de vos nouvelles. Ils n'ont encore rien dit à Megan.

– Ça ne ferait pas une grande différence pour elle, vous savez. Dites-leur de ne pas s'inquiéter pour ça. Dites-leur… que ça ne fait pas de différence pour moi non plus.

Le regard de Jake m'effleura, dériva vers la fenêtre. Je soupirai.

– Inutile de continuer à venir me voir, Jake. Je sais que vous aimeriez mieux rentrer chez vous.

– Ne me dites pas des choses pareilles ! s'indigna-t-il. Je ne vais certainement pas vous laisser toute seule.

– Il faudra bien que je m'y habitue, Jake. Qui voudrait de ma compagnie, à présent ?

– Ne parlez pas comme ça. Frances serait très…

–… désolée de m'avoir prise chez elle, sans aucun doute. Si jamais j'ai été un fardeau pour elle, qu'est-ce que je suis, maintenant ?

Il s'avança jusqu'au lit, saisit ma main et la serra fermement.

– Vous allez guérir, princesse. Je ne vous laisserai pas vous étioler. Il va falloir vous habituer à m'avoir toujours sur le dos, je vous préviens.

Je cherchai son regard. Un instant, ses yeux brillèrent, puis leur bref éclat s'éteignit. Je me sentis toute triste pour lui.

– Très bien, Jake. Faites ce que vous voudrez.

– À la bonne heure ! Demain, je vous apporte des nouvelles fraîches. Tout ce que je vous demande, c'est de vous dire que nous en sortirons. Nous aurons le dessus. Vous ne voulez pas décevoir Victoria, quand même ?

Un sourire mit des étincelles dans ses yeux.

– Je veux dire… si vous n'allez pas mieux, elle ne peut pas s'en prendre à votre fortune, pas vrai ? Elle est coincée. Ayez un peu de pitié pour elle, au moins !

Je fus forcée de sourire à mon tour. Je me sentais bien, presque comme si je venais d'ouvrir une surprise.

Puis on apporta mon fauteuil roulant.

Et je pris conscience que le rire et la joie n'étaient plus que des souvenirs. De précieux bibelots dont l'unique fonction était d'être là, sur leur étagère, pour vous rappeler le temps qui n'est plus. Un temps bien plus beau, où existait encore cette chose merveilleuse qui se nommait l'espoir.

7

Retour à la maison

Une semaine plus tard, l'impassible Dr Casey fit son apparition aux côtés d'une infirmière, petite personne timide et falote. Je lui trouvai le regard fuyant, puis je compris ce qui me faisait cet effet. Quand il lui adressait la parole, elle fixait ce qui se trouvait devant elle, comme s'il était une altesse royale sur qui on ne devait pas lever les yeux.

Il me fit subir l'examen habituel. Le contact de ses gants de caoutchouc me mettait toujours mal à l'aise : cela me donnait l'impression d'être contaminée. Mais quand il se releva et s'écarta brutalement du lit, je me sentis carrément contagieuse.

– Le Dr Eisner et moi avons terminé notre analyse de votre cas, commença-t-il de sa voix pincée.

Quand il parlait, le regard fixe et le cou raide, il évoquait pour moi une marionnette grandeur nature. Mais je ne voyais pas là matière à rire, au contraire. Ses paroles tombèrent sur moi tel un arrêt du destin.

– La thérapie vous permettra de fortifier vos jambes, et empêchera vos muscles de s'atrophier. Toutefois, à moins qu'on ne découvre un nouveau traitement, vous ne dépasserez pas le stade de récupération prévu.

« Comme vous le savez, vous aurez parfois des spasmes musculaires douloureux. Si vous n'êtes pas suffisamment active, vous risquez d'autres troubles très gênants. La mobilité réduite ainsi que la circulation sanguine affaiblie peuvent causer des ulcérations de la peau. Les tissus mortifiés forment alors des escarres, particulièrement pénibles. Vous devrez prendre l'habitude d'inspecter quotidiennement votre épiderme.

Il marqua une pause et j'espérai qu'il en avait fini, mais non. De la même voix monocorde, il poursuivit ses recommandations.

– Prenez un bain chaque jour et séchez-vous soigneusement, particulièrement entre les orteils et aux plis de l'aine. Votre thérapeute vous remettra un manuel de soins avec des instructions personnelles à suivre. Assurez-vous de les avoir parfaitement comprises avant de nous quitter.

– Alors je vais sortir ?

– Vous quittez cette section de l'hôpital, oui. Nous ne pouvons plus faire grand-chose pour vous, ici. Nous allons vous transférer en rééducation fonctionnelle. Là, ils mettront en route un programme de soins adapté à votre cas. Vous devrez le poursuivre toute votre vie, conclut-il abruptement.

Je venais d'entendre prononcer ma sentence.

Le Dr Casey inscrivit quelques notes sur ma fiche et la tendit à l'infirmière. Elle me jeta un bref coup d'œil, me sourit, et attendit.

– Des questions ? s'enquit-il, toujours aussi sèchement.

Si j'avais des questions ? Mais je n'avais que ça ! Par exemple, que serait-il arrivé si Ken Arnold avait choisi une autre ville pour y vivre, après ma naissance ? Ou si ma sœur Beneatha n'avait pas fréquenté l'un des membres d'un gang, et n'avait pas été assassinée ? Si Mama n'était pas tombée malade ? Que serait-il advenu si je n'avais jamais appris la vérité sur moi-même ? Ou si j'avais dormi trop tard, ce matin-là, et manqué cette dernière promenade avec Rain ?

Je dévisageai le médecin. Comme un brillant élève pressé de montrer son intelligence, il semblait attendre mes questions avec impatience. J'en formulai une.

– Quand est-ce que je vais me réveiller ?

– Pardon ? fit-il, interloqué.

L'infirmière se mordit les lèvres.

– Non, rien, dis-je avec un geste évasif. Vous n'êtes pas censé répondre aux questions posées dans les cauchemars.

– Oh !

Ses lèvres incolores s'arrondirent d'étonnement. Il venait seulement de comprendre que ma souffrance était plus profonde que tout ce qu'il pourrait jamais atteindre, même à l'aide des rayons X. Il ne lui restait plus qu'à partir.

– Bon, eh bien… le Dr Synder viendra vous voir sous peu. C'est notre psychologue. Bonne chance, ajouta-t-il en tournant les talons.

Son infirmière me tapota la main. Je levai sur elle un regard qui la fit pivoter encore plus vite que lui, et elle sortit dans son sillage. Je fixai longuement le plafond blanc. Je dormais mal, depuis l'accident. Je somnolais, me réveillais, replongeais dans le sommeil, et cela sans arrêt. Ce fut ce qui m'arriva cette fois encore, et en m'éveillant j'entendis une voix de femme.

– Bonjour !

Je tournai lentement la tête, m'attendant à voir l'infirmière venue vérifier quelque chose. J'eus la surprise de découvrir que ma visiteuse était assise... dans un fauteuil roulant.

– Docteur Synder, se présenta-t-elle.

Elle tendit une main que je fixai un instant, sans la prendre, puis elle la retira.

– Je devine à votre air surpris que le Dr Casey a négligé de vous parler de mon handicap. Je ne devrais pas m'en étonner, d'ailleurs. En fait, je devrais plutôt m'en réjouir. Il ne voit en moi ni plus ni moins que ce que je suis. Une psychologue, et non une psychologue paraplégique. Et c'est ce que nous souhaitons tous, n'est-ce pas ?

« Vous aussi, vous voudrez que les gens voient en vous ce que vous êtes vraiment, ajouta-t-elle. Vous verrez.

– Personne ne m'a jamais vue ainsi, même avant l'accident. Pourquoi devrais-je espérer qu'ils le fassent maintenant ?

Le Dr Synder haussa un sourcil et sourit.

Elle était réellement jolie et ses cheveux cuivrés, de cette nuance qu'on appelle blond vénitien, encadraient gracieusement son visage. Malgré son handicap, ses yeux bleu-vert pétillaient de vie. De minuscules taches de son saupoudraient le haut de ses pommettes, avivant la fraîcheur de son teint crémeux. Et ses lèvres étaient si rouges qu'elles se passaient aisément de maquillage. Bref, elle respirait le bonheur et la santé.

L'élégante simplicité de sa toilette s'accordait parfaitement à son charme naturel. Jupe bleu foncé, sweater bleu clair ouvert sur un chemisier blanc, diamants taillés en cœur aux oreilles. Au creux de son décolleté, entre ses seins menus, brillait un médaillon d'or.

– Je sais que cela ne vous sera pas une grande consolation pour le moment, reprit-elle ; mais quelques centimètres plus haut, votre blessure aurait été beaucoup plus grave. Mon père m'a dit un jour…

Elle sourit encore, mais pas à mon intention. Son regard paraissait me traverser, comme si elle était plongée dans ses souvenirs.

– Il m'a dit que c'est à nos actes et à notre destin que nous devions nous mesurer, pas à autrui. Au lieu de penser que des tas de gens sont mieux lotis que toi, répétait-il, pense que tout aurait pu être bien pis pour toi si…

Le Dr Synder prit une mine grave et baissa la voix.

– Ce *si* est suspendu au-dessus de notre tête à tous, Ainsley, cita-t-elle, imitant le ton solennel de son père.

– Ainsley ?

– Oui. Mon père tenait à ce que ma mère et lui trouvent un nom hors du commun. Il semble que vos parents aient fait de même, d'ailleurs. Rain ?

– C'était censé m'être bénéfique, figurez-vous.

– Et cela le sera. C'est tout à fait possible, croyez-moi. Voyons, laissez-moi deviner…

Elle se carra dans son fauteuil et fit mine de réfléchir.

– Vous n'arrêtez pas de vous demander : « Pourquoi moi ? Qu'est-ce que j'ai donc fait pour ça ? »

– Pas exactement, non.

– Non ? Alors c'est une première. Enfin quelqu'un qui pense avoir mérité son sort !

– Je n'ai pas dit ça. C'est juste que… je ne suis pas vraiment surprise, voilà.

Le regard d'Ainsley Synder était d'une intensité surprenante. Il exprimait un intérêt profond, mais pas comme celui du Dr Casey. Le sien était plein de chaleur, au contraire. J'y lisais une curiosité ardente qui me donnait la sensation d'être importante à ses yeux. Une découverte.

– Vous voulez bien m'expliquer pourquoi, Rain ?

– Je ne sais pas si j'aurai le temps. Il faut que je consulte mon agenda.

Elle sourit avec humour, et ce fut moi qui demandai :

– Que vous est-il arrivé ? Ne me dites pas que vous êtes tombée de cheval !

– Non. Je n'ai jamais vraiment pratiqué l'équitation. J'ai fait quelques promenades à cheval, c'est tout. Je suis une citadine. J'ai eu un grave accident de la route. Un tracteur de caravane est passé sur ma voiture, il y a environ quatre ans de ça. On a dû découper la tôle pour me dégager. Vous vous souvenez de ce que je vous ai dit, à propos de ce fameux *si* ?

– Vous êtes vraiment sûre d'avoir une meilleure vie que celle qui aurait pu être ? lançai-je rudement.

– Je vis toujours un mariage heureux. J'ai deux filles adolescentes, qui m'empêchent de m'apitoyer sur moi-même. Je poursuis ma carrière avec succès. Avec ça, j'adore la pizza, et d'après les médiums on n'en trouve pas dans l'Autre Monde. On n'en a même pas envie !

Je restai bouche bée pendant quelques secondes, puis j'éclatai de rire. Un rire que je fus tout étonnée d'entendre.

Ainsley se redressa dans son fauteuil.

– Et maintenant, racontez-moi votre histoire.

C'était une remarquable auditrice. Elle n'avait jamais l'air de s'évader dans ses pensées, ni de se demander ce qu'elle faisait là, ou ce qu'il lui avait pris de s'occuper de moi. Elle posait fréquemment des questions, et prenait quelques notes dans un petit carnet. Peut-être avais-je un besoin fou de parler.

Peut-être étais-je restée trop longtemps dans ma tour d'ivoire, seule avec moi-même. En tout cas, je me découvris une énergie verbale quasiment illimitée. Et j'éprouvais un immense bien-être, trop agréable pour y renoncer facilement. C'était comme si je pressais sur un furoncle et regardais le pus s'écouler de mon corps. Je ne m'arrêtais pas aux détails anodins, bien sûr. Je m'efforçais de ne mentionner que les gens et les événements qui avaient le plus d'importance.

Finalement, je me tus et attendis la réaction d'Ainsley Synder. Son sourire avait disparu, remplacé par une expression à la fois triste et grave. Celle d'une personne qui vient d'apprendre la mort de son meilleur ami.

– Désolée d'avoir posé la question ? demandai-je.

– Non. En fait, je vous suis reconnaissante de vous montrer si ouverte. La plupart de mes patients me donnent l'impression d'être chirurgien-dentiste. Je dois leur soutirer les réponses comme si je leur arrachais des dents, précisa-t-elle en voyant mon air perplexe.

– Ah !

– Vous savez, c'est souvent beaucoup plus pénible pour quelqu'un qui a mené une vie… disons facile, de faire face à ce genre de revers. Vous avez enduré beaucoup d'épreuves. Je suis certaine que vous remonterez la pente.

– Mais bien sûr, voyons. La vie n'est qu'une tragédie, et je ne suis jamais qu'une de ses victimes parmi des millions d'autres.

Les yeux bleu-vert d'Ainsley Synder pétillèrent.

– Vous êtes déjà au-dessus de la foule. Vous avez le sens de l'humour.

– Ce n'est pas de l'humour, répliquai-je. C'est du dégoût qui ne dit pas son nom.

Subitement, la fatigue s'abattit sur moi. Je fermai les yeux.

– Je vous laisse vous reposer, dit doucement la jeune femme. Mais je reviendrai vous voir demain, et nous reprendrons cette conversation. Vous allez être transférée en rééducation fonctionnelle, vous savez ?

– Parfait. Ils vont me remettre à neuf.

Elle laissa passer quelques secondes avant de poursuivre :

– Le plus difficile, pour nous, c'est de prendre conscience que notre corps autrefois si plein de vie n'est plus aussi performant qu'avant. Et en outre, que nous sommes accablés d'une kyrielle de problèmes secondaires, et pas des plus simples à résoudre, croyez-moi. Il faut vraiment lutter.

– Ne me donnez pas seulement les bonnes nouvelles, je vous en prie.

Ma repartie lui rendit le sourire.

– Pour ça, comptez sur moi. Ce que vous faites maintenant, votre réaction actuelle à tout cela, c'est votre façon de vous défendre. Apprendre à accepter cette nouvelle condition, à y faire face, est beaucoup plus éprouvant que l'accident lui-même. Personne n'aime être dépendant d'autrui.

– Surtout pas moi, marmonnai-je.

– Mais croyez-moi, le programme de réadaptation vous aidera beaucoup à devenir indépendante. Surtout, ne vous cabrez pas. Apprenez, écoutez, ayez la volonté d'essayer et vous verrez. Vous retrouverez votre confiance en vous et redeviendrez un membre actif de la société, Rain. Je connais des douzaines et des douzaines de paraplégiques dans ce cas-là.

– Seigneur, j'en ai de la chance ! Seulement je ne m'en rends pas encore bien compte, c'est ça ?

Ainsley Synder m'offrit l'un de ses beaux sourires.

– Non, en effet. Pensez au *si* de mon père, me rappela-t-elle, tout en faisant pivoter son fauteuil.

Je la suivis des yeux jusqu'à ce qu'elle fût sortie.

Et voilà, c'est moi, méditai-je sombrement. C'est moi dès maintenant et jusqu'au jour de ma mort.

J'enfouis mon visage dans l'oreiller, en souhaitant pouvoir rester ainsi et m'arrêter de respirer.

Je fus transférée en rééducation le soir même. Le lendemain, de bonne heure, une équipe de deux thérapeutes vint se présenter pour m'expliquer leur rôle dans mon programme. Ils me tinrent si occupée que je n'eus guère le temps de m'apitoyer sur mon sort. D'autres patients, autour de moi, souffraient du même genre de lésion que moi ; mais, comme l'avait dit le Dr Synder, certains étaient plus gravement atteints. La vue des tétraplégiques suffit à m'en convaincre. L'ardeur avec laquelle ils poursuivaient leurs pratiques de rééducation me stupéfia.

Quand le Dr Synder revint me voir, je lui en parlai, et elle me parut presque fière d'eux. C'était un peu comme si nous formions une communauté, maintenant ; et comme si la réussite de l'un d'entre nous rejaillissait sur nous tous.

– Chaque fois que vous aurez envie d'abandonner, me dit-elle, pensez à eux. La vérité, Rain, c'est que la majorité des paraplégiques s'en tirent très bien. Comme vous le ferez vous-même, prédit-elle avec confiance. Vous conduirez une voiture, vous aurez une vie sociale normale, et une famille si vous le désirez.

J'eus un rire désenchanté.

– Une famille ? Qui voudrait de moi pour femme ?

– Quelqu'un qui tombera amoureux de vous, tout simplement.

– Mais bien sûr, ironisai-je. Cela va de soi.

Je n'avais toujours pas écrit à mon père, ni à Roy, ce qui m'était arrivé. Je crois que tout au fond de moi j'espérais mourir dans mon sommeil, et n'avoir jamais à le dire à personne. Mais à mesure que le temps passait, je sentais que cela ne pouvait plus attendre. Ce dont je ne voulais pour rien au monde, c'était de leur pitié. Le Dr Synder, à qui je me confiai, sut me conseiller.

– Ce que vous devez surtout leur dire, c'est combien la thérapie vous fait du bien. Si vous leur parlez de vos progrès, soyez certaine qu'ils n'auront pas pitié de vous. À condition, bien sûr, que vous fassiez des progrès.

– Voilà qui ressemble à du chantage, observai-je.

Ainsley Synder éclata de rire.

– Et alors ? Du moment que ça marche !

Je m'attachai réellement à elle. La seule pensée de me séparer d'elle me faisait redouter de quitter le centre de rééducation. Quand je le lui dis, elle répondit que c'était flatteur pour elle, mais que je ne devais pas ressentir les choses ainsi.

– Ne devenez dépendante de personne, Rain. Défendez-vous contre cela, et vous conserverez le respect de vous-même. J'ai un van et je conduis. Le côté peut s'abaisser, ce qui me permet de monter et de descendre toute seule. Je n'ai jamais besoin que quelqu'un ouvre la porte pour moi. Vous ne devinerez jamais ce qui m'est arrivé la semaine dernière ! lança-t-elle avec un sourire d'orgueil.

– Quoi donc ?

– J'ai eu une contravention pour excès de vitesse. Le policier m'a rattrapée, pour me dire que je roulais à quatre-vingt dans une zone limitée à cinquante. Je lui ai expliqué que je n'avais pas vu le panneau, mais il a répondu que je n'avais qu'à être plus vigilante, et que c'était surtout pour ça qu'il me pénalisait, plus que pour la vitesse. Il était en train de rédiger son PV, quand il a baissé les yeux et vu que j'étais en fauteuil.

Du coup, il s'est arrêté net et j'ai cru qu'il allait fondre de pitié. Ça m'a rendue furieuse, je lui ai presque crié dessus.

« – Si vous comptez me donner ce PV, donnez-le ! On m'attend pour déjeuner.

« Il est devenu cramoisi et a terminé d'écrire. Je l'ai remercié, et je suis partie en souriant jusqu'aux oreilles. Tenez, dit la jeune femme en tirant un papier de son sac, voyez vous-même. J'en ai fait faire une copie pour l'afficher dans mon bureau.

Je la dévisageai un instant, puis je fus prise de fou rire. C'était la première fois que je riais de si bon cœur depuis l'accident.

À la longue, je parvins à m'asseoir toute seule dans mon fauteuil et à m'en lever sans aide. Jake venait souvent assister à ma rééducation. Si je le regardais à l'improviste, je surprenais l'expression désolée qui rendait son regard plus sombre, et creusait chaque trait de son visage émacié. Il se voûtait davantage et ne prenait plus grand soin de lui-même. Il avait toujours les cheveux en désordre, et il lui arrivait souvent d'oublier de se raser. De près, je pouvais voir que les petits vaisseaux qui lui veinaient le blanc des yeux étaient plus apparents que jamais. Dès qu'il me surprenait à l'observer, il s'efforçait de prendre l'air joyeux. Il me parlait de la maison, me rassurait sur son entretien, m'apportait du courrier. Je reçus une lettre de Roy, m'apprenant qu'il n'était plus en cellule et qu'il comptait les jours. Une autre lettre de mon père contenait un prospectus, annonçant la prochaine production du cours Burbage. Il ignorait tout de mon accident, bien sûr. Mais cela me fit mal de voir ce papier, en sachant que je ne retournerais jamais dans cette école.

Un après-midi, alors que je me reposais au lit, Jake vint m'avertir que j'allais recevoir une visite.

– Victoria viendra vous voir demain, Rain. Si vous voulez, je peux rester dans les parages tant qu'elle sera là.

– Tout se passera bien, Jake, le rassurai-je. Elle ne me faisait déjà pas peur avant l'accident, ce n'est pas maintenant qu'elle va commencer.

Il me sourit, mais ses traits révélaient une immense fatigue. Je le grondai gentiment :

– Vous vous laissez aller, Jake. Grand-mère Hudson en serait très fâchée.

– Je vais très bien, je vous assure.

– Je vais bientôt sortir d'ici, lui rappelai-je. Et j'aurai besoin de votre aide.

Du coup, un peu de vie revint dans son regard.

– Je serai là, promit-il. Pour tout ce dont vous aurez besoin.

– J'ai besoin de vous en bonne santé, Jake. Un invalide sur la propriété, c'est tout ce que nous permet la loi. J'ai lu les arrêtés municipaux, vous savez.

Il eut un rire silencieux.

– Entendu, princesse. Je vais retrouver la forme.

– À la bonne heure !

Après son départ, j'eus tout loisir de réfléchir aux intentions de ma tante Victoria, et aux raisons de sa visite. Elle croyait dominer la situation, désormais, je n'avais aucun doute là-dessus. J'étais certaine qu'elle et Grant avaient comploté contre moi, et pourtant... j'étais curieuse de savoir ce qu'ils devenaient, tous. Et en particulier ma mère, malgré mon désir de les chasser en bloc de mon esprit, une bonne fois pour toutes.

Juste au moment où je regagnais ma chambre, après ma séance de rééducation, Victoria se montra. Je n'étais même pas encore au lit. Assise dans mon fauteuil, je venais d'allumer la télévision, pour voir la suite du feuilleton que je suivais. J'entendis un claquement de talons familier résonner dans le corridor, et ma tante entra d'un pas résolu, comme si quelqu'un avait osé le lui interdire. Pendant quelques instants, elle parut déconcertée : je n'étais pas dans mon lit. Puis elle m'aperçut et se raidit aussitôt dans sa position coutumière.

– Eh bien ? Comment allez-vous ? s'enquit-elle.

– À votre avis ?

Elle serrait son sac à main contre sa hanche, à la façon d'un pistolet dans son étui. Vêtue de son éternel tailleur gris, campée sur ses talons épais, elle avait l'air aussi sévère et guindée qu'à l'ordinaire. Pourtant, je devinai qu'elle ne se sentait pas à l'aise, dans l'environnement hospitalier. Elle jetait sans cesse autour d'elle des regards de poule effrayée. Elle avait mis une touche de rouge à lèvres, et s'était même discrètement rosi les joues.

– Vous paraissez en pleine forme, observa-t-elle en cherchant un siège du regard.

Elle découvrit la chaise, la tourna pour me faire face et s'y assit bien droite. Pendant un moment, nous ne fîmes que nous dévisager, puis elle se décida à parler.

– Quand j'étais adolescente, j'ai eu ma période d'engouement pour l'équitation, commença-t-elle. J'ai commencé à prendre des leçons, mais je n'étais pas très gracieuse en selle, ni assez souple. Je n'ai jamais su me détendre. Je m'en tirais toujours avec des courbatures et des bleus partout.

« Megan, elle, était une excellente cavalière. Mon père lui a acheté un cheval, un arabe superbe. Son entretien coûtait une fortune, et elle ne le sortait pas souvent. Elle s'en est vite lassée, naturellement, et pour finir mon père a eu le bon sens de le vendre. C'est seulement plusieurs mois après que Megan s'en est aperçue. Pendant tout ce temps, elle n'avait même pas essayé de savoir ce qu'il devenait. Elle ne vous l'a jamais dit ?

– Nous n'avons pas eu l'occasion de nous parler assez longtemps, répliquai-je avec sécheresse. Du moins, comme on peut se parler entre mère et fille.

Ma tante prit un air entendu.

– Je suppose que non. Vous savez, c'est tout à fait d'elle de vous avoir reprise, installée chez sa mère et pratiquement oubliée. Elle ne se fixe sur rien, qu'il s'agisse de nouveaux vêtements, de ses enfants, d'équitation ou de golf… rien ne retient longtemps son attention, même pas son propre mari.

– Comment va-t-elle ? m'informai-je.

– À vrai dire, elle est… presque aussi impotente que vous l'êtes en ce moment. Elle n'est plus alitée, mais elle ne va plus nulle part et ne fait plus rien comme avant. Du point de vue social et politique, elle est devenue totalement inutile à Grant. Ils ne reçoivent plus, elle ne l'accompagne plus dans les endroits où il faut se montrer, il assume toutes ces choses-là tout seul. J'ai même dû me rendre avec lui à une réception officielle, figurez-vous.

– C'est vraiment gentil à vous d'avoir fait ce sacrifice, persiflai-je.

Que ce fût délibéré ou non, le sarcasme parut lui échapper.

– Je fais ce que je peux. J'ai toujours des responsabilités, là-bas. Megan sait ce qui vous est arrivé, ajouta-t-elle après un instant de réflexion. A-t-elle pris la peine d'appeler ?

– Non.

– Je n'en suis pas surprise.

– Moi non plus, répliquai-je. Mais pas pour les mêmes raisons.

– Ah non, pas de ça !

Ces mots brefs, jetés comme un ordre, me firent l'effet d'une gifle. C'était tellement inattendu ! Je ne pus que hausser les sourcils.

– Vous n'avez aucune raison de vous offrir en victime. Vous n'êtes pas punie pour une faute que vous auriez commise envers Megan, prêcha ma tante avec son assurance habituelle. Croyez-moi. Ce qui est arrivé à Brody est entièrement *sa* faute. Le fait de ne pas vous donner signe de vie, c'est sa façon à elle de chercher un bouc émissaire. Elle a toujours été comme ça. Elle n'a jamais assumé la responsabilité de ses actes, jusqu'ici. Et ce n'est certainement pas maintenant qu'elle va le faire. Quoi qu'il en soit…

Elle s'interrompit comme pour ménager son effet.

– Je suis venue vous dire que je me chargeais de tout.

– Ah ! Et qu'entendez-vous par là ?

Cette fois, j'en étais sûre, ma tante allait enfin découvrir ses batteries. Avec cette certitude d'être irremplaçable qui la caractérisait, elle annonça :

– Tout ce qui doit être fait pour vous le sera. Une fois de plus, je vais devoir me charger de la tâche de Megan, et faire à sa place tout ce qu'elle devrait faire. Un peu plus un peu moins, quelle différence ? Je n'en suis plus à ça près !

– De quoi parlez-vous, au juste ? questionnai-je.

– J'ai fait préparer pour vous une chambre au rez-de-chaussée. J'ai commandé à une maison d'équipement médical tout ce qui vous sera nécessaire. J'ai engagé une bonne à plein temps, qui a également une expérience d'aide-soignante. Elle s'appelle Mme Bogart. Vous la trouverez à votre arrivée.

– Mon arrivée ?

Avec un plaisir évident, Victoria lâcha sa bombe :

– Je suis restée en contact permanent avec vos médecins et vos thérapeutes, Rain. Vous quittez cet établissement dans deux jours.

– Deux jours !

La seule pensée de me retrouver dans le monde réel me terrifiait.

– C'est ce que l'on m'a dit. J'ai pris des dispositions pour qu'un kinésithérapeute vienne vous voir à la maison. Il viendra trois fois par semaine, au minimum.

– Pourquoi faites-vous tout cela ? voulus-je savoir.

– Pourquoi ? (Le sourire de Victoria s'étira longuement, tel un rire muet.) Pourquoi ? Parce que cela doit être fait, qu'il n'y a personne d'autre pour le faire, et surtout pas votre mère.

« Oh, je l'ai tenue au courant de tout, et Grant aussi, bien sûr. Il ne vous en veut pas, et tient à ce que vous le sachiez. Il ne vous reproche strictement rien, croyez-le. Maintenant qu'il a eu le temps de réfléchir à tout ça, bien sûr. Et qu'il en a analysé le pourquoi et le comment, souligna-t-elle avec ostentation.

Elle croisa ses longues jambes sèches et se cala sur son siège, l'air on ne peut plus satisfait. Ses yeux avaient un éclat presque électrique : elle jubilait.

C'est donc ça qu'elle est en train de faire, compris-je en cet instant. Elle se sert de moi comme d'une arme pour séparer ma mère et Grant. Finalement, elle a trouvé à quoi m'employer dans son plan de campagne.

Je me souvins du conseil que m'avait donné le Dr Synder : ne jamais dépendre de qui que ce soit. C'était doublement vrai en ce qui concernait Victoria.

– Comment savez-vous si j'ai envie de retourner dans cette maison ? demandai-je abruptement.

Elle sursauta comme si elle avait reçu un choc.

– Où pourriez-vous aller sinon là, maintenant ?

– En Angleterre, par exemple.

C'était un rêve tellement fou que j'eus du mal à prendre un ton convaincant. Ma voix sonnait faux à mes propres oreilles.

– Et pour y faire quoi ? contra Victoria.

– La même chose que je ferais ici.

– C'est ridicule. D'abord, vous n'auriez pas l'équipement spécial dont vous disposerez ici. Tout est beaucoup plus cher, là-bas. Vous n'êtes pas sujet britannique. Vous ne bénéficiez pas de la couverture médicale. D'ailleurs...

« J'ai décidé de ne pas vendre la maison, révéla-t-elle. Après ce qui vous est arrivé, vous n'êtes pas en état de réfléchir clairement. Vous devrez vous en remettre à moi, un point c'est tout. Ma mère serait furieuse si je vous abandonnais maintenant, conclut-elle en se levant.

Pour un peu, j'en aurais ri. Depuis quand se souciait-elle de ce que pensait Grand-mère Hudson ? Croyait-elle que je prenais pour argent comptant son prétendu sens des responsabilités ? Ne voyait-elle pas que je savais exactement ce qu'elle voulait, et ce qu'elle tramait ?

Mais avais-je vraiment le choix ? Profite de la situation, me souffla la sagesse. Profite d'eux, tous autant qu'ils sont.

– Très bien, je reste, acquiesçai-je. Du moins pour un moment.

– Ce sera plus que pour un moment, Rain. À quoi bon vous bercer d'illusions, votre mère et vous ? Quand on affronte les faits et la réalité, on devient plus fort et, pour finir, on est plus heureux.

– Êtes-vous heureuse, Tante Victoria ? lui renvoyai-je.

Son sourire s'épanouit, telle une fleur demeurée trop longtemps cachée sous le masque dur qu'était son visage.

– Je vais bientôt l'être, soupira-t-elle. Enfin !

L'espace d'un instant, ce fut comme si toutes sortes d'images agréables défilaient devant ses yeux. Puis elle battit des paupières, reporta son regard sur moi et redressa l'échine.

– Je ferai le nécessaire pour que vous soyez transportée chez vous après-demain. Jake vous rend souvent visite, si je comprends bien. S'il vous faut quoi que ce soit, faites-moi prévenir par lui et je veillerai à ce que vos demandes soient satisfaites. Dans les limites du raisonnable, bien entendu. Avez-vous besoin de quelque chose en particulier, dans l'immédiat ?

– Seulement de mes jambes.

– Chacun de nous a son fardeau à porter, commenta-t-elle.

– Et quel est le vôtre, Tante Victoria ?

– Cette famille, répliqua-t-elle instantanément. Et cela depuis toujours.

Sur quoi elle me dit au revoir, sortit, et j'entendis le claquement sec de ses talons décroître le long du couloir.

Ce soir-là, j'écrivis les deux lettres qui me coûtaient le plus. L'une à Roy et l'autre à mon père, pour leur apprendre ce qui m'était arrivé. Mais je suivis le conseil du Dr Synder : je m'exprimai avec optimisme. Dans mes lettres, mon tragique accident devenait presque une simple chute de cheval.

Pendant un certain temps, leur expliquai-je à tous deux pour conclure, je préférais rester à la maison pour achever ma rééducation. Dans un proche avenir, je réfléchirais à nouveau à mes projets de retour en Angleterre.

Je leur dis également de ne pas s'inquiéter pour moi, et leur promis de leur donner de mes nouvelles.

J'eus bien du mal à m'endormir, ce soir-là. Rédiger ces lettres avait ravivé en moi mes souvenirs les plus heureux. Mon père m'avait donné un tel espoir, j'étais si impatiente de le revoir ! Je voulais le retrouver, faire partie de sa famille. Jamais, de toute ma vie, je n'avais désiré quelque chose aussi âprement. À présent cela semblait impossible.

Je pensais au chagrin de Roy. J'imaginais les reproches qu'il se ferait de ne pas être là pour me protéger. Je redoutais qu'il ne s'attire encore des ennuis, et dans ma lettre je le mettais en garde. Je lui demandais de ne rien faire qui lui cause du tort, et à moi encore plus de soucis. M'écouterait-il ? Je l'espérais, mais il était si obstiné !

Tout le passé ressuscita, cette nuit-là. Je me revis avec Beni, dans un endroit où l'on dansait. Je me vis marcher aux côtés de Mama, en l'écoutant bavarder joyeusement. Je me rappelai mes longues randonnées dans Londres avec Randall Glenn, nos promenades le long de la Tamise. Dans tous ces souvenirs, je me voyais en train de marcher. Quelle chose horrible de perdre soudain ce qui nous avait toujours paru aller de soi ! pensais-je avec accablement.

Mon oreiller ne tarda pas à être trempé de larmes, au point que je dus le retourner. Je ne m'endormis qu'au petit matin, et mes séances de thérapie ne donnèrent pas grand-chose de bon ce jour-là. Le Dr Synder vint me voir pour en parler.

– Ravie de vous voir pleurer sur vous-même, commença-t-elle à ma grande surprise. Tant mieux si vous avez le cafard. Détestez-vous à fond pour ce que vous croyez être. Vous n'en serez que plus motivée pour progresser, pour changer, et pour devenir la femme que j'espère vous voir devenir.

D'un geste vif, elle saisit les roues de mon fauteuil et le fit pivoter, de façon à me placer devant le miroir.

– Regardez bien cette fille, Rain. Est-ce que c'est vous, ça ?

– Ça ? Je ne sais pas qui c'est.

– Exactement. Chassez cette étrangère qui a pris possession de votre corps. Chassez-la grâce à la rééducation, à votre détermination de reprendre les rênes de votre destin.

– Je ne tiendrai plus jamais la main d'un homme pour marcher à ses côtés. Je ne danserai plus jamais.

– Si. Vous le ferez.

– Comment ?

– Vous lui tiendrez la main en roulant à côté de lui, et vous danserez dans votre esprit, et vous serez si forte qu'il ne vous verra pas autrement que debout. Debout près de lui. C'est comme ça entre mon mari et moi, Rain. Et c'est comme ça que cela se passera pour vous aussi, m'assura-t-elle.

« Allons, partez d'ici et assumez le contrôle de votre vie, Rain Arnold.

Je lui souris avec chaleur.

– Vous viendrez me voir ?

– Non. (Mes traits s'affaissèrent.) *Vous* viendrez me voir, rectifia-t-elle, et je retrouvai le sourire. Ce sera mieux comme ça. Bon, il faut que j'aille voir quelques patients qui ont vraiment besoin de moi, conclut-elle en roulant vers la porte.

– Docteur Synder ?

– Oui ? fit-elle en se retournant.

– Merci.

– Merci à vous, renvoya-t-elle.

– Et pourquoi ?

– Chaque fois que je lis de la détermination sur le visage d'un patient, je me sens plus forte moi-même. Vous comprendrez un jour, affirma-t-elle. Avec le temps, vous comprendrez.

Je la regardai sortir, ravalai mes larmes et me concentrai sur moi-même. De toute ma volonté, je plongeai au plus profond de moi, afin d'y puiser la force et le courage que m'avait insufflés Mama.

« Je trouverai la force, me répétai-je avec ferveur. Je la trouverai. »

Jake vint de bonne heure, le lendemain matin. J'étais déjà habillée, assise dans mon fauteuil.

– Mais vous êtes en beauté ! s'exclama-t-il en entrant.

J'avais passé du temps à me coiffer, et mis un peu de rouge à lèvres. J'étais si nerveuse que ma main avait tremblé. J'avais dû m'essuyer les lèvres et recommencer. En attendant Jake, je sentais littéralement mon estomac faire des nœuds.

– Quel temps fait-il dehors ? fut ma première question.

– Une merveilleuse journée d'été. Le ciel était rose corail quand je me suis levé, ce matin. Plus tôt que d'habitude, je dois dire. J'avais un peu le trac, avec tout ça.

– Et moi aussi, Jake. Je n'en ai pas dormi.

Cet aveu le fit sourire.

– Eh bien, il est temps d'y aller, princesse.

– Vous savez tout ce que ma tante a fait préparer pour moi ?

– Oui. Et je dois admettre qu'elle s'en est bien tirée pour votre chambre. Tout ce qu'on a pu inventer pour les gens dans votre cas, elle l'a fait installer. J'ai vu votre aide-soignante, ajouta-t-il avec un clin d'œil. Elle a de ces biceps ! Une véritable armoire à glace. Et avec ça, on dirait qu'elle ferait fuir le diable d'un froncement de sourcils, gloussa-t-il. Victoria s'est sûrement donné du mal pour la dénicher. C'est quelqu'un, je vous assure.

Tout en parlant, il était passé derrière mon fauteuil. Il entreprit de me rouler hors de la chambre.

– Attendez, Jake !

Je me retournai, pour contempler la pièce qui était devenue pour moi un sanctuaire. Jake soupira longuement.

– Ce n'est pas votre place, ici, princesse. Allons-nous-en.

Avec un signe d'assentiment, je me renversai en arrière et me laissai emmener. Sur le parcours, je croisai toutes les infirmières et quelques kinésithérapeutes. Chacun d'eux s'était arrangé pour venir me dire au revoir et me souhaiter bonne chance. Je cherchai le Dr Synder, en vain. Sans tambour ni trompette, elle m'avait déjà fait ses adieux. Cela faisait-il partie de sa thérapie, ou n'avait-elle pas pu se résoudre à me dire au revoir ? Pour moi, nos rapports allaient plus loin que ceux d'un patient et de son médecin, du moins j'aimais à le croire. Lui rendre visite serait une de mes priorités.

La Rolls de Grand-mère Hudson était garée le long du trottoir. Pour la première fois de ma vie, je fus incapable de monter seule dans une voiture. Il fallut m'installer sur la banquette arrière. Les médecins auraient aimé que je me fie davantage à ma jambe droite, et que je prenne plus souvent appui sur elle. Pour les transferts, par exemple, c'est-à-dire pour passer de mon fauteuil à un autre siège, et vice versa. Mais je n'étais pas encore habile à cette manœuvre, et Jake ne voulait pas me voir dans l'embarras. Sans attendre que je m'en tire toute seule, il me souleva dans ses bras et me déposa dans la voiture, comme un bébé.

– Dépêchons-nous de quitter cet endroit et de rentrer à la maison, marmonna-t-il en évitant mon regard.

Il replia le fauteuil, le rangea dans le coffre et prit sa place au volant.

– Vous avez mis votre ceinture, princesse ? s'enquit-il avec sollicitude.

– Je peux tenir assise toute seule, Jake. Cessez de me traiter comme une infirme.

Il gloussa de rire, ce qui détendit l'atmosphère, et je lançai d'un ton léger :

– Chauffeur, à la maison !

– À vos ordres.

Il démarra, et je me retournai vers l'hôpital, en proie à de sombres pensées. Avais-je réellement vécu là pendant tout ce temps ? Étais-je vraiment paralysée ? Quand vas-tu te réveiller, Rain Arnold ? Quand vas-tu sortir de ce cauchemar ?

Jake ne supportait pas le silence. Il bavardait à bâtons rompus, donnait mille détails insignifiants sur la maison, son entretien, le parc et les arbres qui reverdissaient. Il alla même jusqu'à me raconter l'intrigue d'un film qu'il avait vu à la télévision. J'interrompis brutalement ce flot de paroles.

– Qu'est devenue Rain, Jake ? Où est-elle ?

– Rain ? Oh, dans un vrai haras, dans le nord de l'État. Elle y sera bien traitée, ne vous faites pas de souci. Je l'ai vendue à un très bon prix.

– Vous mentez, Jake, affirmai-je.

– Non, je vous assure. Je l'ai vendue.

– J'aurais vraiment aimé que vous ne l'ayez pas fait, Jake. Elle va se sentir seule.

– Je ne pouvais pas lui donner toute l'attention qu'elle réclamait, se justifia-t-il. C'est à cause de ça, princesse. Vraiment.

– J'en suis sûre, Jake. Est-ce que vous m'emmènerez la voir, un jour ?

– Certainement, promit-il.

Et il s'efforça de changer de sujet. Au bout d'un moment, il finit par se résigner au silence et je m'assoupis. Quand je me réveillai, nous étions déjà si près de la propriété que je sentis mon cœur s'accélérer. Pourquoi ce retour me rendait-il si anxieuse ? Comme s'il lisait dans mes pensées, Jake me rassura :

– Vous avez pris la bonne décision en revenant, princesse.

Il m'observait dans le rétroviseur, et mon hésitation n'avait pas dû lui échapper. Il reprit avec douceur :

– Vous recevrez les meilleurs soins, et vous connaissez bien les lieux, ce qui facilitera les choses. Tout se passera bien, princesse, vous verrez.

– Je sais, acquiesçai-je, la voix sourde.

Puis la maison apparut, mais pas tout à fait telle que dans mon souvenir. Plus haute ou plus grande, me sembla-t-il.

– Qu'est-ce que c'est que cette chose, devant le perron ? demandai-je à Jake.

– Ça ? C'est une rampe, Victoria l'a fait construire pour vous. Avec ça, vous pourrez rentrer et sortir en fauteuil, maintenant. Ça m'a étonné qu'elle y ait pensé. Avec elle on ne sait jamais à quoi s'attendre, mais elle fait toujours exactement ce qu'il faut.

– Une rampe ? répétai-je, abasourdie.

– Attendez d'avoir vu les aménagements qu'elle a ordonnés à l'intérieur ! Tout a été étudié pour votre confort.

– Je trouverai peut-être ça un peu trop confortable, marmonnai-je, trop bas pour que Jake l'entende.

La maison allait-elle devenir ma nouvelle prison ? Le Dr Synder m'avait mise en garde contre une trop grande dépendance envers l'entourage. Se rendait-elle compte que l'on peut devenir tout aussi dépendant de l'environnement ?

Méfie-toi des béquilles, me dis-je à titre d'avertissement.

Il y avait des siècles de cela, me semblait-il, Grand-mère Hudson m'avait fait des signes d'adieu de ce même perron. Elle était si triste et si sombre, ce jour-là... Savait-elle, intuitivement, à quel point le retour serait difficile pour moi ?

8

Prisonnière de mon corps

Jake me poussa le long de la rampe jusqu'à la porte. Je protestai.

– Je devrais faire cela toute seule, Jake.

– La prochaine fois, princesse.

Je n'étais pas tellement lourde, mais je l'entendais souffler péniblement. Je lui en fis la remarque.

– Vous fumez trop, Jake.

Il en convint en riant. J'aurais pu ajouter qu'il buvait trop, je le sentais à son haleine, mais je m'en abstins.

Avant qu'il ait pu contourner le fauteuil pour aller ouvrir la porte, celle-ci fut littéralement aspirée devant nous. Une Noire aux proportions athlétiques s'encadra sur le seuil. Elle devait être plus près des soixante ans que des cinquante-cinq, à en juger par sa courte chevelure où dominait le gris. Ses bras épais et solides tendaient, presque à craquer, les manches courtes de son uniforme bleu et blanc. Aussi grande que Jake, elle n'avait pas beaucoup de poitrine mais un très confortable tour de hanches. Les bourrelets de sa nuque, plus que généreux, donnaient l'impression que sa grosse tête ronde roulait sur un ressort. Elle pencha sur moi une face épanouie, où s'inscrivit aussitôt la surprise. De toute évidence, elle s'attendait à voir une fille du Sud au teint de lys. Qui d'autre Victoria Randolph pouvait-elle avoir pour nièce ?

– Je suis madame Bogart, annonça-t-elle, en accentuant fortement le « madame ».

Et, d'un seul regard, elle nous fit comprendre qu'elle n'entendait pas être appelée autrement. De toute évidence, elle n'encouragerait pas la familiarité. Il ne serait pas question de s'appeler par son prénom. Elle n'était pas la Mama d'*Autant en emporte le vent,* et ne se souciait pas de savoir qui je pouvais être moi-même.

Elle toisa brièvement Jake et annonça :

– Je m'occupe d'elle.

Si jamais il avait eu l'intention de lui résister, elle le prit de vitesse en s'emparant des poignées de mon fauteuil. Jake fut pratiquement balayé de son chemin et elle me poussa vivement à l'intérieur. Une fois dans la maison, elle s'arrêta et se retourna sur lui.

– Apportez toutes ses affaires et déposez-les ici, ordonna-t-elle en désignant la grande table du hall.

Jack porta la main à sa casquette.

– Oui, chef.

Je ris, mais avant que j'aie eu le temps de le remercier, elle me roula plus loin. Je voulus protester.

– Attendez, laissez-moi dire merci à Jake.

– Plus tard, décréta-t-elle. L'important est de vous habituer aux lieux le plus vite possible.

– Mais c'est ma maison ! Je connais déjà les lieux.

Sans répondre, elle me fit passer devant le salon, la salle à manger, la cuisine, et me dirigea vers ce qui servait jadis de logement à la bonne. Je fus stupéfaite par les changements qu'on y avait apportés. Le grand lit à colonnes en bois noir, que je considérais comme une antiquité, n'était plus là. On l'avait remplacé par un véritable lit d'hôpital, avec toutes les commodités voulues. Son occupant pouvait le lever ou l'abaisser à son gré, régler l'inclinaison du chevet ou du pied, rien qu'en pressant sur un bouton. À droite et à gauche, des lampes aux abat-jour de métal d'un gris froid avaient été fixées au mur. L'élégante suspension de cuivre avait fait place à des tubes au néon. Et en face du lit, contre le mur, trônait un poste de télévision de dimensions respectables.

Le reste de la pièce aussi avait changé. La petite table et la chaise qui se trouvaient dans un coin avaient disparu, ainsi que la confortable chaise longue aux coussins moelleux. Ils avaient cédé la place à tout un appareillage médical, que je reconnus tout de suite : c'était le même qu'à l'hôpital. Quand j'allai jeter un coup d'œil à la salle de bains, je vis qu'elle était équipée pour une personne handicapée. Des garde-fous chromés encadraient les toilettes et la baignoire.

– Vous devez être fatiguée par le voyage, dit soudain Mme Bogart.

– Non, pas vraiment.

Elle se raidit, et je vis son œil droit tressaillir légèrement.

– Vous l'êtes, insista-t-elle. Seulement vous ne vous en rendez pas encore compte. Ces longs trajets ne sont rien pour le reste d'entre nous, précisa-t-elle comme si j'étais une sorte de créature à part. Mais pour les handicapés, ils sont plus éprouvants qu'on ne le pense. Croyez-moi, mademoiselle Arnold, je le sais grâce à de longues années d'expérience.

– Vous pouvez m'appeler Rain.

Ignorant ma remarque, elle alla jusqu'au lit pour l'ouvrir et rabattre la couverture.

– Je ne vais pas me coucher tout de suite, déclarai-je plus fermement.

Elle s'interrompit et me regarda, de nouveau avec ce tic à l'œil droit.

– Si vous coopérez, les choses seront plus faciles pour vous et vous vous sentirez beaucoup mieux. Croyez-moi.

– Pourquoi répétez-vous sans arrêt : « Croyez-moi » ? questionnai-je.

Elle me dévisagea puis hocha la tête, comme pour confirmer son opinion sur moi. Cette fois encore, son œil tressaillit.

– Très bien. Je vais chercher vos affaires. Faites comme il vous plaira et appelez-moi, quand vous serez prête à vous coucher.

Sur ce, elle remonta la couverture sur l'oreiller.

– J'aurais pu le faire toute seule, madame Bogart.

Elle se redressa, raide comme la justice, et rentra ses grosses lèvres en une curieuse grimace qui lui découvrit les dents. Leur éclat tranchait de façon spectaculaire sur sa peau noire.

– Mme Randolph m'a engagée pour vous assister, parce que j'ai passé les vingt dernières années à m'occuper de handicapés, à l'hôpital ou à domicile. J'ai travaillé en contact étroit avec des kinésithérapeutes, des médecins et des infirmières. J'ai eu au moins une demi-douzaine de patients comme vous.

« Vous n'êtes pas au bout de la route, ma fille ! lança-t-elle avec emportement, indignée que j'ose lui tenir tête. Vous avez encore des côtes à grimper, de vraies montagnes dont vous ne soupçonnez même pas l'existence. Jusqu'ici, vous étiez à l'hôpital, dorlotée vingt-quatre heures sur vingt-quatre. Tout le monde était aux petits soins pour vous, et vous aviez l'impression que vous étiez le centre du monde.

« Ici, vous êtes seule avec vos douleurs, vos spasmes, vos problèmes de peau, et toutes vos difficultés d'hygiène corporelle. Rien que vous installer dans ce lit et en sortir vous semblera une sacrée promenade, croyez…

Elle s'interrompit d'elle-même et rectifia :

– Faites-moi confiance. Fiez-vous à ma parole, car j'en ai assez vu et je sais ce que je dis.

Sur quoi, elle marqua une nouvelle pause et me dédia un sourire sans chaleur.

– Vous croyez que parce que vous êtes rentrée chez vous, tout va redevenir comme avant. Eh bien non, ça ne sera plus jamais pareil. Alors mettez-vous à l'ouvrage pour tirer le meilleur parti de tout ça, c'est pour cette raison que je suis là. Pour vous montrer comment faire et vous faire bénéficier de mon expérience.

« Voilà, c'est la première et la dernière fois que je vous le dis. Si vous voulez de ma compagnie, je reste et je fais mon métier. Si vous me mettez des bâtons dans les roues, pour me donner deux fois plus de travail, je fais ma valise et je vais dans une autre famille où on saura m'apprécier. C'est pas les clients qui manquent. Maintenant, mon petit…

L'aide-soignante hocha plusieurs fois la tête avant d'achever :

– Je ne voudrais pas paraître brutale, mais si vous n'acceptez pas la réalité dès maintenant, vous nous préparez des lendemains difficiles. Et ça, vous pouvez le croire, que je dise « Croyez-moi » ou pas !

– Nous ?

– Ce qui sera dur pour vous le sera pour moi, car je devrai vous aider à le vivre, rétorqua-t-elle sans détour. Ce n'est pas comme s'occuper d'une personne en maison de retraite, une vieille qui ne sait plus ni son nom, ni son âge, ni quand elle est allée aux toilettes. Vous, vous avez un esprit lucide et actif dans un corps brisé. J'ai vu ce que ça peut faire, et ce que ça représente.

« Alors vous pouvez rester dans cette chaise et refuser de vous reposer. Et même rouler tout autour du hall jusqu'à en avoir mal aux bras, si ça vous chante. Mais il vaudrait bien mieux vous allonger un moment, reprendre des forces, avaler quelque chose de chaud et commencer à vous réadapter.

« Voilà, c'est mon conseil. Faites-en ce que vous voulez, ajouta-t-elle en sortant. Je vais chercher vos affaires.

Sa franchise abrupte me fit venir les larmes aux yeux. Le Dr Synder m'avait prévenue que je pleurerais plus facilement et plus souvent, désormais. Elle m'avait recommandé de ne pas y faire trop attention. Mais comment ignorer ces larmes brûlantes qui décrivaient des zigzags sur mes joues ? Mon cœur me faisait mal, et de plus en plus à chaque battement. Je n'avais pas l'impression d'être brisée, mais vide. Tout ce qui en moi était chaud et bon avait été éjecté par le choc, lorsque j'étais tombée du dos de Rain sur ces pierres.

Je contemplai fixement mon lit, le drap et les taies d'oreiller d'un blanc immaculé, raidis par l'amidon. Pendant le trajet du retour, j'avais savouré d'avance le confort douillet de ma chambre. La douceur moelleuse de mes oreillers, leur frais parfum de lilas, la sensation de sécurité que me donnait la couette duveteuse. Quelle différence avec la pièce que ma tante avait fait aménager pour moi ! C'était comme si elle avait introduit l'hôpital ici, comme si je n'étais pas vraiment revenue chez Grand-mère Hudson. Dans sa maison, ma maison, après tout. Mon foyer.

Le fragile optimisme dont j'avais nourri mon espoir s'éteignit soudain, me rendant à mes idées noires. Je sentis mes épaules s'affaisser.

Mme Bogart avait raison, m'avouai-je. À quoi bon faire comme si rien de terrible n'était arrivé ? Je roulai jusqu'au lit et pressai le bouton pour l'amener à bonne hauteur, comme on me l'avait appris à l'hôpital. Puis, en respectant les étapes enseignées en rééducation, je me soulevai de mon siège, pris appui sur ma jambe droite et me jetai sur le matelas. Mais je n'avais pas tiré la couverture assez bas, et je me retrouvai couchée dessus. Maladroitement, je roulai d'un côté sur l'autre et parvins à la rabattre. Il me restait encore à me déchausser, maintenant. Je glissai une main sous ma cuisse, remontai ma jambe et m'efforçai d'ôter ma chaussure. Une fatigue immense s'était abattue sur moi, tout à coup. Le souffle me manqua, je basculai sur l'oreiller. Ma jambe retomba comme un tuyau de plomb, envoyant un spasme douloureux le long de mon dos. J'en aurais crié. Je retins le gémissement qui me serrait la gorge.

Peu de temps après, j'entendis Mme Bogart revenir et poser mes valises à terre. Elle s'approcha du lit et dit simplement :

– Bien… très bien.

Sans me demander mon avis, elle m'enleva mes chaussures et me fit asseoir, en me manipulant comme si je n'étais qu'une poupée gonflable. Elle remonta la couverture, retapa les oreillers, puis se pencha sur moi.

– Reposez-vous un peu. Je vais vous faire quelque chose pour déjeuner. Ah, au fait… Ce chauffeur a dit qu'il reviendrait vous voir, mais je lui ai conseillé d'attendre un jour ou deux.

– Un jour ou deux ? Mais pourquoi ?

– Vous devez d'abord établir un programme, avant de recevoir des visiteurs. Le thérapeute viendra le matin. Je ne sais pas encore ce qu'il a prévu pour vous, et il n'est pas question de vous priver de repos. Vous aurez besoin de forces pour le traitement. Et je n'ai pas besoin de dire « Croyez-moi », ajouta-t-elle, pour bien me rappeler que j'avais osé la critiquer. Vous savez cela depuis l'hôpital.

La voyant sur le point de partir, je me hâtai de demander :

– Est-ce que j'ai reçu du courrier, ou des coups de fil ?

– Je ne suis arrivée qu'un jour avant vous, m'apprit-elle. Pas de lettres ni de coups de fil hier, ni aujourd'hui. Reposez-vous, ordonna-t-elle en s'en allant d'un pas martial, qui résonna un moment derrière elle.

Puis, comme si la grande maison absorbait le moindre bruit, le moindre son, tout redevint terriblement silencieux.

Je fermai les yeux, les rouvris, et contemplai longuement le plafond. J'avais rêvé de retourner là-haut, dans la chambre de Grand-mère Hudson. J'étais sûre que là je me sentirais bien, en sécurité, à nouveau heureuse. Mais revenir de cette façon ! Cela n'avait rien d'un retour au foyer. Je ne pouvais même pas entretenir l'illusion d'avoir retrouvé une certaine normalité. Ici, tout me rappelait constamment qui j'étais et ce que j'étais devenue : une détenue, que l'on transférait d'une prison à l'autre.

Et bien sûr, méditai-je amèrement, j'étais enfermée pour toujours dans la pire prison qui soit désormais. Où que je puisse être.

Enfermée dans mon propre corps.

Sur cette pensée — et malgré mon désir de prouver à Mme Bogart qu'elle avait tort —, je m'endormis, épuisée.

En m'éveillant, je m'étonnai de constater que j'avais dormi plus de deux heures. J'avais à peine ouvert les yeux et consulté la pendule que Mme Bogart entrait avec un plateau de lit, dont les pieds étaient dépliés. Elle m'apportait un potage à la tomate et un croque-monsieur. Est-ce qu'elle m'observait continuellement, guettant mes moindres mouvements ? Je ne pus m'empêcher d'être impressionnée par sa sollicitude, bien qu'elle fût plutôt brusque, comme garde-malade. J'étais également intriguée par le menu qu'elle avait choisi, ce qu'elle devina d'un coup d'œil.

– J'ai parlé à votre infirmière à l'hôpital, et je sais ce que vous aimez, expliqua-t-elle brièvement. Ça évite le gâchis et ça fait gagner du temps.

Elle déposa le plateau sur mes jambes, me mit en position assise et tapota mes oreillers, tout cela très vite et avec une adresse confondante. Puis elle s'écarta de moi et me suggéra de commencer à manger, avant que mon potage ne refroidisse.

– Merci, dis-je doucement.

Elle resta un moment debout près de moi, à m'observer. Je m'attendais presque à ce qu'elle se mette à critiquer ma façon de manger ; ou bien m'annonce que, grâce à sa longue expérience des paraplégiques, elle en connaissait une meilleure.

Au lieu de quoi, elle me surprit en demandant :

– Avez-vous perdu beaucoup de poids, depuis l'accident ?

– Trois ou quatre kilos, je suppose.

– C'est mieux pour vous d'être plus légère, commenta-t-elle. Bien qu'à mon avis vous n'ayez jamais dû être bien lourde. Vous n'êtes pas le genre.

Je haussai les sourcils.

– De quel genre parlez-vous ?

– Vous n'êtes pas de celles qui se laissent aller à perdre la ligne, expliqua-t-elle. J'ai eu à m'occuper de femmes deux fois comme vous, et ce n'était pas une partie de plaisir, croyez-moi.

Le mot lui avait à peine échappé qu'elle s'interrompit. Je la dévisageai en me demandant si elle allait sourire, et si, en fin de compte, la glace allait être rompue entre nous.

Mais non. Juste à ce moment, la porte d'entrée s'ouvrit, se referma. Et un bruit impossible à confondre avec un autre se fit entendre. Celui des talons pesants de ma tante Victoria, martelant le sol du couloir qui menait à ma chambre. Mme Bogart se retourna pour l'accueillir.

– Comment va-t-elle ? interrogea Tante Victoria.

– Aussi bien qu'on pouvait l'espérer, madame.

Sur cette réponse évasive, Mme Bogart s'en alla et Tante Victoria s'avança dans la pièce.

Son tailleur bleu était nettement plus élégant que ses tenues ordinaires, et je vis avec surprise qu'elle s'était légèrement fardée. En tout cas, elle avait dû se donner encore plus de mal pour sa coiffure. Ses cheveux ternes, toujours tirés, avaient manifestement subi un brushing. Ils paraissaient avoir doublé de volume, et sa mise en plis était tout à fait réussie.

– Rain, commença-t-elle. Je suis navrée de n'avoir pas été là pour vous accueillir, mais j'avais une réunion de première importance. Un groupe d'investisseurs new-yorkais projette de construire un parc d'attractions sur l'une de nos propriétés. Une sorte de Disney Land, une très grosse affaire. C'est tout à fait passionnant, je vous en dirai plus à mesure que j'aurai les détails. Mais je vous en prie, finissez de déjeuner, acheva-t-elle avec un petit geste de la main.

J'avais faim, je ne me le fis pas répéter. Ma tante en profita pour inspecter mon équipement de plus près.

– J'espère que vous êtes satisfaite de mes aménagements, Rain. J'ai pris l'avis d'un thérapeute, avant de commencer. Nous n'avons pas regardé à la dépense.

– Qu'avez-vous fait des anciens meubles ? questionnai-je.

– Oh, ceux-là… Je les ai expédiés à des revendeurs. Peut-être en tirerons-nous quelque chose, finalement.

– Je regrette que vous l'ayez fait. J'aurais préféré ce ravissant vieux lit à… à cette chose-là.

– C'est ridicule, ma chère. Il n'aurait pas été aussi pratique, loin de là. Pourquoi vous rendre les choses encore plus difficiles qu'elles ne le sont ?

« J'ai discuté de tout cela avec Grant, naturellement. J'aurais aimé en parler avec Megan, et la tenir au courant de votre situation, mais elle est plus fuyante que jamais devant les difficultés. Elle ne peut même pas supporter d'entendre parler de vous, révéla ma tante avec une joie féroce. Grant est exaspéré par tout ça, bien sûr. D'ailleurs je viens justement de l'avoir au téléphone. Il pourrait même venir vous rendre visite. Tout seul, se plut-elle à préciser.

– Pour quoi faire ?

– Pour quoi faire ? répéta-t-elle en riant. Mais… pour assumer ses responsabilités. Pour reprendre en main ce que Megan a laissé aller, et continue de laisser aller.

Tante Victoria sourit. De toute évidence, elle se réjouissait de cet état de choses.

– Je suis étonnée d'apprendre qu'il s'inquiète pour moi, fis-je observer d'un ton sceptique.

– Ne le soyez pas. Vous connaissez le serment que font les époux, le jour du mariage ? Ils s'engagent pour le meilleur et pour le pire. Eh bien, Grant est homme à prendre ces choses-là très au sérieux. Il a hérité des erreurs de Megan, et il n'est pas de ceux qui fuient leurs obligations.

– Les erreurs ? me hérissai-je. Si j'entends encore employer une seule fois ce mot à mon sujet, je vous préviens. Je hurle, et même si fort que ma mère m'entendra.

Victoria, pour sa part, ne parut pas avoir entendu.

– Quelquefois, reprit-elle en suivant du bout de l'index le haut de mon fauteuil, je voudrais que mon père ait eu un fils comme Grant. Si j'avais eu un frère aussi doué que lui, la fortune de la famille serait bien plus importante à présent. Ce n'est pas facile, pour une femme, d'évoluer dans le monde des affaires. Même si on ne s'en doute pas quand on me voit.

Elle me jeta un bref coup d'œil inquisiteur et poursuivit :

– Sur ce point-là, ma mère avait raison, mais je ne l'aurais jamais admis, même si je menais un combat difficile. J'aurais vraiment eu besoin de quelqu'un comme Grant à mes côtés.

– N'aviez-vous donc personne pour vous aider ? demandai-je, autant par curiosité que par désir de lui arracher son sourire satisfait.

Elle cessa de faire courir son doigt sur le dossier de mon fauteuil et se redressa. Instantanément, elle perdit son air lointain et rêveur, comme si je l'avais secouée par les épaules.

– Non. Mais ce n'était pas faute d'en avoir envie, ajouta-t-elle d'une voix acide. Pendant que ma sœur jouait les révoltées à l'université, avec ses amis contestataires, je secondais mon père. il avait des problèmes de santé dont tout le monde ignorait la gravité, surtout Megan. Il préférait cela, d'ailleurs. C'était toujours pareil : « Ne dites rien à Megan. Protégez Megan. » Cette chère Megan, si précieuse et si fragile !

« Savez-vous où elle était, le jour où Père est mort ? Sur un yacht, où elle présentait des modèles de couture pour une œuvre de bienfaisance. Elle savait qu'il allait très mal, mais elle ne voulait pas accepter le fait. J'ai dû l'appeler à cette fête et la forcer à revenir. Grant plaidait au tribunal, mais il est arrivé dès qu'il a pu se libérer. Il était aux côtés de mon père quand il a rendu le dernier soupir, mais pas sa fille préférée. Pas Megan.

Victoria marqua une pause dramatique avant d'enchaîner :

– Après ça, tout m'est tombé sur les épaules. Est-ce que j'avais du temps à consacrer aux histoires d'amour ?

« Mais pourquoi est-ce que je vous raconte tout ça ? se reprit-elle, soudain consciente d'en avoir trop dit. Parlons plutôt de votre situation, et de ce qui doit être fait. Maintenant, souligna-t-elle avec insistance.

Et, de sa voix monocorde, elle commença son énumération :

– Premièrement : votre rééducation. J'ai signé un contrat avec un centre de remise en forme agréé, ils nous enverront leur meilleur kinésithérapeute dès demain. Il devrait arriver vers dix heures, et sera déjà parfaitement informé de votre état. Deuxièmement : j'ai parlé à Jake au sujet de la Rolls-Royce. Elle est superflue et ferait prétentieux, désormais. En fait, j'ai toujours pensé que c'était le cas, mais Mère tenait à ces vestiges de son ancien standing social.

« Jake va négocier son échange contre un van, que nous ferons spécialement aménager pour vous.

– Je ne veux pas vendre cette voiture. C'est celle de Grand-mère Hudson. C'est…

– Rain, ma chère, coupa Victoria en souriant. Si douloureux que ce soit pour nous tous, ma mère est morte et enterrée. Cela ne rime à rien de vouloir garder cette Rolls, vous le savez bien. Je vous croyais devenue plus raisonnable, ces derniers temps. Pourquoi garder une voiture dans laquelle il faudra vous porter chaque fois que vous voudrez aller quelque part, et dont il faudra également vous faire sortir. Quel effet cela vous fera-t-il que les gens vous regardent quand on vous transportera, comme un bébé, d'un endroit à l'autre. Eh bien ?

– Vous avez raison, admis-je à contrecœur.

En moi-même, j'en convenais volontiers. Surtout quand je m'imaginais trimballée comme un paquet, ou véhiculée dans les rues, sur les trottoirs ou dans les parkings.

– Parfait, approuva-t-elle en se dirigeant vers un placard, qu'elle ouvrit tout grand devant moi. Troisièmement, comme vous pouvez le voir, on vous a descendu toutes vos affaires. Tout ce dont vous pouvez avoir besoin est ici : chaussures, lingerie... Tout.

Elle se retourna et promena autour d'elle un regard satisfait.

– Y a-t-il autre chose que vous aimeriez avoir dans cette chambre ?

– Je n'ai pas le téléphone, lui fis-je observer.

– Oh, c'est juste. Je n'y avais pas pensé. Je m'en occupe dès que possible. Quant aux papiers... je n'étais pas sûre que vous soyez en état de discuter affaires avec moi, je les ai donc laissés au bureau. Je reviendrai avec tout ça en fin de semaine, ça vous va ?

– Parfaitement.

– Bien. Je vais m'entretenir avec Mme Bogart, pour m'assurer qu'elle a bien compris ce qu'on attend d'elle.

Je ne tiens pas à ce que l'étage soit laissé à l'abandon, simplement parce que vous ne l'utilisez pas. Je reviendrai demain voir comment vous allez.

Là-dessus, Tante Victoria me décocha un sourire éclair et s'en alla. Je terminai mon sandwich et me renversai en arrière, bien calée dans mes oreillers.

Mille regrets m'assaillaient. J'en voulais à mort à tout ce que contenait cette chambre : le lit automatisé, l'équipement médical, les garde-fous, tout ce qui proclamait ma condition d'invalide. J'aurais voulu tout casser. Mais ce sentiment de révolte, ou le peu qu'il en restait, fut vite relégué dans un recoin obscur de mon pauvre cœur épuisé.

Vaincue, je saisis la télécommande. Et en bon vétéran de la vie d'hôpital, ce combat quotidien, j'allumai la télévision. Je me branchai sur un courant continu d'images, de mots, de musique, d'histoires, toutes les distractions se valant pour échapper à moi-même. C'était ma drogue pour fuir une réalité qui faisait mal, accéder à une autre vie. Une existence nébuleuse au pays de l'oubli.

Ma première journée à la maison allait bientôt s'achever. Prise au filet comme un oiseau sauvage, j'étais en captivité désormais. En cage, pour y contempler le monde à travers des barreaux, en me demandant ce qu'il pouvait bien me rester à attendre. Et s'il me serait donné de chanter à nouveau, moi qui jadis savais si bien le faire et dont la chanson s'était tue.

Mme Bogart avait une façon bien à elle de me signaler qu'elle n'était pas loin. De temps à autre, je l'entendais déplacer des objets dans les autres pièces, faire tinter la vaisselle et l'argenterie, passer l'aspirateur. À croire qu'une armée d'invités venait juste de partir et qu'elle faisait le ménage derrière eux. Parfois, les tiroirs étaient claqués si fort qu'on aurait dit un bruit d'explosion.

À intervalles réguliers, ce premier jour et cette première nuit, elle vint voir comment j'allais. Quelquefois, elle se montrait simplement à la porte, jetait un coup d'œil sur moi et se retirait. Ou alors, elle me demandait si je voulais boire quelque chose, aller aux toilettes, me déplacer, n'importe quoi. Ou plutôt : tout ce qui pouvait justifier qu'elle vienne me parler. J'avais l'impression curieuse qu'elle avait besoin d'entendre le son de sa voix.

Mes requêtes étaient rares. Au début, j'avais éprouvé un certain désir de revisiter la maison, tout au moins le rez-de-chaussée ; de m'y promener, d'explorer les pièces, de contempler les meubles. Cette curiosité se dissipait peu à peu, comme se dégonfle un ballon qui fuit. Je me sentais reléguée dans mon lit. J'avais baissé le volume du son, fermé les yeux. Et avec ce bruit sourd et continu, les ombres et les lumières projetées sur les murs, j'avais glissé dans un sommeil léger, entrecoupé de réveils brefs. Je n'en émergeai qu'au petit matin, quand les premiers rayons du jour passèrent entre les rideaux, trouant l'obscurité. Pour moi, ce fut comme si j'allais être déterrée de ma fosse de ténèbres… et découverte.

Sombre pensée. Qui voudrait être découverte ainsi ? Je n'étais certes pas un trésor.

J'avais à peine ouvert les yeux que Mme Bogart était là. Je savais qu'elle couchait au premier, dans l'une des chambres d'amis. Comment s'y prenait-elle ? Est-ce qu'elle dormait l'oreille collée au plancher, guettant mon premier bâillement ?

– Bonjour, dit-elle en traversant la pièce pour aller écarter les rideaux.

Puis elle passa dans la salle de bains et ouvrit les robinets de la baignoire. Quand elle en ressortit, elle portait dans les bras une bonbonne emplie d'un produit vert.

– Qu'est-ce que c'est que ça ? m'étonnai-je.

– J'allais précisément vous l'expliquer. Mme Randolph m'a permis d'en commander une caisse pour vous : c'est une poudre à base de plantes. Mes patients l'apprécient beaucoup, c'est excellent pour la peau. Ça donne à l'eau une couleur verdâtre, mais ne vous inquiétez pas pour ça.

– Ah bon ? Merci beaucoup, madame Bogart.

Elle eut un hochement de tête approbateur, m'aida à sortir du lit et à m'asseoir dans mon fauteuil. Je roulai seule jusqu'à la salle de bains, où elle m'arracha littéralement ma chemise de nuit. Mon premier réflexe fut de me couvrir de mes mains, puis je compris la futilité de mon geste. La pudeur ne voulait plus rien dire pour moi. Dans une situation comme la mienne, c'est une des premières choses qui disparaissent, j'en avais conscience. Mon corps ne semblait déjà plus m'appartenir, de toute façon.

Mme Bogart m'examina du coin de l'œil, tout en continuant à préparer mon bain.

– Vous êtes une belle fille, observa-t-elle à ma grande surprise. Dans les hôpitaux, j'ai vu bien des jolies filles se faner comme des fleurs privées de soleil. Elles perdaient leur éclat, mais pas vous. Pas encore, ajouta-t-elle.

Puis elle me regarda plus attentivement et acheva :

– Peut-être que ça ne vous arrivera pas, mais il faudra prendre bien soin de vous-même.

– Je ne sais pas si j'en serai capable, avouai-je.

Elle haussa les épaules.

– Si vous ne pouvez pas, vous ne pouvez pas, voilà tout. C'est vous qui en pâtirez le plus.

– Merci pour vos encouragements, grommelai-je.

Elle finit par sourire, mais sans la moindre chaleur. Son sourire exprimait l'ironie et l'autosatisfaction.

– Écoutez, ma fille, on ne m'a pas engagée pour être votre supporter. Je suis là pour vous aider à vous aider vous-même, et pour tenir cette maison proprement, afin de ne pas faire fuir les éventuels visiteurs. Pour le reste, c'est surtout vous et votre thérapeute que ça regarde. Je vous dis ce que j'ai vu et appris au cours de toutes ces années, voilà tout.

– Qu'est-ce qui vous a poussée à faire ce métier ? questionnai-je pendant qu'elle m'aidait à passer de mon fauteuil à la baignoire. C'est très dur comme travail.

– C'est bien payé, d'abord. Et en plus de ça, j'avais de l'expérience. Mon père souffrait d'arthrite invalidante, il a été impotent très tôt. Il était en fauteuil roulant et ma mère…

– Votre mère ? insistai-je comme elle hésitait.

– Non, rien ! conclut-elle abruptement.

Et elle tourna les talons, me laissant barboter dans mon bain.

Elle mit tellement de temps à revenir que je finis par me poser des questions. Étais-je censée sortir toute seule, me sécher et m'installer dans mon fauteuil ? Fais ce que tu peux, décidai-je. Et c'est exactement ce que j'entrepris de faire.

– Une minute, Miss Impatience ! cria Mme Bogart en rentrant au pas de charge dans la salle de bains. Vous n'êtes pas encore prête pour ça. Si vous tombez et vous cassez quelque chose d'autre, à qui est-ce qu'on s'en prendra ?

Elle se montra on ne peut plus efficace pour me sortir du bain, me sécher et m'habiller. Elle alla ouvrir le placard et me demanda ce que je voulais mettre.

– N'oubliez pas, me rappela-t-elle. Votre physiothérapeute vient ce matin.

Je choisis un survêtement de sport et, quand je fus habillée, Mme Bogart recula pour m'examiner. Elle fronça les sourcils.

– Vous n'allez pas laisser vos cheveux dans cet état, après tout le mal que nous nous sommes donné pour vous laver et vous parfumer ? Passez-moi un bon coup de brosse là-dedans, ordonna-t-elle. Et quand ce sera fait, venez dans la cuisine prendre votre petit déjeuner.

Toute seule ? J'avais l'impression d'être une enfant à qui on aurait prêté la voiture familiale pour aller faire un tour. Mais il faut croire que la brusquerie de Mme Bogart avait du bon, en fin de compte. Car je me propulsai vers ma coiffeuse et me brossai vigoureusement les cheveux. Puis, tout étonnée d'avoir si faim, je quittai la pièce et m'engageai dans le couloir.

Cette fois je me sentais de retour à la maison, enfin !

Peut-être était-ce parce que nous étions dans la cuisine, et non plus dans ma chambre, qui évoquait tellement l'hôpital ? En tout cas, Mme Bogart se montra plus disposée à parler, surtout d'elle-même. Elle prit son petit déjeuner avec moi, en m'entretenant de quelques-uns de ses anciens patients. Un cas surtout me frappa, tant il était triste. Celui d'un garçon de douze ans atteint de sclérose en plaques, et qui était mort pendant qu'elle était auprès de lui.

Elle venait d'une petite ville au nord de Richmond, et elle n'avait jamais quitté l'État de Virginie. J'appris qu'elle avait passé presque toute son adolescence, et une partie de sa jeunesse, à soigner son père. Elle avait eu des relations amoureuses, malgré tout. Mais comme elle partageait son énergie et son attention entre ces jeunes gens et son père, ils finissaient par se lasser. Elle conclut ses confidences avec philosophie :

– Certaines personnes sont sur terre uniquement pour aider les autres, je suppose. En tout cas, je n'en ai pas honte.

– Pourquoi devriez-vous en avoir honte ?

Les yeux noirs de Mme Bogart flamboyèrent.

– Vous aimeriez faire ça toute votre vie durant, ma fille ?

J'hésitai, pas longtemps. C'était le genre de femme à ne supporter que la vérité, décidai-je. Et je trouvai cela plutôt rafraîchissant.

– Non, madame, répondis-je avec conviction.

Est-ce que la muraille de glace qui nous séparait commençait à craquer ? Mme Bogart me dévisagea longuement et croisa les bras sur sa poitrine.

– Alors vous, c'est qui votre maman ? Pas Mlle Victoria, j'imagine.

– Non. Sa sœur aînée, Megan.

Et son mari n'est pas votre papa, c'est ça ?

– Exactement, confirmai-je.

D'un simple signe de tête, elle m'indiqua qu'elle ne comprenait que trop bien.

Je lui parlai de Grand-mère Hudson, et des circonstances qui m'avaient amenée à venir vivre ici. Elle écoutait avec attention, émettant de temps à autre un petit clappement de langue, ou pressant les lèvres l'une contre l'autre. Son visage devint grave quand j'expliquai ce qui était arrivé à Brody. Puis elle se leva sans un mot, pour débarrasser et faire la vaisselle. Mon histoire semblait avoir chassé toute autre pensée de son esprit. Elle garda le silence pendant longtemps. Finalement, elle s'essuya les mains à un torchon et se retourna.

– Ça ne sert à rien de se demander sans arrêt pourquoi c'est comme ça, commença-t-elle. Ces questions-là, on n'a jamais la réponse de son vivant. Nous comprendrons plus tard pourquoi nous avons dû porter tous ces fardeaux. C'est ça que signifie la promesse, l'annonce de la Terre promise.

« C'est ce que disait toujours mon père, ajouta-t-elle en souriant pour elle-même.

Puis, un peu comme une actrice en scène découvrant qu'elle avait trahi son personnage, elle pinça les lèvres et tapa dans ses mains.

– Retournez dans votre chambre et préparez-vous pour votre séance, ordonna-t-elle. Votre kiné peut être là d'une minute à l'autre. Allez, en route, et dépêchez-vous !

Je fis le tour de la table et roulai vers la porte. Quand je me retournai, je surpris Mme Bogart en train de s'essuyer le coin de l'œil.

Je n'en fus pas étonnée. Seul quelqu'un qui a beaucoup pleuré comprend celui qui veut cacher ses larmes.

Le kinésithérapeute fut d'une exactitude parfaite. À dix heures précises, la sonnette de l'entrée carillonna. Le fauteuil tourné face à la porte, j'attendis, en proie à une certaine fébrilité. Après tout, celui qui allait entrer n'était pas n'importe qui. J'allais passer avec lui une grande partie de mon temps, et dépenser presque toute mon énergie. J'avais beaucoup aimé les thérapeutes de l'hôpital, que nous appelions familièrement kinés. Ils étaient gentils, patients, très bien informés. Agés de trente-cinq à quarante-cinq ans, pour la plupart, ils avaient tous beaucoup d'expérience. Grâce à eux, j'avais acquis une certaine confiance en moi.

La voix de Mme Bogart parvint jusqu'à moi. Puissante et autoritaire, elle couvrait celle du thérapeute que j'entendais à peine, tandis qu'ils s'avançaient dans le couloir. Le cœur battant, je me cramponnai aux accoudoirs de mon fauteuil et me tins aussi droite que possible. Mais même ainsi, je n'étais pas prête à accueillir l'homme qui apparut sur le seuil.

Il avait des cheveux roux carotte, coupés très court, le front semé de taches de son, le nez droit, la mâchoire énergique. Avec cela, une bouche sensuelle et d'étonnants yeux turquoise, quasiment lumineux. Long et mince, large d'épaules et étroit de hanches, il devait mesurer un bon mètre quatre-vingt-cinq, estimai-je. Sa tenue sportive, pantalon blanc et tennis, blouson bleu clair ouvert sur un tee-shirt moulant, soulignait son allure athlétique.

Ce qui me surprit le plus c'est qu'il ne paraissait pas plus de vingt-cinq ans, alors que ma tante en parlait comme du meilleur praticien du centre. Et j'allais devoir exhiber mon corps brisé devant un homme à peine plus âgé que moi ? Je n'étais pas préparée à cela. Je n'entendais pas lui servir de cobaye, ni de sujet d'étude pour sa thèse.

Son expression me révéla que, moi non plus, je n'étais pas exactement la personne qu'il s'attendait à trouver. Après m'avoir dévisagée un instant, il eut un bon sourire, à la fois bienveillant, surpris et amusé. Finalement, il se rendit compte que nous nous regardions comme deux idiots et bondit littéralement vers moi, la main tendue.

– Bonjour ! Austin Clarke, se présenta-t-il.

Je levai lentement la main, qu'il saisit avec une sorte d'impatience, et retint plus longtemps que je ne m'y attendais.

Campée sur le seuil, Mme Bogart nous observa un moment avant de s'adresser au jeune homme.

– Si vous avez besoin de quoi que ce soit, vous n'aurez qu'à m'appeler, je ne serai pas loin.

– Merci, madame.

Il se retournait déjà vers moi, souriant toujours, mais autrement cette fois. Presque avec malice.

– Vous êtes déçue que je ne sois pas plus vieux, c'est ça ?

– Oui, dis-je en retirant ma main.

– On n'arrête pas de me dire que j'ai l'air d'un adolescent. À cause de mon teint, sans doute, ou de ces satanés cheveux roux. J'ai pensé à les teindre en noir, mais il aurait fallu me teindre aussi les sourcils, et faire quelque chose pour ces taches de son. Trop compliqué.

Son sourire s'élargit, comme s'il était certain que j'allais rire, mais je ne réagis pas. Il n'insista pas et balaya la pièce du regard.

– Parfait. Vous avez vraiment tout ce qu'il faut, ici.

Il posa son petit sac de sport et s'approcha de l'un des appareils.

– Une pompe musculaire, très bien. Vous savez à quoi elle va vous servir, au moins ?

– À éviter l'atrophie des muscles, récitai-je sèchement.

– C'est une partie de son rôle, en effet. Quand les muscles des cuisses et des mollets sont contractés, le sang veineux — pauvre en oxygène — est aspiré par la pompe de la jambe vers le cœur.

« Les veines des jambes ont des valvules similaires à celles du cœur. Elles permettent au sang de remonter vers le cœur, en l'empêchant de redescendre vers les pieds. Le flot sanguin veineux va donc dans une seule direction : le cœur. Vous me suivez ?

On m'avait déjà expliqué tout cela, mais je n'avais pas pris la peine de tout retenir. Je fis signe que oui.

– Bien, poursuivons. Pendant la contraction, la pression augmente dans les veines, et le sang remonte vers le cœur. Quand le muscle se relâche, la pression veineuse diminue et les veines se remplissent d'elles-mêmes, en prévision de la prochaine phase de pompage. C'est ce qui évite les thromboses, accroît la circulation périphérique nécessaire à l'oxygénation et la nutrition des tissus, et à l'évacuation des déchets métaboliques. Et aussi, vous aviez raison, pour empêcher l'atrophie des muscles et les fortifier.

La leçon terminée, Austin Clarke se campa devant moi, les poings sur les hanches.

– Eh bien ?

– Eh bien quoi ?

– Vous n'êtes pas impressionnée ?

– Subjuguée, répliquai-je, et il éclata de rire.

– Bon, si nous commencions par voir où nous en sommes ?

Il s'approcha du matériel, empoigna un épais matelas de mousse qu'il déroula, l'étendit sur le sol. Puis il se releva et me regarda bien en face.

– Je vous propose une rapide mise au point sur le travail que nous envisageons. Vous savez par quoi je compte débuter, j'imagine ?

– De l'échauffement et un peu d'élongation.

Il sourit de plus belle et s'avança vers moi. La main offerte pour m'aider, attendant manifestement que je coopère, il me pria de me lever. Je savais qu'il voulait voir ce que j'étais capable de faire avec ma jambe droite. Quand je commençai à me soulever de mon siège, il passa derrière moi et plaqua les mains sur mes hanches.

– N'ayez pas peur, je vous tiens.

Son visage frôlait mes cheveux, je sentais son souffle sur ma nuque. Je transférai tout mon poids sur ma jambe droite et me redressai. À partir de là, il prit l'initiative et, sans cesser de me soutenir, me guida en douceur jusqu'au matelas. Il m'aida à m'y étendre, bien à plat, puis resta un moment penché sur moi.

– Tout va bien ?

– Oui.

Je me mordis les lèvres pour étouffer un cri et fermai les yeux. Quand je les rouvris, Austin Clark était agenouillé à mes côtés. Il m'expliqua ce qu'il attendait de moi.

– Nous allons faire jouer toutes vos articulations, autant que ce sera possible. Quand vous n'y arriverez pas vous-même, je vous aiderai.

– Je me demande bien pourquoi je fais tout ça ! marmonnai-je entre mes dents.

Les yeux turquoise d'Austin Clarke pétillèrent.

– Pour que je puisse gagner ma vie, qu'est-ce que vous croyez ?

Cette fois, malgré tous mes efforts, il me fut impossible de ne pas sourire.

– Ah, autre chose, dit-il en se relevant pour s'approcher de son sac de sport. (Il l'ouvrit et en tira un petit lecteur de cassettes). J'aime bien travailler en musique. Pas d'objections ?

– Aucune.

Il mit l'appareil en marche. Je m'attendais à une musique douce, proche de ces mélodies apaisantes qu'on nous faisait entendre à l'hôpital. Au lieu de quoi il y eut deux coups de grosse caisse, suivis aussitôt par un déferlement de rock'n'roll. J'éclatai de rire.

– Ça ne vous dérange pas, au moins ?

– Non, non, le rassurai-je. Ça me convient.

Presque aussitôt, attirée par ces bruits incongrus, Mme Bogart vint jeter un coup d'œil. Austin la vit, lui aussi. Elle resta là un moment, à lui jeter des regards flamboyants, fit la moue et s'en alla en branlant du chef. Il eut une grimace comique.

– Ce n'est pas une fan de rock, on dirait !

– Pas vraiment, rétorquai-je en riant.

Il commença par me faire travailler les muscles du cou. Ensuite, il guida mes efforts vers le bas de mon corps, petit à petit, tant que cela me fut possible. Quand nous atteignîmes la zone où je ne pouvais plus bouger, il se pencha sur moi. Puis, avec beaucoup de douceur, il fit lui-même pivoter mes articulations.

Quand il se mit à chanter en sourdine, j'émis un gémissement de protestation.

– D'accord, d'accord, s'égaya-t-il. Maintenant vous savez pourquoi je suis kiné, et pas star de rock.

– Avez-vous déjà rencontré Tante Victoria ? demandai-je à brûle-pourpoint.

J'éprouvais le besoin de savoir comment s'était conclu cet arrangement, tout à coup. Sa réponse ne m'apprit pas grand-chose.

– Qui est votre tante Victoria ? J'ai reçu mes consignes et me suis présenté chez vous, sans plus.

– Tante Victoria se vante de ne jamais se tromper dans ses décisions. On lui a certifié que vous étiez le meilleur, au centre de rééducation. C'est le patron lui-même qui lui a dit.

Austin Clarke rapprocha son visage du mien.

– La compagnie dont fait partie le centre appartient à mon oncle, dit-il avec un clin d'œil complice.

Puis il éclata de rire, et moi aussi. Je ris tellement que j'en eus les larmes aux yeux, comme cela m'arrivait à présent si souvent. Mais cette fois-ci, cela n'avait rien de démoralisant.

C'était même tout le contraire.

9

Pouvoir tout oublier…

En réalité, Austin Clarke avait vingt-huit ans, même s'il avait l'allure d'un étudiant de première année. Son oncle était bien propriétaire du centre de rééducation, qu'il dirigeait. Mais Austin me confia que son père n'appréciait pas beaucoup de le voir travailler chez cet oncle, le frère de sa mère.

– Mon père dirige une compagnie d'équipement électrique dans le New Jersey, m'expliqua-t-il. Et, bien sûr, il aurait voulu que je suive ses traces. Mais passer sa vie à jongler avec les chiffres, à se décarcasser pour rester compétitif, franchement, ça ne m'emballait pas.

« Mon oncle Byron, lui, s'est toujours intéressé à l'entretien du corps et à la forme physique. Il a été l'un des premiers à s'occuper de body-building, vous savez ? Mon père estimait qu'il perdait son temps. Mais en fréquentant les clubs de culturistes, il s'est intéressé à la rééducation corporelle et a commencé des études spécialisées. Ensuite, il a fondé sa propre société. Il a dû exercer une forte influence sur moi, car je me suis mis à étudier la diététique, et tous ces trucs-là. Et pour finir, je travaille avec lui.

« Inutile de vous dire que mon père ne va pas se vanter partout de mes talents ! acheva-t-il en riant.

– Et pourquoi ne s'en vanterait-il pas ? Vous venez en aide à des gens qui ont besoin de vous. Il y a de quoi être fier.

Austin haussa les épaules.

– C'est l'histoire classique entre père et fils, j'imagine. Une question d'orgueil masculin. Tous les pères voudraient que leur fils leur ressemble, s'intéresse à leur entreprise, à ce qui les intéresse eux-mêmes. Les parents essaient toujours de se perpétuer à travers leurs enfants, en oubliant qu'ils ont leur personnalité propre. C'est toujours…

Austin s'interrompit brutalement.

– Désolé, s'excusa-t-il. Je ne voudrais pas vous fatiguer avec mes discours, surtout le premier jour.

– Ce n'est pas grave. D'ailleurs, je suis tout à fait de votre avis.

Après un peu plus d'une heure d'échauffement et d'exercices, Austin déclara que le grand air faisait aussi partie de ma thérapie et décida de sortir. C'était une chaude journée d'été, un peu humide peut-être. Mais cela ne me gênait pas, et Austin me poussa sur le chemin du lac. Quand nous eûmes atteint la jetée, il se baissa et trempa la main dans l'eau.

– Pas si froide que je croyais, constata-t-il. Est-ce que des gens se baignent, ici ?

– Plus depuis longtemps. Pourquoi ?

– L'hydrothérapie est un traitement très efficace, vous savez. Nous disons aquathérapie, chez nous, cela fait moins médical et c'est plus à la mode. Alors ?

– Vous voulez dire que je devrais me baigner ? m'effarai-je.

– Mais oui, pourquoi pas ? L'été n'est pas fini, et il fait encore assez chaud, non ?

Je secouai la tête.

– Pas question. Je n'étais déjà pas très bonne nageuse avant l'accident, je n'ai pas eu tellement d'occasions de pratiquer. Je suis une citadine, et il n'y avait pas de piscine dans mon lycée. Je n'avais même jamais nagé avant d'aller au collège ici, en Virginie.

– Et alors ? Nous sommes tous sortis de l'océan, rappelez-vous. Nager nous vient naturellement, vous verrez. Je pense que ça vous ferait un bien fou, surtout pendant ces journées de chien.

L'expression me fit sourire.

– Ces journées de chien ?

– Ce n'est pas comme ça que vous appelez la canicule, vous, les filles du Sud ?

– Je ne suis pas du Sud, et vous n'avez pas l'accent du Sud non plus. D'où êtes-vous, au fait ?

Il se releva en secouant la main.

– De Trenton, dans le New Jersey. C'est ma mère qui est de la région, une vraie Sudiste. Elle est née à Norfolk et y a grandi. J'ai une sœur qui adore jouer les belles du Sud. Elle s'appelle Heather Sue, et il n'est pas question d'oublier le deuxième prénom. Si quelqu'un l'appelle simplement Heather, elle rectifie instantanément. Et elle faisait déjà ça à trois ans, vous vous rendez compte ?

« Mais vous ? s'enquit Austin avec intérêt. Vous avez des frères et sœurs ? C'est une drôlement grande maison pour y vivre seule ! Où sont vos parents ? Ils travaillent tous les deux ? Pourquoi est-ce votre tante qui s'occupe de tout ?

Je levai sur lui un regard effaré qui le fit éclater de rire.

– Désolé, je suis incorrigible. Je vous mitraille de questions et je vous saoule avec mes bavardages. Ce n'était pas mon intention.

– Ce n'est pas grave, le rassurai-je en me laissant aller contre le dossier du fauteuil.

Je m'accordai un répit pour savourer l'instant, la vue, la fraîcheur de l'air venu du lac, puis je me lançai :

– J'ai un demi-frère et une demi-sœur.

Austin hocha la tête, comme pour signifier que l'histoire commençait bien. De toute évidence il n'y croyait pas, mais je poursuivis :

– Et je ne vis pas chez ma mère. Je vis toute seule dans cette grande maison. Enfin, avec Mme Bogart, maintenant. On l'a engagée pour moi. Mais on ne peut pas vraiment dire qu'elle me tienne compagnie, ajoutai-je.

– Vraiment ?

Il paraissait sincèrement surpris, et je partageais sa surprise. Je ne m'en cachai pas.

– Je pensais que vous étiez censé tout savoir de moi, avant de commencer à me faire travailler ?

– Eh bien… Je connais les circonstances de votre accident. J'en suis navré pour vous, croyez-le. Vous savez, j'ai obtenu des résultats intéressants avec de jeunes cavaliers. Vous remonterez peut-être en selle un jour.

– Ça m'étonnerait.

Austin attacha sur moi un regard intense.

– Ne vous sous-estimez pas, Rain. Ne vous réfugiez pas non plus dans un monde imaginaire, mais attention. Avant d'ironiser sur vous-même, de décréter ce que vous serez ou ne serez pas, d'adopter une vision définitive de votre avenir, donnez-vous une chance. La chance de vous rétablir et de redevenir vous-même.

« Fin du sermon ! acheva Austin, en faisant le geste de se museler avec une fermeture Éclair.

Je levai les yeux sur lui. Le soleil au zénith perçait les nuages floconneux et nous tombait droit dessus, créant un effet de lumière spectaculaire. On aurait dit que nous étions cernés par le faisceau d'un projecteur. En même temps, toutes sortes d'agréables effluves me chatouillaient les narines. Le parfum frais des fleurs sauvages, mêlé à l'odeur de bois mouillé des pilotis, et à celle de la terre humide.

Le visage d'Austin avait quelque chose de radieux, même quand il n'était pas au soleil. Mais dans cette clarté du plein jour, ses yeux turquoise étaient comme piquetés d'étincelles. Il respirait la force et la santé, la jeunesse et l'ardeur. Tout cela vibrait en lui. Tout ce que j'avais été, et rêvais de redevenir. Quand il me regardait, un sourire lui venait aux lèvres. Le sourire heureux qui suit d'ordinaire une intéressante découverte.

Comment pouvait-on me regarder ainsi, sans éprouver pour moi autre chose que de la tristesse et de la pitié ? Quel secret possédait Austin ? Quelle potion magique buvait-il chaque matin, pour en tirer ce pouvoir singulier ? Ce don de voir la beauté, l'espoir et la bonté dans un monde qui n'était plus pour moi que grisaille et menace ? Ne le devait-il qu'à sa réussite dans sa profession ?

Je finis par trouver une explication à cette joie qui brillait dans ses yeux, cette lumière sur son visage : il devait être amoureux.

– Êtes-vous marié, ou fiancé, ou engagé avec quelqu'un ? me décidai-je à demander.

Ce n'était pas en vain qu'à Londres, au cours Burbage, j'avais passé tant d'heures à mémoriser des scènes de *Roméo et Juliette.* Les vers de Shakespeare s'étaient inscrits dans ma mémoire, parmi mes plus chers souvenirs, et maintenant ils me revenaient sans effort. *L'amour est une fumée tissée du souffle des soupirs, un feu qui scintille dans les yeux des amants…*

La réponse d'Austin me ramena dans le présent.

– Pas pour le moment, non. Il n'y a pas très longtemps, j'ai cru aimer et être aimé en retour, mais il faut croire que je me consacrais trop à mes patients. Pendant que j'avais le dos tourné, si j'ose dire, un de mes collègues a profité de l'occasion, et ce bel amour que je croyais si fort a fini en queue de poisson.

Il sauta sur le ponton, leva les mains et déclama :

– *Elle est morte, je suis trahi, et ma consolation sera de la maudire...*

Puis il éclata de rire. J'en restai pantoise.

– Mais... c'est une réplique d'*Othello*.

– Tout juste. Elle m'a semblé de circonstance, aussi me suis-je permis de l'emprunter. C'est une passion, chez moi. J'ai des tas d'enregistrements de pièces de théâtre, que j'écoute en préparant mon dîner, ou en me relaxant sur mon canapé. Que voulez-vous...

Il sauta du ponton et soupira d'un air dramatique :

– Je suis un acteur frustré !

Instantanément, je fus sur mes gardes.

– Que vous a raconté ma tante, à mon sujet ?

– Je n'ai jamais rencontré votre tante, vous vous souvenez ? Mon oncle m'a désigné comme votre thérapeute. J'ai lu votre dossier médical. Je sais comment s'est produit votre accident, mais on ne m'a pas fourni votre autobiographie. Pourquoi cette question ?

– J'ai passé presque toute l'année à Londres, dans une école d'art dramatique, révélai-je.

– Sérieusement ? Eh bien, nous n'avons pas de temps à perdre pour vous remettre en forme. Comme ça, vous pourrez auditionner pour tous les rôles féminins en fauteuil roulant !

Je dévisageai Austin avec effarement, puis je surpris son regard étincelant de malice et j'éclatai de rire. Ce fut comme si un fardeau pesant m'était soudain ôté des épaules. Qui aurait cru que je pourrais me moquer de moi-même, dans de telles circonstances ? Qui aurait imaginé que je pouvais trouver quoi que ce soit d'amusant à ma condition présente ?

Austin Clarke sourit.

– Vous y êtes, affirma-t-il. C'est ça, le secret. En fin de compte, il faut apprendre à rire de tout. Seuls ceux qui se prennent trop au sérieux souffrent vraiment, profondément. Vous allez vous rétablir de bien des façons, Rain, je le sais. Je le sais, répéta-t-il avec insistance.

Il posa la main sur l'accoudoir du fauteuil et me regarda dans les yeux, m'obligeant à plonger dans les siens afin d'y lire sa sincérité.

Fut-ce mon imagination, ou y vis-je quelque chose d'autre, quelque chose que j'avais envie d'y voir ? Un homme pouvait-il encore me trouver belle ? Quand on se voit soi-même comme un être diminué, tout le monde doit certainement vous voir de la même façon.

Comme s'il prenait conscience d'avoir dépassé une limite, Austin battit des paupières, se redressa brusquement et observa d'une voix neutre :

– Il est temps de rentrer, je pense. Mme Bogart a donné des instructions très strictes quant aux heures des repas. Et s'il y a une femme que je n'ai pas envie de contrarier, c'est bien elle.

– Vous restez pour déjeuner ? demandai-je aussitôt.

– C'est une invitation ?

– Si vous voulez rester, vous pouvez.

Je me gardai de laisser paraître la moindre émotion. J'avais été assez souvent blessée dans mes sentiments ou mes amitiés, quand j'étais en pleine santé, pour être devenue prudente. À présent, cette prudence s'imposait plus que jamais.

– Piètre invitation, mon ego est froissé. Toutefois, ajouta-t-il en saisissant les poignées du fauteuil, comme je meurs de faim, je m'en remettrai.

Tout en disant cela il me fit pivoter, pour reprendre aussitôt le chemin de la maison. Il ne pouvait pas voir mon sourire. Mais ce sourire était bien là et s'attarda longtemps sur mes lèvres, comme la trace d'un merveilleux baiser plein de douceur.

Je dus admettre qu'Austin avait au moins une autre bonne raison de vouloir rester pour déjeuner ; il passa le plus clair de son temps à parler diététique avec Mme Bogart. Il attachait beaucoup d'importance au régime que je suivais. Je voyais bien qu'elle n'était pas ravie de le voir discuter ses menus, ni lui dicter ses exigences, mais il avait l'art d'arriver à ses fins. Il s'y prit si bien, trouva tant de compliments à lui faire qu'à la fin du repas, il avait gagné. Elle lui souriait, quoique avec réticence, et l'approuvait pratiquement sur tout.

– Ce garçon connaît son métier, me dit-elle un peu plus tard. Et Dieu sait si j'en ai vu, dans ma carrière, de ces soi-disant thérapeutes qui sont de vrais propres-à-rien. C'est important d'en avoir un bon, croyez-moi.

Austin avait laissé un programme d'activités pour quand il ne serait pas là. Trois fois par jour, je devais faire au moins dix minutes d'exercice avec la pompe musculaire. Mme Bogart rôdait toujours autour de moi, quand je passais du fauteuil à la machine. Mais j'insistais, dans la mesure du possible, pour faire les choses par moi-même. De tout ce que m'avait appris Mme Synder, ce que j'avais le plus souvent à l'esprit était sa mise en garde contre la dépendance. Ne jamais dépendre de qui que ce soit, c'était mon obsession. Pour moi, l'indépendance était la clé de la réussite.

Même si je mettais dix fois plus de temps qu'autrement, je tenais à faire les choses moi-même. J'appris vite à me lever seule chaque matin, à m'habiller seule ; et même, si pénible que cela puisse être, à mettre seule mes chaussettes et mes chaussures.

J'étais parfois si exténuée que je m'endormais dans mon fauteuil, tête en avant et bras ballants. Et quand je me réveillais, vingt minutes ou même une heure plus tard, j'y avais gagné des douleurs supplémentaires. Mme Bogart se faisait invisible, attendant non loin de là, je pense, aux aguets ; peut-être juste derrière ma porte. Sans doute espérait-elle que je l'appelle à l'aide, et me repose davantage sur elle. Mais je n'appelais jamais, à moins que ce ne fût absolument nécessaire. Je manquais encore d'audace pour certaines choses, comme entrer dans la baignoire ou en sortir. Et pour cela, je recourais à son aide.

Pendant les deux premières semaines, il était entendu qu'Austin viendrait tous les jours, et j'en vins à attendre son arrivée plus que n'importe quoi d'autre. Peu à peu, il étendit mes activités. Je travaillais sur sa musique, et j'acquis rapidement des forces. Il consacrait beaucoup de temps aux mouvements courants de la vie quotidienne. Il m'apprit comment me lever plus facilement de mon lit, remuer sans meurtrir ma chair, et comment utiliser au mieux mon fauteuil avec le minimum d'effort. Au prix d'un certain nombre d'essais, je réussis à monter seule la rampe d'accès au perron.

Nous faisions de fréquentes pauses, pendant lesquelles Austin me parlait de ses autres patients, deux d'entre eux en particulier. Deux personnes âgées vivant en maison de retraite.

– Ils sont très jeunes d'esprit, tous les deux. Ils font tout ce qu'ils peuvent pour retrouver une agilité physique en accord avec celle de leur mental, comme beaucoup de jeunes handicapés. C'est d'ailleurs comme ça que je les vois, sans tenir compte de leurs cheveux gris ni de leurs rides. Pour moi, ils sont comme tous ceux qui s'efforcent de reconquérir leur mobilité de mouvement, ni plus ni moins. Il m'arrive de me dire que…

Austin hésita un instant et reprit en souriant.

– Que ce serait mieux si c'était l'esprit qui s'éteignait le premier. Comme si on actionnait un interrupteur, par exemple. Un coup de pouce et hop, les corps s'arrêteraient de vivre en même temps, au lieu de s'affaiblir ou de se dégrader en nous laissant simplement…

– … regarder par la fenêtre ? suggérai-je.

– Exactement, appuya-t-il avec une ardeur convaincante. Je vais vous tirer de là, Rain. Vous ne resterez pas clouée toute votre vie derrière une fenêtre. Vous faites des progrès stupéfiants. Que diriez-vous d'essayer l'hydrothérapie dès demain ? On annonce une journée chaude et ensoleillée. Ce serait très agréable.

Je secouai la tête avec appréhension.

– Je n'en suis pas si sûre.

– Allons, tentez votre chance, au moins !

– Ma chance ? relevai-je avec un sourire désabusé. Je ne sais pas si c'est le mot qui convient.

– Que voulez-vous dire ?

– C'est simple. Je n'ai plus grand-chose à risquer, n'est-ce pas ?

– Erreur ! protesta vivement Austin. Vous avez plus de choses à risquer qu'avant. Vous avez toute une expérience nouvellement acquise, et de nouvelles connaissances à transmettre.

Je fronçai les sourcils.

– Quelles connaissances ? Qu'est-ce que j'ai appris ?

– Vous avez appris à vaincre l'adversité.

J'ignore si tout ce qu'il faisait était calculé en vue d'un résultat, y compris ses rires et ses sourires, mais pour l'instant cela m'était bien égal. Il s'arrangeait toujours pour que je me sente mieux ; pour me rendre un peu de bien-être et d'espoir, deux choses auxquelles je n'étais pas prête à renoncer. Même si je n'en tenais que l'ombre, j'y tenais. J'acceptai sa proposition.

– Entendu, nous irons nager. Ou plutôt, vous nagerez seul. Moi, je ferai la planche.

– Certainement pas, m'assura-t-il. Vous verrez.

Quand il fut parti, je fouillai ma penderie à la recherche de mes maillots de bain. J'en avais trois. Celui qui faisait partie du trousseau d'uniforme, à Dogwood, et deux autres. Mais ceux-là étaient des deux-pièces, dont l'un était si exigu qu'il se réduisait à un bikini. Je les étalai sur le lit et réfléchis. Les essayer tous me prendrait des heures, mais ma crainte d'être à mon désavantage était une motivation suffisante. Elle m'en donnerait la force.

Le maillot d'uniforme avait une fermeture à glissière dans le dos. J'étais en train de me débattre avec elle quand Mme Bogart vint voir comment j'allais.

– Qu'est-ce qui vous prend de mettre ça ? s'étonna-t-elle.

Je lui expliquai le projet d'Austin. Elle eut l'air abasourdie mais ne fit pas de commentaires. Sans perdre une minute, elle m'aida à enfiler le maillot et remonta la fermeture. Quand je la remerciai, elle eut un haussement d'épaules et s'en alla. Je m'examinai dans le miroir. Je trouvai mes jambes maigres, osseuses, et il me sembla que j'avais pris des hanches. Je retins les larmes qui me brûlaient les paupières.

– Qu'est-ce que je suis en train de faire ? marmonnai-je à mi-voix. C'est complètement idiot ! Qu'est-ce qu'il me prend ?

J'entrepris de m'extraire du maillot de bain. Je tordis et tirai le jersey en tous sens, si rageusement que j'arrachai la fermeture, déchirant l'étoffe sur tout un côté. Juste après ça, je sentis mes épaules trembler, en même temps qu'un frémissement bizarre me parcourait l'estomac. Je levai les yeux sur le miroir. Et seulement alors je m'aperçus que je pleurais à gros sanglots silencieux.

Peut-être avais-je forcé sur mes exercices de rééducation. Peut-être aurais-je dû écouter Mme Bogart et me reposer davantage. Peut-être m'étais-je permis de m'échapper dans un monde illusoire, bulle chatoyante qui venait de crever. Quelle qu'en fût la cause, je me sentis subitement lasse à mourir. La fatigue et la dépression m'atteignirent au plus profond de mon être, me réduisant à l'état de véritable chiffe molle. À moitié nue, je m'affalai dans le fauteuil, trop faible pour achever de retirer mon maillot et me rhabiller.

Un gémissement rauque monta de ma gorge, commença de vibrer à la base de ma nuque, puis à l'arrière de mon crâne. Et presque aussitôt, je ressentis un spasme violent dans le bas-ventre. Je gémis plus fort, et Mme Bogart accourut. Je tremblais tellement que le fauteuil en était secoué.

– Ce n'est rien, me rassura-t-elle, ça va aller. Du calme.

Elle me roula vivement à côté du lit, m'aida à me lever du fauteuil et à me glisser sous les couvertures. Elle m'en rajouta une autre, puis encore une autre tellement j'avais froid ; mes dents claquaient. Puis elle sortit pour appeler un médecin, et revint m'annoncer qu'on allait m'emmener à l'hôpital.

– Non ! m'écriai-je.

– Le docteur veut vous faire subir quelques examens, vous devez y aller. Votre chauffeur est en route. Laissez-moi vous mettre quelque chose sur le dos.

Elle m'habilla d'un épais survêtement de coton, mais je continuai à claquer des dents. Moins d'un quart d'heure plus tard, Jake était à mes côtés. Il avait le visage terreux, les traits tirés. Était-ce mon état qui me faisait le voir sous ce jour, ou avait-il tellement changé ? Il s'efforça de prendre un ton léger.

– Comment allez-vous, princesse ?

Mes mains tremblaient déjà moins, mais les spasmes qui me tordaient les entrailles étaient toujours aussi douloureux.

– Je n'en sais rien, Jake. Il est arrivé quelque chose. Je suis malade.

– Bon, alors on y va.

Mme Bogart roula le fauteuil dans notre direction, mais Jake me souleva dans ses bras et m'emmena, la tête posée sur sa poitrine. Mme Bogart n'eut pas l'air d'apprécier.

– Vous pouvez la pousser, voyons !

– C'est plus rapide comme ça, répliqua-t-il.

– N'allez pas la laisser tomber, surtout. Elle est sous ma responsabilité. C'est moi qui aurais des reproches.

– Personne ne laissera tomber personne, madame. Ne vous faites pas de souci et ouvrez-nous cette porte, voulez-vous ?

Mme Bogart s'empressa de nous dépasser pour aller ouvrir la portière de la Rolls. Jake me déposa doucement à l'arrière, puis gagna la place du chauffeur.

– C'est sûrement Victoria qui a raison, au sujet de cette voiture, dit-il en démarrant. J'aurais dû la vendre, et vous trouver un van aménagé. Désolé, princesse.

– Je ne veux pas de van. J'aime bien la Rolls, murmurai-je en fermant les yeux. Je veux la voiture de Grand-mère Hudson.

À l'hôpital, on m'allongea sur un chariot et je fus roulée en salle d'urgence, où je subis divers examens. Quelques heures plus tard, le Dr Morton, le médecin de service, vint m'annoncer le résultat. Je souffrais d'une infection grave de la vessie.

– Ce n'est pas rare chez les patients dans votre situation, m'apprit-il. Nous allons vite arranger ça et vous remettre sur pied.

Même si le cœur n'y était pas, je ne pus m'empêcher de plaisanter.

– Me remettre sur pied ? Mais je vous en prie, docteur. Prenez tout le temps qu'il vous faudra.

Il eut un sourire d'excuse.

– C'est juste une façon de parler.

– Je sais, répliquai-je, la voix morne. Oh oui, ça je le sais !

On me mit dans une chambre particulière, et on me donna quelque chose pour m'aider à dormir.

Je m'éveillai tard, le lendemain. La première chose que je vis, à travers mes cils baissés, fut le visage furieux de Tante Victoria, tourné vers moi. Ses yeux brasillaient de colère, on aurait dit qu'ils allaient lui sortir de la tête. Quand elle s'aperçut que je l'observais, elle se détendit et s'éclaircit la gorge.

– Je vais être obligée de renvoyer Jake, attaqua-t-elle. Je lui avais formellement donné l'ordre d'acheter ce van, et que croyez-vous qu'il a fait ? Il a passé son temps à traîner dans les bars. J'ai découvert qu'il avait dû rentrer chez lui en taxi deux soirs de suite, il était trop saoul pour conduire. Il devait l'être hier quand il est venu vous chercher, d'ailleurs.

« Nous ne pouvons pas garder ce genre de personnage comme chauffeur, vitupéra-t-elle. Je ne veux pas qu'un homme pareil puisse être associé, de quelque façon que ce soit, au nom de la famille.

Je pris tranquillement la défense de Jake.

– Non, il n'était pas saoul. Il allait très bien. Et ne vous avisez pas de le renvoyer, surtout. Ce n'est pas votre chauffeur, c'est le mien.

– Alors là, je ne vous comprends plus. Cet homme est un ivrogne. Il l'a toujours été. J'ai dit je ne sais pas combien de fois à ma mère qu'elle devait le remplacer. Engager un chauffeur qualifié, respectable, et non un individu qui n'a aucune ambition ni aucune classe.

– Jake est le meilleur ami que j'aie au monde, affirmai-je tranquillement. Je vous serais très obligée de ne jamais parler comme ça devant lui.

Devant ma résistance, Tante Victoria s'adoucit un peu.

– J'ai parlé à votre médecin. Il pense que votre thérapeute a été un peu trop vite avec vous, qu'il vous en a demandé trop et que vous êtes épuisée. J'ai appelé la compagnie et demandé quelqu'un de plus âgé, de plus expérimenté.

– Ce n'est pas la faute du praticien, affirmai-je. C'est un problème commun à tous les paraplégiques. Je veux Austin.

Elle se tordit les lèvres dans une grimace perplexe.

– Austin ?

– Je ne coopérerai avec aucun autre que lui, insistai-je. Sûrement pas.

Tante Victoria me fixa d'un œil scrutateur, puis secoua lentement la tête.

– Vous n'êtes pas en train de vous attacher à lui, au moins ? C'est très dangereux entre un patient et un praticien. Je le sais par des gens bien informés.

– Non, répondis-je un peu hâtivement. Mais je me sens bien avec lui et nous faisons des progrès. Rappelez le centre et dites-leur qu'il me convient.

– Nous verrons.

– Si vous ne le faites pas, je ne coopérerai pas avec vous et ne signerai aucun papier, la menaçai-je. Et je parle sérieusement.

Une fois de plus, ses yeux flamboyèrent, mais elle ravala sa fureur et parvint à sourire.

– Ne vous mettez pas dans des états pareils, Rain. Je pensais à ce qui vous conviendrait le mieux, c'est tout. Si c'est ce que vous souhaitez pour l'instant, c'est parfait. J'arrangerai ça. Tout ce que je vous demande, c'est de vous reposer et de vous rétablir rapidement, afin de pouvoir rentrer au début de la semaine. Mardi prochain, je passerai à la maison avec Grant pour vous expliquer certains détails, au sujet de la propriété. C'est d'accord ?

– Entendu, acquiesçai-je, toujours sur mes gardes.

– Laissez-moi m'occuper du van, au moins. Je peux très bien le faire aujourd'hui, assura-t-elle.

Mais je ne lui faisais toujours pas confiance.

– Ne vendez pas la Rolls-Royce, lui rappelai-je.

Elle eut ce sourire froid, mince comme une balafre, qui réduisait ses lèvres à un coup de crayon zébrant sa face étroite.

– Très bien. Nous la garderons pour l'instant. D'ailleurs, c'est une de ces choses qui prennent de la valeur quand on les entretient bien, conclut-elle, résolue à tourner coûte que coûte ses défaites en victoires.

Sur quoi, elle se leva et me tapota la main.

– Rétablissez-vous vite, et ne vous inquiétez de rien. Je reste en contact avec les médecins. Y a-t-il quelque chose que vous désiriez, pour le moment ?

– Non, répondis-je en fermant les yeux.

Quand je les rouvris, elle était partie.

Plus tard, pendant que je prenais mon déjeuner, je reçus la visite d'Austin.

– C'est fou ce qu'on ne ferait pas pour éviter d'aller se baigner, lança-t-il avec un grand sourire.

Il m'apportait un bouquet de roses rouges.

– Merci, dis-je en humant leur parfum.

Il les mit dans un vase et tira une chaise près de mon lit.

– Ce qui vous arrive est sans gravité, affirma-t-il. Un petit contretemps, sans plus. Ne vous laissez pas démoraliser pour si peu. Suivez bien le traitement et tout rentrera dans l'ordre ; nous pourrons reprendre la thérapie dans quelques jours. Et n'allez pas croire que vous allez vous en tirer comme ça, surtout. Nous avons encore de beaux jours en perspective. Le temps idéal pour aller nager, en somme.

– Mais je ne m'inquiétais pas trop pour ça, ripostai-je en riant.

Il rit avec moi, puis reprit brusquement son sérieux.

– Mon oncle m'a dit que votre tante ne m'appréciait pas, Rain. Elle voudrait que je sois remplacé.

– Je lui ai déjà donné mon avis là-dessus, justement. Vous ne serez pas remplacé. Il n'en est pas question.

Le visage d'Austin s'éclaira.

– Je suis quasiment certain que ce qui vous arrive n'a rien à voir avec le travail que nous faisons, strictement rien. Si je le pensais, je vous le dirais, et nous changerions vos exercices.

– Je vous crois, Austin, affirmai-je avec conviction. Et je vous en prie, ne faites pas attention à ma tante. Nous n'éprouvons pas une grande affection l'une pour l'autre, pour tout dire. Je suis la parente indésirable qui lui est tombée dessus comme une calamité. Nos rapports se limitent à ce qu'on pourrait appeler une trêve précaire, sans plus.

Il se carra sur son siège, l'air subitement très attentif, et j'entrepris de lui raconter mon histoire. Je ne fus interrompue qu'une fois, par l'infirmière qui m'apportait mes médicaments. Tout le reste du temps, Austin demeura suspendu à mes lèvres. Seuls les changements d'expression de ses yeux révélaient ses réactions.

– Vous avez donc bel et bien un demi-frère et une demi-sœur ! s'exclama-t-il quand je me tus enfin. Et moi qui prenais cela pour une plaisanterie…

– Si seulement c'était vrai ! soupirai-je.

Mes paupières s'appesantissaient, je devais lutter pour garder les yeux ouverts. Ils se fermèrent malgré moi.

– Je ferais mieux de vous laisser, décida Austin. Je prendrai de vos nouvelles, et dès que vous irez mieux nous nous remettrons au travail.

Je parvins à remuer la tête pour faire un signe d'assentiment, puis le sommeil s'abattit sur moi.

Le dimanche, quand on roula mon fauteuil sur le parvis de l'hôpital, Jake était là. Il m'attendait à côté d'un van flambant neuf, équipé d'un élévateur électrique. Les brancardiers n'eurent qu'à me pousser sur sa plate-forme et il me hissa à bonne hauteur, de façon que je n'aie plus qu'à gagner ma place. Une installation de grand luxe, c'était le moins qu'on puisse dire.

– Victoria n'a pas été vraiment ravie par mon achat, révéla Jake. J'ai fait installer des tas d'options, mais qu'est-ce qu'elle pouvait y faire ? Rien, votre avocat s'est arrangé pour ça. Et vous savez quoi ? précisa Jake en revenant s'asseoir au volant. Tout est prévu pour que vous puissiez conduire vous-même, le moment venu.

– Quoi ? Mais comment ça ?

– Ce siège est amovible, et votre fauteuil se loge exactement à sa place, expliqua-t-il. Toutes les commandes sont manuelles, même les freins. C'est très facile. Vous pourrez aller très rapidement où vous voudrez, princesse.

J'étais impressionnée, et même un peu effrayée. Mais par cette belle journée d'été, les possibilités que j'entrevoyais s'avéraient plutôt revigorantes.

Cependant, Mme Bogart m'accueillit avec une nouvelle liste d'interdictions et de consignes.

– C'est parce que vous avez voulu en faire trop, et trop vite, que vous êtes tombée malade. Croyez-moi, j'ai déjà vu ça. Peut-être que vous écouterez les gens qui ont de l'expérience, maintenant ? triompha-t-elle.

Mais je ne me laissai démonter ni par son aigreur ni par sa mine revêche. J'étais bien trop contente d'être sortie de l'hôpital.

Juste avant que je m'installe pour ma sieste de l'après-midi, elle se souvint que j'avais une lettre et me l'apporta. Elle était de mon père. Il était bouleversé par la nouvelle de mon accident et de ses suites. Elle avait encore ajouté à son sentiment de frustration.

Je me sens si impuissant de ne rien pouvoir faire pour toi, écrivait-il. *Même à présent, quand tu as plus que jamais besoin d'un parent à tes côtés, d'une famille autour de toi. Comme tu dois être forte pour supporter cela toute seule, avec Megan dans l'état que tu m'as décrit.*

Tout ce que je peux te promettre, c'est de venir te voir dès que cela me sera possible. Leanna se fait du mauvais sang pour toi, elle souhaite qu'on puisse t'envoyer ici. C'est une femme merveilleuse. Je suis sûr que tu te demandes comment quelqu'un comme elle, qui n'a aucune parenté avec toi, peut s'inquiéter autant pour toi et te vouloir tant de bien, non ? L'amour qu'on a pour ceux qu'on n'est pas obligés d'aimer est sans doute le plus fort, après tout.

Je t'en prie, écris-moi et tiens-moi au courant de tes progrès.

Avec toute ma tendresse,

Papa

Les larmes m'embuaient les yeux, à présent. Je n'y voyais presque plus rien. Je repliai soigneusement la lettre et la rangeai dans le tiroir de ma table de nuit. Je la relirais souvent, je le savais. En attendant la joie de le revoir et d'entendre sa voix.

Ce qui me tracassait le plus était de n'avoir reçu aucune nouvelle de Roy. Il avait dû recevoir ma lettre, maintenant, et savait ce qui m'était arrivé. Avait-il décidé, à cause de cela, de couper les ponts avec moi ? Je ne pouvais pas me résoudre à le croire, tout en me disant que je ne lui en aurais pas voulu. Je souhaitais presque, pour son bien, que ce fût vraiment le cas.

– Personne n'a téléphoné pour moi quand j'étais à l'hôpital ? demandai-je à Mme Bogart, quand elle m'apporta mes médicaments et un verre d'eau.

– Pas à ma connaissance, non. J'ai dû m'absenter une ou deux fois pour faire quelques courses, bien sûr.

– Je vois. Et où est mon téléphone, au fait ? Ma tante était censée le faire installer.

– Je ne suis pas au courant, rétorqua-t-elle avec rudesse. J'ai assez de choses à faire ici sans m'inquiéter de ça.

Vraiment fâchée cette fois, je tentai de joindre Tante Victoria. Elle utilisait un service de messagerie, comme les médecins aux heures de fermeture du cabinet. De sa voix neutre, l'opératrice annonça qu'elle lui ferait part de mon appel. Je précisai que c'était très important.

Tante Victoria rappela quelques heures plus tard, pendant que je dînais. Prévenue par Mme Bogart, je me propulsai rapidement jusqu'à l'appareil.

– J'ai besoin d'avoir le téléphone, commençai-je avant même de dire bonsoir. Vous aviez promis de vous en occuper, mais…

– Nous avons des soucis plus sérieux pour le moment, Rain. Je réglerai cette question-là en revenant.

– En revenant ? Mais où êtes-vous ?

– À Washington, avec Grant. Votre mère… ma sœur, ajouta-t-elle avec une note de dégoût dans la voix, a tenté de se suicider.

– Quoi ?

– Elle a avalé une bonne douzaine de somnifères. Grant est dans tous ses états. Nous avons dû étouffer la nouvelle, bien sûr, et empêcher la presse d'ébruiter la chose.

– Est-ce que ma mère va bien ?

– Bien ? (Ma tante eut un petit rire cruel). Pas vraiment, non. Elle ne va pas mourir, si c'est ce que vous voulez dire. La bonne l'a trouvée à temps, comme elle l'avait probablement prévu. Elle a été conduite en urgence à l'hôpital, pour un lavage d'estomac. Les médecins et moi sommes du même avis. Nous pensons qu'elle devra faire un séjour en clinique psychiatrique. Peut-être même un assez long séjour. Et la semaine prochaine…

« Grant va être proposé comme représentant au Congrès, annonça-t-elle avec emphase. Il n'a vraiment pas besoin de ça, juste au moment où ses rêves sont sur le point de se réaliser.

Elle s'interrompit à nouveau, le temps d'exhaler un interminable soupir, comme si un grand poids l'écrasait. Puis elle reprit d'un ton important :

– Dès que cela m'est possible, je rentre et je m'occupe de vous. D'ici là, j'ai peur que vous ne deviez vous débrouiller toute seule, ma chère.

– Qu'est-ce que j'ai fait jusqu'ici, d'après vous ? renvoyai-je du tac au tac.

Elle évita de répondre, et je me maîtrisai suffisamment pour demander :

– Et Alison, au fait ?

– Et Alison ? répéta Victoria. Que voulez-vous savoir ?

– Comment a-t-elle pris tout ça ?

– Par chance, elle n'est pas là. Elle voyage en Italie avec un groupe d'étudiants, et Grant préfère ne rien lui dire. À quoi bon lui gâcher le voyage, n'est-ce pas ?

– C'est juste, ironisai-je. À quoi bon, en effet ?

Qu'avait donc fait Alison pour recevoir en partage un tel cadeau ? Un monde fait de bonheur et de joies, où la tristesse n'avait pas droit de cité, un monde où il ne pleuvait jamais ? Où si par hasard il pleuvait… il ne tombait du ciel que des bonbons et des sucettes.

Et moi, qu'avais-je fait pour vivre dans un monde où le rire et le sourire étaient si rares, si rares que chacun d'eux valait un inestimable trésor ?

– Si cela vous est possible, ma tante, dites à ma mère que je suis désolée pour ce qui lui arrive. Et aussi que je lui souhaite de se rétablir très vite.

Tante Victoria émit un grognement indistinct. Même une personne aussi insensible qu'elle savait combien j'avais souhaité, après mon accident, que ma mère m'adresse les mêmes souhaits. Mais elle ne l'avait jamais fait.

Et maintenant, je me demandais si elle le ferait jamais.

10

J'abandonne

Austin sera de retour le lundi. Les médecins qui me suivaient lui avaient conseillé de reprendre les exercices en douceur, pour ne revenir que peu à peu au programme initial. Ce qui nous laissait beaucoup de temps à passer dehors, sans rien d'autre à faire que prendre l'air et bavarder. Il me parla beaucoup de lui, de sa famille, et m'avoua qu'il n'avait jamais aimé la façon dont son père traitait sa mère.

– Elle travaille à l'usine avec lui. Non, pour lui, devrais-je dire. Ce serait plus conforme à la réalité. Il la traite comme une employée, reste froid et distant avec elle, ne la tient au courant de rien. Elle ne sait même pas à combien se monte leur fortune.

« D'aussi loin que je me souvienne, elle lui a toujours demandé ce dont elle avait besoin comme nous devons le faire, ma sœur et moi. Elle ne peut rien acheter, même avec son propre argent, sans qu'il lui en ait donné la permission. Le comptable de mon père contrôle toutes les dépenses domestiques et lui fournit un rapport chaque mois. Et si jamais la vie a augmenté de façon notoire, Dieu vienne en aide à ma pauvre mère ! Elle doit subir des interrogatoires dignes de l'Inquisition.

Je n'en croyais pas mes oreilles.

– Et elle ne se plaint jamais ?

– Elle trouve que c'est très bien comme ça. Je vous jure que c'est vrai, protesta-t-il en voyant mon air effaré. C'est une de ces femmes de la vieille école qui pensent que l'homme doit être responsable de toutes ces choses-là. Elle aime sa dépendance, je suppose.

Nous tenions cette conversation sur la pelouse, à l'ombre du vieux chêne qui se dressait à droite de la maison. Un couple d'écureuils nous observait avec méfiance. Ils se livraient à leurs occupations sans nous quitter un instant du regard. Et si jamais le nôtre se posait sur eux, ils semblaient instantanément se pétrifier.

De longs rubans de nuages striaient le bleu profond du ciel, effilochés par le vent. Une de ces petites brises du nord-ouest, vive et fraîche, d'autant plus agréable qu'elle dissipait la moiteur de l'air.

Étendu de tout son long dans l'herbe, les mains sous la nuque, Austin contemplait le ciel en mâchouillant un brin d'herbe. Depuis un bon moment déjà, je le regardais avec envie. Subitement, je n'y tins plus et je le dis :

– Moi aussi je veux m'allonger dans l'herbe.

– Alors faites-le, répliqua-t-il. Vous n'avez besoin ni de ma permission ni de mon aide.

Je me soulevai de mon siège, surtout à la force des bras, et pesai sur ma jambe droite qui avait déjà repris une certaine vigueur. J'aurais voulu me baisser avec grâce, et je m'y appliquai. Au lieu de quoi, je basculai vers la gauche et m'affalai sur Austin. Il poussa un cri comme si je lui avais fait mal, jeta les bras autour de moi et me garda quelques secondes contre lui. Nos visages se touchaient presque. Nos regards se nouèrent. Il me sourit.

– Bel essai, dit-il en relevant la tête, juste assez pour que ses lèvres viennent effleurer le bout de mon nez.

Il l'embrassa et s'efforça de renverser la tête en arrière.

– Bel essai, répliquai-je.

Son sourire s'élargit, et presque aussitôt son regard changea. J'y vis passer une émotion profonde, venue du plus secret de lui-même, tandis qu'il relevait la tête et posait ses lèvres sur les miennes. Ce fut un baiser très doux et en même temps électrisant, comme vibrant d'attente. Il remua en moi des sentiments que je croyais disparus, condamnés, réduits à néant par mon infirmité. Mon souffle se précipita, mon cœur battit à grands coups.

– Eh bien ! s'exclama Austin en s'écartant de moi. Désolé, je n'avais pas l'intention de faire ça.

– Vous voulez dire que cela ne fait pas partie de ma thérapie ?

Il secoua la tête en riant.

– Je croyais que c'était moi qui avais le sens de l'humour, ici.

– Peut-être que je ne plaisantais pas, répliquai-je d'un ton ambigu.

Redevenu grave, il me détacha de lui avec précaution et je m'étendis sur l'herbe. Puis il se redressa pour prendre le coussin de mon fauteuil et le glissa sous ma tête.

– Vous êtes bien, comme ça ?

Je fis signe que oui.

Austin se rassit, cueillit un brin d'herbe et le fit jouer sur ses lèvres d'un air songeur, sans me quitter des yeux. Le vent léger soulevait ses cheveux, et quelques mèches folles dansaient sur son front.

– Je ne suis pas censé avoir des relations sentimentales avec mes patientes, finit-il par dire après un long silence. Ce n'est ni très correct ni très professionnel. Je ne peux pas laisser une telle chose se reproduire. Sérieusement, souligna-t-il. Si cela arrivait, je me verrais dans l'obligation de demander à mon oncle d'être remplacé.

Après une brève hésitation, il se hâta d'ajouter :

– Vous êtes pourtant une très jolie fille, Rain, vraiment. Mais cela n'a rien à voir. Si je n'étais pas votre thérapeute, je pourrais bien tomber amoureux de vous.

– C'est évident, ripostai-je. Vous me verriez passer dans la rue en fauteuil roulant et vous vous diriez : « Tiens, voilà une fille que j'aimerais connaître. »

Je lançai ma tirade avec rage et me détournai, frémissante de colère. Je vibrais comme une flèche lancée avec fureur et qui cherche une cible, mais ne rencontre que l'air.

– Vous vous trompez si vous croyez avoir perdu votre charme, dit Austin avec conviction. Vous êtes toujours très attirante.

Je pivotai vivement vers lui.

– Quelle vie amoureuse pourrais-je avoir, d'après vous ?

– Une des plus réussies, affirma-t-il. Vous êtes toujours capable d'avoir des enfants, vous savez. C'est un peu plus compliqué, mais c'est possible. J'ai une cliente, une très jeune femme, en fait, qui a eu un bébé récemment. Je l'ai aidée à reprendre des forces. Elle a une adorable petite fille.

– C'est vrai ?

– Absolument. Vos médecins n'ont pas discuté de ces choses avec vous ?

– Non.

– Ils auraient dû, affirma-t-il.

Au même instant, un bruit de moteur lui fit lever les yeux. Une voiture s'engageait dans l'allée.

– Aidez-moi à me lever, dis-je vivement, ce qu'il s'empressa de faire.

La voiture stoppa et ma tante en descendit. Elle marchait vers le perron quand elle nous aperçut.

– C'est Tante Victoria, annonçai-je à Austin. Vous feriez mieux de me ramener tout de suite, elle apporte des nouvelles de ma mère.

– Entendu.

Il m'aida à me réinstaller dans mon fauteuil et commença à me pousser vers la maison. Ma tante attendait au pied de la rampe. Quand nous fûmes assez près, elle s'avança vers nous. Je n'eus pas le temps de faire les présentations : elle s'en prit immédiatement à Austin.

– Quel genre de thérapie pratiquez-vous sur cette pelouse, au juste ?

– Il est très important d'avoir une séance de plein air tous les jours, répliqua-t-il sans se laisser démonter.

Mais ce ne fut pas suffisant pour apaiser Victoria.

– Mme Bogart peut très bien la promener dans le parc. Je trouve vos tarifs un peu élevés pour des travaux domestiques.

– Nous faisons aussi des exercices dehors, intervins-je d'une voix ferme. Et la plupart du temps, je roule mon fauteuil moi-même. Laissons le soin de mon traitement au praticien, d'accord ? Donnez-moi plutôt des nouvelles de ma mère, c'est le plus important. Comment va-t-elle ?

– Je n'ai pas l'intention de parler de ces choses en plein vent, et devant un étranger. Ramenez-la dans sa chambre, ordonna-t-elle à Austin en marchant vers l'entrée.

Il se pencha à mon oreille et chuchota :

– Désolé. Imaginez ce qui se serait passé si elle était arrivée une minute plus tôt !

Cette seule idée me fit cogner le cœur contre les côtes. J'en avais le feu aux joues. Une fois dans ma chambre, Austin alla reprendre son sac et me prévint qu'il reviendrait le lendemain, à la même heure.

– J'espère que je ne vous ai pas attiré de nouveaux ennuis, Rain ?

– Ne vous en faites pas pour ça, le rassurai-je.

Mais il me quitta profondément inquiet, et incapable de le cacher. Cela se lisait sur son visage.

Lui parti, j'attendis impatiemment que Tante Victoria vienne me voir. Finalement, au bout d'un quart d'heure, le bruit caractéristique de ses talons résonna dans le couloir.

– Je m'absente quelques jours et tout va de travers au bureau ! grommela-t-elle en entrant. C'est devenu pratiquement impossible de trouver du personnel compétent. De nos jours, dénicher un employé qui sache répondre au téléphone est un véritable défi. Je passe le plus clair de mon temps à dénouer des complications inutiles.

Obligée de s'arrêter pour reprendre haleine, elle regarda autour d'elle.

– Où est passé votre kiné ? questionna-t-elle, en prononçant le mot « kiné » comme si c'était une grossièreté.

– Il est parti. Je crois que vous lui avez fait peur.

Elle arqua ostensiblement les sourcils.

– Ce serait peut-être aussi bien. À présent, tout le voisinage sait que vous êtes une héritière, Rain. Avez-vous déjà pensé à ça ? Vous vivez dans une demeure somptueuse, sans parler de la propriété. Vous devez vous montrer prudente, sachez-le. Les coureurs de dot vont sortir d'un peu partout, pour profiter de votre situation de faiblesse.

– Austin n'est pas un coureur de dot.

– Qu'est-ce que vous en savez ? Vous n'avez pas pu le juger aussi rapidement, décréta-t-elle sans attendre ma réponse. Vous ne le connaissez que depuis peu. Je suis désolée de devoir vous parler comme ça, mais votre mère n'est pas là pour vous guider.

« Encore une chose dont Megan m'a laissé le soin ! gémit-elle en s'affalant dans l'unique fauteuil de la pièce.

De façon plutôt disgracieuse, d'ailleurs. Elle renversa la tête en arrière, ferma les yeux, se massa les tempes entre le pouce et le majeur et soupira bruyamment.

– Je suis tellement fatiguée, se plaignit-elle.

Puis elle se redressa, me regarda bien en face et annonça brutalement :

– Votre mère a été confiée à une institution psychiatrique, Rain. Elle y restera tant que les médecins ne l'estimeront pas suffisamment équilibrée, émotionnellement et mentalement, pour reprendre sa place en société sans essayer à tout moment de se suicider. Grant en est très affecté. Nous avons fini par prévenir Alison, mais sans la faire revenir. Elle ne serait d'aucune utilité.

Je n'étais pas de cet avis.

– Elle pourrait aller la voir, l'aider à prendre soin d'elle-même et de son avenir, suggérai-je.

Tante Victoria eut une grimace ironique.

– Alison Randolph, venir en aide à quelqu'un ?

– Pourquoi l'ont-ils gâtée à ce point, aussi ?

– Pourquoi ? La pomme ne tombe jamais très loin de l'arbre, vous connaissez le dicton. Il n'y a qu'à regarder sa mère.

– Vous la haïssez vraiment, n'est-ce pas ? Vous haïssez votre propre sœur, accusai-je.

– Non, je ne la hais pas. Je devrais, mais ce n'est pas le cas. Il vous est facile de me juger, Rain. Vous débarquez dans cette maison, dans cette famille, vous pêchez un renseignement par-ci, un détail par-là... et vous croyez connaître notre histoire. Mais comment sauriez-vous qui nous sommes, et ce que nous avons souffert ?

Ma tante s'interrompit et me dévisagea longuement.

– Oui, je suis dure et forte et différente de Megan, reprit-elle, mais en quoi peut-on me le reprocher ? Elle n'a jamais connu mon père comme j'ai dû apprendre à le connaître. Il a exigé de moi toutes sortes de choses qu'il n'a jamais exigées d'elle. Il attendait beaucoup plus de moi.

« N'allez pas croire que je ne me sois pas demandé pourquoi, et plutôt mille fois qu'une, enchaîna-t-elle avant que je n'aie l'idée de poser la question.

En fait, j'avais peur de parler. Peur d'émettre un son qui briserait l'enchantement de ces révélations sur elle-même. Son regard était devenu différent, sombre, lointain.

– Je voyais bien comment il regardait Megan, les yeux débordant d'amour et de fierté. Jamais il ne m'a regardée ainsi, pas une seule fois ; même quand mon travail rapportait de grands profits à son entreprise. J'avais droit à une simple tape dans le dos, ou à un signe de tête, alors qu'il se pâmait littéralement devant le moindre sourire de Megan.

« Comment un père peut-il traiter ses enfants si différemment ? s'interrogea-t-elle à voix haute.

Je fus tentée de le lui dire, de lui livrer le secret de Jake. Peut-être cela lui ferait-il du bien, après tout. Peut-être mettrait-elle en balance la honte de l'avoir pour père, et la souffrance de ne pas être aimée de son soi-disant père comme elle aurait tant voulu l'être. Comprendre cela pourrait faire d'elle une femme meilleure, plus aimable. Une femme qui vivrait en paix avec elle-même, au lieu d'éprouver de l'amertume envers tout le monde.

Apparemment, elle continuait à remâcher ses griefs.

– Oh, je sais à quel point Megan était jolie, comment aurais-je pu l'ignorer ? Je l'ai toujours su. Ce n'est pas facile à vivre d'avoir une sœur aussi populaire et aussi séduisante. En vous voyant, tout le monde se demande pourquoi vous ne lui ressemblez pas. Elle était même invitée aux soirées que donnaient mes camarades d'études, alors qu'on ne m'y invitait pas moi-même !

« Et Megan s'est-elle jamais montrée reconnaissante pour tout cela ? Pensez-vous ! Tout lui était dû, même l'amour de mon père. Surtout l'amour de mon père.

Victoria battit des cils et me dévisagea fixement.

– Alors ne me jugez pas, et ne m'accusez pas de la haïr. Je hais ce qu'elle est devenue, oui, et je n'ai pas honte de l'admettre. J'en suis fière.

« J'en suis fière, murmura-t-elle en baissant les yeux.

Pendant quelques secondes elle resta ainsi, les yeux rivés au sol. C'est à peine si j'osais respirer. Puis, une fois encore, ses paupières battirent et elle leva sur moi un regard acéré.

– Revenons-en à vous. Je continue à croire qu'il serait plus sage pour vous de changer de praticien. Il vous en faut un plus âgé, plus expérimenté, une femme peut-être. Pour que le traitement soit efficace, le thérapeute doit garder ses distances, conserver une attitude impersonnelle. Exactement comme un médecin.

– Votre sollicitude me touche, répondis-je poliment, mais les choses sont très bien ainsi.

Tante Victoria pinça les lèvres.

– Parfait. Je vois que vous avez besoin de commettre vos propres erreurs, vous aussi. Vous tenez ça de votre mère, et pas seulement ça, d'ailleurs. Par beaucoup de côtés, vous me rappelez Megan. Bien, venons-en au fait…

Elle ouvrit sa serviette et en tira quelques papiers.

– J'ai là différentes choses à vous faire signer. Puisque ma mère, dans son infinie sagesse, vous a légué une part aussi importante de nos biens, vous êtes désormais concernée par toutes nos transactions, sans exception. Ce qui implique de votre part une participation active et quotidienne. Pour hâter toutes ces démarches, j'ai besoin que vous me signiez une procuration. Vous n'y perdrez rien, s'empressa-t-elle d'ajouter. C'est même dans votre intérêt. Cela me permettra de saisir au vol toute occasion favorable qui, autrement, pourrait nous échapper. De la sorte, je pourrai continuer à faire prospérer l'entreprise familiale.

Elle me tendit les documents et j'y jetai un coup d'œil. Dès les premières lignes, je vis que c'était de l'hébreu pour moi. Devais-je les signer ? Ou répondre que je préférais d'abord les soumettre à mon avocat ?

Je déclarai le plus calmement possible :

– Mon avocat serait furieux si je signais quoi que ce soit sans son approbation.

– Pour l'amour du ciel ! s'emporta ma tante en m'arrachant le feuillet des mains. Ce n'est qu'un malheureux bout de papier, un simple pouvoir m'autorisant à signer en notre nom à toutes deux. Je le transmettrai à votre avocat, siffla-t-elle entre ses dents. Quand il en aura pris connaissance, vous pourrez le signer, sans crainte de tomber entre les griffes de la méchante et malveillante tante Victoria.

– Mais vous-même, ma tante, auriez-vous signé quoi que ce soit sans le conseil de votre avocat ?

Elle me regarda brusquement d'un tout autre œil.

– Non, admit-elle. Mais je n'aurais pas fait la difficile. Comme dit le proverbe : « À cheval donné, on ne regarde point la bouche. » Si j'avais une tante comme moi, responsable, dévouée, qui veille sur mes intérêts, je me montrerais certainement plus coopérative.

– Je ne veux pas me montrer ingrate, croyez-le. C'est juste que… tout ça me dépasse un peu, concédai-je à mon tour.

Elle hocha la tête d'un air entendu.

– Oui, vous êtes bien la fille de votre mère. Megan n'avait jamais honte d'avouer ses faiblesses.

– Je ne suis pas en train d'avouer une faiblesse ! me rebiffai-je.

Elle était tellement exaspérante, avec ses airs supérieurs. Elle avait le don de me rabaisser à mes propres yeux.

– Peu importe, reprit-elle en se levant, avec un petit geste de la main comme pour chasser une mouche. (La mouche, c'était moi, naturellement.) J'ai des tas de choses à faire, figurez-vous. J'avais espéré que vous me rendriez le travail plus facile, mais non. Je vais devoir me débrouiller toute seule, comme toujours. Je reviendrai dès que possible, acheva-t-elle en marchant vers la porte.

Mais après quelques pas elle s'arrêta net et s'immobilisa, comme si elle hésitait à me dire quelque chose. Finalement, elle se retourna.

– Ah, il y a autre chose, Rain. J'ai failli oublier. Ou plutôt, je ne tenais pas à vous créer d'autres problèmes en ce moment.

– De quoi s'agit-il ? questionnai-je d'une voix lasse.

– De votre demi-frère, Roy.

– Quoi ? Que lui est-il arrivé ?

Tante Victoria prit son temps pour répondre, à croire qu'elle savourait la situation.

– Après tout, vous avez le droit de savoir tout ce qui vous concerne, déclara-t-elle avec une lenteur calculée. Que vous soyez en fauteuil roulant ou non.

Toujours sans se presser, elle rouvrit sa serviette et remua quelques paperasses, attisant mon inquiétude.

– Le nom de ma mère figurait sur l'enveloppe, expliqua-t-elle, toujours occupée à farfouiller. Je n'ai pas vu tout de suite que le vôtre y était aussi, après la mention : « À l'attention de ». Ma secrétaire l'a ouverte et posée sur mon bureau, comme elle le fait toujours pour mon courrier. Où ai-je fourré cette... Ah, la voici.

Elle brandit un feuillet plié.

– C'est une communication de l'avocat de l'armée, qui représente votre demi-frère. Il vous informe qu'il va passer en cour martiale, pour manquement à sa parole en période probatoire.

– Comment ? Quelle période probatoire ?

– Je ne connais pas tous les détails, figurez-vous, répliqua ma tante en me tendant le papier.

Je le lus rapidement, la main posée sur ma gorge, là où mon souffle s'était bloqué. Roy avait essayé de déserter et avait été mis aux arrêts.

– Oh, non ! me lamentai-je. Il a dû faire ça quand il a appris mon accident. Je n'aurais jamais dû lui en parler dans ma lettre.

– Non, probablement pas. Vous auriez mieux fait de me demander conseil, j'aurais pu vous soumettre quelques suggestions. Tout à fait Megan, marmonna ma tante en secouant la tête. Elle aussi agit toujours par impulsion. Il faut toujours prendre le temps de réfléchir avant de faire quoi que ce soit, me sermonna-t-elle.

Puis elle referma vivement sa serviette.

– Bon, il faut que je m'en aille, lança-t-elle en tournant les talons.

Je me retrouvai seule, étreignant le terrible message dans ma main, une seule pensée en tête. Quand cesserais-je de faire du mal à ceux que j'aimais ?

Heureusement pour moi, Austin me fit une visite impromptue. Pourquoi précisément ce soir-là ? Sans doute parce qu'il avait téléphoné, pour apprendre de Mme Bogart que je n'avais rien mangé. C'était vrai. Après ces nouvelles de Roy, la seule idée d'absorber de la nourriture me contractait l'estomac. Au dîner, je m'étais détournée de mon assiette et j'avais quitté la table, laissant derrière moi les reproches de Mme Bogart, ses ordres et ses menaces. Au début, je n'avais pas d'autre intention que d'aller me coucher, mais ma frustration et ma colère avaient fini par atteindre un point limite. La nuit tombait, il faisait toujours chaud dehors. Je traversai le hall, ouvris la grande porte et sortis.

– Où croyez-vous aller comme ça, ma fille ? lança derrière moi la voix grondeuse de Mme Bogart.

– Faire un petit tour, c'est tout. J'ai besoin d'être seule, précisai-je en lui claquant la porte au nez.

Je descendis la rampe et pris la direction du lac. Je roulai d'une traite jusqu'au bout du chemin bitumé, qui prenait fin à quelque distance de la rive. Là, je fis halte pour contempler l'eau et penser à Roy, enfermé une fois de plus dans une cellule. Et presque aussi frustré que je l'étais moi-même parce qu'il était prisonnier, lui aussi.

Par ma faute, me répétais-je obstinément. Où avais-je la tête en lui écrivant cette lettre ? J'aurais dû m'attendre à ce qu'il commette une sottise de ce genre. Je le connaissais assez pour savoir qu'il ne songerait qu'à me rejoindre, sans se soucier de rien d'autre. Il avait toujours pensé à moi en premier, avant lui. À ses yeux, je comptais plus que lui-même.

J'aurais dû penser à lui d'abord, au lieu de m'empresser de raconter mon malheur à tout le monde. Mais non, j'avais quémandé la sympathie générale. Tout était ma faute, uniquement ma faute. J'avais horreur de ce qui m'était arrivé. Horreur d'être dans ce fauteuil. J'aurais voulu revenir des années en arrière et vivre encore aux Cités. Nous trouvions cet endroit sinistre, mais nous étions bien mieux là-bas. J'aurais donné toutes les propriétés, toutes les Rolls du monde, toute cette fortune pour pouvoir me tenir debout et marcher.

– Mama ! criai-je dans le crépuscule. Regarde ce qui nous est arrivé à tous, et ce qui continue d'arriver !

Ma voix ricocha sur le lac et son écho vibra dans les arbres. Je vis un corbeau s'envoler d'une branche morte et s'éloigner dans l'obscurité.

C'est très bien comme ça, pensai-je avec une ironie mauvaise. Tout ce qui vit devrait me fuir. Je devrais me fuir moi-même.

Subitement, une force nouvelle fit tressaillir mes bras, comme un choc électrique. J'empoignai solidement les roues de mon fauteuil et les tournai, quittant l'allée bitumée pour m'engager dans le chemin de terre qui menait à la jetée. Le fauteuil tressautait, les roues patinaient dans les ornières où elles se coincèrent, bloquant net ma progression. Mais je me penchai en arrière et poussai plus fort, jusqu'à ce que je parvienne à me dégager. Les larmes ruisselaient sur mes joues, les mains me faisaient mal, mais je repartis.

À mi-distance de la rive, je pris de la vitesse et n'eus plus besoin de pousser. Le fauteuil roulait sans effort, jusqu'au moment où il heurta une pierre. Il vacilla, très lentement, et je tentai de le redresser. Mais mon poids passa trop vite d'un côté à l'autre et je basculai avec lui, sans même avoir le temps de pousser un cri. Je tombai sur un épais tapis d'herbe. La roue droite continuait à tourner, je n'avais pas été entièrement éjectée du fauteuil. Mais j'étais dans une situation des plus inconfortables, le corps tout de travers.

J'eus l'impression de mettre des heures à changer de position, et tirer de ma jambe assez d'énergie pour nous redresser, le fauteuil et moi. Finalement, j'y parvins. Et je restai assise là, le souffle court, transpirant au point que des mèches de cheveux me collaient au front.

Le soleil s'était enfoncé derrière les arbres, des ombres semblaient surgir des sous-bois, des étoiles s'allumaient. Et le lac lui-même s'était assombri, jusqu'à devenir d'un bleu d'encre irisé de reflets gris.

La chute m'avait causé plus de peur que de mal. Je n'étais pas blessée ni écorchée, je ne m'étais pas donné de coups violents, aucune partie de mon corps n'était meurtrie. Mais j'avais de la boue et un peu de saleté sur les bras, et aussi sur mes vêtements. Quand j'eus repris mon souffle, je sentis revenir ma colère. C'était comme une boule rouge qui se formait en moi, chargée de frustration et de rage. Même cela, je n'étais pas capable de le faire correctement ! La boule rouge s'enflait toujours, jusqu'à m'oppresser le cœur et le faire battre comme un tambour.

Quel gâchis ! fulminai-je intérieurement. Où était cette indépendance que j'étais censée acquérir ? Je ne serais jamais qu'une pitoyable invalide, dont la vie ne pouvait plus servir qu'à empoisonner celle des autres. Voilà ce que j'étais devenue.

Je repartis en direction de la jetée, en prenant bien garde cette fois de ne pas changer de direction trop brusquement. L'obscurité m'environnait, la nuit tombait beaucoup plus vite que je ne l'avais prévu. J'avais du mal à voir exactement où j'allais. Subitement, je ressentis une douleur atroce au niveau de la hanche. J'en perdis le souffle ; il me fut impossible de maintenir ma prise sur les roues. Et une fois de plus, le fauteuil prit de la vitesse.

Je m'agrippai aux bords du siège, fermai les yeux et m'efforçai de me détendre.

Je fonçais droit vers la jetée, et le fauteuil cahotait violemment. Puis il heurta le ponton. Projetée sur la droite, je me penchai vers la gauche, mais d'un mouvement trop brusque qui me jeta au sol, on ne peut plus rudement cette fois-ci. Jusqu'à cet instant, je ne m'étais pas rendu compte que j'étais si près de la berge. Avec ce qui, j'en étais sûre, devait être une grimace de surprise horrifiée, je basculai en arrière et sentis mon dos gifler l'eau.

Instantanément, je coulai. Je battis des mains et des bras, barbotai comme un chien et refis surface, hoquetant à n'en plus finir. J'avais beau faire, l'air me manquait toujours.

Puis ce fut comme si une voix intérieure me parlait. Arrête, Rain, chuchotait-elle. Pourquoi batailler si dur ? Tout pourrait être si simple. Laisse tomber les bras le long de ton corps, ton poids et tes membres inertes t'entraîneront en bas, là où est ta place.

Je commençais réellement à me laisser aller quand j'entendis le bruit d'un second choc sur l'eau. Quelques instants plus tard, le bras puissant d'Austin m'entourait la taille. Il me maintint la tête hors de l'eau et me ramena vers la jetée.

– Pas de panique, dit-il d'une voix rassurante. Je vous tiens bien.

Il me hissa sur le ponton où il me fit asseoir, appuyée sur mes bras. Secouée de spasmes, je m'efforçais toujours de retrouver mon souffle quand il sortit de l'eau à son tour. Il s'agenouilla près de moi et me tint la tête contre lui.

– Comment vous sentez-vous ? Avez-vous avalé de l'eau ?

Je commençais à me détendre, et ma respiration devenait plus régulière.

– Non, répondis-je enfin.

– Mais qu'est-ce qu'il vous a pris de venir toute seule ici, Rain ? Juste au moment où j'arrivais, je vous ai vue heurter le ponton et j'ai couru comme un fou jusqu'ici. Vous avez perdu le contrôle du fauteuil ou quoi ? Je vous ai recommandé la natation, mais je ne pensais pas que vous seriez si pressée que ça, me taquina-t-il.

Je gardai le silence. Je frissonnais, à présent, et pourtant il faisait encore chaud.

– Il faut vous débarrasser de ces vêtements mouillés, dit Austin. Tout de suite.

Il me souleva dans ses bras et partit d'un bon pas sur le chemin. Les yeux fermés, je pouvais sentir sa force, la vigueur de ses jambes d'athlète tandis qu'il remontait la rampe en courant presque. J'eus l'impression qu'il l'avait franchie en quelques secondes à peine, quand il s'arrêta devant la grande porte. En nous voyant, Mme Bogart poussa un cri étranglé.

– Qu'est-ce qu'il lui est arrivé ?

– Elle est tombée dans le lac. Ôtez-lui vite ces vêtements mouillés et donnez-lui un bon bain chaud, ordonna Austin.

Elle partit au pas de charge, Austin sur ses talons. Quand il me déposa sur mon lit, elle était déjà en train d'ouvrir le robinet d'eau chaude. Il m'enleva mes chaussures, puis mes chaussettes. Je claquais des dents.

– Je m'occupe d'elle, annonça Mme Bogart en sortant de la salle de bains. Vous feriez mieux de vous changer, vous aussi. Vous trouverez des grandes serviettes et un peignoir en éponge dans le placard sous l'escalier, près du cabinet de toilette. Je passerai vos vêtements au séchoir.

– Merci, madame Bogart. Ça va, Rain ? s'enquit-il en posant la main sur ma joue.

Je fis signe que oui.

– Vous ne ressentez aucune douleur nulle part ?

– Non, parvins-je à murmurer.

J'aurais voulu ajouter : sauf dans mon cœur, mais je n'en eus pas la force.

– Dès que vous serez réchauffée, vous vous sentirez mieux, me rassura-t-il. Je reviens tout de suite. Mais avant, il faut que j'aille chercher ce fauteuil. À tout à l'heure.

Il était à peine sorti que Mme Bogart s'empressait de me déshabiller.

– Comment avez-vous pu faire une chose aussi stupide ? attaqua-t-elle en m'arrachant mon sweater trempé. Et après avoir été si malade, en plus ! Je savais que je n'aurais pas dû vous laisser sortir. Je le savais ! Et maintenant, c'est à moi qu'on fera des reproches.

– Je ne suis pas une enfant, madame Bogart. Et arrêtez de vous tracasser pour les reproches qu'on pourrait vous faire.

– Non, vous n'êtes pas une enfant, releva-t-elle. Une fillette aurait montré plus de bon sens.

Je réprimai un sourire. Faible et lasse comme je l'étais, je la laissai prendre les choses en main. Quelques instants plus tard, plongée dans un bon bain chaud, je sentais mon corps commencer à revivre. Je fermai les yeux et m'abandonnai au bien-être qui me gagnait.

– Comment va-t-elle ?

La voix d'Austin me parvint comme en rêve. Je crus vraiment rêver, jusqu'au moment où je rouvris les yeux. Alors la mémoire me revint. J'appelai Mme Bogart, pour qu'elle m'aide à sortir du bain et à enfiler une chemise de nuit. Elle me déposa dans mon fauteuil et me roula dans ma chambre, où Austin attendait. Il était en peignoir éponge, les pieds nus.

– Comment vous sentez-vous ? s'informa-t-il avec sympathie.

– Mieux.

Mme Bogart nous regarda l'un après l'autre, et annonça qu'elle allait chercher les vêtements d'Austin. Dès qu'elle se fut éloignée, il se leva pour venir s'asseoir plus près de moi, sur le bord du lit.

– Franchement, qu'avez-vous essayé de faire, Rain ?

– De me noyer, avouai-je.

– Votre tante vous a fait des histoires à cause de moi, c'est ça ?

– Pas vraiment, non. J'ai eu un coup de cafard, mais pas à cause de ça. C'est mon demi-frère qui a eu des problèmes avec l'armée, pour changer. Dans ma dernière lettre, je lui ai parlé de mon accident et il a essayé de revenir ici, sans autorisation. Il va passer en cour martiale, et tout ça par ma faute.

– Mais pas du tout ! protesta vivement Austin. C'est lui qui a tenté de filer à l'anglaise, n'oubliez pas.

– À cause de moi. À cause de ce que je lui ai écrit.

Il secoua énergiquement la tête.

– Allons donc ! Nous sommes tous responsables de nous-mêmes. Il aurait pu trouver une autre solution. S'il vous culpabilise…

– Il n'a jamais fait ça ! Ce n'est même pas par lui que j'ai appris ses ennuis, expliquai-je. C'est ma tante qui s'est arrangée pour m'en parler, tout à l'heure, comme si elle avait failli oublier. Tous les gens que j'approche, et tous ceux qui m'approchent…

Austin m'interrompit tout net.

– Écoutez, Rain. C'est facile pour moi de vous dire ce que vous devez faire ou penser, je sais. Ce n'est pas moi qui suis en fauteuil. Mais en dépit de tout ce qui vous est arrivé, aucune malédiction ne pèse sur vous. Des tas de choses affreuses arrivent à des tas de gens. C'est la vie. À l'hôpital, vous avez été en rééducation neurologique et fonctionnelle ; vous y avez vu des patients bien plus atteints que vous.

– Et d'autres qui l'étaient moins, fis-je observer.

– Et d'autres qui l'étaient moins, sans doute. Mais nous sommes tous à la merci des caprices du sort ; et nous devons faire de notre mieux avec ce que nous avons reçu en partage. C'est là notre unique responsabilité. Abandonner ne nous apporte rien, sachez-le. Rien, sinon la pitié passagère de quelques personnes, qui auront vite fait de nous oublier.

Je levai sur lui un regard intrigué.

– D'où vous vient une telle sagesse ?

Il haussa les épaules, et sa réponse fut une question :

– Vous croyez que vous auriez été mieux, au fond du lac ?

– J'aurais apporté moins de souffrance aux autres, déjà.

– Et aussi moins de joie, rétorqua-t-il, péremptoire.

Il me dévorait littéralement des yeux. Son regard glissait lentement sur mon visage, avec une telle intensité, une telle admiration que je sentais ma peau frémir. Puis ce regard s'arrêta sur mes lèvres. Mes lèvres qui s'entrouvraient d'elles-mêmes, attendant un baiser… qu'il me donna. Avec une telle délicatesse, une telle douceur que je crus avoir rêvé. Quand il releva la tête, il garda les yeux fermés comme pour savourer les délices de l'instant.

Puis, avant que j'aie le temps de dire un mot, nous entendîmes arriver Mme Bogart. Austin se redressa brusquement.

– Et voilà ! lança-t-elle en lui tendant ses vêtements secs, impeccablement pliés.

– Merci. Je vais les mettre tout de suite.

Il passa aussitôt dans la salle de bains, sous le regard inquisiteur de Mme Bogart. Quand il eut refermé la porte sur lui, ce fut moi qu'elle soumit à son attention soupçonneuse.

– Merci, madame Bogart, dis-je pour mettre fin à cette inspection.

D'un hochement de tête, elle me signifia qu'elle avait compris le message.

– Je ne serai pas loin si vous avez besoin de moi, m'informa-t-elle en sortant.

Quelques instants plus tard, Austin reparut. Nous restâmes quelques secondes à nous regarder sans rien dire.

– Fatiguée ? demanda-t-il enfin.

– Plutôt engourdie, je dirais.

Il eut un sourire indulgent.

– Voulez-vous que je vous aide à vous mettre au lit ?

– Oui, acceptai-je sans hésiter, même si nous savions tous les deux que je pouvais très bien le faire seule.

Il prit ma main, m'aida à me lever, et me guida en me tenant par la taille. Quand je fus prête à m'allonger, il glissa les mains le long de mes cuisses, puis sous mes genoux pour m'aider à soulever mes jambes. Une fois couchée, je levai les yeux sur lui.

– Vous êtes très belle, Rain, dit-il d'une voix émue. Même quand nous travaillons ensemble, je ne vous vois pas comme une personne handicapée ou diminuée. C'est la première fois que cela m'arrive avec une patiente. Ne pensez plus jamais que vous n'êtes pas désirable, vous m'entendez ? Plus jamais.

Sans lâcher ma main, et avec une douceur extrême, il se pencha sur moi et m'embrassa. Puis il se redressa et voulut s'écarter de moi, mais je le retins.

– Ne partez pas, chuchotai-je.

Il coula vers la porte un regard interrogateur.

– Et Mme Bogart ?

– Elle ne va pas tarder à se coucher, affirmai-je.

– Mais pas avant de m'avoir vu partir, j'en suis sûr.

– Je ne suis pas sous ses ordres, vous savez. C'est elle qui est sous les miens.

– Ce n'est pas ça qui me fait peur, rétorqua-t-il. Bon, à plus tard.

Il n'avait pas dit : bonne nuit, ce qui me laissa perplexe. Je l'entendis s'éloigner dans le couloir, souhaiter le bonsoir à Mme Bogart et s'en aller. Presque aussitôt, quand elle vint voir si tout allait bien, je lui demandai d'éteindre la lumière et de fermer la porte. Ce qui fut fait. Et je restai là, en proie à des émotions diverses qui me laissaient totalement désemparée. J'étais déçue, et en même temps surexcitée. J'avais peur, tout en étant dévorée d'impatience.

Plusieurs minutes s'écoulèrent ainsi, puis j'entendis un bruit léger à ma fenêtre. Je me retournai, pour voir le panneau vitré glisser lentement vers le haut.

Quelques instants après cela, Austin était de retour dans ma chambre.

Et moins d'une seconde plus tard il était dans mon lit.

11

Suis-je encore une femme ?

– Ne vous inquiétez pas, souffla-t-il en me serrant contre lui. Je ne suis revenu que pour vous tenir dans mes bras, jusqu'à ce que vous vous endormiez.

– C'est précisément ce qui m'inquiète, figurez-vous.

Il sourit, et son visage parut rayonner dans le clair de lune, que laissaient entrer les rideaux ouverts. Ses yeux en captaient la lumière et brillaient comme deux pierres précieuses.

Je posai la tête au creux de son épaule et, tout en caressant mes cheveux, il m'inonda le front de baisers légers.

– Le Dr Synder et moi avons parlé de tout cela, disje d'une voix rêveuse. Elle a essayé de me convaincre que je pourrais encore être aimée d'amour, mais je n'y ai pas cru. Je n'y ai vu qu'une tentative pour me remonter le moral, d'autant plus qu'elle était paraplégique, elle aussi. Elle avait autant besoin d'y croire que moi-même, sinon plus.

« Et je me méfiais de vous aussi, avouai-je. De toutes ces jolies choses que vous me disiez.

– Ce qui signifie que vous ne vous en méfiez plus ?

– Je n'en sais rien. N'empêche que c'est vraiment insensé de votre part, de revenir ici en catimini.

– Et de risquer ma carrière, ajouta-t-il gravement.

Je soulevai la tête et l'écartai légèrement de sa poitrine.

– Vous êtes certain de le vouloir ?

– Il n'y a qu'une seule réponse possible, murmura-t-il en m'embrassant, avec beaucoup plus d'ardeur cette fois-ci.

Puis il posa doucement ma tête sur l'oreiller, pour pouvoir s'asseoir et se déshabiller.

J'avais l'impression de vivre un rêve, de voir la scène de haut, comme si je flottais au-dessus de mon lit. Peut-être étais-je morte au fond de ce lac, et tout cela n'était-il qu'une vision nostalgique de l'après-vie. Mon cœur faisait plus que battre à grands coups. Il cognait contre mes côtes, propulsait mon sang en ondes puissantes qui me montaient à la tête et m'étourdissaient. J'avais peur, non de faire l'amour mais de ne pas pouvoir le faire. D'être incapable de rendre à Austin son amour et sa tendresse.

Il y avait tout autant de raisons pour nous inciter à le faire que pour nous en abstenir. Pourquoi fallait-il que, pour une raison ou pour une autre, les rapports amoureux me soient presque toujours interdits ?

Quand il fut nu, Austin remonta ma chemise de nuit le plus haut possible, puis il attendit que je lève les bras.

– N'ayez pas peur, chuchota-t-il.

Bien sûr qu'il comprenait mes craintes, me raisonnai-je. Qui le pouvait mieux que lui ?

Je levai lentement les bras et il m'ôta ma chemise. Puis il se coucha contre moi, me serra dans ses bras et m'embrassa. Il mettait une telle délicatesse dans chaque geste, chaque caresse, chaque baiser que j'avais l'impression de faire l'amour au ralenti. Les secondes s'éternisaient, les aiguilles du réveil semblaient s'être figées. En chaque point de mon corps que touchait Austin, en chaque parcelle de ma chair qu'effleuraient ses doigts naissaient une chaleur et un émoi intenses ; quelque chose fleurissait en moi, des souvenirs depuis longtemps perdus me revenaient à travers des abîmes d'oubli, éveillant en mon esprit surexcité une impatience fébrile. Tout en moi n'était qu'attente.

Puis-je le faire ? me demandai-je avec appréhension. Puis-je être à nouveau une femme ? Vais-je le sentir s'embraser de désir, et de plaisir ? Allons-nous, par la seule magie de l'extase, nous fondre en un seul être ? Ou vais-je m'agiter lourdement, gauchement, vainement ? Être pour lui et pour moi aussi décevante qu'une promesse non tenue, mes baisers vont-ils se réduire à des soupirs, mes étreintes à des désirs insatisfaits ?

Mon nom était comme un souffle sur ses lèvres. Quand il arrondit ses paumes autour de mes seins, puis se pencha pour les frôler de sa bouche, ma tête retomba sur l'oreiller. Je fermai les yeux pour mieux me laisser emporter, comme un nageur qui coule, par la chaleur de mon propre sang et les frissons qui me parcouraient la peau.

– Tu es si belle, chuchota-t-il.

Ses paroles furent pour moi comme un arôme, un baume parfumant la nuit. Je gémis, sous l'effet d'un plaisir que j'avais cru à jamais disparu. Et, tel un vieil ami qui sourirait de mon scepticisme, mon corps se vengea de mes doutes à sa façon. Chaque flux de chaleur qui descendait le long de mes cuisses me causa une sensation de joie indicible.

Austin percevait le moindre de ces frémissements, les accueillait, y répondait. Il s'interrompit en me sentant tressaillir.

– Veux-tu que j'arrête ?

– Aurais-je dû répondre : « Oui, arrête. Ne me fais pas croire que je suis à nouveau une femme à part entière, ne me donne pas de faux espoirs, ne m'aide pas à me relever pour me laisser retomber » ? Aurais-je dû me détourner de lui ?

Et pour me tourner vers quoi, d'ailleurs ? Le désenchantement définitif, la résignation à la défaite et au malheur ? Le nageur qui s'est trop éloigné du rivage ne peut que saisir la main tendue vers lui, n'importe laquelle, et Austin n'était pas n'importe qui. Le premier regard que nous avions échangé, le bien-être que nous éprouvions à être ensemble, le naturel avec lequel nous partagions nos pensées et nos souvenirs, tout cela devait avoir un sens. Cela devait signifier qu'il existait quelque chose de particulier entre nous.

– Non, murmurai-je en relevant la tête pour l'embrasser. Ne t'arrête pas.

Ce fut une surprise intense et un ravissement de le sentir en moi, une joie si vive que j'en perdis le souffle. Je m'accrochai à lui comme si je flottais dans les airs, et que si jamais je le lâchais je ne m'arrêterais plus de tomber. L'explosion de l'orgasme fut comme un courant qui remontait en moi, gagnant mon cœur et jusqu'à mon cerveau. Je ne suis pas sûre d'avoir perdu connaissance un moment. Peut-être ai-je seulement atteint un état au-delà de la conscience. Mais je fus tout étonnée d'être toujours accrochée à lui et qu'il soit toujours là, me serrant dans ses bras, retenant sa respiration et pressant ses lèvres contre mon cou. Puis, avec un bref petit baiser sur mes lèvres, il se retira et retomba tout contre moi.

Nous restâmes un long moment sans parler, puis il demanda :

– Tout va bien, Rain ?

– Je n'en sais rien. J'ai l'impression que je pourrais me lever et m'en aller, répondis-je, ce qui le fit rire.

– Si c'était vrai, je serais le praticien le plus doué de la profession !

À nouveau, nous gardâmes le silence, jusqu'à ce qu'Austin se soulève sur un coude et se penche sur moi.

– Quand je t'ai vue tomber dans le lac, Rain, mon cœur s'est emballé, mais pas seulement parce que je voyais quelqu'un se noyer. Non, c'était plus que ça, une vraie panique. Comme si j'allais plonger dans ce lac avec toi. Me noyer avec toi. Comme si j'allais te perdre.

– C'est vrai ?

– C'est vrai, affirma-t-il, avec le regard clair et franc d'un enfant. Depuis que j'ai commencé à travailler avec toi, je n'ai plus que toi en tête. Il m'arrive d'être tellement distrait, avec mes autres patients, qu'ils doivent pratiquement crier pour obtenir mon attention. Je passe mon temps à m'excuser, et à attendre le moment où je te reverrai. C'est comme si ton image était imprimée à l'intérieur de mes paupières. Je ferme les yeux pour me reposer ou pour dormir, et devine ce que je vois ?

Je souris et lui caressai la lèvre. Il embrassa le bout de mes doigts, libéra un soupir et s'assit.

– Je ferais bien de partir, maintenant. Il vaut mieux que je ne sois plus là quand Mme Bogart pointera son nez par ici, dit-il en enfilant sa chemise. Nous voilà comme *Roméo et Juliette,* le couple aux amours interdites. Il va falloir que je relise la pièce.

– Leur histoire finit mal, Austin, rappelle-toi.

– La nôtre finira bien, affirma-t-il.

Il s'habilla le plus rapidement possible, me donna un baiser d'adieu et s'éclipsa par la fenêtre.

Il disparut si vite que je me demandai si je n'avais pas rêvé. Je me bordai aussi bien que possible, me blottis dans mon oreiller moelleux et fermai les yeux.

Je m'endormis presque instantanément. Les idées noires, les peines et les ennuis de la journée, tout cela disparut en cendres, consumé dans le brasier de la passion.

Pour la première fois depuis longtemps, j'avais réellement hâte d'être au lendemain.

L'énergie et la fièvre avec lesquelles j'accueillais chaque jour nouveau m'étonnèrent, et plus encore Mme Bogart, qui n'en fut pas dupe. Elle nous regardait tour à tour d'un air entendu, Austin et moi, et son expression sagace en disait long. Mais elle ne faisait aucune observation, et s'abstenait de tout commentaire désobligeant. Cependant, la première fois que je le retins à dîner, elle secoua la tête avec réprobation. Je ne tardai pas à découvrir qu'elle était devenue l'espionne à demeure de Tante Victoria. Non par contrariété, ni par colère envers moi ; mais parce que ma tante l'avait convaincue que j'étais une proie facile pour les soi-disant coureurs de dot et autres chasseurs de fortune.

Le lendemain, Tante Victoria fit irruption à grand bruit, grondant comme un chien de garde contre un visiteur indésirable entré par effraction.

– Qu'est-ce que j'apprends ? attaqua-t-elle sans même dire bonjour. Votre thérapeute vient dîner ici, vous rend visite à n'importe quelle heure, et passe plus de temps avec vous qu'il n'est payé pour le faire ?

J'étais dans le cabinet de travail, en train de répondre à M. Mac Waine. Ayant appris mon accident, le directeur du cours Burbage m'avait écrit pour m'exprimer sa sympathie et ses regrets. Je n'avais toujours aucune nouvelle de Roy, malgré mes efforts pour le joindre, et je m'apprêtais à écrire à l'avocat de l'armée.

Je m'accotai au dossier de mon fauteuil.

– Eh bien ? aboya Victoria. Qu'est-ce qui se passe, ici ?

– Je ne vois pas en quoi cela vous concerne, Tante Victoria. Je ne voudrais pas être insolente ou désagréable, mais ma vie ne regarde que moi et j'en assume la responsabilité, même si je suis clouée dans ce fauteuil.

– Qu'est-ce que vous me chantez là ? riposta-t-elle. Personne n'a jamais prétendu le contraire, mais il est clair que vous n'écoutez pas les conseils qu'on vous donne. Si je le fais, ce n'est pas de mon propre chef, d'ailleurs. J'ai parlé avec des gens très au courant de la question, et ils sont tous d'accord sur un point. Dans une situation comme la vôtre, surtout quand elle est si récente, on est totalement vulnérable. Si quelqu'un comme moi ne s'interpose pas pour vous défendre, vous risquez…

– D'en souffrir ?

– Parfaitement, et de plusieurs façons que vous n'imaginez même pas.

Ma tante s'interrompit, s'approcha du bureau et croisa les bras sous sa maigre poitrine.

– Et maintenant, reprit-elle, la nuque raide et les lèvres pincées, je veux savoir avec précision jusqu'où tout ceci est allé. Avez-vous eu un intermède romanesque avec ce… ce soi-disant thérapeute ?

– Un intermède romanesque ?

– Vous savez très bien ce que je veux dire.

Nous nous dévisageâmes un court moment, pendant lequel je me demandai si j'allais rire ou lui ordonner de partir. Et subitement, ses traits s'adoucirent.

– Croyez-moi, enchaîna-t-elle d'une voix nettement plus aimable, les hommes sont d'abord et avant tout des prédateurs sexuels. Ils rôdent autour de vous et bondissent à l'improviste, au moment où vous êtes le plus faible et le plus vulnérable. Et je ne fais pas seulement allusion à votre problème, Rain. Ils s'en prennent même aux femmes les plus fortes, à celles qui ont tous leurs moyens. Ils les poursuivent de leurs assiduités, les grisent de sourires, de mots doux et de promesses et ils leur ôtent... le respect d'elles-mêmes. Ils n'ont même pas conscience de le faire, et même s'ils s'en rendaient compte, je ne crois pas que cela les toucherait beaucoup.

Je fronçai les sourcils, pas très sûre de comprendre.

– Mais de quoi parlez-vous, au juste ?

Cette nouvelle image de Tante Victoria, donnant des conseils aux femmes en mal d'amour, n'était pas facile à accepter. Elle me jeta un curieux regard, me tourna le dos et marcha jusqu'à la fenêtre.

– Je sais que vous me croyez dénuée d'expérience en la matière, Rain, mais c'est faux. Je sais garder le secret sur certaines choses, voilà tout. En fait...

Elle se retourna pour me faire face.

– ... j'ai une certaine sagesse, une sagesse féminine à partager avec vous. Ma sœur, cracha-t-elle comme si le mot lui salissait la bouche, n'a jamais daigné m'écouter quand je lui parlais de ces choses. C'était toujours elle, la femme d'expérience. Qui étais-je pour lui dire quoi que ce soit sur le sujet ? Quant à son expérience... Coucher avec un plus grand nombre d'hommes ne fait pas de vous quelqu'un de plus sage. Il faut avoir quelque chose ici, railla-t-elle en se frappant la tempe du bout de l'index, d'un coup si sec que j'en grimaçai. Il faut être capable de tirer parti de cette expérience.

« Ce qui n'a jamais été ni ne sera jamais son cas. Mais vous, oui. Je sais que vous en êtes capable,

Rain, insista-t-elle, comme si elle quémandait mon amitié. Et je peux vous donner un bon conseil que vous saurez apprécier. Les hommes...

Sa voix se chargea brusquement de colère.

– Les hommes sont des prédateurs, des chasseurs de fortune qui n'attendent que l'occasion à saisir. C'est vrai, j'en ai moi-même été victime, révéla-t-elle en fuyant mon regard.

Un silence plana, si profond et si lourd que j'entendis de l'eau couler dans un tuyau, à l'autre bout de la maison.

– Comment cela ? me décidai-je enfin à demander.

Le rire de Tante Victoria eut une résonance inquiétante.

– Il prétendait que je comptais plus qu'elle à ses yeux. Il est même allé jusqu'à... jusqu'à se conduire comme s'il avait besoin de moi, du réconfort de ma présence. J'étais désolée pour lui, je me suis donné beaucoup de mal pour lui. Qui a apporté la plus grande contribution à sa campagne électorale, d'après vous ?

– C'est de Grant que vous parlez ? m'effarai-je. Il s'est passé quelque chose entre Grant et vous ?

Ma tante ne hocha même pas la tête, mais son expression était suffisamment éloquente.

– Est-ce que ma mère est au courant ?

Elle eut à nouveau son déplaisant petit rire.

– Votre mère ne sait même pas dans quelle chambre elle se trouve. Elle n'a jamais rien su à propos de Grant et de moi. Je suis certaine qu'il a eu pas mal d'aventures.

– Comment pouvez-vous respecter un homme qui triche et trompe tout le monde, qui n'a ni honneur ni loyauté ?

– Comment pourrait-il ne pas mourir d'ennui avec une femme aussi futile ? riposta-t-elle. Il y a de quoi épuiser la patience et la loyauté de n'importe quel homme.

– Mais avec la sœur de sa propre femme, quand même !

– Je n'ai plus envie de penser à tout ça, rétorqua ma tante en guise de réponse.

Elle paraissait alarmée, à présent, son regard fuyait le mien. Disait-elle la vérité, ou donnait-elle vie à l'un de ses fantasmes en le formulant à haute voix ? Décidément, il se passait des choses bien étranges dans ma vie et autour de moi, constatai-je une fois de plus.

Soudain, ma tante parut se rappeler la raison de sa visite.

– Maintenant, écoutez-moi, reprit-elle avec force. Je veux que vous ayez un autre praticien, une personne plus âgée qui soit plus responsable. Immédiatement.

– Nous avons déjà eu cette discussion, Tante Victoria.

– Cela devient ridicule, Rain ! vociféra-t-elle.

Puis, après un bref instant de réflexion, elle changea de tactique.

– Voyons, regardez-vous dans la glace. Quel homme jeune, beau et en pleine santé s'attacherait à vous, sinon pour votre fortune ? Ne soyez pas aveugle, ni stupide !

Les larmes que je retenais me brouillèrent la vue. J'avais toujours eu ces mêmes craintes, tapies sous la surface de mes espoirs. Je n'avais pas besoin qu'on m'aide à m'en souvenir.

– Ce n'est pas votre problème, répliquai-je d'une voix mal assurée.

– Bien sûr que si, c'est mon problème. Grâce à ma mère, nous voici associées en affaires, à présent. Si vous nouez des relations avec quelqu'un, je suis moi aussi liée à cette personne.

– Ah, c'est donc ça ! Vous en revenez toujours à l'argent. Vous vous tracassez pour ce fameux état des biens que vous brandissez comme un drapeau, ces documents que vous glissez sous ma porte dans le dos de mon avocat.

– Je ne fais rien de tel, protesta Victoria. Je regrette que vous n'ayez pas signé cette procuration, c'est tout. Cela nous aurait facilité les choses, et vous aurait épargné toute une paperasserie fastidieuse. Vous savez que votre avocat est au courant de tout, qu'il a approuvé ce que j'ai fait, et tout se passe comme je l'avais prédit. J'assume mes responsabilités, heureusement pour nous deux, et vous pourriez me faire davantage confiance. La semaine dernière, tenez, j'ai fait un investissement pour nous...

– Ça ne m'intéresse pas, coupai-je abruptement. Mon avocat ne veut pas que je signe ce pouvoir.

Victoria secoua la tête avec dépit.

– Chaque fois que je commence à penser que vous me ressemblez davantage qu'à Megan, vous trouvez le moyen de me prouver le contraire. Je vous préviens, Rain. Si cet homme, ce thérapeute, vous fait des avances amoureuses, avec ou sans pouvoir je prendrai les mesures nécessaires.

– S'il vous plaît, implorai-je, les yeux à nouveau pleins de larmes. Arrêtez, je n'en peux plus.

Elle eut un signe de tête indulgent.

– D'accord, acquiesça-t-elle.

Puis elle respira profondément, haussant et abaissant tour à tour ses épaules étroites, et prit son temps pour ajouter :

– Et maintenant, j'ai une dernière nouvelle pour vous.

– Laquelle ?

– Ne prenez plus la peine de faire appeler Jake.

Cette fois, la moutarde me monta au nez.

– Quoi ! Je vous avais dit de ne pas le renvoyer. Il travaille pour moi, pas pour vous. Je vous avais dit…

– Je n'ai pas eu besoin de le renvoyer. Il est à l'hôpital, annonça-t-elle avec délectation.

– À l'hôpital ! Que lui est-il arrivé ?

– Il souffre de cirrhose du foie. C'est une maladie causée par l'abus de l'alcool.

– Je sais ce qu'est une cirrhose. Comment va-t-il ?

– Très mal, lança-t-elle en pivotant vers la porte.

Je criai derrière elle :

– Je veux le voir !

– Ne me demandez pas de vous y emmener, m'avertit-elle, avant même que j'en aie eu l'idée. Ce serait une perte de temps, ajouta-t-elle en franchissant le seuil.

Elle était déjà dehors quand elle acheva, vengeresse :

– Et je n'ai pas de temps à perdre.

Quand le bruit de ses talons ébranla le couloir, j'eus l'impression qu'ils me martelaient le cœur.

Dès que cela me fut possible, j'appelai Austin sur son portable. Il était auprès d'un patient, mais il me promit de venir aussitôt qu'il serait libre ; et aussi qu'il me conduirait à l'hôpital pour voir Jake. En l'attendant, j'essayai de joindre Jake, mais il me fut répondu qu'il n'était pas en état de se servir du téléphone.

Cette fois, c'en était trop. J'eus une crise de larmes qui semblait ne jamais devoir finir. Mme Bogart accourut aussitôt et, entre deux sanglots, je lui appris que Jake était au plus mal. Quand elle sut la cause de sa maladie, elle eut une grimace hautaine et déclara qu'elle n'en était pas surprise.

– J'ai souvent remarqué que son haleine sentait le whisky, vous savez. Comme si les gens n'avaient pas assez de problèmes comme ça, sans aller s'en fabriquer d'autres ! S'ils le font, ils n'ont que ce qu'ils méritent, voilà ce que je dis.

– Je suis sûre que Jake n'a pas envie d'être malade, m'indignai-je. Pourquoi êtes-vous si cruelle ?

Mme Bogart gonfla les joues dans une mimique offusquée.

– Je ne suis pas cruelle, mais j'ai vu ce que l'alcool pouvait faire aux gens. Mon pauvre père s'est tué dans un accident de voiture parce qu'il avait trop bu, et une pauvre femme innocente en est morte aussi, révéla-t-elle.

Sur quoi, elle tourna les talons et me laissa seule. C'est alors que je regrettai de n'avoir pas appris à conduire mon van. C'était une bonne leçon, démontrant la futilité de l'apitoiement sur soi-même. Désormais, je ne devais plus perdre une seule occasion de travailler à recouvrer mon indépendance. Je me promis de le faire, avec ou sans l'aide de Mme Bogart et de Tante Victoria.

Finalement, Austin arriva et nous nous préparâmes aussitôt à partir pour l'hôpital.

– Où emmenez-vous cette fille ? cria Mme Bogart en nous entendant traverser le hall.

Ce fut moi qui répondis.

– Je vais voir Jake, madame Bogart.

Elle jeta un regard de reproche à Austin, qui l'ignora et me roula dehors. Il m'installa dans le van, vérifia que je ne risquais rien et démarra.

– Je suis sûre qu'elle est déjà au téléphone avec Tante Victoria, soupirai-je. Ce que je déteste le plus dans ma situation, c'est que tout le monde me traite comme une enfant. Même ma femme de charge s'imagine qu'elle peut me mener à la baguette.

– Tu as raison. Le regard que les gens portent sur les handicapés les atteint dans leur image, et cela freine souvent leur réadaptation. C'est une des choses que je supporte le moins. Mais ce n'est pas tout. Plus les handicapés obtiennent de privilèges, plus on cherche à les rabaisser. Sur les parkings, par exemple, ils ont des emplacements réservés. J'ai des amis qui trouvent très drôle de les leur prendre à chaque fois qu'ils le peuvent. Nous avons souvent failli en venir aux mains, à cause de ça.

Austin était tellement pris par son sujet qu'il en devenait tout rouge. Il s'en aperçut et m'adressa un sourire d'excuse.

– Désolé. Je me laisse un peu trop impliquer dans la vie de mes patients, j'en ai peur.

– Tant que tu ne t'intéresses pas à l'une de tes patientes plus qu'à moi, ce n'est pas grave, répliquai-je.

Cette fois il rit de bon cœur.

– Aucun risque ! affirma-t-il énergiquement.

Une fois à l'hôpital, il me conduisit jusqu'au bureau d'accueil où nous demandâmes où se trouvait Jake. Quelques minutes plus tard, nous émergions de l'ascenseur au troisième étage. Tout était très calme, on était presque à la fin des heures de visite. Nous nous renseignâmes auprès d'une infirmière de garde.

– Je me demandais où était sa famille, nous dit-elle avant de nous indiquer sa chambre. Il a perdu conscience plusieurs fois, et demandé souvent sa fille. Le Dr Hamman est auprès de lui en ce moment, il voudra sûrement vous parler.

Austin était sur le point de répondre que je n'étais pas la fille de Jake, mais je posai vivement la main sur la sienne. Il comprit que je préférais m'en tenir à cette version.

Nous étions tout près de la chambre de Jake quand le Dr Hamman en sortit, accompagné d'une autre infirmière.

– Il vaut mieux l'emmener aux soins intensifs, lui dit-il.

Elle hocha la tête, nous aperçut et toucha le bras du médecin. Il se retourna.

– Ah ! fit-il en haussant le sourcil. Êtes-vous des parents de M. Marvin ?

– Oui, répondis-je.

Il hocha plusieurs fois la tête, le regard soucieux.

– J'ai peur que sa maladie de foie n'ait atteint un stade critique. Les reins sont maintenant touchés, eux aussi, et ne remplissent plus leurs fonctions.

Ma voix se fêla quand je demandai :

– Comment cela a-t-il pu se produire si vite ?

– Si vite ? Oh, mais ce n'est pas arrivé si rapidement ! M. Marvin est traité pour sa cirrhose depuis déjà un certain temps. Il a été fréquemment mis en garde contre les dangers de sa consommation d'alcool. Pour des raisons inconnues, cette consommation a récemment augmenté dans des proportions dramatiques, ce qui a entraîné des complications graves. Le mal peut évoluer très discrètement, à bas bruit comme nous disons. Quelquefois il est découvert, et quelquefois non. Tous les cas sont différents.

« Je suis désolé, s'excusa-t-il. Je dois le faire transférer en soins intensifs. À moins de pouvoir lui greffer un rein, il va devoir être dialysé immédiatement, faute de quoi...

Le médecin laissa sa phrase en suspens. Il attendit, au cas où j'aurais d'autres questions à poser, mais j'étais incapable de parler. Il le comprit, inclina la tête et s'éloigna dans le couloir. Austin pressa ma main dans la sienne, puis je me propulsai moi-même vers la chambre de Jake. Il paraissait inconscient.

Mais dès que j'arrivai près de son lit, il se retourna et me sourit.

– Salut, princesse… Qu'est-ce que vous faites ici ?

– Oh, Jake ! C'est plutôt à moi de vous demander ce que vous faites ici, non ? Je viens de parler avec le médecin. Vous saviez que vous étiez malade, et vous avez continué à boire.

– Ces docteurs… souffla-t-il en grimaçant. Je vais me remettre, ne vous en faites pas. En un rien de temps je serai sorti d'ici. Au fait, comment êtes-vous venue ?

– Austin m'a conduite dans le van.

– Ah ! Il vaudrait mieux apprendre à conduire vous-même, observa-t-il d'une voix étouffée.

– J'apprendrai. Austin va commencer tout de suite à me donner des leçons, affirmai-je en me tournant vers lui.

Il fit signe qu'il était d'accord.

– Bien sûr.

– À la bonne heure ! approuva Jake, comme si c'était la dernière chose dont il tenait à s'assurer avant de quitter ce monde.

Après quoi, il ferma les yeux et sombra instantanément dans un profond sommeil, qui ressemblait à un coma. J'attendis, pour voir s'il allait se réveiller. Mais il dormait toujours quand les brancardiers vinrent le chercher, pour le transporter à l'unité de soins intensifs. Austin et moi restâmes pendant qu'on le préparait, puis on l'emmena sur un chariot.

Je levai les yeux sur Austin.

– Tu te demandes toujours pourquoi je pense que le malheur s'acharne sur ceux qui m'aiment ?

– Ah non, Rain ! m'arrêta-t-il. Ne commence pas à te faire des reproches, tu n'es pas responsable de ce qui lui arrive. Tu as entendu le médecin. Jake savait qu'il ne devait pas boire, et pourtant il a continué.

– Ramène-moi à la maison, Austin. Ramène-moi vite et laisse-moi là-bas.

Sur le chemin du retour, je parlai de Jake à Austin. Je lui dis presque tout ce que je savais de ses rapports avec Grand-mère Hudson, et de ce que j'avais cru en deviner. Je lui racontai comment, dès le début, il avait été mon meilleur ami.

– Je sais qu'il se sent coupable de ce qui m'est arrivé, Austin. Je sais que c'est ce qui l'a poussé à boire encore plus. Tu ne comprends pas ? C'est pour ça que je dis que tous ceux qui s'intéressent à moi le paient par des souffrances.

« Tante Victoria est dans le vrai, même si c'est pour de mauvaises raisons. Il ne faut pas que tu restes, Austin. Ne reviens pas, je t'en supplie. Il vaut mieux que tu m'oublies. Je trouverai un autre thérapeute.

Nous étions arrivés devant la maison et il coupa le contact.

– Arrête de débiter ces sottises, tu veux ?

Je fondis en larmes. Sur quoi il m'empoigna les épaules et me secoua, bien plus rudement que je n'aurais pu m'y attendre.

– Assez pleuré, Rain ! Reprends-toi tout de suite, et cesse de t'apitoyer sur toi-même. Je ne te le permettrai pas. Je sais que tu peux retrouver une vie qui vaille la peine, intéressante, productive, et c'est le but que je me suis fixé. Alors ôte-toi ces sornettes de la tête, ordonna-t-il. Demain nous commencerons tes leçons de conduite, mais pour l'instant, tu vas rentrer te mettre à l'aise et te reposer, bien tranquillement.

Là-dessus, il descendit et m'aida à sortir du van, puis me roula jusque dans la maison. Mme Bogart était invisible. Ou elle était sortie, pour une raison quelconque, ou elle s'était retirée chez elle. Je ne l'appelai pas. Austin me ramena dans ma chambre et ferma la porte derrière nous. Je restai affalée sur mon siège, engourdie, impuissante. Il m'embrassa sur la joue, puis entreprit de me déshabiller et de me mettre au lit. Je me laissai entièrement faire. Pour une fois, je trouvais agréable cette impression de dépendance, et j'y pris plaisir. Quand il m'eut allongée sur le drap, il remonta soigneusement la couverture sous mon menton et m'embrassa. Et ce fut comme si j'étais redevenue petite fille et me retrouvais chez nous, aux Cités. Comme si Mama était là et me bordait, en me souhaitant de beaux rêves.

Austin ne me quitta pas. Il s'assit à mon chevet, pour me regarder dormir. Un peu plus tard, je l'entendis se lever et passer dans la salle de bains, mais je n'ouvris pas les yeux. Je somnolai, m'éveillai, retombai dans le sommeil pour m'éveiller encore. Et chaque fois, il était assis là, veillant sur moi. Finalement, je me décidai à consulter le réveil : il était deux heures du matin.

– Pourquoi ne rentres-tu pas chez toi, Austin ?

– Je suis très bien là, je t'assure.

– Tu ne peux pas être bien comme ça, insistai-je. Si tu t'obstines à vouloir passer la nuit ici, viens dans mon lit.

Dans la pénombre éclairée de lune, je le vis sourire.

– D'accord, si tu y tiens.

Il se leva, se dévêtit, se glissa près de moi. Je me tournai vers lui et nous nous étreignîmes. Blottie dans ses bras, je me sentis à nouveau en sécurité, protégée, heureuse. Il m'embrassa légèrement sur les lèvres et, tous les deux, nous glissâmes doucement dans le sommeil.

Je m'éveillai en sursaut, quand la porte s'ouvrit et que l'air déplacé me frôla le visage. Austin dormait toujours.

– Eh bien, c'est du joli ! s'exclama bruyamment Mme Bogart, les poings sur les hanches. Ah oui, c'est du joli !

Austin ouvrit les yeux, me regarda, puis tendit le cou et la vit. Avec un grognement, il laissa retomber la tête sur l'oreiller.

– Fermez cette porte, madame Bogart, ordonnai-je. Et ne vous avisez plus jamais d'entrer dans ma chambre à l'improviste. Jamais.

– Pas besoin de vous tracasser pour ça, par exemple ! Si vous croyez que je tiens à voir cette honte et à m'entendre parler sur ce ton !

Là-dessus, elle s'en fut en claquant la porte.

– Oh, oh, fit Austin. Ça sent le roussi.

– Ne t'inquiète pas. Le personnel défilait à une vitesse record, chez ma grand-mère. Elle était connue pour ça. Je ne fais que suivre la tradition, après tout.

Cette façon de voir les choses le fit rire de bon cœur.

Mme Bogart ne partit pas tout de suite, mais elle fit part de ses intentions à Tante Victoria, qui sauta sur l'occasion. J'eus droit à l'un de ses sermons favoris sur les dangers de nouer des relations avec la gent masculine. Je l'écoutai encore plus distraitement que d'habitude. Quand elle se lamenta sur la difficulté de trouver quelqu'un d'aussi qualifié que Mme Bogart, je lui dis de ne pas se tracasser pour cela. Je trouverais une remplaçante moi-même.

– C'est complètement ridicule ! s'écria-t-elle en prenant la porte.

Elle quitta la maison sans attendre, en grommelant à mi-voix que tout cela ne pouvait pas tomber à un pire moment. Et qu'elle avait bien trop à faire pour servir de baby-sitter à une invalide sans cervelle.

Pendant les deux semaines suivantes, Austin poursuivit mon programme et passa souvent la nuit avec moi. Nous ne perdions aucune occasion d'aller à l'hôpital pour voir Jake. Parfois il était conscient de notre présence, et parfois non. Il lui arrivait aussi de tenir des discours apparemment incohérents, qui semblaient totalement décousus aux autres. Mais pas à moi. Je devinais que ses propos étaient une sorte de pot-pourri. La trame de secrets dont était tissé le cocon qui, à la fin de sa vie, s'était refermé sur lui.

Austin m'apprenait à conduire le van, en même temps qu'il élargissait mon programme. Il y introduisit d'autres activités quotidiennes, toutes destinées à consolider mon indépendance qui ne cessait de s'étendre. J'avais un trac terrible la première fois que j'utilisai le van toute seule, mais il était si bien équipé que je m'en tirai sans encombre. J'allai même au supermarché faire des achats. Ce soir-là, je donnai quartier libre à Mme Bogart et fis la cuisine pour Austin et moi.

Il s'extasia tellement sur le dîner que je l'accusai d'exagérer, mais il jura que tout était vraiment délicieux. Quand je protestai, il posa sa fourchette et me jeta un regard de reproche.

– Avant ton accident, est-ce que tu faisais bien la cuisine, Rain ?

– C'est ce qu'on m'a souvent dit, en tout cas.

– Et tu cuisinais avec tes pieds ?

– Non, répondis-je en riant.

Il arbora un petit air triomphant.

– Alors en quoi cet accident aurait-il pu diminuer tes talents de cuisinière ? Tu peux me le dire ?

– En rien, je suppose, fus-je obligée d'admettre.

– Quand je te complimenterai sur ton jogging, tu pourras douter de ma parole, d'accord ? Jusque-là, j'exige que ma sincérité ne soit pas mise en question.

Cette fois encore, j'éclatai de rire. Je me sentais si bien avec lui ! Merveilleusement bien.

Il but un dernier verre à ma santé, puis se leva et vint m'embrasser.

– Laissons la vaisselle pour Mme Bogart, me chuchota-t-il à l'oreille. C'est le moins qu'elle puisse faire.

Je me retournai et lui souris.

– Ah bon ? Et nous, que ferons-nous ?

Ses yeux répondirent pour lui, et les miens lui parlèrent tout aussi clairement. Il éloigna mon fauteuil de la table, me souleva dans ses bras et me porta jusqu'au lit où nous fîmes l'amour, avec plus d'ardeur et de tendresse que jamais auparavant.

Après cela, j'éprouvai une sensation de plénitude et de bonheur intense, presque irréelle. Et je fis des vœux pour que ce ne fût pas un rêve, un de ces rêves nés du désir qui se flétrissent comme des feuilles mortes, se dessèchent, et finissent par tomber en poussière.

Je pouvais être heureuse. À nouveau heureuse, me répétais-je. Oui, je le pouvais.

Nous étions presque endormis quand le téléphone sonna. Instantanément, mon cœur devina ce que mon cerveau ne savait pas encore. Le Dr Hamman appelait pour m'exprimer ses regrets.

– M. Marvin est décédé, dit-il simplement.

Austin me serra contre lui tandis que je pleurais pour Jake. Puis je repris mon souffle, essuyai mes larmes et me tournai vers lui.

– La personne qui aurait dû recevoir cet appel ne soupçonne même pas pourquoi elle aurait dû être prévenue, Austin. C'est presque aussi terrible que ce qui est arrivé à Jake. Sa fille n'était pas auprès de lui.

– Tu y étais, Rain. Et Jake t'aimait comme sa fille.

– Je vais m'occuper de lui, dis-je avec ferveur. Il aura des funérailles décentes : j'y veillerai.

Appuyée contre Austin, la tête sur sa poitrine, j'accueillis les souvenirs de Jake qui me revenaient en foule. Son sourire, son rire, ses encouragements, et jusqu'à l'expression de tristesse qu'il avait eue, en m'accompagnant à l'aéroport quand j'étais partie pour Londres. J'exhalai un long soupir mélancolique.

– C'est si important, Austin, si important d'avoir quelqu'un qui a les larmes aux yeux en vous disant au revoir.

– Cela ne risque pas de m'arriver, rétorqua-t-il. Je ne te dirai jamais au revoir.

J'adressai au ciel une prière silencieuse. S'il vous plaît, implorai-je, faites que jamais ces mots ne se fanent, pareils aux feuilles mortes qui se flétrissent, se dessèchent, et finissent par tomber en poussière.

12

Reflets dans un miroir brisé

Aidée par Austin, je pris les dispositions nécessaires pour les funérailles de Jake. Il devait être enterré dans la concession de sa famille, dans le même cimetière que Grand-mère Hudson. Mme Bogart partit la veille des obsèques. Je vis bien qu'elle se sentait un peu coupable de me quitter. Quand elle vint me dire au revoir ce jour-là, juste après le petit déjeuner, elle osait à peine affronter mon regard. Elle garda presque tout le temps les yeux baissés.

– Je suis désolée pour la mort de cet homme et le chagrin que ça vous cause, commença-t-elle en fixant le sol à ses pieds. En plus du reste.

– Il s'appelait Jake, madame Bogart. Pas « cet homme ».

Elle releva vivement la tête et raidit la nuque.

– Admettons, mais je n'aime pas voir le malheur frapper quelqu'un, même s'il l'a bien cherché. Je serais bien restée encore un moment, pour vous aider dans cette mauvaise passe…

Elle s'interrompit, comme si sa colère et son ego luttaient avec sa conscience, qui refusait de se laisser oublier. Puis elle acheva rapidement :

– Mais j'ai une nouvelle place chez quelqu'un qui a

encore plus besoin de moi, et j'ai promis de me présenter cet après-midi.

– Ne manquez pas à votre parole, surtout.

– Ce n'est pas bien de ne pas écouter votre tante, me reprocha-t-elle. Victoria est une femme pleine de bon sens. Vous risquez d'avoir des problèmes si vous ne l'écoutez pas.

– Encore plus de problèmes, c'est ça que vous voulez dire ? J'en ai déjà pas mal comme ça !

Je l'avais froissée, je le vis à sa mimique réprobatrice. Quand elle pinçait les lèvres et gonflait les joues de cette manière, on ne lui voyait presque plus les yeux.

– J'ai fait le ménage et je vous laisse une quantité de provisions. Vous feriez bien de trouver quelqu'un très vite.

– Merci, madame Bogart. Mais je crois que je m'en tirerai, même sans vous remplacer.

– Ça, ça m'étonnerait, bougonna-t-elle.

Elle amorça un mouvement de retraite, mais je fis pivoter mon fauteuil dans sa direction. Ce geste brusque la fit tressaillir.

– Madame Bogart, vous êtes une assistante très compétente, et je suis sûre que votre aide sera précieuse à votre prochain patient. Mais les personnes handicapées, comme moi-même, n'ont pas seulement besoin de nourriture et de confort matériel.

« J'espère que, dans votre prochain poste, vous saurez le comprendre. Et que vous ne jugerez pas votre patient avec une telle rigueur, simplement parce que vous pouvez marcher.

Cette fois-ci, elle affronta mon regard. Et dans le sien, je lus de l'étonnement mais aussi une certaine admiration.

– D'où tirez-vous cette obstination et cette persévérance, même dans votre état ?

Je souris malgré moi.

– Ma mama n'a jamais regardé qui que ce soit de haut, madame Bogart. Même l'être le plus humble ou le plus défavorisé.

Elle roula des épaules, tel un gros oiseau gonflant ses plumes, empoigna ses bagages et sortit d'un pas pressé. La porte d'entrée claqua derrière elle. Et l'écho de ce bruit se répercuta dans le hall, pour aller mourir dans les recoins de la maison. Je respirai longuement, fermai les yeux et réfléchis sur mon sort. Oui, tout irait bien pour moi, j'en étais sûre. J'étais capable de subvenir à tous mes besoins.

Austin savait que Mme Bogart me quittait. Il téléphona pour avoir de mes nouvelles. Je lui dis que j'allais très bien, et il promit de venir dès qu'il aurait terminé son travail. Je consacrai presque toute ma journée à revoir la disposition des lieux, de façon à faciliter tous mes déplacements, et fis l'inventaire complet des provisions. Puis, comme l'après-midi était particulièrement beau et chaud, je roulai jusqu'à la terrasse qui donnait derrière la maison. Tout en sirotant une citronnade bien fraîche, j'observai le manège des oiseaux dans les arbres. Ils étaient si actifs, si occupés à préparer la saison nouvelle. Mama disait toujours qu'ils n'étaient bons qu'à cancaner, perchés toute la journée sur les fils téléphoniques à écouter les conversations. Je me surpris à rire toute seule en nous revoyant devant la fenêtre, toutes les deux, en train de regarder dans la rue.

Et je m'avisai, non sans surprise, que je n'étais jamais venue ici pour observer les oiseaux, admirer leur grâce et leur beauté. Ils étaient beaucoup plus nombreux que chez nous, en ville. Je découvris aussi que le mouvement était une part essentielle de leur être. Un oiseau qui devenait incapable de voler n'était plus un oiseau, méditai-je. C'était quelque chose d'autre. Quelque chose d'amoindri, de bien inférieur à lui-même.

Et moi ? Étais-je une autre ? Quelqu'un de très amoindri ? Tante Victoria et Mme Bogart avaient-elles raison de penser que je ne pourrais plus jamais agir par moi-même ? Que je n'aurais plus de réelle autonomie, simplement à cause de ma mobilité réduite ? Je refusais de le croire, désormais. Grâce à Austin, j'avais repris confiance en moi. Je pouvais écrire, cuisiner, décider, tenir la maison et assumer seule mes besoins essentiels. Je pouvais conduire et me rendre pratiquement n'importe où. Et par-dessus tout, je pouvais aimer, et être aimée.

Non, elles étaient dans l'erreur. En fait, à présent que Mme Bogart était partie, je retrouvais un véritable bien-être. Je me sentais responsable de moi-même et cela me restituait ma dignité, mon identité. Et que les autres aillent au diable, pensai-je avec défi. Bon débarras ! Je vais à nouveau me sentir pareille aux oiseaux, libre, à l'aise, heureuse.

Quand j'entendis une voiture freiner devant le perron, puis quelqu'un entrer, je crus que c'était Austin et je me hâtai de rentrer pour l'accueillir, mais c'était Tante Victoria. Elle avait l'air égarée, sa coiffure était dérangée, son tailleur froissé. Elle m'avait appelée, puis cherchée dans différentes pièces, quand elle me vit venir du fond de la maison. Elle se figea sur place et attendit, la mine stupéfaite.

– Qu'est-ce qu'il vous prend ? attaqua-t-elle. Pourquoi êtes-vous dehors toute seule ?

– Je prenais un peu l'air, c'est tout.

Elle déglutit comme si ma réponse était difficile à avaler, puis fronça les sourcils.

– Vous êtes contente, maintenant ? Mme Bogart est partie. Qui a eu cette idée, au fait ? Lui, n'est-ce pas ? Ce thérapeute vous voulait seule ici, c'est ça ? Cela fait partie de son plan.

– Non. Elle a elle-même décidé de partir, Tante Victoria, répliquai-je calmement. Vous le savez très bien.

– On a tout fait pour qu'elle s'en aille, voilà ce que je sais. Parfait, parfait, marmonna-t-elle à mi-voix.

Elle regarda autour d'elle en roulant des yeux d'un air agité tout à fait bizarre, puis se détourna de moi.

– Enfin, je ne vais pas m'attarder là-dessus, dit-elle en pressant la main sur son cœur comme si elle avait mal.

Puis elle parut chercher son souffle, et ses frêles épaules se soulevèrent et s'abaissèrent de façon convulsive.

– Quelque chose qui ne va pas, Tante Victoria ? m'inquiétai-je. Vous ne vous sentez pas bien ?

Elle pivota et fonça sur moi comme si elle s'apprêtait à me cracher dessus, puis s'arrêta net. Un sourire froid étira ses lèvres, son teint blêmit, ses yeux parurent lui sortir de la tête.

– Elle rentre aujourd'hui. Les médecins la prétendent assez remise pour ça et Grant l'accueille à bras ouverts. À bras ouverts, après tout ce qui s'est passé ! siffla-t-elle avec rage. Ils affirment que sa dépression a suffisamment régressé pour qu'elle reprenne une vie normale. Une vie normale, vous vous rendez compte ? Quelles sornettes ! Elle ne sait pas ce que c'est. Ah, elle a bien manigancé son plan ! Comment peut-il vouloir la reprendre ? Vous voyez, maintenant, ce que je vous disais des hommes ? Vous voyez combien j'avais raison ?

« Ils partent en vacances ! poursuivit-elle avec un petit rire étrange, qui me fit penser à du verre qui tinte. Un repos bien mérité, comme il dit. Mais en quoi l'a-t-elle mérité, je vous le demande ?

– Elle a perdu son fils, Tante Victoria. Elle a terriblement souffert. Et peu importe ce que vous pensez d'elle, c'est quand même votre sœur. Comment pouvez-vous être aussi dure envers elle ?

– Quoi ? C'est vous qui demandez ça ? cracha-t-elle en pointant vers moi un index accusateur. Vous dont elle a abusé plus que de n'importe qui au monde, vous voulez savoir ce qui me rend si dure ?

– Je ne veux pas entretenir de colère, ni de rancœur ni de haine envers qui que ce soit, Tante Victoria. Si vous avez cru que je deviendrais votre alliée contre ma mère, vous vous êtes trompée. Je veux vivre ma vie, et tirer le meilleur parti possible de ce que j'ai. La haine, le désir de vengeance, tout cela ne peut que vous ronger, vous détruire de l'intérieur. Jusqu'à ce que vous deveniez étrangère à vous-même, et que personne ne puisse plus vous aimer.

Elle retira sa main et la secoua, comme si elle jetait loin derrière elle un fruit pourri.

– Voyez-vous ça ! Quelle sagesse chez une adolescente en fauteuil roulant.

– Je ne suis pas une adolescente en fauteuil, ripostai-je. Merci beaucoup. Je suis une jeune femme handicapée qui se débrouille très bien dans la vie.

– Très bien, c'est ça, ma petite Megan. Cache-toi la tête dans le sable, mets des lunettes roses, bouche-toi les yeux et les oreilles pour ignorer tous les désagréments ; glousse comme une idiote à table, et promène-toi partout avec des œillères. Pour moi…

Tante Victoria me toisa d'un œil méprisant.

– Vous n'êtes plus que ma sœur dans un fauteuil roulant, et voilà tout. Je ne peux pas vous regarder sans voir son visage.

– Pensez ce que vous voulez, soupirai-je avec lassitude. Je suis fatiguée de me battre avec vous, comme avec n'importe qui d'autre.

Elle détourna les yeux, puis les ramena sur moi et cette fois j'y reconnus quelque chose de familier : son expression de femme d'affaires.

– Vous avez payé les funérailles de Jake, si je comprends bien.

– En effet. J'ai appelé votre bureau et laissé des informations détaillées à votre intention. Le service religieux aura lieu demain matin à dix heures.

– J'ai un rendez-vous d'affaires très important, s'empressa-t-elle de répondre. Je ne pourrai pas y assister.

– Vous devez y assister, Tante Victoria.

– Quoi ? Je suis tenue d'assister à l'enterrement du chauffeur de ma mère, au lieu de me rendre à une réunion de travail ? Certainement pas ! lança-t-elle avec un rire insultant.

Elle tournait les talons pour s'en aller, mais je ne pouvais pas la laisser ainsi rabaisser Jake. Cela m'était intolérable.

– Attendez ! la rappelai-je. Il n'est pas seulement le chauffeur de votre mère.

Elle s'arrêta et me dévisagea d'un air excédé.

– Quoi encore ? J'ai des coups de fil à donner, figurez-vous, et j'ai déjà perdu assez de temps aujourd'hui.

– Jake… n'était pas seulement le chauffeur de votre mère, annonçai-je avec gravité. Jake était votre père.

Pendant quelques instants, elle fut comme incapable de parler. Puis elle s'avança sur moi, et fit entendre à nouveau son vilain petit rire.

– Êtes-vous devenue folle ? Serait-ce votre infirmité qui provoque chez vous ces divagations grotesques ? Mon père, Jake ? Le chauffeur de la famille ?

– C'est lui-même qui me l'a dit. Grand-mère Hudson et lui s'aimaient profondément, et elle est tombée enceinte de vous. C'est pour cela que M. Hudson, l'homme que vous preniez pour votre père, vous traitait différemment, Megan et vous. Il savait.

Son sourire glacé fit place à une grimace de rage et de haine effrayante, telle que je ne lui en avais jamais connu. Cette expression venimeuse révélait une animosité ancienne, qui devait remonter à sa plus tendre enfance. Quand elle se rapprocha de moi, ce fut comme si une ombre tombait sur elle, de plus en plus épaisse à chaque pas. Elle paraissait grandir, ses épaules se soulevaient. Quand elle fut tout près, me dominant de toute sa hauteur, j'eus l'impression de voir l'Ange de la Mort prêt à se jeter sur moi.

– Comment osez-vous déformer les choses que je vous ai dites en confidence ? Comment osez-vous inventer une histoire aussi ridicule, aussi honteuse, aussi répugnante ? Est-ce pour couvrir votre propre culpabilité ? Espérez-vous, en agissant ainsi, détourner le blâme sur quelqu'un d'autre ?

– Non, bien sûr que non, protestai-je avec conviction. Je ne fais que vous répéter ce que Jake m'a dit, et ce qu'on aurait dû vous dire depuis des années. Il était fier de vous, Tante Victoria. Il parlait souvent de votre force de caractère, de votre réussite et…

– Assez ! glapit-elle en plaquant les mains sur ses oreilles, si violemment qu'elle dut se faire mal. Je n'écouterai pas un mot de plus. Si vous osez ne fût-ce que suggérer une pareille chose devant témoins, je…

Son regard me transperça comme un couteau, elle cracha la fin de sa phrase comme une giclée d'acide.

– Je ferai en sorte que votre vie d'invalide en fauteuil vous paraisse enviable, à côté de ce qui suivra !

– Peu m'importe que vous me croyiez ou non, répondis-je sans m'émouvoir. Mais vous devriez assister aux funérailles.

Pendant quelques secondes, elle ne fit que ruminer sa fureur. Puis elle laissa lentement retomber ses mains et hocha la tête d'un air entendu.

– Toute cette révolte, toutes ces insanités, c'est de lui que ça vient. De ce coureur de dot ! Je vais m'occuper de ça, déclara-t-elle en tournant les talons.

– Austin n'a rien à voir avec ça ! Et n'essayez surtout pas de lui faire le moindre tort, criai-je derrière son dos. Je ne vous laisserai pas faire, je vous préviens.

Elle ne se retourna même pas.

– Tante Victoria, je vous aurai prévenue ! Tante Victoria ! m'époumonai-je.

En pure perte. Elle s'éloigna de son pas martial et claqua la porte d'entrée derrière elle, me laissant toute tremblante dans mon fauteuil.

Il n'y eut pas beaucoup de monde à l'enterrement de Jake. À part les quelques relations qu'il avait nouées à la taverne du coin, et quelques vieux amis qui l'avaient connu avant même qu'il s'engage dans la Marine, nous n'étions que trois. Austin, moi-même et Mick Nelsen, l'entraîneur qui m'avait aidée à apprivoiser Rain. Au cimetière, Mick me dit combien Jake aimait lui parler de moi, combien il m'avait aimée et admirée.

– Je l'ai souvent taquiné à ce sujet, me confia-t-il. Je lui demandais : « Vous êtes sûr que ce n'est pas votre fille, Jake ? » Il répondait que non, mais que vous étiez comme une fille, pour lui, à peu de chose près. Il adorait votre façon de monter cette pouliche, et la façon dont elle vous avait adoptée.

Je voulus savoir avec précision où se trouvait Rain, et il m'assura qu'elle était en bonnes mains. J'admis volontiers que je songeais à la possibilité d'aller lui rendre visite. Mick me promit que, lorsque j'y serais disposée, il ferait son possible pour me faciliter les choses. Il était à nos côtés pendant l'allocution du prêtre, puis lorsque le cercueil de Jake fut mis en terre. Ensuite, Austin m'emmena jusqu'à la tombe de Grand-mère Hudson, devant laquelle je me recueillis un moment. Il m'attendit près du van, pour respecter ma solitude. Mais il accourut dès qu'il vit mes épaules se soulever, secouées de sanglots.

– Il est temps de rentrer, Rain, dit-il en me tendant son mouchoir.

Je m'essuyai les yeux, lui donnai mon accord d'un signe et me renversai en arrière, le laissant me ramener jusqu'au van et m'y installer. Peu de temps après, nous étions de retour à la maison. Mme Bogart n'était plus là, je ne l'avais pas encore remplacée. Le hall et les grandes pièces qui y donnaient ne m'en parurent que plus vides et plus sombres. Austin s'en aperçut, et suggéra que nous allions dîner dehors.

– Nous ne l'avons encore jamais fait, Rain. Pourquoi ne pas t'habiller pour sortir ? Pendant ce temps-là, j'irais mettre une veste et une cravate, et nous irions dans un endroit sympa que je connais. C'est charmant, avec une terrasse au-dessus de l'eau. Alors, qu'est-ce que tu en dis ?

– Que c'est tentant, admis-je en souriant.

– As-tu besoin d'aide pour te préparer ?

– Non, répliquai-je avec détermination. Ce soir, je veux me débrouiller toute seule.

– C'est bien ce que je pensais. Je reviens dans deux heures, ça ira ?

– Tout à fait, affirmai-je.

Satisfait de ma réponse, il m'embrassa et me quitta.

Refusant toute faiblesse, je retournai vers ma chambre à seule fin de me prouver que j'étais forte, que je saurais surmonter ma tristesse. Pour commencer, je choisis une de mes plus jolies robes, et une chose me frappa. Je ne m'étais plus jamais habillée, depuis mon accident. Je ne me souciais plus de mon apparence, d'être ou ne pas être à mon avantage. Cela va changer, décidai-je. Dire que Grand-mère Hudson m'a laissé tout cet argent et que je n'ai pas encore dépensé un sou, sauf pour ce qui concerne mes soins médicaux. Même si j'étais en fauteuil, les gens voyaient toujours mes pieds. Il était important de porter de jolies chaussures, et aussi d'être bien coiffée.

Devant mon miroir, je me promis de changer d'apparence. La personne d'aspect maladif, faible et pitoyable qui me faisait face allait disparaître, et faire place à une fille rayonnante, vibrante de vie et d'espoir. Je pouvais être à nouveau jolie. Austin ne disait pas seulement cela par gentillesse, il le pensait, je le lisais dans ses yeux. Je le sentais à la façon dont il m'observait, quand il croyait que je ne le voyais pas. Il m'aimait tendrement. J'avais perdu la faculté de marcher, mais j'étais toujours capable de plaire.

Je reconnais que je n'étais pas très rassurée à l'idée de prendre un bain toute seule. J'avais fait à peu près tout le reste par moi-même, mais Mme Bogart avait toujours été présente quand je prenais mon bain. J'ouvris les robinets, préparai mes vêtements et me déshabillai, puis exécutai un transfert de mon fauteuil à la baignoire. Mais une fois dans l'eau, j'eus subitement très peur de ne pas pouvoir sortir de là toute seule. Du coup, il me devint impossible de profiter de mon bain. J'éprouvai le besoin immédiat d'en sortir, juste pour m'assurer que j'en étais capable. Et si j'étais encore en train de barboter quand Austin arriverait ? Quelle situation épouvantable ce serait !

Dans ma panique et ma hâte à sortir de l'eau, mon bras heurta la céramique, si rudement que j'en eus le souffle coupé. Je fondis en larmes. Mais je me maîtrisai très vite, et repris mes efforts avec plus de méthode. Quelques instants plus tard, j'étais assise sur le rebord de la baignoire et me séchais avec soin. Cela fait, je regagnai mon fauteuil et me propulsai jusqu'à ma chambre. Mon bras était douloureux, il me fallut trois fois plus de temps que prévu pour m'habiller. Mais au moins, j'en vins à bout. Toutefois, quand je consultai mon miroir, ce fut pour découvrir que ma robe était toute de travers et chiffonnée. Je fis de mon mieux pour la redresser et la lisser, puis je m'attaquai à l'épreuve suivante : me chausser. Quand j'en arrivai enfin à ma coiffure, j'étais à bout de force.

Un bruit provenant de la salle de bains me fit sursauter. Horrifiée, je vis que j'avais mal fermé le robinet : la baignoire commençait à déborder.

– Oh, non ! m'écriai-je, en roulant le plus vite que je pouvais vers la flaque en formation.

Lorsque j'y arrivai, c'était déjà une mare et je me débattis pour y faire pivoter mon fauteuil. Je tendis le bras vers le robinet. Mais quand je parvins à le fermer à fond, j'agis avec trop de hâte et je glissai. Avant d'avoir pu tenter quoi que ce soit, je me retrouvai dans la flaque, avec ma robe toute trempée.

Je poussai un cri de rage et martelai du poing le côté de la baignoire, jusqu'à ce que la main droite me fasse mal. Puis je me calmai, repris mon souffle et me hissai dans mon fauteuil. Les roues tracèrent un double sillon mouillé jusqu'à ma chambre. Pendant un bon moment je restai immobile devant le miroir, contemplant sombrement mon image, mes cheveux en broussaille et ma robe gâchée. Exténuée, souffrant de partout, dégoûtée de moi-même, je laissai retomber mes bras, renversai la tête et sentis monter en moi une vague nauséeuse. Cela ne me donna pas envie de pleurer, cette fois : cela me plongea dans une fureur noire. Je fondis sur mes cosmétiques et envoyai promener flacons et tubes dans toutes les directions. Le dessus de ma coiffeuse fut balayé d'un geste. Sur quoi, dans un accès de rage encore plus violent, je lançai ma brosse sur le miroir dont la glace trembla sous le choc et se fendit du haut en bas. Puis je m'affalai sur moi-même, tête en avant, et restai là comme un vulgaire sac de pommes de terre.

Je n'entendis pas résonner le carillon du hall. Finalement, Austin qui avait sonné tant et plus fit le tour de la maison, regarda par ma fenêtre, m'aperçut et cogna au carreau. Voyant que je ne réagissais pas, il souleva le panneau et grimpa dans la chambre.

– Rain, Rain, appela-t-il en me secouant par les épaules. Que s'est-il passé, ici ? Qu'est-ce qui ne va pas ?

Malgré ce réveil un peu brusque, je ne retrouvai pas immédiatement la mémoire et, pendant quelques secondes, je fus aussi effarée que lui. Une couche de talc parfumé recouvrait l'équipement médical et le plancher. Une bouteille d'eau de Cologne s'était fracassée, répandant son contenu sur le mur. Tout ce qui avait été posé sur la coiffeuse était en miettes, et bien sûr le miroir était fendu.

– Je me débrouillais si bien, balbutiai-je, les lèvres tremblantes. J'ai réussi à entrer dans la baignoire et à en sortir seule, à m'habiller, j'étais en train de me coiffer mais… j'avais laissé le robinet ouvert.

– Quoi ! (Austin se retourna vivement et vit la flaque.) Oh, bon sang !

Il courut à la salle de bains, y jeta un coup d'œil et annonça :

– Le robinet est fermé.

– Je sais. C'est moi qui l'ai fermé. Seulement je suis tombée du fauteuil et j'ai mouillé ma robe et… et tout ça !

Je pleurais à chaudes larmes, à présent, sans pouvoir m'arrêter. Austin tenta de m'apaiser, en riant et en prétendant que tout ça était sans importance.

– Eh bien dis donc ! Maintenant, je sais que j'ai intérêt à ne pas te mettre en colère. Si c'est ça que tu fais à une robe mouillée, qui sait ce que tu me ferais ?

Je souris à travers mes larmes, et il en chassa quelques-unes de mes joues avec des baisers.

– Nous aurons nettoyé tout ça en quelques minutes, affirma-t-il, en commençant à ramasser les objets que j'avais lancés dans tous les coins. Tu vas changer de robe, te brosser les cheveux et nous sortirons, d'accord ?

– Je ne peux pas me montrer en public, Austin. Tu as vu la tête que j'ai ? Je te ferais honte.

– Ça m'étonnerait, dit-il calmement. Allez, choisis quelque chose d'autre pendant que je répare les dégâts. Je vais donner un coup de serpillière dans la salle de bains.

Il me quitta pour aller chercher une serpillière et un seau, et je me regardai dans le miroir brisé. Voilà, c'est vraiment moi, soupirai-je. Cette image dans la glace est bien la mienne. Moi aussi je suis coupée en deux, par une fissure aussi profonde et aussi longue que celle-là. J'aurai beau faire semblant de l'ignorer, c'est la vérité. Voilà ce que je suis.

Pour ne pas décevoir Austin, qui se donnait tant de mal pour remettre ma chambre en état, je trouvai quelque chose à me mettre et me brossai les cheveux, mais j'étais loin d'être satisfaite du résultat. Malgré tout, je le laissai me couvrir de compliments.

– Tu n'as pas besoin de maquillage, Rain. Rien ne pourrait rendre ces yeux-là plus beaux qu'ils ne le sont naturellement. Tu es parfaite, vraiment. Tu as une allure terrible. Allez, viens. J'ai une faim de loup, insista-t-il encore.

Et quand j'eus enfilé un blouson léger, il me roula dehors et ensuite dans le van aussi vite que possible, redoutant sans doute de me voir changer d'avis. Quelques minutes plus tard nous roulions vers le restaurant, Austin bavardant et riant comme si rien ne s'était passé. Il était si heureux et si exubérant que je n'étais pas loin de le croire.

Le restaurant qu'il avait choisi était vraiment un bel endroit, entièrement meublé dans le style du XVIIIe. Avec des poutres noircies au plafond, des sièges tapissés de velours cramoisi, des chandeliers de cuivre sur chaque table. Celle qu'il nous avait réservée se trouvait près d'une fenêtre, qui avait vue sur un lac. Les lumières des maisons du rivage s'y reflétaient, l'eau miroitait dans l'obscurité. Nous eûmes un charmant dîner aux chandelles avec du vin, du homard, et comme dessert une crème brûlée à l'orange, si délectable que c'en devenait un péché. En peu de temps, mon humeur avait changé du tout au tout et nous riions pour des riens, nous tenions la main, échangions des baisers furtifs. Le plus souvent, nous nous taisions, chacun de nous savourant simplement la présence de l'autre.

Mais quand un trio musical commença de jouer dans le salon, mes pensées s'assombrirent. J'aurais tellement aimé me lever pour danser avec Austin ! Il lut ma tristesse dans mes yeux, et décida aussitôt qu'il était temps de payer l'addition et de me ramener à la maison.

– Tu as passé une journée vraiment épuisante, insista-t-il.

Je ne lui opposai aucune résistance. Sur le chemin du retour, il fit de son mieux pour que je garde bon moral. Il parla continuellement, faisant des projets pour les jours à venir, décrivant les endroits que nous irions visiter.

– Nous devrions songer à prendre de vraies vacances, suggéra-t-il. J'aurai deux semaines de congé dans un mois. Nous pourrions prendre le van et aller quelque part, qu'en penses-tu ?

– C'est une bonne idée.

J'aurais approuvé n'importe quoi, venant de lui, même un voyage dans la lune. Il lui suffit d'un regard pour le comprendre, mais il n'en continua pas moins à bavarder, dans un effort désespéré pour me rendre ma confiance et mon espoir.

De retour à la maison, il m'aida à me déshabiller et à me coucher.

– Passe une bonne nuit de repos, Rain, me souhaita-t-il.

– Tu t'en vas ?

– Je peux rester, si tu veux.

– Bien sûr que je veux. Jamais je ne te demanderai de t'en aller, Austin, affirmai-je avec conviction.

Il sourit, caressa mes cheveux et m'embrassa.

– Ferme les yeux, je reviens tout de suite, promit-il en s'en allant.

J'étais si fatiguée que je ne l'entendis pas revenir et se glisser à mes côtés. Au matin, nous fûmes réveillés par le téléphone. Pendant un moment, je regrettai d'avoir obligé ma tante à le faire installer.

– Allô ? fis-je d'une voix enrouée.

Une voix d'homme demanda :

– Austin est là ?

– Comment ? Heu… oui, il est là.

Il y eut un instant de silence, puis l'homme ordonna d'un ton sévère :

– Passez-le-moi.

Austin s'assit en se frottant les yeux.

– Qu'est-ce qui se passe ?

– C'est pour toi.

– Pour moi ? s'étonna-t-il en se levant.

Il contourna le lit et vint prendre l'appareil de mon côté.

– Allô ?

Je l'observai pendant qu'il écoutait, et je le vis rougir violemment. Il baissa les yeux, puis se détourna pour que je ne puisse pas le regarder en face.

– D'accord, je comprends, dit-il brièvement. J'arrive.

Puis il raccrocha et demeura muet pendant de longues secondes. Ce fut moi qui rompis le silence.

– Qu'y a-t-il, Austin ?

– C'était mon oncle. Il faut que je parte.

Sans en dire plus, il commença rapidement à s'habiller.

– Mais que se passe-t-il ? Austin ?

– Je ne voudrais pas te saper le moral, marmonna-t-il en boutonnant sa chemise.

– Parle, à la fin !

– L'avocat de ta tante a appelé mon oncle et menacé de porter plainte contre moi. Auquel cas, mon oncle devrait comparaître devant le tribunal, et moi aussi par la même occasion. Si elle met ses menaces à exécution…

Il eut une hésitation avant d'achever :

– Mon oncle pourrait perdre sa licence, et même son affaire.

– Oh, Austin ! Je suis désolée.

– Tu n'y es pour rien, Rain. J'aurais dû parler de nous à mon oncle. Il veut savoir ce qui s'est passé, naturellement, et je ne veux pas lui causer le moindre tort. Il a été un père pour moi, plus que mon véritable père.

– Je m'en veux à mort.

– C'est bien pour ça que je ne voulais pas t'en parler, Rain. Ne va pas te faire de reproches, maintenant, tu m'entends ? Nous allons arranger tout ça.

– Et toi, cesse de t'inquiéter pour moi, dis-je à mon tour. Tout ira bien. Je ne ferai pas de sottises du genre de celles d'hier soir, je te le promets. Ne t'occupe que de ton oncle et de toi-même.

– Tu vas prendre quelqu'un d'autre pour t'aider, je suppose ?

– Oui.

– Je t'aiderai dans tes démarches, et…

– Austin, l'interrompis-je fermement, je t'ai dit de ne pas t'inquiéter pour moi. Tu veux que je sois indépendante, alors laisse-moi l'être.

Il acquiesça d'un signe de tête.

– Tu as mon numéro de portable si tu as besoin de moi, dit-il en enfilant ses chaussures. Dès que je peux, je t'appelle.

J'eus droit à un dernier baiser rapide, puis il partit très vite, et le bruit de ses pas couvrit à peine celui de mon cœur.

Dès que je fus habillée, je téléphonai à ma tante. Le combiné tremblait dans ma main tellement j'étais en colère. Sa secrétaire m'apprit qu'elle assistait à une réunion à Richmond, et demanda s'il y avait un message à lui transmettre.

– Dites-lui que tout accord entre nous est nul et non avenu, et qu'elle ne prenne plus la peine d'apporter le moindre document dans cette maison. Dites-lui qu'elle ne m'appelle plus jamais à ce sujet, ordonnai-je, catégorique.

Je croyais presque voir la secrétaire écrivant fébrilement sous ma dictée.

– Ah ! très bien, fit-elle d'une voix étouffée.

– Dites-lui aussi que si elle veut me parler, qu'elle s'adresse d'abord à mon avocat, précisai-je sur un ton mi-poli, mi-acerbe.

Et là-dessus, je raccrochai.

– Si elle veut la guerre, marmonnai-je à l'intention de l'appareil téléphonique, elle va l'avoir !

Je n'eus pas de nouvelles d'Austin avant le milieu de l'après-midi. Au ton de sa voix, je sus tout de suite que les choses allaient encore plus mal que je ne l'aurais imaginé.

– Ta tante ne compte pas seulement m'attaquer en justice. Elle menace de tout révéler aux médias, en présentant les choses sous un jour ignoble. Son but est de conduire mon oncle à la faillite, si je ne romps pas toute relation avec toi. Il sait que nous nous aimons vraiment, Rain. Je lui ai tout expliqué. Mais dans l'immédiat, ça ne change rien. Il faut attendre que les choses se tassent. J'ai pensé que si je quittais sa compagnie, ce serait suffisant, mais je ne pourrai sans doute plus exercer mon métier, après ça.

– Arrête de dire n'importe quoi, Austin ! Je me sentirais horriblement coupable si tu faisais ça, tu le sais très bien.

– Oui, je le sais, convint-il d'une voix si lasse et résignée que j'en eus les larmes aux yeux. Je ne supporte pas l'idée de te laisser seule dans un moment pareil, Rain. Et il faut que cela arrive juste après le départ de Mme Bogart, en plus !

– Tu ne crois tout de même pas que c'est une simple coïncidence, Austin ?

Il soupira lourdement.

– C'est fou ce que cette femme peut être méchante !

– Elle le regrettera, je te le promets.

– Écoute, Rain… (Il hésita, comme si ce qu'il allait dire le gênait.) J'ai promis à mon oncle de ne plus m'approcher de toi, mais je peux venir quand il fera nuit. C'est quand même écœurant d'être obligé de me cacher pour venir te voir.

Je dus me forcer pour lui répondre :

– Tu ne devrais peut-être pas venir, Austin. Même quand il fera noir. En tout cas, pas tant que tout ça ne s'est pas un peu calmé.

– Je ne pourrai pas fermer l'œil en te sachant toute seule la nuit, dans cette grande maison. Qu'est-ce qu'on risque ? Elle ne peut tout de même pas faire surveiller la propriété ?

– Oh si ! dus-je admettre. Elle en est parfaitement capable.

Comme il gardait le silence, je le rassurai :

– Tout ira bien cette nuit pour moi, Austin. Tu n'auras qu'à m'appeler un peu plus tard.

– Nous verrons, fit-il évasivement.

– Austin, si je cause le malheur d'une seule personne de plus...

– Bon, très bien, m'arrêta-t-il, et je sentis qu'il avait peur, non seulement pour nous mais pour son oncle. Je t'appellerai ce soir. Demain, nous chercherons une solution. Peut-être que nous arriverons à te sortir de cet endroit, conclut-il d'un ton déjà nettement moins déprimé.

– Oui, c'est une chose à envisager, approuvai-je.

– Je t'aime, Rain. Je t'aime vraiment, de tout mon cœur, sinon je ne te le dirais pas.

– Moi aussi, je t'aime. Et c'est parce que je te crois que je te le dis, Austin.

– Je t'appelle d'ici quelques heures, promit-il. Sois prudente, surtout.

– Toi, sois prudent, murmurai-je en guise d'adieu.

Longtemps après qu'il eut raccroché, j'avais toujours le combiné à la main.

Le monde était redevenu si redoutable, tout à coup, pensai-je avec accablement. Comme pour me donner raison, de lourds nuages s'amoncelaient, rendant la journée sombre et menaçante. Je la meublai en m'occupant de mon mieux, fis le ménage, préparai le dîner. La pluie survint juste comme je me mettais à table. Dès le début, elle tomba dru comme grêle, martelant les fenêtres et le toit. Quand les lampes vacillèrent, je retins ma respiration. L'idée d'être privée d'électricité, d'avoir à trouver mon chemin dans le noir, me faisait frémir.

Un éclair zébra la fenêtre de ma salle à manger, suivi presque aussitôt d'un roulement de tonnerre qui ébranla toute la maison. Le roulement décrut peu à peu et s'éteignit, mais seulement pour faire place à un autre éclair puis à un autre grondement de tonnerre. Cette fois, les lampes s'éteignirent. J'attendis, le cœur battant, espérant qu'elles allaient se rallumer, mais non. Ce ne fut pas le cas.

Ce fut comme si on avait tiré les rideaux dans toutes les pièces, les couloirs et le hall. Sauf quand un éclair brillait, l'obscurité régnait partout, prêtant d'inquiétantes silhouettes aux meubles et aux objets. Je retournai dans la cuisine et tâtonnai sur les étagères, à la recherche de bougies. Finalement, j'en trouvai quelques-unes. Je fis fondre un peu de cire sur une assiette, comme je l'avais vu faire à Mama, et y plantai une bougie bien fermement et bien droit. Puis je l'allumai, retournai à la salle à manger et la posai au milieu de la table, mais je n'avais plus faim.

Pour économiser la lumière, je décidai de faire la vaisselle plus tard. Puis je rangeai tout ce qui était périssable dans le réfrigérateur, en faisant des vœux pour que l'électricité soit vite rétablie. Mais une heure passa et rien ne changea. J'eus l'idée d'appeler la compagnie pour savoir si, au moins, ils étaient au courant du problème. Ce fut pour découvrir, à ma consternation, que la ligne téléphonique aussi était coupée.

Complètement isolée de l'extérieur, à présent, je sentis que je commençais à trembler. Je m'efforçai de me raisonner, de me calmer. Je finis par me dire que la meilleure solution était de regagner ma chambre et d'attendre. Ces choses-là pouvaient prendre des heures, et je ne voyais pas ce que j'aurais pu faire d'autre. L'orage n'avait pas l'air de vouloir s'apaiser. En fait, le vent battait si rudement les murs et les fenêtres que les volets claquaient, les carreaux cliquetaient dans leurs châssis. Je ne me souvenais pas d'avoir essuyé un orage aussi violent depuis mon arrivée ici. Et il fallait qu'il éclate cette nuit entre toutes les nuits !

Un bruit soudain se fit entendre, évoquant une petite explosion, et je compris que la porte d'entrée s'était ouverte. Peut-être l'avais-je mal refermée, après le départ de ma tante ? Je l'entendis à nouveau heurter le mur et me propulsai dans le hall, aussi vite que je le pouvais. La fureur du vent était telle que, si je n'intervenais pas, la porte menaçait d'être arrachée de ses gonds. Je tendis la main pour saisir la poignée. Ce fut comme si la pluie n'avait attendu que moi : une trombe d'eau glacée me gifla le visage, trempant instantanément mes cheveux et mes vêtements. Je parvins quand même à saisir la poignée. Puis je dus lutter contre le vent, tout en m'accrochant solidement au fauteuil. C'était un combat perdu d'avance. Je n'avais pas la force nécessaire. Tout ce que j'y gagnai, ce fut d'être mouillée jusqu'aux os. De guerre lasse, j'abandonnai : je lâchai la poignée. Dans la même seconde, la porte se rabattit sur moi, heurtant brutalement le côté du fauteuil. Je hurlai. J'avais failli avoir le bras et la main écrasés. Je reculai, fis volte-face et battis en retraite, aussi vite que j'étais capable de rouler.

Il me fallut quelques instants pour reprendre mon souffle. Toute tremblante, plus de crainte que de froid, je retournai dans ma chambre où j'entrepris de retirer mes vêtements mouillés. Il fallut encore que j'aille chercher une serviette, puis que je me sèche complètement. Après cela, je me mis au lit et attendis, faible et lasse au possible. Malgré ma fatigue, je n'arrivais pas à m'endormir. Chaque fois que je fermais les yeux, le fracas me semblait plus fort. Avec la porte grande ouverte, le bruit du tonnerre se répercutait dans le hall et à travers toute la maison. Mes dents claquaient. Je serrais les paupières aussi étroitement que je le pouvais.

Pourquoi m'étais-je obstinée à convaincre Austin de ne pas venir ? Je le regrettais, à présent. J'aurais dû être plus égoïste.

Au bout de ce qui me parut durer une éternité, le bruit s'assourdit et s'éloigna. Je cessai de trembler, et sentis que je commençais à me détendre. La pluie aussi semblait se calmer. Peut-être l'orage était-il parti plus loin, finalement. Je tendis l'oreille et attendis, pleine d'espoir. Et soudain je reconnus un bruit familier : la porte d'entrée venait de se refermer.

Austin, pensai-je. Grâce à Dieu, il était venu. Je mourais d'impatience de me blottir dans ses bras. Il avait raison, et nous allions faire ce qu'il avait suggéré : nous allions nous enfuir ensemble.

Des pas rapides se rapprochaient. Je me dressai sur mon séant et regardai en direction de la porte, restée ouverte. Je vis d'abord apparaître le rayon d'une lampe de poche… puis Tante Victoria. Ma déception fut telle que mon cœur faillit s'arrêter de battre.

– Que se passe-t-il, ici ? glapit-elle. La pluie rentre à flots dans la maison. Pourquoi avez-vous laissé cette porte ouverte ?

Elle braqua sa lampe sur moi et je me couvris le visage de la main.

– Pourquoi êtes-vous nue ? Vous l'attendiez ? Il est là ?

– Il n'y a personne ici, m'écriai-je. Éloignez cette lumière.

Elle abaissa le rayon vers le plancher.

– Vous êtes dans un bel état ! siffla-t-elle. Vous avez de la chance, j'arrive au bon moment.

– Je ne veux pas de vous ici, après tous les ennuis que vous avez causés à Austin et à son oncle. J'ai chargé votre secrétaire de vous le dire, non ? Maintenant, sortez d'ici !

– J'ai fait ce que n'importe quelle tante ferait pour la nièce qu'elle aime, répliqua-t-elle avec froideur. Son oncle lui-même en convient. Nous sommes parvenus à un accord, précisa-t-elle. Tant qu'il le respectera, tout ira bien.

– Vous êtes ignoble ! Je ne veux plus de vous dans cette maison. Elle est plus à moi qu'à vous, après tout. C'est Grand-mère Hudson qui l'a voulu, et je comprends de mieux en mieux pourquoi. Sortez, vous m'entendez ? J'ai dit : sortez !

Elle releva la lampe et, des deux mains, la braqua sur son propre visage, éclairant en plein ses yeux à l'éclat étrange et son inquiétant sourire.

– Ne soyez pas stupide, répondit-elle avec un calme qui me fit froid dans le dos. Vous ne pouvez pas régler cette situation toute seule, et je suis très concernée par ce qui se passe ici. Je suis venue pour vous aider, aussi longtemps qu'il le faudra, susurra-t-elle, distillant ses paroles une à une comme autant de gouttes de poison.

J'étouffai un hoquet de stupeur.

– Aussi longtemps qu'il le faudra ? Mais de quoi parlez-vous ? Qu'avez-vous l'intention de faire ?

– Ce que j'aurais dû faire depuis le début, annonça-t-elle. M'installer ici, pour que vous ne soyez pas seule.

– Quoi ? mais je serais beaucoup mieux toute seule !

– Bien sûr que non, ma chère, décréta-t-elle. D'ailleurs, avec ma pauvre sœur brisée de chagrin, et mon pauvre beau-frère tellement occupé, qui d'autre pourrait se charger de faire le nécessaire ?

« En fait, qui s'en charge depuis toujours, sinon moi ?

Je secouai la tête avec toute l'énergie dont j'étais capable.

– Non. Je ne vous laisserai pas vous installer ici avec moi. Certainement pas.

– Vous me remercierez une autre fois, reprit-elle comme si je n'avais pas parlé. Pour le moment, occupons-nous de l'essentiel. Formons une famille.

« Après tout, Rain, c'est bien le moins que je puisse faire pour ma sœur adorée, non ?

« Oui, le moins que je puisse faire est de m'occuper de sa fille, conclut-elle d'un ton décisif.

Sur ce, elle éteignit sa lampe, me laissant une fois de plus dans une obscurité totale.

13

Flagrant délit

Lui interdire de venir habiter avec moi était une chose, faire respecter cette interdiction en était une autre. Si je trouvais ma vie difficile avant la venue de Tante Victoria, cette époque me semblait à présent une partie de plaisir, comparée à l'existence qui m'attendait.

Au début, je ne pris pas le projet de ma tante au sérieux. Pour moi, c'était juste une menace, un de ses petits subterfuges tortueux pour m'amener à coopérer avec elle en ce qui concernait nos intérêts communs, c'est-à-dire l'héritage de Grand-mère Hudson. C'était plausible, d'autant plus que j'avais menacé moi-même de ne pas coopérer.

Pourtant, j'aurais dû me rendre compte que la lueur démente qui avait traversé son regard, la nuit de l'orage, n'était pas le reflet d'un accès de colère. Quelque chose de sombre et de mauvais suppurait en elle comme un abcès ouvert, depuis qu'elle avait appris le rétablissement de ma mère ; que Grant non seulement l'accueillait, mais s'efforçait de restaurer leur union. Et cela, malgré la mort de Brody et le passé de ma mère.

Naturellement, je n'avais aucune idée précise des machinations occultes de Tante Victoria, du temps et des efforts qu'elle avait consacrés à ruiner sournoisement le mariage de ma mère. Je me la représentais, comme Iago dans *Othello,* susurrant des paroles insidieuses à l'oreille de Grant, lui rappelant mon existence et la sinistre nuit où Brody était mort, d'une mort qui aurait pu être évitée. Exactement comme elle m'avait tenu des propos négatifs sur ma mère, elle avait dû saouler Grant d'images de Megan qui faisaient d'elle une enfant gâtée, dont on excusait toujours les fautes, ce qui la dispensait d'éprouver du remords.

Grant devait vraiment tenir à ma mère pour lui pardonner son passé, ne pas lui reprocher la mort de leur fils, vouloir la reprendre et sauver leur mariage. Devant une telle détermination, que pouvaient les insinuations de Tante Victoria et ses remarques empoisonnées ? Elles avaient dû rester totalement inopérantes. Peut-être Grant avait-il fini par la reconnaître pour ce qu'elle était, et lui tourner le dos sans ménagement.

Et à présent, quand il lui arrivait de le mentionner, c'était toujours avec amertume, en faisant allusion à la stupidité et à l'égoïsme masculins. Et en le décrivant comme une victime volontaire des petites tromperies de ma mère. Après avoir été l'homme de ses rêves, celui qu'elle prétendait mériter et qui était censé la mériter, il s'était subitement changé en crétin fini qu'on menait par le bout du nez. Je ne voyais qu'une explication à pareille métamorphose : il avait dû l'envoyer promener fermement et sans douceur.

Remise à sa place, rebutée et renvoyée, elle tournait à présent ses regards venimeux sur moi, cause initiale de toute l'histoire. Selon sa logique tortueuse, mon rôle était clair. Si je n'étais pas revenue et si Brody n'était pas mort, ma mère n'aurait pas pu reconquérir l'amour de Grant à travers la pitié qu'elle lui inspirait. Un amour que, sans cela, elle-même aurait naturellement su conquérir.

– Je connais bien ma sœur, se complaisait-elle à répéter, non sans aigreur. Elle savait qu'en se prétendant fragile, malade et repentante, Grant fermerait les yeux sur ses faiblesses. Elle est contente que vous soyez là, contente que vous soyez infirme, et encore plus contente que vous ayez causé tous ces problèmes. Cela lui fournit de nouvelles occasions de gémir et de pleurer. Je me demande combien de fois Grant a séché ses larmes de crocodile par des baisers ; combien de fois il l'a suppliée de ne pas être triste, en lui promettant que tout s'arrangerait.

Tante Victoria déblatéra ainsi, sans se lasser, durant les premiers jours qui suivirent son emménagement. Pour ce faire, elle avait loué les services de deux hommes. Incrédule, je les regardai transporter ses affaires, qui comprenaient non seulement des malles de vêtements et d'effets personnels, mais aussi des cartons de dossiers, qu'ils déposèrent dans l'ancien bureau de Grand-père Hudson. Elle en prit totalement possession et y fit installer fax, ordinateur, photocopieuse et autres accessoires de bureautique. À l'étage, elle occupa la chambre qui avait jadis été la sienne.

J'avais grande envie de téléphoner à mon avocat pour me plaindre de ses procédés. Mais j'avais trop peur de provoquer sa colère, et de ce qu'elle pourrait inventer pour nuire à Austin et à son oncle.

Le jour même de son arrivée, elle engagea une domestique à la journée. Mme Churchwell était veuve, elle affichait la cinquantaine bien sonnée. À la mort de son mari, elle s'était retrouvée pratiquement sans ressources, l'argent de l'assurance lui permettant tout juste de survivre. Elle louait donc ses services à temps partiel. D'aspect revêche, les cheveux poivre et sel coupés court, elle avait de petits yeux gris toujours humides, noyés dans un visage buriné, dont les rides profondes semblaient avoir été creusées par les larmes. Elle était de la même taille que Tante Victoria. Et quand elles se tenaient côte à côte, dans le hall mal éclairé, il était difficile de les distinguer l'une de l'autre. La femme de charge aurait pu être l'ombre projetée par Tante Victoria.

Il fut évident dès le début que Mme Churchwell était terrorisée par sa patronne, tenait à la satisfaire, à garder sa place, et en particulier un salaire qui paraissait généreux, surtout alloué par ma tante. Mais Victoria avait ses raisons d'offrir un salaire aussi somptueux. Elle exigeait l'obéissance et la loyauté absolues de Mme Churchwell, surtout en ce qui me concernait. Contrairement à Mme Bogart, qui s'était finalement révélée une vraie commère, Mme Churchwell restait délibérément figée devant moi, comme une borne. Ou plutôt, comme une machine à espionner, placée là pour signaler tout contact que je pourrais avoir avec l'extérieur, et tout spécialement avec Austin. Quand ma tante n'était pas là, il suffisait que j'annonce mon intention de sortir pour que Mme Churchwell accoure, prête à rendre compte de mes déplacements. Quand je me retournais, immanquablement, je voyais son long nez collé à la fenêtre.

Après l'orage, les liaisons téléphoniques furent rétablies mais, pour une raison quelconque, mon appareil resta en dérangement. On me dit que les fils devaient être entièrement remplacés, mais qu'il fallait attendre pour cela d'autres travaux que la compagnie devait faire dans le secteur. Quand le téléphone sonnait, Mme Churchwell décrochait toujours la première et prétendait que c'était un démarcheur, ou un faux numéro. Il me semblait impossible qu'Austin n'essaie pas de me joindre. Mais je ne voulais pas prendre le risque, en l'appelant, de lui attirer d'autres ennuis. Ce fut seulement une semaine après l'arrivée de ma tante que je découvris autre chose : elle avait fait changer le numéro de téléphone et mis le nouveau sur liste rouge. Ni elle ni Mme Churchwell n'avaient pris la peine de m'en informer.

Différente en cela aussi de Mme Bogart, Mme Churchwell n'avait aucune expérience des handicapés moteurs. Ses attributions se bornaient au ménage et à la cuisine. D'ailleurs, une fois que j'eus compris ses rapports avec ma tante, je préférai l'éviter au maximum, et ce sentiment était réciproque. Ma seule vue l'indisposait, et pas seulement parce que j'étais handicapée. Au bout d'une journée, il fut clair pour moi qu'elle avait des préjugés racistes, et acceptait mal que je sois métisse. Quand elle m'adressait la parole, — si elle me l'adressait —, elle regardait toujours ailleurs, comme pour se convaincre qu'elle ne me parlait pas vraiment, et surtout ne travaillait pas pour moi.

Ce n'était pas un cordon-bleu, loin de là. J'en avertis aussitôt ma tante, mais elle ne parut pas y attacher d'importance. Je me mis donc à cuisiner pour moi-même, ce qui déplut à Mme Churchwell.

– J'ai été engagée pour ça, déclara-t-elle, la première fois que j'entrai dans la cuisine pour me préparer un repas.

Je m'arrêtai pour la dévisager.

– Vous n'avez pas été engagée pour cela. Vous n'êtes pas là non plus pour ne faire que le ménage et tenir la maison, madame Churchwell.

– Je ne vois vraiment pas ce que vous voulez dire, rétorqua-t-elle.

Et sans me laisser le temps de m'expliquer, elle s'en alla. D'une certaine façon, malgré mon handicap et ma relative impuissance, je semblais l'intimider. Elle n'osait pas affronter mon regard. Je crois que je retrouvais, en certaines circonstances, l'expression farouche de ma sœur Beneatha.

Je devais découvrir qu'Austin avait appelé au cours de la première semaine, avant que le numéro ne soit changé. Ma tante me dit plus tard qu'elle avait décroché elle-même, il n'avait donc pas parlé. Elle devina que ce silence ne pouvait être que celui d'Austin, et me le dit après.

– On dirait que ce jeune homme n'écoute pas son oncle, finalement. Je sais qu'il essaie de vous joindre, malgré mes avertissements. Dès qu'il a entendu ma voix, il s'est tu, mais je savais que c'était votre chasseur de dot.

– Arrêtez de l'appeler comme ça, voulez-vous ? Et de toute façon, vous n'avez pas le droit de l'empêcher de m'appeler, ni de venir me voir.

– Si jamais je le vois s'approcher de cette maison ou de vous, je reprends ma procédure contre son oncle et je lui fais supprimer sa licence, menaça-t-elle. Et vous savez que j'en ai les moyens.

– Mais pourquoi faites-vous ça ?

– Uniquement pour votre bien, voyons. Pour l'instant, vous êtes incapable de prendre ce genre de décision. Je suis en train de chercher un nouveau thérapeute, Rain. Nous en aurons un sous peu, promit-elle avec son affreux sourire figé.

– Je n'en veux pas d'autre. Je ne coopérerai avec personne d'autre que lui.

– À votre guise, ma chère. Vous ne faites que retarder votre guérison, mais c'est votre affaire. N'oubliez pas, dit-elle en brandissant un index osseux, si j'apprends qu'il se trouve ne serait-ce qu'à trois mètres de vous, je téléphone à mes avocats.

Sur cette mise en garde, elle s'en fut en me laissant ruminer ma rage.

Dès que ce fut possible, j'essayai de sortir avec le van. Mais les clés avaient disparu et, naturellement, la chère Mme Churchwell ignorait où elles pouvaient être. Quand j'en parlai à ma tante, elle répondit que, d'après les médecins, je n'étais pas encore prête à conduire.

– Mais j'ai déjà conduit ! m'écriai-je, indignée. J'ai même conduit souvent, fait des courses et des tas d'autres choses.

– Vous avez eu tort. C'est ce coureur de dot qui vous y aura poussée, pour des raisons égoïstes.

– Je veux mes clés, vous m'entendez ? C'est mon van !

Elle ne parut même pas m'entendre. Cette fois, j'explosai.

– J'appelle M. Sanger pour lui dire tout ce que vous avez fait, tout ce que vous comptez faire. Nous vous poursuivrons en justice !

C'était à mon tour de menacer, mais elle avait toujours une longueur d'avance. Le téléphone de ma chambre ne fonctionnait pas encore. Et quand je roulai jusqu'à la cuisine pour appeler de là, j'éprouvai un choc en découvrant que ce poste-là ne fonctionnait pas non plus. J'interrogeai Mme Churchwell.

– Pourquoi tous les appareils sont-ils en dérangement ?

Chaque fois que je lui posais une question, elle faisait semblant de n'avoir rien entendu. Je dus me répéter, en criant presque et avec plus d'insistance, pour qu'elle consente à s'apercevoir de mon existence.

– Pas tous, lâcha-t-elle du bout des dents. Celui d'en haut fonctionne.

– Quoi ? Seulement celui de l'étage ?

– Et celui du bureau de votre tante, bien sûr.

Je pivotai instantanément et roulai jusqu'au bureau de Tante Victoria, que je savais absente. J'aurais pu m'épargner cette peine, et deviner que la porte serait fermée à clé. Je rebroussai chemin et demandai à Mme Churchwell de m'ouvrir. Une fois de plus, elle fit la sourde oreille, jusqu'à ce que je lui roule pratiquement sur le pied.

– Je ne peux pas ouvrir, prétendit-elle. Je n'ai pas la clé, et même si je l'avais je n'ouvrirais pas sans la permission de votre tante.

– La permission de ma tante ? Vous n'osez pas respirer sans sa permission, ma parole !

Elle me fusilla du regard, tourna les talons et monta faire la chambre de Tante Victoria.

Le soir, après son départ, et si ma tante n'était pas à la maison, j'allais sur le perron en espérant voir arriver Austin, venu me délivrer. Le plus souvent, ma tante rentrait sans qu'il ait donné le moindre signe de vie. J'étais certaine que s'il venait et voyait sa voiture garée devant la maison, il ferait aussitôt demi-tour. Un soir, comme toujours lorsqu'elle me trouvait là, elle m'apostropha rudement.

– Pourquoi restez-vous dehors ? Vous allez prendre froid ! Vous savez très bien que c'est dangereux, dans votre état de faiblesse.

– Je ne suis pas en état de faiblesse, me rebiffai-je. Vous me traitez comme une prisonnière et je ne le supporterai pas. Je veux mon téléphone et les clés de mon van.

– Quelle ingratitude ! Tout à fait votre mère. Dire que je sacrifie mon temps et mon énergie pour vous, et qu'est-ce que je reçois en échange ? Des menaces et des plaintes !

– Je n'ai pas besoin de votre aide, combien de fois faudra-t-il que je vous le dise ?

– Megan, Megan, Megan, marmonna ma tante en secouant la tête.

– Je ne suis pas Megan. Arrêtez de m'appeler comme ça !

– Vous vous énervez beaucoup trop, attention, m'avertit-elle. Vous allez vous retrouver à l'hôpital.

Pour le moment, j'y serais certainement mieux qu'ici, estimai-je. Et je songeai sérieusement à me plaindre de douleurs graves, dans le seul but de m'échapper de la maison. Mais avant que je mette mon projet à exécution, Austin réapparut.

Ce soir-là, j'étais retournée dans ma chambre après le dîner. Tante Victoria avait téléphoné pour dire qu'elle était retenue par une réunion, et demander à Mme Churchwell de rester un peu plus longtemps. Je savais qu'elle lui avait proposé de la payer au tarif de nuit, pour être certaine d'être obéie. Ma gardienne prit sa faction dans le salon, où elle s'occupa en feuilletant des magazines. Tout en gardant bien sûr un œil sur la fenêtre, prête à bondir sur le téléphone de l'étage si Austin se montrait.

Déçue et furieuse à en grincer des dents, je regagnai ma chambre et restai assise en marmonnant toute seule… quand j'entendis un coup léger à la fenêtre. Je me retournai et aperçus Austin derrière la vitre. Mon cœur bondit de joie. J'allai rapidement fermer la porte à clé, tandis qu'il soulevait le châssis et sautait dans la pièce. Je fondis en larmes.

En un instant il fut près de moi et s'agenouilla pour m'entourer de ses bras.

– Rain, voyons, ne pleure pas. Que s'est-il passé ?

– Oh, Austin ! Ma tante s'est installée à la maison. Elle a engagé une femme épouvantable qui reste ici toute la journée, à m'espionner constamment. En plus, elle m'a coupé le téléphone.

– Je sais, j'ai essayé d'appeler. On m'a répondu que le numéro n'était plus en service et que le nouveau était sur liste rouge. Je voulais venir il y a déjà plusieurs jours, mais l'avocat de ta tante a prévenu mon oncle que je cherchais à te joindre. J'ai dû lui mentir, j'en étais malade. Et puis j'ai décidé que c'était trop bête et qu'il fallait que je te voie. J'étais sûr que tu n'allais pas bien.

– Pas bien ? Je suis carrément prisonnière, ici ! Elle a même pris les clés du van, sous prétexte que je ne suis pas prête à conduire. C'est ce que les médecins lui auraient dit. Elle m'a prévenue que si je ne suivais pas ses ordres à la lettre, elle porterait plainte contre ton oncle et lui ferait retirer sa licence. Elle en est tout à fait capable. Je veux partir d'ici, Austin. Je veux quitter cet endroit pour toujours.

Il essuya mes larmes et m'embrassa sur la joue.

– Je sais, je sais. Nous partirons, je vais trouver un moyen.

– J'ai de l'argent, Austin. Beaucoup d'argent. Il suffit que je puisse joindre mon avocat. Il nous avancera une somme suffisante, nous irons ailleurs et je la laisserai toute seule dans son enfer. Puis je vendrai la maison sans la prévenir. Je le ferai, je te le jure, et ce ne sont pas des mots en l'air. Oh, Austin ! Je ne peux pas supporter ça une minute de plus !

– Rain, je t'en prie, calme-toi. Laisse-moi réfléchir à tout ça, d'accord ?

Je secouai vigoureusement la tête.

– Je ne peux pas rester ici plus longtemps, Austin.

– Je sais. Le problème, c'est qu'elle pourrait quand même s'en prendre à mon oncle. Il faut que je trouve une façon d'arranger tout ça.

– Non, elle le laissera tranquille, affirmai-je. Je chargerai mon avocat de négocier avec elle et de lui donner ce qu'elle réclame, du moment qu'elle me laisse partir. Tu verras. Tu n'auras qu'à venir me chercher ici demain, tu veux ?

Il hocha la tête, mais ne parut pas convaincu.

– Doucement, Rain. Une chose à la fois. Il faut que je voie d'abord où nous irons et ce que je ferai ensuite.

– Nous aurons assez d'argent, Austin. Ne t'inquiète pas pour ça.

– L'argent n'est pas notre seul problème, observa-t-il gravement. Tu as des besoins plus importants. Je dois être certain que tu recevras les soins qu'il te faut.

– Je t'aurai, toi. Que pourrai-je vouloir de mieux ?

Il eut une moue ambiguë, à la fois attendrie et perplexe.

– Je suis kinésithérapeute, Rain. Rien de plus. Je peux t'être utile pour tes besoins les plus élémentaires, t'aider à reprendre des forces, mais il faut penser à ta santé. Il faut que j'y réfléchisse, insista-t-il. Allons, détends-toi. Laisse les choses se calmer.

J'acquiesçai d'un signe de tête.

– Je suis calme, quand tu es là.

Il m'embrassa, passa un bras sous mes genoux et je me suspendis à son cou tandis qu'il me soulevait du fauteuil, pour me déposer doucement sur mon lit.

– Tu m'as manqué, murmurai-je.

– Toi aussi, tu m'as manqué.

Il s'agenouilla près du lit et déposa un baiser sur ma main. Son sourire était pour moi comme un rayon de soleil, un arc-en-ciel après l'orage. Il me réchauffait tout entière, me rendait la force et l'espoir.

– Qu'as-tu fait tout ce temps-là, Austin ?

– J'ai travaillé, avec mes autres patients. Mais comme toujours, je ne pensais qu'à toi, reconnut-il en riant. J'ai même appelé une femme par ton prénom, et elle s'est fâchée. Le seul moyen que j'aie trouvé pour la calmer, ç'a été de lui dire combien j'étais amoureux de toi.

– Dis-le-moi, Austin.

Tout en parlant, il se mit tranquillement à me déshabiller, puis à se dévêtir lui-même. Je l'écoutais, émerveillée. Je croyais vivre un conte de fées.

– C'est comme si je n'avais plus besoin de manger, de dormir, ni de faire quoi que ce soit pour me maintenir en vie, Rain. Rien, sauf penser à toi. Je fais des rêves si intenses que je crois vraiment sentir tes lèvres sur les miennes. Quand je croise quelqu'un, c'est ton visage que je vois. Je me retourne avec l'impression que tu viens juste de passer. Mon cœur bat comme un fou. Chaque parcelle de mon corps est dévorée de désir et de solitude.

« Je suis incapable de lire, de regarder la télévision, d'aller au cinéma, de faire quoi que ce soit. Rien ne peut détourner mes pensées de toi. Je lutte sans arrêt contre la tentation de venir te rejoindre. Si je ne savais pas combien mon oncle a investi d'efforts, d'argent et aussi de lui-même dans cette compagnie, rien ne pourrait m'empêcher de défier ta tante et ses avocats.

« Mais à la fin, tout l'amour que mon cœur ne pouvait plus contenir l'a emporté. Je ne supportais plus de rester loin de toi. J'ai pris le volant, garé ma voiture assez loin d'ici et couru à travers bois, pour me faufiler dans l'obscurité jusqu'à ta fenêtre.

« Et maintenant, dit-il en se penchant pour se glisser près de moi, je suis là et je me sens à nouveau entier, et comblé.

Nous nous embrassâmes, étroitement enlacés.

– Tout va s'arranger, chuchota-t-il. Tout va s'arranger.

Le conte de fées continuait, j'en vivais la fin heureuse, je croyais presque entendre les mots lus et relus dans mon enfance : « Et ils furent heureux à jamais. »

Après la joie vint la passion, un cri de plaisir m'échappa. Cette maudite femme de charge devait rôder dans les couloirs, car elle vint jusqu'à ma porte et eut le toupet d'essayer de l'ouvrir.

– Tout va bien ? s'enquit-elle.

Non par intérêt pour moi, bien sûr que non. Elle voulait seulement savoir ce qui se passait, pour pouvoir aller faire son rapport à ma tante.

– Laissez-moi tranquille ! lui criai-je rudement.

Nous attendîmes en silence et l'entendîmes s'éloigner.

– Ma tante a dû la dénicher dans un camp de prisonniers pour criminels de guerre, chuchotai-je à Austin.

Il rit tout bas, m'embrassa encore, et nous recommençâmes nos jeux amoureux. Puis il s'étendit contre moi, la tête entre mes seins, et c'est ainsi que le sommeil nous surprit. Aucun de nous ne prit garde au temps qui passait, ni n'entendit le moindre bruit dans le couloir.

La suite est facile à deviner. Ma tante revint et Mme Churchwell lui fit son rapport. Elle lui dit comment j'avais fermé ma porte à clé, puis l'avais chassée. Soupçonneuse, en experte du mensonge qu'elle était, ma tante alla chercher un double de ma clé et s'approcha de ma porte sur la pointe des pieds. Elle colla l'oreille au panneau, écouta, inséra sans bruit sa clé dans la serrure et ouvrit. Éclairé en plein par les rayons de lune, elle put voir Austin couché à mes côtés. Quelle joie mauvaise dut lui gonfler le cœur, à cette vue !

Ce fut comme une explosion. Elle alluma brusquement la lumière et glapit, le doigt pointé sur nous comme une arme :

– Au viol ! Ce n'est ni plus ni moins qu'un viol ! Cette fille est infirme, sans défense, et vous l'avez violée une fois de plus ?

Effaré, troublé, honteux, Austin resta muet, mais aucun de nous n'aurait pu prévoir ce qu'elle fit ensuite. Je m'attendais à ce qu'elle recommence à criailler, à menacer, puis s'en aille en claquant la porte. Mais elle se comporta comme un bourreau jouissant de son travail, un tortionnaire prenant plaisir à jeter du sel sur les plaies.

– Approchez, madame Churchwell, ordonna-t-elle, et soyez témoin de cette lubricité.

Instantanément, Mme Churchwell fut à ses côtés. Austin n'avait fait que relever la tête, incrédule. Pour ma part, j'étais sur le point de répondre vertement à Victoria, mais je n'en eus pas le temps. Elle chargea en direction du lit et arracha la couverture, si vite et avec tant de force que j'en restai bouche bée. Nous étions totalement nus, exposés aux regards ; Austin abaissa vivement les mains sur son sexe. Victoria écarquilla les yeux et sourit.

– Osez nier, à présent, gronda-t-elle entre ses dents. Osez nier ce que vous avez fait avec elle ! Vous êtes témoin, madame Churchwell. Regardez bien cet ignoble spectacle. Vous voyez ?

Mme Churchwell hocha la tête.

– Oui.

Je retrouvai enfin la parole.

– Dehors ! vociférai-je. Sortez de ma chambre, toutes les deux.

Ma tante resta sur ses positions, agrippant toujours la couverture, savourant sa petite victoire. Puis elle se tourna vers Mme Churchwell et elles sortirent avec lenteur. En fermant la porte, Tante Victoria laissa tomber la couverture à terre.

Austin sauta du lit et commença fébrilement à se rhabiller.

– Mon Dieu ! gémit-il en ramassant la couverture, cette fois j'ai vraiment tout gâché.

– Tu vois comme elle peut être horrible, maintenant ?

– Oui. Comment savoir ce qu'elle va encore inventer, après ça ? Je ferais mieux de m'en aller.

Il marchait déjà vers la porte, quand il s'arrêta net.

– Je ne veux plus jamais me retrouver en face d'elle, dit-il en repartant vers la fenêtre.

– Mais, Austin…

Il s'arrêta une fois de plus et réfléchit.

– Nous ne pouvons rien faire pour le moment, Rain. Mais je reviendrai te chercher.

– N'oublie pas, surtout !

– Je n'oublierai pas, mais qu'est-ce que je vais dire à mon oncle quand les avocats téléphoneront ?

Totalement désemparé, il enjamba le rebord de la fenêtre et la referma derrière lui. L'instant d'après, il était parti.

Jamais je ne m'étais sentie aussi seule. Même à l'hôpital, après mon accident, quand on m'avait révélé la gravité de ma situation. Il n'était plus question de me rendormir. Je ne pus que rester là, à trembler d'angoisse et à attendre, comme Austin, la prochaine tuile qui allait nous tomber sur la tête.

Elle tomba, mais d'une façon que ni lui ni moi n'aurions pu imaginer. Ma tante ne revint pas dans ma chambre. Mme Churchwell rentra chez elle et Victoria monta se coucher. Je dus m'endormir pour quelques heures, finalement. Je fus réveillée par le martèlement de pas pesants, désormais familiers. J'allais avoir du mal à me lever, passer dans la salle de bains, faire ma toilette et m'habiller, pour affronter ce qui s'annonçait comme une journée redoutable.

J'étais à peine assise dans mon lit, enroulée dans la couverture, quand Victoria entra sans frapper dans ma chambre. Elle regarda autour d'elle, tendit l'oreille et hocha la tête.

– Il est parti, si je comprends bien ? fit-elle d'une voix doucereuse.

Elle portait encore son peignoir de bain d'un rose déteint. Sans maquillage, le visage fripé de sommeil et les cheveux en bataille, elle avait l'air d'une de ces clochardes hirsutes et débraillées qui vivaient aux Cités, dans les décharges et les ruelles proches de chez nous, à Washington.

Sa main droite étreignait un mince dossier jaune.

– Oui, rétorquai-je. Il est parti après votre irruption brutale. Vous ne manquez pas de toupet de faire irruption chez moi, sans le moindre respect pour ma vie privée !

– Votre vie privée ? répéta-t-elle, sarcastique. Vous n'avez aucun droit à la vie privée. Pas tant que vous vous conduirez comme une fille des rues dans la demeure de mes parents, où l'on n'a jamais toléré que la décence et la dignité. Je suis sûre que ma mère n'aurait plus voulu de vous dans cette maison, si elle avait été à mes côtés la nuit dernière. Voir une chose pareille, après tous les avertissements et les conseils que je vous ai donnés !

« Vous êtes bien comme Megan, tenez ! Vous nous apportez vos turpitudes à domicile, et à nous de faire le ménage ! Combien de fois mon père a-t-il dû payer les services de quelqu'un, pour sauvegarder le bon renom de la famille ? Je n'ai même pas pris la peine de les compter !

« Enfin, conclut-elle avec satisfaction. Maintenant qu'il a eu l'impudence de vous séduire, j'ai Mme Churchwell comme témoin digne de foi.

– Je n'ai pas été séduite. J'aime Austin et il m'aime, c'est tout à fait différent.

Ma tante agita vigoureusement la tête.

– Bien sûr que vous l'aimez ! Quelle autre fille à votre place, infirme et condamnée à finir sa vie dans un fauteuil, ne s'accrocherait pas au premier beau garçon qui lui prodiguerait des sourires mielleux et des fausses promesses ? Même les filles qui ne sont pas dans votre situation succombent à ces grimaces, de nos jours, alors quelqu'un comme vous !

– Assez ! Vous ne savez pas de quoi vous parlez, vociférai-je. Vous ne pourriez même pas comprendre.

Les lèvres minces de Tante Victoria s'étirèrent en un sourire mesquin de vieille fille frustrée.

– Sachez, ma chère, qu'en ce qui concerne la ruse et la fourberie masculines, je suis bien placée pour vous conseiller. Contrairement à la plupart des gens, je ne me laisse pas aveugler par la flatterie. Pour ça, j'ai du flair ! C'est comme si j'avais un détecteur de mensonge incorporé. Il sonne l'alarme ici... (elle posa une main sur son cœur), et il transmet immédiatement le message ici, dit-elle en pointant l'index sur sa tempe.

Puis elle se rapprocha du lit et questionna :

– Que vous a raconté ce coureur de dot ? Vous a-t-il dit que vous étiez toujours aussi belle qu'avant, et peut-être même encore plus ? Qu'il pensait à vous tout le jour, que votre nom chantait dans son cœur, que vous étiez sa joie et qu'il ne pouvait imaginer la vie sans vous ? Vous a-t-il dit qu'il vous voyait partout, qu'il entendait sans cesse votre voix, qu'il serait obsédé par vous tant qu'il vivrait ? A-t-il promis de vous aimer toujours ?

– Oui, oui, oui ! hurlai-je. Il a dit tout ça, et il le pensait, et nous nous aimerons et nous vivrons ensemble.

Elle inclina la tête d'un air sagace.

– Nous verrons. Peut-être qu'un jour viendra où je renoncerai à vous protéger, et que vous finirez avec quelqu'un comme lui.

– Pas avec quelqu'un comme lui, rectifiai-je. Avec lui.

– Parfait. En attendant, je vous conseille de m'écouter, et de m'obéir.

Elle ouvrit le dossier, en tira quelques documents et les répandit sur mon lit.

– Voyez-vous, je ne suis pas restée les bras croisés, pendant que cette chère Megan faisait ses simagrées pour ramener Grant dans son giron. Votre mère s'est soustraite à toutes ses responsabilités envers vous, il y a déjà longtemps de ça. Et il ne faut pas s'attendre à ce qu'elle les assume à présent. Étant donné votre état, j'ai déposé une demande officielle pour devenir votre tutrice légale. Oui, vous pouvez appeler votre avocat et vous y opposer, mais je ne crois pas que vous le ferez. D'autre part…

Elle brandit une autre liasse de feuillets avant d'achever :

– … les papiers que voici sont les documents dont je compte me servir, pour attaquer la compagnie qui emploie votre coureur de dot.

– Arrêtez de l'appeler comme ça, ordonnai-je.

Elle haussa les épaules.

– Appelez-le comme vous voulez. Ces autres documents, donc, sont les pièces du procès que je compte intenter à la compagnie que dirige son oncle. Je vais l'acculer à la faillite, rien qu'en le contraignant à se défendre, jubila-t-elle. Vous savez à quel point la justice est ruineuse ! Et voici les communiqués destinés à la presse, également rédigés par moi-même. Évidemment...

Les yeux me brûlaient mais je retins mes larmes.

– Cette histoire n'ira pas plus loin si vous signez ceci, annonça-t-elle en exhibant un nouveau papier.

– Qu'est-ce que c'est ?

– La procuration que je vous ai suppliée de signer. Dès que j'aurai repris le contrôle de nos affaires, nous nous sentirons tous beaucoup mieux. Y compris vous.

– Mais c'est du chantage ! me récriai-je. Mon avocat le saura.

– Vous n'êtes pas forcée de le lui dire. Je n'ai qu'à donner suite à ma plainte, et vous ne serez pas obligée de signer, si vous ne voulez pas. À votre guise, acheva-t-elle en rassemblant les papiers, qu'elle remit dans son dossier.

Je parvins à grand-peine à maîtriser ma voix.

– Écoutez, commençai-je avec calme. Je vais dire à M. Sanger de prendre contact avec vous et vos avocats, vous rédigerez le compromis qui vous conviendra et je m'en irai.

– Avec ce garçon ?

– En quoi est-ce que cela vous regarde ?

Tante Victoria esquissa une grimace ironique.

– Si vous vous figurez qu'il ne va pas nous faire des histoires par la suite, vous êtes encore plus naïve que votre mère. Dès qu'il vous aura épousée, il engagera un avocat pour m'attaquer en justice, et nous nous retrouverons à la case départ.

– Non, affirmai-je. Il n'en fera rien, je vous le promets.

– Oh, les promesses ! Vous savez ce que valent celles des gens comme vous ? Rien de plus que de la barbe à papa ! Ce sont des rêves et des chimères, suivis de déclarations emphatiques, et de serments à n'en plus finir. Je connais ça. Megan m'a fait des milliers de promesses, dont pas une n'a été tenue.

– Je ne suis pas Megan ! me rebiffai-je.

Tante Victoria me dévisagea longuement.

– Oh si, vous l'êtes.

Elle fixa le lit avec insistance, comme si Austin était toujours à mes côtés, puis son regard se posa sur mes épaules nues, avant de chercher à nouveau le mien.

– Oui, vous l'êtes, répéta-t-elle. Et maintenant…

Elle posa la procuration sur le lit et plaça un stylo juste à côté.

– Signez ça et je remets tous les autres documents où ils étaient. Je reviens dans dix minutes.

Là-dessus, elle tourna les talons.

Je restai immobile, avec l'affreuse impression que tout le sang de mon corps refluait vers mes pieds. J'étais si étourdie que je dus m'appuyer à mes oreillers, en respirant profondément, pour mettre de l'ordre dans mes pensées.

Ma tante se trompait sur Austin, bien sûr, mais elle était trop soupçonneuse pour se fier aux garanties que je pourrais lui donner, quelles qu'elles fussent. Prenant appui sur un coude, j'examinai le papier qu'elle m'avait laissé. « Nous n'en finirons pas, tant qu'elle n'aura pas obtenu ce qu'elle veut », raisonnai-je. J'étais fatiguée de me battre avec elle. D'ailleurs, pouvais-je permettre qu'elle détruise la réputation d'Austin et la compagnie de son oncle ?

Je pris la plume en main, non sans effroi. C'était comme si je m'apprêtais à conclure un pacte avec le diable.

Je n'en écrivis pas moins mon nom sur la ligne réservée à cet effet. Peut-être en avons-nous enfin fini avec tout ça, pensai-je en reposant le stylo.

J'aurais dû être plus réaliste.

C'était maintenant que tout allait vraiment commencer.

14

Combat pour la liberté

Tante Victoria revint dans ma chambre, vit ma signature au bas du document, le glissa dans son dossier jaune et sourit.

– Bien, soupira-t-elle avec satisfaction. Vous avez pris la bonne décision. Maintenant, les choses iront beaucoup mieux pour nous deux, surtout pour vous.

– Je veux qu'on rétablisse ma ligne immédiatement, ma tante. Et je veux les clés de mon van.

Un sourire acéré fendit son visage blafard, son regard se glaça. On aurait dit qu'elle s'était changée en son propre moulage de cire.

– Rien d'autre ?

– Si. Je ne veux plus qu'on persécute Austin, ni son oncle, et je veux que vous ôtiez votre espionne de ma vue.

– Justement, annonça-t-elle à ma grande surprise, je pensais à me défaire de Mme Churchwell. Vous aviez raison, à son sujet. Elle ne vaut pas grand-chose comme cuisinière, et je ne suis pas satisfaite de la façon dont elle tient la maison. Elle ne nettoie pas dans les coins. Mère ne l'aurait pas gardée plus de vingt-quatre heures. Je pourrais avoir deux bonnes, pour le salaire que je lui verse.

– Parfait, commentai-je, sans une once de regret pour Mme Churchwell.

Ma tante sut tirer parti de ces bonnes dispositions.

– Vous voyez comme nous arrivons à nous entendre, quand vous y mettez du vôtre ? Bien, je vais lui dire de s'occuper de votre petit déjeuner, après quoi elle pourra s'en aller.

– Je ne tiens pas à ce qu'elle me prépare quoi que soit, merci. Je sais prendre soin de moi-même.

– Tant mieux, approuva ma tante. Tout n'en sera que plus facile. Je lui verserai deux semaines de salaire et lui donnerai son congé. Pendant quelque temps, ajouta-t-elle, il n'y aura plus que nous deux.

Sûrement pas, répondis-je en pensée, car je serai sortie d'ici aujourd'hui même.

Et comme elle marchait vers la porte, j'ajoutai à haute voix :

– Avant de partir pour votre bureau, laissez les clés du van sur la table de la cuisine, s'il vous plaît.

Elle s'arrêta, inclina la tête avec le même sourire figé, puis quitta la pièce. Je me transférai dans mon fauteuil et passai dans la salle de bains. Je ne savais pas trop où j'irais ni ce que je ferais, mais la seule idée de sortir était déjà très stimulante. J'appellerais Austin dès que je le pourrais, bien sûr, et lui dirais où je me trouvais. Après quoi, je me rendrais au bureau de M. Sanger et lui demanderais de faire le nécessaire pour que j'aie de l'argent à ma disposition. Il serait navré que j'aie signé la procuration, mais quelle importance, après tout ? Je ne me souciais plus de la maison ni de ma part dans les affaires familiales. Que ma tante savoure à satiété son triomphe et croupisse dans sa solitude. C'était son choix, et grand bien lui fasse.

Peut-être pourrais-je convaincre Austin de partir en Angleterre, me dis-je en tâtant l'eau du bain. Il ferait le nécessaire pour pouvoir exercer là-bas. Nous pourrions nous installer dans un petit appartement, commencer une nouvelle vie, loin de tous ces tracas et de tous ces malheurs. Nous verrions souvent mon père et sa famille, nous irions au théâtre ; et pendant le week-end, nous passerions l'après-midi à nous promener dans les parcs.

Tout en me prélassant dans mon bain, je nous voyais déjà au bord de la Tamise, entrant dans un petit pub plein de charme, faisant toutes les choses que j'avais faites avant mon accident.

On trouvait des aménagements pour handicapés dans la plupart des lieux publics, à présent. Nous pourrions aller au musée, à la campagne, faire tout ce qui nous plairait. Je nous imaginais tous réunis autour d'un thé pour le goûter du dimanche, dans la maison de mon père, bavardant, riant et heureux d'être ensemble. Cette pensée me réconfortait. Je pouvais encore avoir une vraie vie…

Ma tante croyait avoir gagné. Elle ne voyait en tout cela qu'une victoire. Ce qu'elle n'avait pas encore compris, c'était qu'elle venait de me délivrer de mon servage. Elle m'avait rendu la liberté. En fait, c'était moi qui aurais dû la remercier. Car, en somme, qu'est-ce que je venais de faire ? Rien d'autre que renoncer à mes droits sur un navire en perdition, un sinistre bâtiment voué au malheur et voguant sur un océan de larmes.

Allez fêter votre faux triomphe, Tante Victoria. Cramponnez-vous à vos précieux documents, faites la roue devant vos amis. Et passez le reste de votre vie avec le cœur brisé, à souffrir pour un homme qui ne vous appartiendra jamais. Un jour, vous vous réveillerez dans cette maison, ou n'importe où ailleurs, et vous comprendrez que, finalement, vous ne possédez rien. Vous n'aurez que votre ombre pour toute compagnie, la seule voix que vous entendrez sera la vôtre. Vous aussi serez prisonnière, et encore plus que moi. Sans doute ne serez-vous pas en fauteuil roulant ; mais handicapée, oh oui ! Vous le serez. J'en suis certaine.

Un bruit soudain vint interrompre ma rêverie, suivi d'une série d'autres. Des chocs assez violents, qui provenaient de l'extérieur. Je crus même reconnaître un grincement de scie. J'en conclus que c'étaient les ouvriers chargés de l'entretien du parc et je n'y pensai plus.

Une fois sortie du bain, je m'habillai, puis j'allai chercher deux valises rangées au fond de mon placard. J'étais bien trop excitée à l'idée de partir pour songer à mon petit déjeuner. Je passai presque tout le reste de la matinée à choisir les vêtements que je voulais emporter, puis à faire mes bagages. Quand tout fut terminé, mais pas avant, je m'avouai que j'avais faim.

Je quittai ma chambre, soudain consciente que je n'avais pas entendu le moindre bruit dans la maison depuis tout ce temps. Apparemment, Tante Victoria avait déjà congédié Mme Churchwell, et celle-ci n'avait même pas pris la peine de me dire au revoir. Bon débarras. Je ne tenais pas spécialement à la revoir, ne fût-ce que pour un adieu.

Ma première déception fut de découvrir que Tante Victoria n'avait pas laissé les clés du van sur la table de la cuisine, comme je l'en avais priée. Je regardai partout autour de moi, même par terre, en me disant qu'elles avaient pu tomber. J'inspectai le plan de travail, les chaises, toutes les surfaces possibles. Pas trace de clés.

Le diable l'emporte ! pensai-je avec dépit. Elle l'a fait exprès, ou alors elle était tellement grisée par son triomphe qu'elle a oublié. Mon premier réflexe fut de l'appeler à son bureau, mais je me souvins que le téléphone de la cuisine était hors d'usage. Colère et frustration explosèrent en moi comme un brusque accès de fièvre. On aurait dit qu'un essaim d'abeilles en furie m'attaquait de l'intérieur, jusqu'à ce que je me sente bouillonner de rage.

Je fis pivoter mon fauteuil et me propulsai rapidement jusqu'au bureau de Tante Victoria. Il était fermé à clé, naturellement. Je secouai la porte, la martelai à coups de poing, m'égosillai à hurler le nom de ma tante. Puis je me repris. Je m'appuyai au dossier de mon siège et m'efforçai de réfléchir calmement. Il suffit de sortir, de descendre la rampe et de suivre l'allée jusqu'à la route, raisonnai-je. Là, j'arrêterai un automobiliste et lui demanderai de me conduire jusqu'à un téléphone.

À nouveau, je fis demi-tour. Et, pleine d'une détermination nouvelle, je roulai vivement jusqu'à la grande porte et l'ouvris. D'où j'étais, je n'aperçus que quelques légers nuages dans le bleu du ciel. Une brise tiède me caressa le visage et je me sentis toute ragaillardie. J'inspirai une grande bouffée d'air et m'avançai sur le perron. Ce sera facile, me rassurai-je. Le premier conducteur qui me verra s'arrêtera sûrement. Ce ne sera pas un spectacle banal de voir une fille faire du stop en fauteuil roulant ! Riant toute seule, j'obliquai en direction de la rampe.

Et j'eus l'impression que mon cœur se décrochait, comme s'il avait été changé en pierre. Mes yeux s'agrandirent de stupeur.

La rampe avait disparu.

Voilà donc d'où provenaient ces coups répétés, que j'avais entendus en prenant mon bain. Pourquoi ma tante avait-elle fait ça ? Simplement parce qu'elle savait que je comptais partir ? Mais alors, pourquoi n'avoir pas attendu que je sois effectivement partie ?

Sans la rampe, les marches me paraissaient redoutables. Comment parvenir jusqu'en bas, mon fauteuil et moi ? Ma déception se mua en fureur. Je ne m'avouais pas vaincue. Avec mille précautions, je me glissai du fauteuil jusqu'au sol du perron. J'allais pousser le fauteuil le plus doucement possible, puis je ramperais, je glisserais, je ferais tout ce qu'il faudrait pour arriver en bas, après quoi je regrimperais dans mon fauteuil. Le plan me semblait bon, aussi commençai-je à pousser prudemment le fauteuil devant moi.

Il rebondit sur la première, puis sur la deuxième marche, et je m'y accrochai aussi fermement que je le pouvais, mais je me retrouvai dans une position tout à fait incommode. Il n'était pas facile de progresser vers le bas tout en retenant le fauteuil. Finalement, je décidai de le laisser dégringoler tout seul et de le suivre aussi vite que je le pourrais.

Dès que je desserrai les doigts, entraîné par son poids il descendit les dernières marches en cahotant ; mais contrairement à ce que j'espérais, il ne s'arrêta pas en arrivant en bas. La vitesse acquise lui fit continuer sa course et il roula jusque dans l'allée.

– Arrête ! m'écriai-je comme si je m'adressais à un être vivant, capable de m'entendre et de m'obéir.

Il ralentit, mais ne s'arrêta toujours pas. Il continua de rouler jusqu'à l'endroit où le terrain descendait en pente douce, reprit de la vitesse et disparut bientôt à ma vue. Je restai un bon moment figée sur place, à fixer d'un œil incrédule l'allée désormais vide. Ce n'était plus jusqu'au bas des marches qu'il allait falloir me traîner, maintenant. J'allais devoir franchir une distance considérable en rampant le long de l'allée.

Je me retournai pour regarder la maison. Même revenir sur mes pas, et ensuite regagner ma chambre, ne serait pas une mince affaire. Mais dans quel pétrin m'étais-je fourrée ?

La garce ! pestai-je intérieurement. J'étais dans de beaux draps, par sa faute. Et je la maudissais pour m'avoir mise dans une situation pareille.

– Au secours, quelqu'un ! appelai-je de toutes mes forces.

Mais je ne produisis qu'un pauvre cri, vite emporté par la brise. D'ailleurs, qui aurait pu m'entendre ? Les ouvriers d'entretien allaient-ils bientôt arriver ? Peut-être, mais en attendant que deviendrais-je ? J'y réfléchis, et conclus que la seule alternative était de suivre mon fauteuil. J'y mettrais le temps qu'il faudrait, des heures peut-être, mais je le rattraperais.

J'exécutai un quart de tour et envoyai mes faibles jambes en avant, vers l'escalier. Puis, après avoir respiré un bon coup, je poussai sur mes bras jusqu'à ce que mon postérieur tombe sur la marche suivante. Le choc faillit me couper le souffle. J'inspirai lentement, fermai les yeux et descendis une autre marche, puis une autre encore, jusqu'à ce que j'arrive en bas. J'avais l'impression d'avoir le fessier tout écorché. Une fois de plus, j'inhalai de longues bouffées d'air, puis je me retournai, posai les mains à plat derrière moi et entrepris de me traîner en direction de l'allée.

Le gravier eut tôt fait de me meurtrir les paumes, qui devinrent bientôt cuisantes. Je fus contrainte de m'arrêter souvent pour les essuyer, puis les frotter contre mes cuisses. Le soleil de midi tapait dur, il me brûlait le visage. Et la brise, que j'avais d'abord accueillie avec tant de plaisir, n'avait plus rien d'agréable à présent. On aurait dit l'haleine torride d'une créature géante qui planait au-dessus de moi. Je sentais la sueur me couler le long des tempes.

Après une autre halte pour me reposer, je me remis en route. Les vêtements que j'avais choisis ne s'avéraient pas très adaptés à ce genre d'exercice. La jupe ne protégeait pas très efficacement la peau de mes jambes, surtout celle des mollets. Je pouvais voir les écorchures et les vilaines marques rouges de ma jambe gauche, même si elle ne me faisait pas mal. Et je ressentais des élancements douloureux dans la jambe droite.

Après ce qui me parut durer une heure, sinon plus, j'atteignis le point le plus haut de l'allée, là où une légère élévation de terrain formait comme une petite colline. Je me retournai pour regarder en bas de la pente. Et de là j'aperçus mon fauteuil, couché sur le côté, juste au bord de la route. Il me faudrait au moins encore une heure pour aller jusque-là, estimai-je. En outre, mes mains avaient commencé à saigner. C'était une véritable souffrance de leur faire supporter le poids du haut de mon corps, pour me traîner le long de l'allée gravillonnée. Comment allais-je m'y prendre ?

Je me retournai vers la maison. La seule idée du retour m'emplissait d'horreur. Et une fois là-bas, il faudrait remonter ces maudites marches, en plus ! Je fondis en larmes. Le monde entier se liguait contre moi, me désolai-je. L'air, la terre, tout s'acharnait à me nuire. Finalement, à bout de fatigue et de frustration, je remontai mes genoux contre mon buste pour les enserrer de mes bras, faisant une boule de mon corps. Et dans un accès de rage pure, je me propulsai tête en avant, comptant acquérir assez de vitesse pour rouler jusqu'en bas.

Et je roulai, mais mes jambes tressautaient comme deux poids morts, mes épaules encaissaient de rudes coups. Je heurtai un caillou de la tête et sentis le sang couler sous mes cheveux, mais je continuai à rouler, en croyant voir le ciel rouler avec moi. À deux reprises, j'eus l'impression que mes poumons s'étaient vidés de tout leur air et je suffoquai pour en aspirer. Je m'arrêtai enfin. Étendue à plat ventre, je relevai la tête et aperçus mon fauteuil, à environ un mètre de moi.

Je posai le front sur mes avant-bras et m'accordai un moment de repos. J'avais mal. Je sentais les élancements aigus provenant des éraflures et contusions diverses aux hanches, aux bras, au crâne et à l'oreille droite. Je devais faire peur à voir. Mes vêtements étaient entièrement salis et mon chemisier déchiré au coude. À cet endroit, je sentis que j'avais une écorchure et vis que je saignais.

Mais au point où j'en étais... Je n'étais pas venue jusque-là pour rebrousser chemin, et gémir ne servirait à rien. Je me démenai pour me redresser en position assise, afin de pouvoir prendre appui sur mes mains et me haler jusqu'au fauteuil. J'y étais presque parvenue, quand j'entendis le moteur d'une voiture derrière moi, et me retournai pour voir qui arrivait. Je criai, au cas où le conducteur ou la conductrice ne m'aurait pas vue. La voiture stoppa si près de moi qu'en me penchant en arrière j'aurais pu toucher le pare-chocs.

La portière s'ouvrit et je tendis le cou, pleine d'espoir. Mais à la vue d'une paire de jambes sèches, terminées par des chaussures reconnaissables entre toutes, je laissai retomber ma tête avec accablement. Les poings sur les hanches, ma tante me dominait de toute sa hauteur.

– Mais qu'est-ce qu'il vous prend ? claironna-t-elle. Quelles inepties avez-vous encore inventées ? Vous êtes devenue complètement folle ou quoi ? Non, mais regardez-vous ! Regardez dans quel état vous vous êtes mise !

Je ripostai sur le même ton en criant à travers mes larmes :

– C'est entièrement votre faute ! Pourquoi avez-vous fait ôter la rampe ? Où sont les clés de mon van ? Pourquoi ne les avez-vous pas laissées sur la table de la cuisine, comme vous l'aviez promis ?

– Rentrons d'abord pour nettoyer ce gâchis, décréta-t-elle. Comment vous êtes-vous mise dans cet état ? Vous êtes tombée de votre fauteuil ? Pourquoi n'avoir pas attendu que je rentre ? En quoi était-ce si important pour vous d'aller vous promener ?

Elle alla chercher le fauteuil, le rapprocha de moi et se pencha pour passer les bras sous mes aisselles.

– Laissez-moi tranquille ! me rebiffai-je. Tout ça est votre faute.

– Arrêtez de faire l'idiote, montrez-vous coopérative. Je sais que vous pouvez bouger un peu la jambe droite, alors aidez-moi à vous soulever.

Je n'avais pas d'autre choix que d'obéir. Je ne sais pas d'où elle tirait sa force, mais elle parvint à me soulever assez haut pour me laisser ensuite retomber sur le siège. Je m'affalai contre le dossier, dans un tel état de faiblesse que mes bras pendaient sur les côtés.

– Détendez-vous, ordonna-t-elle en commençant à me pousser dans l'allée.

D'une voix sans force, je demandai une fois de plus :

– Pourquoi avez-vous fait enlever la rampe ?

– Nous vendons la maison, vous vous souvenez ? Comment pouvais-je la montrer à des agents immobiliers avec cette rampe en plein devant ? Cela ferait fuir les acquéreurs éventuels. Il faut d'abord que les gens aient une bonne impression de l'endroit, avant de songer à l'acheter.

– Vous n'auriez pas pu attendre que je sois partie, quand même ? Comment étais-je censée descendre ?

– Et qui aurait cru que vous voudriez partir sans aide ? Il ne fallait pas. Vous avez agi en gamine écervelée. Êtes-vous toujours aussi impulsive ?

Là, elle allait un peu loin. Je ne me gênai pas pour le lui dire.

– Mais qu'est-ce que vous racontez ? Vous me connaissez à peine ! Vous n'auriez pas dû faire enlever cette rampe, insistai-je avec fermeté.

J'avais déjà observé qu'elle était très vigoureuse, compte tenu de sa maigreur. Cette fois encore, elle me surprit. Elle fit pivoter mon fauteuil et le hissa, marche par marche, jusqu'en haut du perron.

– Et voilà, dit-elle en reprenant bruyamment son souffle. Vous m'avez presque épuisée, avec vos sottises. Maintenant, nous allons rentrer pour faire votre toilette. Sans oublier de mettre un désinfectant sur ces coupures et ces contusions, bien sûr. Vous en avez bien besoin.

Sur ce, elle retourna mon fauteuil dans le bon sens et me ramena dans la maison. Je baissai la tête, totalement découragée. Ma tentative de fuite, si héroïque fût-elle, avait lamentablement échoué. Il s'en était pourtant fallu de peu, de quelques instants à peine, pour que je parvienne à remonter dans mon fauteuil et à gagner la route. Des instants précieux, dont je ne mesurais pas encore l'importance extrême.

Je n'allais pas tarder à en prendre conscience.

Tante Victoria me ramena dans ma chambre et se mit aussitôt à me déshabiller, non sans m'accabler de reproches.

– Et si des gens étaient venus visiter pendant que vous vous débattiez par terre, qu'aurait-on pensé ? Moi qui gère une affaire de plusieurs millions de dollars, me montrer incapable de prendre soin d'une infirme ? Quelle honte vous feriez rejaillir sur moi ! Grant se demanderait si je suis aussi compétente que je le prétends, et il y aurait de quoi. Quant à votre mère…

Ma tante eut un rictus dédaigneux.

– Elle détournerait les yeux du spectacle, bien sûr. Elle serait tellement déprimée qu'il lui faudrait du repos à tout prix, et il volerait à son chevet pour la réconforter. Nous ne pouvons pas permettre qu'une chose pareille se produise, Rain. Plus jamais.

J'étais trop lasse et j'avais trop mal pour interrompre son discours, mais ses paroles faisaient mouche. Et la bizarre petite lueur qui clignotait dans ses prunelles, tandis qu'elle débitait ses griefs, ne me disait rien de bon.

Je criai quand elle lava mes écorchures. Le savon me piquait si fort que j'eus l'impression d'être mordue par des dents minuscules. Je n'y gagnai que de nouvelles remontrances.

– C'est votre faute, si vous souffrez, mais la douleur est bonne quand elle vous enseigne quelque chose. Espérons que ce sera le cas, cette fois-ci.

Je notai que, tandis qu'elle s'activait, ses yeux n'arrêtaient pas de s'ouvrir et de se refermer, comme des objectifs à déclenchement automatique.

– Comment ça, cette fois-ci ? Que voulez-vous dire ?

Elle me fixa d'un air hébété, ses lèvres tremblantes découvrant légèrement les dents.

– Il faut désinfecter ça, ma sœur chérie.

– Je ne suis pas votre sœur ! me récriai-je.

Tante Victoria battit des paupières et raidit l'échine.

– Ce n'est qu'une façon de parler, voyons. N'en faites pas toute une histoire. D'ailleurs tout irait beaucoup mieux si vous me considériez comme une sœur, et non comme une tante que vous connaissez à peine.

Je réprimai un gémissement et réfléchis. Tu dois te sortir de là, décidai-je. Cette femme ne tourne pas rond. Son esprit fonctionne comme une horloge qui s'arrête de temps en temps, et qui repart en marquant une autre heure que la vraie. Dans ces moments-là, elle se croit dans une autre époque de sa vie.

Elle appliqua l'antiseptique avec une joie sauvage, savourant mes plaintes et mes cris de douleur. Je sais que ce traitement était censé me faire du bien, mais dans ses mains cela devenait une vraie torture chinoise. Enfin, elle en eut terminé.

– Vous feriez mieux de vous allonger un moment, me conseilla-t-elle.

Je restai assise, le souffle court et m'efforçant de retrouver mon calme. Mais j'étais à bout de force, et la souffrance fusait par tant d'endroits différents de mon corps que j'étais sur le point de m'évanouir. Trop faible pour lui opposer la moindre résistance, je laissai ma tante me soulever de mon siège et me déposer sur mon lit.

– Je suppose que vous n'avez rien mangé, naturellement ?

Campée devant moi, elle me regardait d'une manière bizarre, comme si elle voyait à travers moi. Plus bizarre encore fut la façon dont elle s'adressa à moi. Subitement, elle me tutoya.

– Je me demande comment tu t'arranges pour avoir aussi bonne mine, avec toutes les saletés que tu avales. Tu n'as jamais eu d'acné. Et si par hasard tu avais le moindre petit bouton sur le nez, tu te conduisais comme si le Vésuve était entré en éruption au beau milieu de ta figure.

Cette étrange familiarité me fit courir un frisson dans le dos. C'est à peine si j'osai murmurer :

– Mais de quoi parlez-vous, Tante Victoria ?

– Tu ne t'en souviens pas, évidemment. Tout ce qui est dérangeant, tu trouves le moyen de l'oublier. Va te coucher, j'ai du travail, acheva-t-elle en marchant vers la porte.

– Attendez ! la rappelai-je d'une voix éteinte.

Mais elle ne daigna pas se retourner.

Il faut que je me repose, que je reprenne des forces et que je m'en aille, décidai-je. Cette femme devient folle. Elle navigue sans arrêt entre le présent et ses mauvais souvenirs. Je dois partir d'ici au plus vite.

Cette résolution prise, je fermai les yeux et m'endormis presque instantanément.

J'étais si épuisée par cette épreuve que je dus dormir plusieurs heures d'affilée. Quand je m'éveillai, c'était presque le soir, et de gros nuages assombrissaient encore le crépuscule. Sans lumière, comme cette chambre me semblait effrayante, soudain… Je me soulevai sur les coudes, mais ce mouvement me causa des douleurs si vives dans les bras et les hanches qu'un gémissement m'échappa.

– Tante Victoria ! criai-je. Tante Victoria !

J'attendis. Mais à part le bruit du vent, bien plus puissant à présent, aucun son ne me parvint. Ma tante était-elle toujours là, seulement ? Je commençais à avoir mal à la tête, et je m'avisai que je n'avais rien mangé de la journée, ni bu la moindre goutte d'eau. J'avais les lèvres comme du papier de verre. J'appelai encore :

– Tante Victoria !

Comment pouvait-elle ne pas m'entendre, alors que je m'époumonais ?

– Vous êtes là ?

Le couloir n'était pas éclairé. Elle était sortie, probablement. Je cherchai mon fauteuil du regard et m'aperçus qu'elle l'avait laissé beaucoup trop loin de mon lit. Il allait falloir me remettre à ramper, si je voulais l'atteindre. Mais cette seule pensée m'épuisait. Pour moi, dans mon état, ce serait aussi aisé que d'escalader l'Everest. Ma migraine s'était installée, elle m'enserrait les tempes comme un bandeau de métal chargé d'électricité.

– Tante Victoria, répondez-moi si vous êtes là, implorai-je.

Toujours pas de réponse. Peut-être était-elle dans son bureau, en train de téléphoner, ce qui l'empêchait de m'entendre ? Je tendis l'oreille, guettant le moindre son indiquant une autre présence dans la maison, mais le silence s'éternisait. Il semblait même plus profond que jamais.

J'appelai encore, et pris même appui sur mes coudes pour soulever mon buste et crier plus fort. Toujours sans résultat.

En désespoir de cause, je m'emparai de mon réveille-matin et, de toutes mes forces, le lançai par la porte ouverte. Il heurta le mur du couloir, puis rebondit à grand fracas sur le sol. J'écoutai. J'écoutai encore.

Finalement, j'entendis des pas, mais si lents et si faibles qu'on aurait dit ceux d'une vieille personne qui traînait les pieds. Était-il possible que ce fût Tante Victoria ? Je crus qu'elle n'atteindrait jamais ma porte, mais après un temps interminable… elle fut là. Vêtue de cette affreuse robe de chambre d'un rose fané, presque incolore, et les pieds glissés dans ce qui ressemblait à des pantoufles d'homme. Elle avait l'air encore plus lasse et désemparée que moi-même. Ses paupières tombaient, ses yeux étaient deux flaques d'encre. Quant à ses cheveux, on aurait dit qu'une tribu de rats s'y était livré bataille. Et elle qui en imposait toujours par son maintien si parfait, ou plutôt si raide, semblait soudain plus menue et plus vieille dans cette posture affaissée. Elle marchait comme si ses articulations lui faisaient encore plus mal que les miennes, et pendant un moment je me demandais si elle n'avait pas dit vrai. Peut-être que ses efforts pour me relever et me ramener à la maison l'avaient épuisée, après tout.

– Qu'est-ce qu'il y a ? Que se passe-t-il encore ? bougonna-t-elle. Je dormais.

– Je veux me lever, Tante Victoria. J'ai besoin de mon fauteuil roulant, de manger quelque chose et de boire. J'ai la bouche sèche comme un vieux parchemin.

Elle resta plantée devant moi, les yeux ronds, exactement comme si je n'avais rien dit.

– Tante Victoria ? Vous m'avez entendue ?

– Devinez ce qui est arrivé au courrier cet après-midi, grogna-t-elle en guise de réponse.

Grimaçant un sourire, elle plongea la main dans sa vaste poche et en tira ce qui me parut être une carte postale. Elle la brandit bien haut et attendit, comme si j'étais censée comprendre toute seule. La carte venait-elle d'Angleterre ? Ou de Roy ? Je m'informai prudemment :

– De qui est-ce ?

– D'eux, bien sûr. Qui d'autre aurait l'audace, le toupet de m'envoyer une telle carte ? Je vais vous la lire.

– Tante Victoria...

– Chère Vikki, commença-t-elle sans m'écouter.

Puis elle abaissa la carte et leva les yeux sur moi.

– Elle aime bien faire ça de temps en temps, m'appeler Vikki comme si nous nous adorions. Elle sait que j'ai horreur des diminutifs, pourtant. Je les ai toujours détestés, je n'ai jamais permis qu'on m'appelle Vikki en classe, je ne répondais pas quand on le faisait. Mais elle poussait les autres à le faire, juste pour s'amuser. Bien, reprenons.

Chère Vikki,

Je n'ai pas pu m'empêcher d'acheter cette carte à ton intention, pour te montrer comme cet endroit est beau. Nous passons des moments très agréables, Grant et moi. C'est comme une seconde lune de miel. Nous réapprenons à nous connaître et à nous aimer, comme si tout recommençait.

Avec toute mon affection,

Megan

Ma tante abaissa la carte et la remit dans sa poche.

– Avec toute mon affection, Megan, persifla-t-elle. Ils réapprennent à se connaître et à s'aimer, comme si tout recommençait. Vous voyez ? Elle obtient toujours ce qu'elle veut, en fin de compte.

Elle eut un petit rire grinçant.

– Ne te fatigue surtout pas, Megan. Pleure au moindre signe de désagrément. Joue les faibles femmes devant ton mari, bats des cils, boude, et tu auras tout ce que tu peux désirer. C'est la recette à suivre, tant qu'il y aura des hommes.

« Alors pourquoi me donner tant de mal, au fond ? Allez-y, demandez-le-moi. Demandez-le-moi ! ordonna-t-elle rudement.

– J'ai faim et soif, Tante Victoria. S'il vous plaît, voulez-vous rapprocher mon fauteuil du lit ?

Elle grimaça, haussa les épaules, alla chercher mon fauteuil et le ramena près de mon lit. Puis, sans ajouter un mot, elle sortit en traînant les pieds.

– Dès que je suis d'aplomb, je m'en vais, chantonnai-je comme une formule magique. Dès que je suis d'aplomb, je m'en vais…

Magique ou pas, mon mantra me donna la force d'enfiler ma robe de chambre et de me lever. À peine étais-je en fauteuil que je quittai la pièce.

Dehors, une surprise m'attendait : toute la maison semblait plongée dans le noir. Ma tante n'avait pas pris la peine d'allumer les lampes du hall. Ce que je fis, puis j'allai jeter un coup d'œil du côté du bureau. La porte était ouverte, et d'après la faible lumière qui en provenait, il n'était éclairé que par une unique petite lampe. Je passai dans la cuisine, allumai en grand et commençai à me préparer quelque chose pour souper.

Tout en m'activant, puis en mangeant, je m'attendais sans cesse à voir apparaître ma tante. Mais je terminai mon repas, débarrassai la table et portai la vaisselle à la cuisine sans qu'elle se soit montrée. Manger et boire m'avaient fait du bien, j'avais retrouvé une bonne partie de mes forces, je souffrais déjà moins. Contusions et coupures ne me causaient plus qu'une douleur sourde. Je venais de faire demi-tour pour regagner ma chambre, quand un bruit de pas inconnus résonna dans le couloir. Le claquement de talons évoquait une personne alerte et vigoureuse, débordante d'énergie. Qui cela pouvait-il être ? Je fis des vœux pour que ce fût ma mère.

Tout d'abord, je ne la reconnus pas. La première idée qui me vint à l'esprit fut que c'était une employée de Victoria, sa secrétaire sans doute. Il me fallut un moment pour enregistrer tous les changements qui la rendaient méconnaissable... et l'identifier.

Je crus sentir mon sang se retirer de mes veines. Et je restai figée devant cette femme inconnue, grotesque caricature d'elle-même surgie tout droit d'un cauchemar.

Ses cheveux décolorés avaient pris l'aspect de la paille sèche, son visage était plâtré de fard. Elle s'en était mis une telle couche qu'il s'écaillait sur son front. Et sous leur épaisseur de rouge, ses lèvres si minces paraissaient à présent charnues, mais elles lui faisaient une face de clown. Pour le maquillage des paupières, elle ne s'en était pas trop mal tirée. Mais ses faux cils, mal posés, avaient un air affreusement artificiel.

Ma tante avait grandi, grâce aux talons qui la hissaient vers le ciel. Des pendentifs en or incrustés de diamants, assortis à son collier, se balançaient à ses oreilles. Et de toute évidence, elle portait un soutien-gorge rembourré, car son buste ingrat s'était subitement étoffé. Ce que révélait clairement le décolleté en V de sa robe en jersey bleu marine, plaquée comme un fourreau sur son bassin osseux.

Subitement, elle leva les bras au-dessus de sa tête.

– Eh bien ? minauda-t-elle en tournant sur elle-même. Comment me trouves-tu ?

Je fus incapable d'articuler un son. Elle était si bizarre qu'elle m'effrayait. Je tentais d'avaler ma salive, mais la boule que j'avais dans la gorge m'en empêcha. Victoria fut si dépitée par ma réaction que le sang lui monta aux joues. Son expression surexcitée s'évapora, laissant place à un regard de rage froide.

– Eh bien quoi ? Qu'est-ce qui ne va pas ? Je ne suis pas jolie, même comme ça ? C'est ça que tu es en train de penser ?

– Non, parvins-je enfin à proférer. Je suis… un peu surprise, c'est tout.

Elle me fixa encore quelques instants d'un œil méfiant, puis elle sourit.

– Bien sûr que tu es surprise, c'est justement l'effet cherché : la surprise. Eh bien, souhaite-moi bonne chance.

Décidément, je comprenais de moins en moins.

– Bonne chance pour quoi ?

– Pour quoi ? Mais pour mon rendez-vous ! On a toujours besoin d'un peu de chance, dans ces cas-là. On ne peut pas tout prévoir.

– Vous allez à un rendez-vous ?

J'allais ajouter : « Comme ça ? », mais je me retins juste à temps.

– Évidemment ! Je t'en ai parlé, mais tu n'écoutes rien quand il ne s'agit pas de toi. Ce soir, c'est mon grand soir, dit-elle avec satisfaction. Et toi, tu restes à la maison. À ton tour de faire tapisserie ! Mais je penserai à toi en me régalant au buffet, en écoutant la musique, en roulant en décapotable et… et ensuite. Eh oui, pour moi aussi il y aura une suite.

« Prépare-toi à en entendre de belles ! glousssa-t-elle en agitant la main. Je te raconterai tout demain, si tu es bien sage.

Sur ce, elle pivota sur ses vertigineux talons.

– Tante Victoria ! criai-je en-la suivant dans le hall aussi vite que je le pouvais. Attendez ! Où sont les clés du van ?

Elle ne se retourna pas avant d'avoir atteint la porte.

– Quoi ? glapit-elle alors, rouge de colère. Quoi encore ?

Je me rapprochai d'elle et dis le plus calmement possible :

– J'ai besoin de ces clés. S'il vous plaît. Vous avez promis, et j'ai signé le papier. Nous avons conclu un marché.

Ces précisions parurent la ramener dans la réalité.

– Je ne sais pas où elles sont, prétendit-elle. Je les chercherai demain, et ne me parlez plus de papiers ni de signatures. Je ne veux pas discuter affaires avec vous maintenant, espèce de petite sotte. Vous ne voyez donc pas que ce n'est pas le moment ? J'ai la tête ailleurs, je ne peux pas réfléchir sérieusement. Si quelqu'un devrait comprendre ça, c'est bien vous, il me semble ! Tâchez de vous conduire gentiment et je reviendrai.

– Tante Victoria !

La porte se referma sur mon cri : ma tante était partie. Je restai un moment clouée sur place, encore incrédule. Puis je sortis et roulai jusqu'à son bureau, en espérant qu'elle aurait oublié de fermer à clé. Elle n'avait pas oublié.

Elle est folle, pensai-je. Elle n'a pas le moindre rendez-vous, elle est perdue dans je ne sais quelles chimères. J'aurais voulu quitter cette maison sur-le-champ, mais il n'était pas question de recommencer ma tentative d'évasion. Je roulai jusqu'au bas de l'escalier, levai la tête et contemplai la volée de marches. Le téléphone de l'étage fonctionnait, d'après Mme Churchwell. Mais aurais-je la force, et surtout le cran de me lancer dans cette escalade ? Si je glissais et tombais… au moins je me retrouverais à l'hôpital, me consolai-je, loin de cette maison. À moins que…

À moins que Tante Victoria ne me ramasse et ne me ramène elle-même dans mon lit, avec mes fractures et le reste. Elle en était parfaitement capable. Alors quoi ? Allais-je me contenter d'attendre qu'Austin revienne, comme promis ? Ou, terrorisés par l'avocat de ma tante, son oncle et lui avaient-ils décidé de se tenir tranquilles ? C'était plausible, surtout après l'incident de l'avant-veille.

L'indécision me donnait des palpitations. Pouvais-je regagner cette cellule qu'était ma chambre et me contenter d'attendre ? Non, impossible. J'y mettrais le temps qu'il faudrait, toute la nuit peut-être ; mais en prenant toutes les précautions nécessaires, je me hisserais en haut de ces marches, jusqu'à ce fameux téléphone.

J'y arriverais, je m'en fis le serment, même si cela devait être la dernière chose que je ferais de ma vie. Puis je m'avisai que, dans ce cas particulier, cette expression toute faite pourrait bien se révéler parfaitement exacte.

Centimètre par centimètre — ou presque — je me transférai du fauteuil aux premières marches, où je m'assis pour reprendre haleine. Mon cœur battait tellement que je me demandai si je n'allais pas m'évanouir au milieu du parcours. Calme-toi, Rain, m'ordonnai-je à moi-même. Calme-toi, sinon ce n'est même pas la peine d'essayer.

Gravir un escalier, même avec des jambes inertes, n'était pas une entreprise insurmontable. J'avais de la force dans les bras et les épaules, grâce à ma thérapie avec Austin. Je m'assis sur une marche, plaçai les mains derrière moi et me haussai jusqu'à la suivante. Je continuai ainsi et me reposai toutes les deux marches, en me tenant aux balustres. Pour ne pas me laisser gagner par la panique, j'inventai une petite comptine que je fredonnai tout bas. « Vingt-quatre marches à l'escalier, encore deux marches de passées, plus que dix-huit à grimper… » C'était idiot, sans doute, mais efficace. Toute crainte m'avait quittée.

J'y mis presque trois quarts d'heure, mais finalement je touchai le palier de mes mains et j'opérai ma dernière traction. J'étais à l'étage. Si mon cœur battait si fort, ce n'était plus de peur mais de joie.

En baissant les yeux pour apercevoir mon fauteuil, j'eus l'impression de regarder du haut d'une falaise. Pleine d'espoir à présent, j'entamai la longue route qu'était pour moi le corridor. Il y avait le téléphone dans toutes les chambres, me rappelai-je. Mais j'étais presque sûre que le bon appareil, celui qui fonctionnait, se trouverait dans celle de ma tante, son ancienne chambre dont elle avait repris possession.

Comme j'approchais de celle de Grand-mère Hudson, je pus voir que la porte était ouverte. Ma décision fut vite prise. Tant qu'à être aussi près, autant essayer d'abord ce téléphone-là. Après tout, pourquoi ma tante l'aurait-elle déconnecté ? D'ailleurs, quelque chose me poussait à tenter mon appel désespéré depuis cette chambre-là, celle de Grand-mère Hudson. En esprit, elle serait à mes côtés comme elle l'avait toujours été quand j'avais besoin d'elle, j'en étais sûre. J'entrai dans la pièce et tendis le bras pour donner de la lumière.

Ce qui me frappa d'abord, ce fut les lourds effluves du parfum de Grand-mère Hudson. Un léger arôme aurait pu subsister, mais certainement pas si longtemps, ni si fortement que celui-là. On aurait dit qu'on venait juste de le vaporiser. Tante Victoria pouvait l'avoir utilisé, mais j'étais sûre que ce n'était pas le cas. Je l'aurais reconnu sur elle, ou j'aurais flairé sa trace dans le hall après son départ. De cela, j'étais certaine.

Le téléphone de Grand-mère Hudson était un modèle ancien, tout en bois et cuivre, avec une sorte de grosse rondelle noire à chaque extrémité du combiné. Il était placé sur la table de nuit, à droite de son lit. Je résolus d'utiliser le bord du lit comme appui pour me hisser jusqu'au matelas. De là, il me serait très facile d'atteindre le téléphone.

J'y parvins en deux mouvements aisés, souriant toute seule en imaginant combien Austin aurait été fier de moi. Dans un dernier effort, je me soulevai de façon à retomber en arrière, la tête sur l'oreiller.

Sauf que je ne tombai pas sur l'oreiller : c'est sur des cheveux que ma joue se posa. Ce fut tellement inattendu que, pendant un moment, je restai pétrifiée de surprise. Puis je me retournai, très lentement, et un long cri jaillit de ma poitrine, si aigu qu'il résonna dans tous mes os.

Coiffée d'une perruque de la même couleur que les cheveux de Grand-mère Hudson, une tête de mannequin reposait sur l'un des oreillers.

Je sentis mes poumons se vider, comme si une pompe venait d'aspirer tout l'air qu'ils contenaient. Un vertige me saisit.

Et d'un seul coup tout devint noir.

15

Captive de la folie

Ma perte de conscience fut sans doute assez brève. Mais pendant le temps qu'il m'avait fallu pour monter à l'étage, et gagner la chambre de Grand-mère Hudson, ma tante avait fait du chemin elle aussi, à travers cette contrée d'illusions qu'elle avait créée pour son usage. Selon toute vraisemblance, elle s'était rendue à son rendez-vous imaginaire et en était revenue. En ouvrant les yeux, je la trouvai à mon chevet.

Elle eut cette moue pincée qui voulait être un sourire.

– Je ne suis pas surprise de te trouver là. Dès que j'ai vu ton fauteuil en bas des marches, j'ai compris ce que tu avais fait. Tu voulais être près d'elle, bien sûr. Quelle sottise de ma part de n'y avoir pas pensé plus tôt !

Et voilà, ça la reprenait ! Je soulevai le buste et jetai un regard à la tête de mannequin.

– Qu'est-ce que c'est que cette chose ?

– Ch-u-ut ! Elle dort. Je parie que tu es fatiguée, toi aussi. Quel effort n'as-tu pas dû faire pour te traîner jusqu'ici ! Nous sommes tous fiers de toi. Fiers de te voir enfin accepter la souffrance, comme chacun d'entre nous.

– Je veux m'en aller, me lamentai-je. S'il vous plaît, aidez-moi à partir d'ici. Vous pourrez avoir tout ce que vous voudrez, absolument tout. Je signerai tout ce qu'il vous plaira, si vous m'aidez à quitter cette maison ce soir.

– Ce serait stupide, voyons. Surtout maintenant que nous nous entendons si bien.

– Nous ne nous entendons pas du tout, arrêtez de dire ça !

Ma tante baissa brusquement la voix.

– Allons, Megan ! Ne crie pas si fort, tu vas la réveiller.

– Je ne suis pas Megan. Je suis Rain, et vous êtes ridicule avec tout ce maquillage et vos cheveux teints. D'ailleurs il n'y a personne à réveiller, Grand-mère Hudson est morte. Oui, morte. Maintenant vous allez m'aider à quitter cette maison, ou je raconte tout à mon avocat, menaçai-je. C'est compris ?

Victoria me regarda d'un air apitoyé.

– Et moi qui pensais que tu t'améliorais, que tu renonçais à te conduire en enfant gâtée. Je suis terriblement déçue, gémit-elle en prenant le chemin de la porte.

– Je vous défends de quitter cette pièce !

Victoria se retourna.

– Après une bonne nuit de repos, peut-être deviendras-tu plus raisonnable. Oh, à propos, ajouta-t-elle en souriant. J'ai passé une soirée merveilleuse avec Grant.

– Vous n'étiez pas avec Grant. Et cela n'arrivera jamais ! hurlai-je tandis qu'elle éteignait la lumière et refermait la porte. Tante Victoria !

La moquette étouffa le bruit de ses hauts talons qui s'éloignaient.

Je roulai sur le côté droit et tendis le bras vers le téléphone. Mais quand je soulevai le combiné de sa fourche, je ne perçus qu'un silence de mort. Il n'y avait pas de tonalité. Pourquoi ma tante avait-elle également déconnecté cet appareil ? S'imaginait-elle que Grand-mère Hudson allait s'en servir ?

C'était de la démence. Elle m'entraîne dans sa démence, pensai-je avec terreur. Balayant l'appareil de la table de nuit, je l'envoyai rouler sur le plancher.

Et maintenant, quoi ? Avais-je la force de redescendre ? Et que ferais-je, une fois en bas ?

Je laissai retomber ma tête sur l'oreiller. Qu'avais-je fait ? Je m'étais séparée de mon fauteuil, mon seul moyen de locomotion, et je m'étais piégée moi-même encore plus solidement. Comme dans une camisole de force, je m'étais si bien débattue, démenée, contorsionnée, que j'avais resserré mes liens au point de m'interdire presque tout mouvement.

Je dormis d'une traite jusqu'au matin. Mais à l'instant où je m'éveillai, j'éprouvai une violente envie de vomir. Vague après vague, la nausée me contraignit à garder la tête sur l'oreiller. Je respirai profondément, plusieurs fois de suite, et m'efforçai de conserver mon calme. Que m'arrivait-il ? Était-ce le résultat des fatigues insensées que je m'étais imposées la veille ? Je ressentais toujours, bien que très assourdies, des douleurs sur presque tout le corps.

Quand je me tournai sur le côté, j'en ressentis une toute nouvelle : dans la poitrine. Qu'est-ce que cela pouvait bien être ? Une crainte horrible monta en moi comme le mercure dans un thermomètre. Je secouai la tête, refusant la possibilité qui se présentait à mon esprit. J'avais eu tant d'autres problèmes physiques, ces derniers temps, que je ne m'étais pas attardée sur la question, mais… Mais j'avais plusieurs semaines de retard. Autrement dit : j'avais sauté un cycle.

Tout cet ensemble de choses m'atteignit comme un coup de poing dans l'estomac. Je n'eus que le temps de me pencher par-dessus le bord du lit, et je vomis. Je criai pour appeler Tante Victoria, pour appeler n'importe qui. J'étais si mal que je me crus sur le point de mourir. Entre deux nausées, je hurlais de plus belle, et finalement elle arriva.

Un changement radical s'était opéré entre son aspect de la veille et celui de ce matin. Comme si elle s'était éveillée d'un rêve, qu'elle émergeait d'une crise de somnambulisme ou d'un coma, c'était la Tante Victoria de toujours et de tous les jours, du moins en apparence. Sanglée dans un de ses tailleurs de femme d'affaires, les cheveux brossés avec soin, débarrassée de tout maquillage, elle me regardait du seuil de la pièce avec une expression de profond dégoût.

Son esprit dérangé avait réintégré le moment présent, du moins je l'espérais.

– Qu'est-ce qu'il vous arrive ? demanda-t-elle de loin.

– Ce qu'il m'arrive ? Je suis malade. Comment avez-vous pu me laisser seule comme ça ?

– Vous êtes répugnante, me lança-t-elle en traversant la chambre pour aller dans la salle de bains.

Elle en revint avec une serviette de toilette et la jeta sur les vomissures.

– Il faut que vous appeliez une ambulance, Tante Victoria, et qu'on m'emmène à l'hôpital.

Elle me toisa de tout son haut et secoua la tête.

– Il faut toujours que tu dramatises, n'est-ce pas ? Tu te crois toujours sur scène, en train de concourir pour un oscar. Même aujourd'hui, tu ne penses qu'à attirer l'attention sur toi. Même aujourd'hui !

– Comment ça, aujourd'hui ? Qu'est-ce que vous racontez ?

Et moi qui la croyais revenue à son état normal ! En un clin d'œil, elle avait replongé dans ses fantasmes. Comment prévoir ces sautes d'humeur et de quoi parlait-elle donc ?

– Tu sais que c'est un grand jour pour moi. Je pourrais bien réussir la plus grande opération commerciale qu'ait jamais réalisée notre compagnie. Père sera très fier de moi. Tu as peur que je te vole la vedette, c'est ça ?

– Tante Victoria, je vous en prie, arrêtez. C'est moi, Rain. Je suis malade. Je crois que… il se pourrait que je sois enceinte, avouai-je, m'attendant à une tirade sur Austin et les coureurs de dot.

Elle raidit la nuque, pinça les lèvres. Ses yeux s'assombrirent et s'éclairèrent tour à tour, comme une lumière qu'on éteint et qu'on rallume.

– Vraiment ? dit-elle d'une voix aussi dépourvue d'émotion que de sympathie. Pourquoi ne suis-je pas surprise ? Pourquoi ne suis-je pas surprise que tes plaisirs, une fois de plus, passent avant tes responsabilités, avant la famille et sa réputation ? Pourquoi n'en suis-je pas étonnée, Megan ?

– Vous ne m'écoutez pas ! S'il vous plaît, implorai-je, écoutez-moi. Je suis votre nièce, pas votre sœur. C'est très grave pour moi d'être enceinte. J'ai besoin d'une surveillance médicale. Il faut appeler une ambulance et téléphoner aux médecins qui me suivent, tout de suite.

Je tendis la main vers elle et elle recula aussitôt, comme si je risquais de la contaminer.

– Oh, ça suffit ! Tu crois être la seule fille à avoir ce genre d'ennuis ? Que va-t-il arriver, d'après toi ? Tu te figures que nous allons mettre tout le monde au courant ? Et tu réclames une ambulance parce que tu te crois enceinte ? C'est ridicule. Même si tu es vraiment enceinte, nous réglerons le problème comme nous l'avons toujours fait pour tes autres erreurs, Megan. Nous-mêmes, discrètement, sans annoncer au monde entier tes écarts de conduite.

« Pour le moment, ajouta Victoria, souffrir un peu te fera du bien. Cela t'aidera peut-être à comprendre combien tu as pu être égoïste. Et pourquoi tu ferais mieux de penser un peu à nous, de te montrer plus prudente, la prochaine fois que tu auras envie de céder à tes caprices et à tes plaisirs.

– Attendez ! m'écriai-je en la voyant prendre la direction de la porte.

Elle fit volte-face en bougonnant.

– Quoi encore ? J'ai une réunion très, très importante aujourd'hui. Un marché de plusieurs millions est en jeu. Est-ce que tu te rends compte ? reprit-elle, les yeux brillants d'excitation. Moi, une femme, j'ai porté la compagnie de mon père à un niveau qu'il n'aurait jamais imaginé.

« Peut-être que tu m'apprécieras davantage, maintenant ! Et nos parents aussi. Tâche de ne plus faire de saletés, ajouta-t-elle en baissant les yeux vers le tapis souillé.

Elle avait déjà presque refermé la porte, et je m'affolai quand je ne la vis plus.

– Attendez, ne me laissez pas toute seule ! Je ne suis pas Megan ! Tante Victoria ! m'époumonai-je en l'entendant descendre les marches. Revenez vous occuper de moi ! Écoutez-moi, Tante Victoria !

Quelques instants plus tard la porte d'entrée fut ouverte, puis refermée : ma tante était partie. J'étais seule. J'avais mal au ventre, mes nausées reprenaient. Je recommençai à vomir, vomis et vomis encore, jusqu'à ce que je sois trop faible pour soulever la tête de l'oreiller.

« Repose-toi, me dis-je en m'efforçant au calme. Repose-toi, et dans un moment tu essaieras d'atteindre le téléphone de sa chambre. »

Je somnolai, me réveillai, me rendormis. Je me rendais compte que j'avais à nouveau des problèmes de vessie. J'étais mouillée, mes crampes abdominales augmentaient d'intensité. Mes nausées se muaient en quelque chose d'autre, quelque chose d'encore pire, mon corps devenait de plus en plus chaud, ma bouche se desséchait. Il m'était pénible d'appeler à l'aide. J'avais l'impression que ma langue était un morceau de pierre ponce. Bientôt, ma migraine devint si vive que j'en eus les larmes aux yeux, mais je ne pouvais même plus pleurer. C'était comme si quelque chose pleurait en moi.

Et je n'avais pas la moindre notion du temps qui passait : l'unique pendule de la pièce était arrêtée. Je retombai dans ma somnolence, pendant ce qui me parut durer des heures. J'étais si brûlante à présent que j'aurais pu mettre le feu au lit. Que n'aurais-je pas donné pour une seule gorgée d'eau !

Le mouvement du soleil m'avertit que l'après-midi tirait à sa fin. Dans mon demi-sommeil, je crus percevoir un craquement du côté de la porte, et j'ouvris les yeux. Je ne m'étais pas trompée : la porte avait bougé. Je tentai de crier.

Je crus que j'avais crié, mais mon cri ne dut pas être plus bruyant qu'un soupir. Finalement, après ce qui me parut une éternité, ma tante se montra. Elle ne portait plus son tailleur de bureau, mais ce que je vis me parut si dément que je me demandai si je ne rêvais pas.

En négligé vaporeux, Tante Victoria parut flotter vers moi.

Elle était très mince, et je pouvais voir ses côtes saillir sous sa peau. Elle tourna lentement sur elle-même, les bras en l'air, et elle les garda longtemps dans cette position avant de les laisser retomber à ses côtés dans une sorte de danse bizarre. Son sourire avait changé. Il évoquait maintenant celui d'une fillette heureuse.

Elle s'arrêta et me regarda d'un air satisfait.

– Oh, Megan, je suis tellement contente ! Il fallait que je vienne te le dire. Papa m'aime, annonça-t-elle. Papa m'aime plus qu'il ne t'aime, toi.

Dans une nouvelle pirouette, elle se rapprocha de moi. Je la fixais, fascinée, sans pouvoir en détacher les yeux. Quand elle parla, ce fut avec une voix d'enfant.

– Papa m'a emportée dans ses bras pour me mettre au lit. Je venais de finir mon lait chaud et il a dit que c'était l'heure d'aller me coucher. Moi, je ne voulais pas, mais il a dit qu'il le fallait ou sinon Mère serait fâchée. Qu'en partant pour le bal des œuvres de bienfaisance, elle l'avait chargé de s'occuper de nous. Et il a dit qu'il devait obéir, sinon elle le ferait dormir dans la niche du chien. Il m'a demandé : tu veux que je dorme dans la niche ?

« Alors j'ai eu très peur pour lui, et j'ai fait signe que non, je ne voulais pas. Et il m'a regardée d'un air gentil, si tu savais ! Encore plus gentil que quand il te regarde, toi, affirma-t-elle en hochant la tête avec conviction.

J'étais incapable de parler. Son visage était si près du mien que je distinguais les minuscules taches de son sous ses paupières, la marque de naissance presque invisible au coin de sa narine. Elle me faisait peur, je n'osais pas l'interrompre. Je n'avais pas ouvert la bouche quand elle reprit le fil de son histoire.

– Alors il a dit : « Viens, on monte se coucher », et il m'a soulevée dans ses bras comme si je n'étais pas plus lourde qu'une bulle. Il a dit que je ne devais pas aller te voir parce que tu avais la varicelle, et qu'il ne fallait pas l'attraper.

« Il m'a portée jusqu'à ma chambre et m'a fait allonger sur mon lit et m'a caressé la figure, et puis les épaules et la poitrine et il m'a chatouillé le ventre. Comme il te le faisait à toi, révéla-t-elle fièrement. Il ne me l'avait jamais fait avant. Et après il a dit :

« "Je parie tu commences à rattraper Megan ? Tu as douze ans, les filles grandissent à cet âge-là. Voyons un petit peu ça ?"

« Alors il a soulevé ma chemise de nuit et il a regardé en dessous et il a dit que oui, j'avais grandi, et qu'il avait deux grandes filles, maintenant. Il m'a fait un câlin et il était tout rouge et tout chaud, tellement chaud que ça m'a presque brûlée quand il m'a embrassée.

« Alors tu vois, il m'aime, conclut-elle en tourbillonnant une dernière fois. Moi aussi, papa m'aime.

Elle s'arrêta enfin et me fit face. Je n'avais pas la moindre idée de ce qu'elle allait faire ensuite, mais je fus vite fixée. Elle tendit lentement la main pour toucher mon visage.

– C'est plus froid, constata-t-elle d'une voix dépitée. Mais pas encore assez froid, même si tu as meilleure mine aujourd'hui. Tu as perdu du poids, pourtant. Tes admirateurs vont être bien désolés, pas vrai ?

Elle promena sa main sur la couverture comme si elle tâtait quelque chose d'inconsistant.

– Je suis malade, murmurai-je. Très malade.

– Je sais. Tu te sens très mal, tu souffres même beaucoup. Mais tu guériras, et tu seras de nouveau la plus jolie, et papa ne me regardera plus autant.

Ses yeux perdirent leur éclat, son regard se fit lointain et son sourire vide. Elle s'agenouilla près du lit.

– Je vous surveille quand il est avec toi. Il te dit que tu es si belle que même les objets pourraient tomber amoureux de toi. Je vois sa fierté dans ses yeux. Son orgueil d'artiste qui a créé quelque chose de tellement beau qu'il mériterait les félicitations du monde entier.

Ma tante marqua une pause et me jeta un coup d'œil irrité.

– Pourquoi ne serais-tu pas malade un peu plus longtemps ? Tu n'aurais pas besoin d'aller à l'école, pas de devoirs à faire. Tu te ferais désirer, comme tu as toujours adoré le faire, pas vrai ?

Je secouai faiblement la tête.

– Tu sais quoi ? Je vais t'aider à rester malade, annonça-t-elle d'un air triomphant.

– De l'eau, implorai-je dans un souffle. J'ai tellement soif. S'il vous plaît, donnez-moi un peu d'eau.

Une étincelle s'alluma dans ses yeux.

– De l'eau ? Tu veux boire de l'eau ? Parfait, je vais te chercher un verre d'eau.

Elle se leva, passa dans la salle de bains, et je guettai le bruit du robinet. Rien qu'entendre couler l'eau me ferait du bien, pensai-je avec soulagement. Mais ce ne fut pas cela que j'entendis. L'abattant des toilettes claqua contre le réservoir quand elle le releva, puis je reconnus le tintement d'un verre plongé dans la cuvette : il cliqueta contre la porcelaine. Elle revint avec le verre plein.

– Et voilà ! dit-elle d'un air satisfait. Tu n'as qu'à boire ça.

J'agitai la tête en signe de refus.

– Je vous en prie, murmurai-je, les lèvres si sèches que parler me fit mal.

– Tu as dit que tu avais soif, non ? Alors bois ça.

Elle sourit en contemplant le verre et ajouta :

– Peut-être que ça fera durer ta maladie ? Allez, bois !

Une fois de plus, je secouai la tête. Ma tante se pencha et approcha le verre de ma bouche. Comme je la gardais fermée, elle versa dessus l'eau des toilettes qui dégoulina de chaque côté de mon menton, dans mon cou et sur le lit. D'une pression sur ma mâchoire, ma tante força ma bouche à s'entrouvrir et un peu de liquide y pénétra. Je toussai et crachai. Elle m'observa quelques instants puis alla remettre le verre dans la salle de bains.

La nausée me reprit, mais cette fois je ne parvins pas à vomir. Mes vains efforts ne me valurent que de nouvelles crampes. Victoria jubilait.

– C'est très bien. Je dirai à tout le monde que tu vas plus mal et une fois de plus, je dînerai seule avec papa. Je te monterai du thé et des toasts, d'accord ?

Je ne répondis rien et ma tante fronça les sourcils.

– Je me demande pourquoi je suis si gentille avec toi, Megan. Toi, tu ne l'es jamais avec moi. À l'école, tu m'évites tout le temps, et tu fais comme si nous n'étions même pas parentes. Mais moi…

Elle retrouva subitement le sourire.

– Moi, je ne t'en veux pas. Non, pas du tout. Papa m'aime, moi aussi.

Là-dessus, elle marcha lentement jusqu'au seuil de la chambre, se retourna pour m'adresser un signe d'adieu et sortit, en tirant soigneusement la porte derrière elle.

Mes yeux se fermèrent presque instantanément. Et je sombrai dans un profond sommeil, peut-être le seul moyen pour moi d'échapper à ce cauchemar.

Il nous arrive à tous, à certains moments, de chercher refuge dans nos plus beaux rêves. Mon esprit enfiévré, refusant la réalité trop pénible, s'efforçait d'échapper à mon corps douloureux. Comme des fleurs s'ouvriraient soudain dans un jardin privé de jour, des souvenirs heureux me revenaient à la mémoire, repoussant l'horreur présente et faisant refleurir la joie.

J'étais à nouveau une enfant innocente, aux temps heureux où j'ignorais encore la haine, les préjugés, la violence et la pauvreté. Je ne comprenais pas encore qui j'étais, où j'étais, ni quels tourments et quels orages me guettaient, dès que j'aurais franchi la porte de mon univers enchanté. Tout cela viendrait en son temps, bien assez tôt. Mais pour l'instant, je pouvais toujours me sentir en sécurité.

Quels bons moments, quelle époque bénie !

Un souvenir me revint, particulièrement vivace. Mama était à ses fourneaux, je sentais le délicieux fumet de sa cuisine et je l'entendais chantonner. Dans notre chambre, Beni et moi nous amusions avec des poupées, ramenées par Mama des objets trouvés du supermarché. Nous entendîmes Roy rentrer, en claquant la porte un peu trop fort, comme toujours.

– Combien de fois t'ai-je dit de ne pas claquer cette porte, Roy Arnold ? le gronda Mama.

– Oh, pardon, Mama ! J'ai encore oublié.

– Eh bien tu as eu tort. Tu finiras par casser les charnières, et alors où est-ce qu'on se retrouvera, je te le demande ?

– Dans un appartement sans porte, renvoya Roy.

– Comment ?

Nous retînmes notre souffle, nous attendant à entendre Mama hausser le ton, mais subitement elle éclata de rire. Roy rit avec elle, autant qu'elle, on aurait dit qu'ils ne s'arrêteraient jamais. Et quand je vins voir à la porte ce qui se passait, Mama serrait Roy contre elle en lui passant la main dans les cheveux. Dès qu'il m'aperçut, il recula d'un air gêné pour s'enfuir aussitôt dans sa chambre.

– Qu'est-ce que tu regardes comme ça, mon chou ? me demanda gentiment Mama.

– Rien, Mama. Est-ce que Roy va bien ?

– Tout à fait bien. Il a juste besoin d'apprendre les bonnes manières. J'ai bien peur qu'il n'apprenne jamais ça par ici, marmonna-t-elle.

– Pourquoi pas, Mama ?

– Ce n'est pas exactement l'endroit qui convient aux gens distingués, dit-elle avec une petite moue désabusée.

Puis elle se reprit et me sourit.

– Mais ne t'en fais pas pour ça, Rain. Un jour tu iras quelque part où tout sera bien. Dans un endroit très différent, j'en suis sûre.

Quel secret concernant mon avenir Mama connaissait-elle ? Je voulus aussitôt le savoir.

– Où ça, Mama ?

– Je ne sais pas exactement, Rain. Mais je sais que ce sera un endroit merveilleux, où les gens sont très élégants et vivent dans de grandes maisons, avec plein de belles choses comme des pianos, des jardins et des voitures de luxe.

Je me retournai vers ma petite sœur, accroupie devant la maison de poupée. Elle ne nous écoutait pas vraiment.

– Beni viendra aussi, n'est-ce pas, Mama ?

– Je l'espère, soupira-t-elle. J'espère que vous irez tous.

– Et toi, Mama ?

– Je viendrai aussi, promit-elle. Tu n'auras qu'à laisser la porte ouverte.

Je la regardai sans comprendre.

– La porte ouverte ? Qu'est-ce que tu veux dire, Mama ?

Elle eut un sourire attendri.

– Je disais ça pour rire, ma petite fille. Allez, viens là.

Elle ouvrit les bras, je courus m'y blottir. Elle me serra contre elle en m'embrassant le front et en caressant mes cheveux.

– Tu es la fraîcheur après la sécheresse, Rain, murmura-t-elle. Tu es l'espoir.

Puis elle me laissa partir et se remit à préparer le dîner. En me retournant, je vis que Roy m'observait par sa porte entrebâillée, le visage éclairé d'un sourire bienveillant.

Qu'avais-je de si particulier ? m'étonnai-je. Dans ma propre maison, j'étais traitée comme une star de cinéma. Roy et Mama me donnaient l'impression que tout ce que je faisais et disais était exceptionnel. À travers eux, je me sentais bénie et protégée.

Rien d'étonnant à ce que la plus petite écorchure, la plus insignifiante blessure, la moindre douleur m'aient semblé si terribles. Peu à peu, cependant, je dus quitter l'univers des chimères. Quelqu'un ouvrit la porte et me laissa voir le monde qui nous entourait, tel qu'il était. Je sus alors que ni Mama ni Roy ne pourraient me préserver de la douleur. Et pourtant, comme ils essayaient, quel mal ils se donnaient pour y parvenir !

En me rappelant tout cela, j'avais conscience de sourire malgré la fièvre qui me brûlait le corps. Ma migraine s'estompait, je respirais un peu plus facilement. Et je m'endormis, bercée par mes plus doux souvenirs, que je tissai autour de moi comme un cocon protecteur. Là, je me sentais en sécurité, à l'aise et protégée, en attendant l'inévitable réveil.

Peu de temps après, j'entendis monter Tante Victoria, et je fis des vœux pour qu'elle ait retrouvé son bon sens. Pour qu'elle se rende compte que, si elle ne faisait pas rapidement quelque chose pour moi, je risquais de mourir. Et que c'est elle qui en recevrait tout le blâme. Pour le moment, vêtue d'une de ses longues jupes de ville et d'un chemisier, elle se tenait sur le seuil, un plateau dans les mains.

– Tiens, voici des toasts et du thé, annonça-t-elle. C'est tout ce que tu as le droit de prendre pour le moment.

Elle déposa le plateau sur la table de nuit, recula d'un pas et poursuivit d'une voix sucrée :

– Nous avons du jambon cuit au miel, délicieux, avec ces petites pommes de terre rôties que tu adores. Je parie que tu peux sentir l'odeur d'ici. Ça ne te met pas l'eau à la bouche ?

– Tout sera votre faute, proférai-je dans un souffle.

– Pardon ? Tu essaies de dire quelque chose, Megan ?

Je fermai les yeux et m'efforçai de parler. Tante Victoria se rapprocha.

– Qu'est-ce que tu racontes ? Tu regrettes de m'avoir si mal traitée à l'école ? Il est trop tard pour les excuses, Megan. Ce qui est fait est fait, mais pas oublié. Ce sera toujours gravé ici, dit-elle en plantant l'index sur sa tempe.

Je parvins à articuler un peu plus clairement :

– Tout sera votre faute.

– Ma faute ? ricana-t-elle. De quoi pourrait-on m'accuser ? Je n'ai jamais eu de problèmes, moi. Je n'ai jamais été convoquée chez le directeur, ni eu de mauvaises appréciations sur mon carnet scolaire. Je n'ai jamais désobéi à Père ni à Mère. Je ne suis jamais rentrée à la maison après l'heure permise, ou en oubliant de téléphoner pour avertir de mon retard. Qui pourrait me reprocher quoi que ce soit ?

« Mange tes toasts et bois ton thé. Si tu es gentille, je t'apporterai un de ces stupides magazines dont tu raffoles. Un de ceux que je n'ai pas jetés aux ordures, je veux dire.

Je secouai la tête.

– Assez, je vous en prie. Appelez le docteur.

– Le jambon au miel m'attend, répliqua-t-elle en me tournant le dos.

Elle était à mi-chemin de la porte quand le carillon du hall résonna ; elle se figea sur place. On sonna de nouveau et elle se retourna, le regard furibond.

– Qui peut bien venir te voir ? Quand je suis malade, personne ne vient me voir, moi. Tu as appelé un de tes amoureux, c'est ça ? Ou est-ce qu'ils viennent tous à la fois ?

On sonna derechef. C'est Austin, pensai-je dans un élan de gratitude. Merci, mon Dieu, c'est Austin. Il vient me chercher comme il l'avait promis.

La voix de ma tante mit fin à mes espoirs.

– Il n'y a qu'à ne pas répondre, décida-t-elle. Qui que ce soit, il finira bien par s'en aller si nous faisons comme s'il n'y avait personne. Le hall est assez obscur pour ça et nous ne faisons pas de bruit.

– Non, protestai-je dans une plainte.

Ma tante alla fermer très doucement la porte. On sonna encore une fois et j'attendis, j'attendis... puis ce fut le silence. La déception m'étreignit le cœur, j'eus l'impression qu'on venait de me jeter une couverture sur la tête. Je fermai les yeux. Quand je les rouvris, il faisait si sombre que je me crus réellement sous une couverture. Le ciel couvert voilait la lune et les étoiles, pas la moindre clarté ne pénétrait par les fenêtres. Était-il très tard ? Je n'avais pas la moindre idée du temps qui s'était écoulé.

Ma fièvre n'avait pas cédé, j'étais épuisée, mon esprit battait la campagne. Les images de différentes personnes m'apparaissaient par éclairs. Je vis Randall Glenn, à Londres, me sourire depuis son lit. J'entendis rire Catherine et Leslie, mes amies françaises du cours Burbage. Puis un autre son me parvint d'un autre côté. Je tournai la tête et vis ma grand-tante Leonora se balancer dans un rocking-chair, une grande poupée dans les bras. À côté d'elle se tenait, les yeux baissés, sa timide petite bonne Mary Margaret. Quand elle me regarda, je vis qu'elle avait les joues mouillées de larmes.

Un peu à l'écart, sur ma droite, Mama se mit à chanter. Je l'appelai... puis tous ces personnages disparurent comme des bulles qui éclatent, et je restai toute seule dans le noir.

Quelques instants plus tard, j'entendis la porte s'ouvrir. Et je vis s'avancer vers moi l'horrible Boggs, l'homme à tout faire de mon grand-oncle et de ma grand-tante.

– Vous avez dormi trop tard, accusa-t-il. Debout, et au travail ! Dépêchez-vous de vous lever sinon je retourne votre lit et vous avec. Allez, debout !

En le voyant tendre le bras, je me mis à hurler.

– Assez ! aboya ma tante en allumant la lampe de chevet. Pourquoi poussez-vous des cris pareils ? Vous voudriez bien être ailleurs, maintenant, n'est-ce pas ? Mais qui vous a amenée dans cette chambre ? Certainement pas moi. Je m'absente un moment, et vous en profitez pour mettre tout sens dessus dessous dans la maison. Quel gâchis ! Et je n'ai même pas de bonne pour prendre soin de vous et nettoyer vos saletés. Ô mon Dieu !

Elle venait d'apercevoir les vomissures à côté du lit.

– Cet endroit est dégoûtant, et vous puez ! Où est votre mère pendant que tout cela se passe, vous pouvez me le dire ? Au bord de la Méditerranée, en train de prendre des bains de soleil, de boire des cocktails et de danser avec Grant, tandis qu'on me laisse ici pour m'occuper de vous.

Elle s'éloigna pour allumer les autres lampes. Au moins elle est à nouveau dans son état normal ! pensai-je avec soulagement. Comme s'il y avait de quoi se réjouir d'avoir affaire à un suppôt de Satan, et non au diable lui-même.

Revenue près du lit, elle poursuivit ses récriminations.

– Eh bien, que suis-je censée faire, maintenant ? Je ne peux pas vous porter en bas, en tout cas. Je ne pourrais même pas vous toucher, vous sentez trop mauvais. Qu'est-ce qui vous fait sourire ? s'irrita-t-elle subitement.

Je souriais, moi ?

– Vous trouvez ça drôle ? Vous faites tout ça pour m'ennuyer ? Pauvre idiote ! D'abord vous vous arrachez la peau sur les cailloux et il faut que je me débrouille avec ça. Et maintenant vous voilà dans le lit de ma mère, dont vous avez fait une vraie dégoûtation, et c'est encore à moi de réparer les dégâts.

Elle poussa un soupir dramatique.

– Même moi, j'ai mes limites, figurez-vous. Enfin, je ferai de mon mieux. Je vais vous faire couler un bain, vous mettre dans la baignoire, et nous verrons après comment vous en sortir.

– Emmenez-moi… à l'hôpital, implorai-je.

– Ne me dites pas ce que j'ai à faire, voulez-vous ? Si vous croyez que je laisserais entrer quelqu'un dans cette maison, qui que ce soit, dans l'état où vous l'avez mise ! Commençons par le commencement.

Elle passa dans la salle de bains, ouvrit le robinet de la baignoire et revint dans la chambre.

– Très bien, je vous traînerai jusque là-bas mais il faudra m'aider. Je ne peux pas tout faire toute seule. Je ne suis pas une aide-soignante, moi. Nous n'en serions pas là si vous n'aviez pas poussé Mme Bogart à s'en aller, en vous conduisant comme une traînée avec ce coureur de dot.

Je ne pus que secouer la tête quand elle arracha ma couverture. Puis elle grimaça et se pinça le nez.

– Beu-eurk ! éructa-t-elle.

Au moment où elle se penchait sur moi, le carillon de l'entrée retentit. Elle se figea.

– Qui cela peut-il être, à une heure pareille ?

On sonnait toujours. Qui que ce fût, le visiteur était bien décidé à obtenir satisfaction, cette fois. D'innombrables ding-dong obstinés se répercutaient dans le hall.

– Bon sang ! ronchonna ma tante en allant fermer le robinet.

Puis elle sortit de la chambre au pas de charge, sans refermer derrière elle. L'oreille aux aguets, j'entendis la porte d'entrée s'ouvrir, puis ma tante demander d'un ton hargneux :

– Qu'est-ce que vous voulez ?

– Je veux voir Rain, fit la voix ferme et assurée d'Austin.

– Vous ne manquez pas de toupet de revenir ici ! Je téléphone immédiatement à mon avocat.

La menace n'eut aucun effet sur lui.

– Elle n'est pas dans sa chambre, j'ai regardé par la fenêtre. Elle n'y était pas non plus quand je suis passé un peu plus tôt. Où est-elle ? Que se passe-t-il, ici ?

– Cela ne vous regarde pas.

– Oh que si ! Et si vous ne me le dites pas, je préviens la police.

Je rassemblai mes forces pour appeler le plus fort possible :

– Austin, je suis en haut. Viens me chercher, Austin !

– Vraiment ? grinça ma tante. Je crois que je l'appellerai la première et on viendra vous arrêter, pour intrusion sur une propriété privée.

– Austin ! criai-je encore.

Comment pouvait-il ne pas m'entendre ? Je l'entendais si bien, moi ! Il ne se laissait pas intimider.

– Qu'est-il arrivé à la rampe ? Pourquoi l'a-t-on enlevée ?

– Nous n'en avons plus besoin, répliqua Tante Victoria.

– Comment cela ? Rain ne pourra plus sortir d'ici, alors. Je ne comprends pas. Pourquoi ne pas l'emmener consulter le médecin dont elle a besoin ? Pourquoi ne peut-elle pas sortir prendre l'air ?

– Elle n'est plus là. Elle est retournée en Angleterre chez son vrai père, débita précipitamment ma tante.

La voix d'Austin exprima clairement sa stupeur.

– Quoi ! Comment est-ce possible ?

– C'est lui qui l'a proposé. Il a pris toutes les dispositions pour ça lui-même, elle a accepté, elle est partie. Je crois qu'elle a pris la bonne décision. Elle sera bien mieux là-bas. D'ailleurs nous vendons la maison, et ce n'est plus la peine de courir après elle ni après sa fortune. Vous n'en aurez pas un centime. Et si vous continuez à nous ennuyer, moi ou la famille, je vous fais arrêter. En fait, demain matin à la première heure j'appelle mes avocats et j'entame les poursuites prévues contre vous.

– Non ! m'écriai-je. Ne la crois pas, Austin !

L'effort me déchira la gorge et me laissa exténuée, mais je parvins à proférer un dernier cri :

– Austin !

Je l'entendis répondre, mais pas à moi :

– Je n'arrive pas à le croire.

– Ça, c'est votre problème, répliqua-t-elle aigrement.

Désespérée, je me hissai sur les coudes et tentai d'appeler encore, mais je n'avais plus de voix. Je ne réussis qu'à émettre une sorte de soupir. Comment signaler ma présence à Austin ?

Mon regard tomba sur la tête de mannequin, à côté de moi, et je la pris dans mes bras. Puis, rassemblant le peu de forces qui me restaient, je la projetai en direction de la porte. Elle ne l'atteignit pas, mais heurta rudement le sol à moins d'un mètre du seuil.

– Qu'est-ce que c'était ? s'alarma Austin.

– Oh, ça ?

Tante Victoria eut tôt fait d'improviser une explication.

– La bonne aura encore cassé quelque chose, cette maladroite ! Bonsoir, jeune homme, et bon débarras.

La porte d'entrée claqua.

Ce fut comme si l'on refermait sur moi le couvercle de mon cercueil.

16

La mort ne prévient pas

Tante Victoria s'encadra dans l'embrasure. Elle avait dû monter à pas feutrés, ou alors ma faiblesse émoussait mes perceptions. Sans doute n'entendais-je déjà plus ce qui se passait à l'extérieur de la chambre.

– Comme c'était facile ! observa-t-elle, et un lent sourire éclaira son regard d'une lueur sinistre. Pourquoi n'y ai-je pas pensé plus tôt ? Cela nous aurait épargné tous ces désagréments. Maintenant qu'il vous croit loin, il cessera de rôder par ici et nous n'aurons plus de problèmes.

« Pendant quelque temps, vous n'aurez qu'à rester enfermée, pour que personne ne vous voie et n'aille le détromper. Ne vous inquiétez pas, je veillerai à ce que vous ayez de quoi vous distraire et vous occuper. Qu'iriez-vous faire dehors, de toute façon ? Demain, je nous trouverai une nouvelle bonne. Une plus dévouée, cette fois-ci, et qui saura tenir sa langue. En fait…

Le front plissé, elle réfléchit un instant.

– Je devrais essayer de faire revenir Mme Bogart, finalement. Quand elle saura qu'il est parti pour de bon, peut-être acceptera-t-elle de revenir. De mon côté… oui, voilà ce que je vais faire, annonça-t-elle d'un air satisfait. Je vais lui offrir encore plus d'argent, tellement d'argent qu'elle ne pourra pas refuser. Qu'en dites-vous ? Que vous êtes d'accord ? Parfait. Je savais que vous m'approuveriez.

Qui l'avait approuvée ? Elle n'entendait que ce qu'elle voulait entendre. Subitement, elle aperçut la tête de mannequin sur le sol.

– Mais qu'est-ce que... Comment cette chose est-elle arrivée là ? C'était donc ça, le bruit que nous avons entendu !

Elle secoua la tête avec une lenteur voulue.

– Vous cherchiez à attirer son attention, c'est ça ? Pauvre petite sotte ! Enfin, nous remettrons tout ça en ordre plus tard. Et maintenant... où en étais-je avant cette brutale interruption, déjà ? Je voulais faire quelque chose, mais quoi ?

Une fois de plus, elle marqua une pause pour rassembler ses idées.

– Ah oui, votre toilette ! Ensuite, nous vous mettrons une chemise de nuit confortable. Et si j'arrive à joindre Mme Bogart demain, nous aurons quelqu'un d'assez vigoureux pour vous descendre au rez-de-chaussée, là où est votre place.

« Ce sera parfait, non ? Ne prenez pas la peine de me remercier, je sais que vous appréciez, conclut-elle.

Sur quoi, elle retourna dans la salle de bains et rouvrit le robinet de la baignoire.

– Ma mère a des tas de sels de bain, tous excellents, cria-t-elle par-dessus son épaule. Elle adorait les bains, il lui en fallait un au moins une fois par jour. Personnellement je préfère les douches, remarquez.

« Par contre, Megan tient de ma mère, pour ça. Elle se prélasse dans l'eau pendant des heures, avec ces huiles qui coûtent si cher, vous voyez ? Une fois, elle a même pris un bain de lait, parce qu'elle avait lu que Cléopâtre le faisait. Vous vous rendez compte ?

Tante Victoria revint dans la chambre et grimaça un mauvais sourire.

– Une fois, je suis entrée dans la salle de bains pendant qu'elle prenait un de ces fameux bains d'huile, soi-disant si bons pour la peau. Je me suis approchée sur la pointe des pieds, je me suis mise derrière elle et d'un seul coup, je lui ai enfoncé la tête sous l'eau. Je l'ai maintenue comme ça quelques secondes, jusqu'à ce qu'elle se mette à tousser, à cracher et à crier. Elle était folle de rage. J'ai dit que c'était juste pour plaisanter, qu'on avait bien le droit de rire avec ses amis. Et qu'elle pourrait leur raconter, pour voir si ça les ferait rire. Que j'avais fait ça parce qu'à mon avis, sa tête aussi avait besoin d'un bon bain.

« Elle était tellement furieuse qu'après ça, elle ne m'a pas adressé la parole pendant des jours. Mais ça m'était bien égal, parce que nous n'avions pas grand-chose à nous dire, de toute façon.

« Vous ne seriez pas fâchée si je vous mettais la tête sous l'eau pour plaisanter, je suppose ? ajouta-t-elle avec un petit rire glacé qui me hérissa la nuque.

Je la dévisageai sans répondre. Je me sentais totalement impuissante, sans défense, comme si mon corps était une cire molle en cours de modelage. La forme était là, mais la matière n'avait pas encore acquis de fermeté, l'énergie ne lui avait pas encore été infusée. Je ne pouvais rien pour moi-même.

Tante Victoria inclina la tête sur l'épaule et parut se concentrer.

– Et maintenant, comment allons-nous vous tirer de là et vous mettre dans la baignoire ? Comment s'y prenait Mme Bogart, qui faisait ça si bien ? Je ne vous demande pas comment votre thérapeute y arrivait, j'espère qu'il ne l'a jamais fait. Et si jamais il l'a fait, je ne veux pas le savoir.

« Il va falloir que je vous soulève et que je vous traîne, j'imagine, reprit-elle comme si elle n'attendait de réponse que d'elle-même. En tout cas, je n'irai sûrement pas chercher ce fauteuil en bas. Il faudrait que je vous porte dedans, de toute manière, ce qui ferait double travail. Vous pourriez m'aider, ce qui me faciliterait les choses. Allez-vous m'aider ?

« Bien sûr que oui, décréta-t-elle avec son inquiétant sourire. Nous sommes amies, maintenant que j'ai résolu tous les problèmes : les accords financiers, cet ennuyeux thérapeute et le reste. Quand Megan et Grant viendront nous voir, ils nous trouveront en train de bavarder gentiment au salon et seront très impressionnés. En tout cas Grant le sera, lui. Telle que je connais Megan, elle essaiera de faire comme si de rien n'était. Comme si c'était tout naturel.

Subitement, Tante Victoria changea de ton. Elle parut s'adresser directement à moi, mais n'en continua pas moins à répondre à ma place.

– Vous n'avez jamais eu de véritable conversation avec elle, n'est-ce pas ? Un de ces entretiens en toute confiance, de mère à fille ? Non, je le sais. Il y a tellement de choses que vous ignorez sur nous deux, des choses que vous sauriez si elle avait pris la peine de vous introduire pour de bon dans cette famille. Elle vous a fait venir ici en tant que domestique, et on vous a envoyée en Angleterre en tant que telle. Moi, au moins, je ne vous traite pas de cette façon-là, reconnaissez-le. Je vous traite en associée, je m'occupe de vous et je défends vos intérêts.

« Comment se fait-il que tout le monde l'aime autant ? Vous l'aimez toujours, n'est-ce pas ? interrogea-t-elle d'un ton accusateur. Après tout ce qu'elle vous a fait, elle compte toujours autant pour vous.

Mais pourquoi ? Elle n'a jamais rien réussi d'important, et les gens continuent à l'aimer. Il l'aime, lui. Quel pouvoir magique exerce-t-elle sur eux ?

« N'allez pas me dire que c'est sa beauté, se récria-t-elle. Ce ne sont pas les jolies femmes qui manquent, surtout pour un homme comme Grant. Il n'aurait qu'à claquer des doigts, aucune reine de beauté ne lui résisterait. Enfin !...

Elle se retourna vers la baignoire.

– Il est temps, maintenant. C'est prêt, annonça-t-elle en allant fermer le robinet.

Mon cœur se mit à cogner contre mes côtes, mon cerveau s'enfiévra. Ne la laisse pas te mettre dans cette baignoire, me soufflait une voix sourde, à chaque pulsation de mon sang dans mes veines. Et tandis que ma tante se rapprochait du lit, les battements de mon cœur répétaient leur message d'alarme : surtout pas, surtout pas, surtout pas...

– Débarrassons-nous de ce linge sale, ordonna-t-elle en commençant à me déshabiller.

Je n'y mis pas de bonne volonté, mais elle me manipula comme une poupée de chiffon et parvint à ses fins. En quelques secondes, j'étais nue. Elle recula d'un pas et m'examina en détail.

– Vous savez, vous êtes encore une jeune femme très séduisante, malgré tous vos ennuis. Un de ces jours, nous vous trouverons peut-être un mari convenable.

« Mais n'y comptez pas trop, ajouta-t-elle aussitôt. Il y a si peu de jeunes gens acceptables, de nos jours. Personne ne sait à quel point les choses sont difficiles, pour une femme qui a tant soit peu de cervelle.

Tante Victoria poussa un soupir à fendre l'âme, comme si le poids de toute cette intelligence féminine accablait ses frêles épaules. Puis elle revint à son objectif immédiat.

– Bon, finissons-en, il faut que je retourne au bureau. J'ai un travail fou qui m'attend, ce qui exige du temps et une analyse intelligente des problèmes, précisa-t-elle. Si vous saviez combien d'escrocs chevronnés rôdent dans le milieu des affaires, prêts à ne faire qu'une bouchée de ces pauvres femmes soi-disant débiles… Vous seriez surprise, croyez-moi.

« Et eux aussi le seront, chaque fois qu'ils essaieront. Oh oui, gloussa-t-elle, ils le seront, faites-moi confiance.

Quand elle se pencha et saisit mes poignets, je la suppliai une dernière fois.

– Je vous en prie, laissez-moi tranquille. Téléphonez à mon médecin. Faites-moi conduire à l'hôpital.

– Vous vous sentirez mieux une fois que vous serez propre, affirma-t-elle.

Puis elle parut hésiter.

– Comment fait-on pour déplacer le corps d'une infirme comme vous, sans lui causer d'autres dommages ? Bah ! fit-elle en haussant les épaules, je me débrouillerai.

Elle me fit glisser en travers du matelas, se plaça de façon à glisser les mains sous mes bras et me tira hors du lit. Mes jambes tombèrent sur le sol comme des bûches, manquant de justesse de la faire basculer sur moi. Mais elle rétablit son équilibre et, avec une vigueur surprenante, se redressa.

Je ne sais pas où j'en trouvai la force, mais je me débattis pour échapper à sa poigne. Elle la maintint fermement et commença, lentement mais sûrement, à reculer vers la salle de bains en me halant comme un poids mort.

– Non ! protestai-je.

– Allons, allons, allons, vous avez besoin de vous laver, voyons. Vous avez vu dans quel état vous êtes ?

Vous ne voudriez pas qu'on vous voie comme ça, n'est-ce pas ?

– Arrêtez, je vous en prie, implorai-je encore.

Ma panique devint incontrôlable quand nous franchîmes le seuil de la salle de bains. Ma tante disposait d'une certaine vitesse acquise, à présent. Dans un ultime effort pour l'empêcher de me plonger dans la baignoire, je tendis le bras vers le rebord du lavabo et m'y agrippai, beaucoup plus vite et plus fermement qu'elle ne s'y attendait. Entraînée par son élan, elle poursuivait sa marche à reculons. Mais cet arrêt brutal lui fit lâcher prise et je la sentis tomber à la renverse, loin de moi.

Privé de soutien, le haut de mon corps s'affala sur le sol et mon crâne heurta le carrelage, si rudement que je faillis perdre conscience. J'entendis ma tante pousser un petit cri, ou plutôt un juron étouffé, et je tournai vivement la tête. Juste à temps pour la voir basculer en arrière par-dessus le bord de la baignoire, se cogner durement la tempe au robinet de cuivre et, d'un lent mouvement presque gracieux, glisser dans l'eau sans une éclaboussure.

D'où j'étais, il m'était impossible de voir ce qu'elle faisait. Mais ses jambes se soulevèrent, retombèrent à l'extérieur de la baignoire, tandis que le reste de son corps disparaissait de l'autre côté.

Je poussai un gémissement et me retournai sur le ventre. J'étais prise de vertige, j'avais l'impression que mes yeux allaient se résorber dans mon crâne. Luttant contre l'étourdissement qui me guettait, je tendis le bras vers la cuvette des toilettes. Je n'agissais plus que par ma seule volonté, toute énergie avait fui mon corps épuisé. Malgré tout, je parvins à me hausser suffisamment pour regarder par-dessus le bord de la baignoire… et pour voir ma tante.

Elle flottait juste en dessous de la surface de l'eau, les yeux fermés, de petites bulles montant de ses narines et de ses lèvres. Un filet de sang, mince mais régulier, s'échappait de sa tempe droite, et sur le robinet aussi je vis du sang. Des mèches de ses cheveux montaient vers la surface, comme pour essayer de la tirer vers le haut. De toute évidence, le choc lui avait fait perdre connaissance.

Subitement, mes bras crispés mollirent et je me sentis glisser sur le carrelage. Mon estomac se contracta, puis cette contraction gagna ma poitrine, m'empêchant pratiquement de respirer. J'empoignai faiblement la cheville gauche de Tante Victoria et m'efforçai de la tirer à moi, pour la faire sortir de la baignoire. C'est tout juste si je parvins à lui soulever le pied de quelques centimètres. Mes doigts desserrèrent leur prise, mon bras retomba lourdement à mon côté.

Cette fois, il ne me restait plus un atome d'énergie. Mes efforts pour empêcher ma tante de m'emmener dans la salle de bains, puis pour me soulever et la voir, tout cela m'avait épuisée, vidée, exténuée. Je gémis, inspirai une longue bouffée d'air et sombrai dans l'inconscience.

J'eus l'impression que le sol vibrait sous moi, comme si un tremblement de terre ébranlait la maison. Cette sensation se prolongea, jusqu'au moment où je parvins à ouvrir les yeux. Ma vision était trouble, mais peu à peu une silhouette prit forme. Des sons indistincts me parvenaient, lointains, comme distordus. Puis la silhouette se précisa, devint Austin, et je l'entendis prononcer mon nom.

– Rain, réveille-toi. Reviens à toi, Rain, ma chérie. Réveille-toi, mon amour.

– Austin, soupirai-je.

– Que s'est-il passé ici ? Une ambulance arrive, dit-il avant même que j'aie tenté de lui répondre. La police aussi. J'ai dû parcourir la maison de fond en comble pour trouver un téléphone qui marche.

Tout en parlant, il m'enroulait dans une couverture, puis il me souleva dans ses bras. J'appuyai la tête contre sa poitrine et fermai les yeux. Je dus perdre connaissance, car lorsque je les rouvris j'étais dans une ambulance. Penché sur moi, l'aide-soignant venait d'insérer une aiguille dans ma veine.

– Bonjour, dit-il avec douceur. Comment vous sentez-vous ?

– Qu'est-ce qu'il m'arrive ?

– On vous emmène à l'hôpital. Détendez-vous, et laissez-nous faire tout le travail. C'est pour ça qu'on nous paie si cher, pouffa-t-il, et j'entendis quelqu'un rire derrière lui.

Je refermai les yeux, bercée par le mouvement du véhicule et la confortable souplesse du brancard. Pour le moment, j'étais incapable de réfléchir. Je ne voulais pas réfléchir. Une fois à l'hôpital, je sentis qu'on me transportait mais je gardai les yeux fermés. Je ne les rouvris pas avant d'être arrivée dans une salle d'examen.

– Elle est complètement déshydratée, dit quelqu'un.

– Infection, diagnostiqua quelqu'un d'autre.

– Qu'on l'emmène là-haut, ordonna la première voix.

Je fus soulevée, portée, véhiculée, montée en ascenseur, jusqu'à ce que je me retrouve dans un lit d'hôpital, la couverture tirée jusqu'au menton. Je dormis, par petits sommes, et finalement je parvins à garder les yeux ouverts assez longtemps pour décider que j'étais réveillée. Le soleil baignait les murs blancs et le sol carrelé. Je tournai la tête sur ma droite et découvris Austin endormi dans un fauteuil, le menton sur la poitrine.

– Austin, appelai-je. Austin.

Lentement, il releva la tête et ouvrit les yeux. Quand il se rendit compte que je l'avais appelé, il bondit de son siège et fut aussitôt à mes côtés.

– Comment ça va, Rain ?

– Je n'en sais rien, avouai-je. Que s'est-il passé ? Je ne me rappelle pas grand-chose.

– Après que ta tante m'eut renvoyé, une image que j'avais enregistrée machinalement m'est revenue. J'avais aperçu ton fauteuil roulant dans le hall, derrière elle... sauf que je ne m'en suis pas souvenu tout de suite. Au début, j'ai vraiment cru ce qu'elle m'avait dit. La rampe n'était plus là, tu comprends ? Son histoire tenait debout. J'ai pensé que tu avais voulu laisser tout ça derrière toi. Et telle que je te connais, j'ai cru que tu ne m'avais pas prévenu pour que je n'essaie pas de te retenir. Je projetais d'appeler ton père en Angleterre et de prendre l'avion pour Londres.

« C'est au retour que, tout d'un coup, j'ai revu ce fauteuil. Et forcément, je me suis demandé comment tu avais pu te rendre à l'aéroport et partir sans lui. J'ai fait demi-tour, mais cette fois je n'ai pas sonné à la grande porte.

« Je suis allé jusqu'à la fenêtre de ta chambre, notre fenêtre comme j'aimais l'appeler, dit-il en souriant. Et comme avant, j'ai soulevé le châssis et je suis entré. Toutes tes affaires étaient encore dans ton placard et dans les tiroirs, ce qui prouvait bien que tu n'étais pas partie. Je n'y comprenais plus rien. Pourquoi m'avait-elle menti ? Mais surtout, et plus important que tout le reste : où étais-tu ? Qu'est-ce qu'elle avait bien pu faire ?

« J'ai parcouru le rez-de-chaussée sans un bruit, en tendant l'oreille. Au début, j'ai cru que tu pourrais être enfermée dans le bureau, parce qu'il était fermé à clé. J'ai frappé, écouté, puis j'ai décidé qu'il valait mieux commencer par visiter le reste de la maison. Ça m'intriguait de ne pas la voir en bas, elle non plus.

« Je suis monté à l'étage sur la pointe des pieds, à l'affût du moindre bruit, et j'ai cru t'entendre gémir. Alors j'ai couru jusqu'à cette chambre et je vous ai trouvées dans la salle de bains, toi étendue par terre et elle dans la baignoire.

J'attendis qu'Austin ait repris son souffle pour demander :

– Que lui est-il arrivé ?

– Elle s'est noyée. La police va venir t'interroger, mais il est évident que tu n'es pour rien dans ce qui s'est passé. D'après la position dans laquelle je t'ai trouvée, elle a dû vouloir t'aider à prendre un bain et se cogner la tête en tombant. C'est bien ça ?

– Oui, sauf que je ne voulais pas de bain. Elle me faisait peur, Austin. Elle était très cruelle envers moi, et la plupart du temps elle n'avait plus toute sa tête. Elle me parlait comme si j'étais ma mère.

Il me dévisagea, effaré.

– C'est pour ça que tu as tous ces bleus et toutes ces écorchures ? Elle te battait ou quoi ?

– Non, j'ai essayé de quitter la maison. Je comptais aller jusqu'à la route, et demander à quelqu'un de me conduire jusqu'à un téléphone. Je voulais t'appeler. Mais en sortant, j'ai vu qu'elle avait fait enlever la rampe. J'ai quand même essayé de descendre, mais mon fauteuil m'a échappé. J'ai rampé pendant des heures, et c'est comme ça que je me suis fait toutes ces marques. Elle m'a trouvée comme ça. Et après, quand elle a été repartie, je me suis hissée à l'étage pour atteindre le seul téléphone qui fonctionnait. Après ça…

J'hésitai une fraction de seconde avant de poursuivre.

– Les choses ont commencé à tourner vraiment mal. J'ai été très, très malade, Austin.

– Je sais. Tu as une forte fièvre liée à une nouvelle infection.

– Pas seulement une nouvelle infection. Je crois qu'il y a autre chose.

Il haussa les sourcils, intrigué autant qu'alarmé.

– Quoi d'autre ?

– Je crois que je suis enceinte, Austin.

Il me regarda un moment sans rien dire, puis ses yeux s'illuminèrent. Il me sourit avec tendresse.

– C'est possible. Nous avons été un peu trop passionnés, je crois. Et parfois aussi très imprudents.

– J'ai peur, Austin.

D'un signe de tête, il m'indiqua qu'il comprenait mes craintes.

– Le médecin viendra voir si tout va bien de ce côté, me rassura-t-il.

– Nous avons déjà discuté de la possibilité d'avoir un enfant, pour une femme qui a mes problèmes, tu t'en souviens ? Tu m'avais parlé d'une de tes autres patientes.

– En effet.

– Et pour moi, quels sont les risques, Austin ?

– Parlons-en d'abord au médecin, suggéra-t-il. Je ne suis pas vraiment expert en la matière, tu sais.

– Devrais-je envisager une IVG, Austin ?

Il m'étudia pendant quelques instants et me sourit.

– Laisse-moi d'abord te dire ceci, Rain. Je t'épouserai, quelle que soit ta décision.

Je lui rendis son sourire.

– Tu sais que tu es complètement fou ?

– C'est vrai, répliqua-t-il. Fou de toi.

L'infirmière entra, vérifia la liste de mes médicaments, prit ma température, et aussitôt après le docteur arriva. Austin s'éloigna discrètement et attendit près de la porte.

Je m'étonnai que le médecin fût une femme qui semblait si jeune. À mon avis, elle n'avait pas beaucoup plus de trente-cinq ans. Presque aussi brune que moi, elle avait un sourire ouvert et amical. Ses lunettes élégantes, à monture nacrée, ajoutaient encore à la douceur de ses traits. Malgré sa petite taille, guère plus d'un mètre cinquante-cinq, elle avait un maintien plein d'assurance et d'autorité.

– Sheila Baker, se présenta-t-elle. Comment vous sentez-vous ?

– Euh… vaporeuse.

Elle rit et se mit aussitôt à m'examiner.

– Je crois que je suis enceinte, annonçai-je pendant qu'elle écoutait mon cœur.

Elle se redressa aussitôt, jeta un bref coup d'œil à Austin et ramena son regard sur moi.

– Ah oui ? Et qu'est-ce qui vous fait penser cela ?

Je lui décrivis mes symptômes.

– Très bien, commenta-t-elle. Nous vérifierons si c'est bien le cas.

– Et si ça l'est, à quelles complications dois-je m'attendre ? Avec mon handicap, je veux dire.

Elle abaissa ses lunettes, qu'elle portait suspendues à un cordon piqueté de brillants.

– Eh bien, j'ai lu votre dossier, je peux donc déjà vous dire certaines choses. Il est possible que vous présentiez certains mouvements réflexes incontrôlés, que nous appelons hyper-réflexes autonomes. Les manifestations de ce syndrome vont des symptômes légers à d'autres plus sérieux, mais ces derniers sont très rares. En général, les accès n'endommagent aucunement le fœtus. Il faut prendre certaines précautions, pour s'assurer qu'il ne souffre pas d'hypotension ni d'anoxie, c'est-à-dire d'un manque d'oxygène dans le sang. Il est préférable que vous accouchiez dans un hôpital disposant de l'équipement nécessaire, en cas d'éventuelles complications.

« Mais vu la localisation de votre lésion, il y a fort peu de chances pour que cela se produise, ajouta le docteur en souriant.

– Mais ce n'est pas absolument impossible ?

– Je déteste dire « jamais », c'est un principe.

– Quoi d'autre ? demandai-je, certaine que les risques ne s'arrêtaient pas là.

Le Dr Baker me les énuméra tranquillement.

– L'accouchement prématuré s'avère plus fréquent chez les femmes qui sont dans votre cas. Vous serez capable de percevoir le début du travail, et vous aurez besoin d'apprendre quels signes rechercher. Chaque semaine, vous subirez un examen du cerveau. Et en fin de grossesse, vous devrez être hospitalisée.

« Toutefois, je ne crois pas qu'une césarienne soit nécessaire. Il arrive parfois qu'on doive recourir au forceps ou à l'aspiration, en phase terminale, mais c'est peu fréquent.

« En bref, rien n'est désormais aussi facile pour vous qu'avant, mais je ne vous dirais certainement pas d'éviter d'être enceinte, conclut-elle.

Puis elle se détourna et regarda Austin.

– C'est votre mari ?

– Son futur mari, rectifia-t-il. Futur mari et, je l'espère, futur papa.

Nos regards se nouèrent avec une telle intensité que le Dr Baker se sentit brusquement de trop. Elle se leva.

– Alors c'est parfait. Jusqu'ici, tout va bien pour vous. À plus tard, lança-t-elle en se hâtant de sortir.

Austin se rapprocha du lit sans me quitter des yeux.

– À propos de tout ça, commençai-je avec un rien d'hésitation. Es-tu vraiment sûr de toi, Austin ?

– En sortant d'ici, je cours chez l'imprimeur commander les faire-part, fut la réponse.

J'éclatai de rire.

Puis je pensai au mariage et repris mon sérieux.

Comment les choses allaient-elles se passer ? Je n'en avais pas la moindre idée.

Tard dans l'après-midi, j'eus la visite de deux policiers, un petit gros et un grand mince. Sur leur demande, je leur décrivis ce qui s'était passé. Le grand mince prit quelques notes puis ils se retirèrent, en me laissant l'impression qu'ils n'avaient fait qu'un travail de routine. De toute évidence, ils ne s'attendaient à aucune surprise. En fait, ils m'avaient semblé plutôt gênés de m'interroger dans ma chambre d'hôpital, et ils me remercièrent pour ma coopération. J'étais tout aussi pressée qu'eux d'en finir je ne leur posai aucune question. Je ne tenais pas à connaître les détails scabreux relatifs à la mort de Tante Victoria.

Quatre jours plus tard, je quittai l'hôpital. Austin vint me chercher, pour me reconduire à la maison. En remontant l'allée, je vis qu'il avait fait le nécessaire pour que la rampe soit remise en place. Je savais qu'il avait déjà fait apporter ses effets personnels et son matériel à l'intérieur. Mais je ne savais pas tout.

– Il y a une autre surprise qui t'attend, m'annonça-t-il.

Quand il m'eut roulée sur le perron, puis dans le hall, je découvris la surprise en question.

– Nous avons discuté, ton avocat et moi, et pris cette décision d'un commun accord, Rain.

Il avait fait installer un fauteuil mécanique dans l'escalier. Il me suffisait de m'y transférer, d'appuyer sur un bouton, et j'étais hissée jusqu'au palier où m'attendait un second fauteuil roulant.

– La maîtresse de maison ne dormira plus dans le quartier des domestiques, déclara-t-il.

J'en fus émue aux larmes.

– Oh, Austin ! Tu vas vraiment prendre soin de moi !

– Jusqu'à ce que la mort nous sépare, affirma-t-il. À ce propos, et vu les circonstances... (Il me tapota gentiment le ventre.) J'ai jugé à propos de hâter le mariage, dit-il en souriant jusqu'aux oreilles. J'ai une autre surprise pour toi.

– Austin Clarke, qu'est-ce que tu as encore fait ?

– J'ai pris la liberté de joindre un certain professeur à Londres.

J'écarquillai les yeux, n'osant y croire.

– Tu ne veux quand même pas dire...

– Mais si, tu as deviné. Il vient avec sa femme. Il paraissait très emballé à cette idée, en plus.

Mon cœur tressaillit de joie dans ma poitrine.

– Austin, tu as fait tout ça pour moi !

– Nous aurons une cérémonie religieuse toute simple, suivie d'une petite réception, enchaîna-t-il dans la foulée. Ma mère m'a beaucoup aidé. En fait, c'est elle qui s'est chargée de tout. J'espère que ça ne t'ennuie pas ?

– Si ça m'ennuie ? Je suis transportée, au contraire. Je crois que je pourrais m'évanouir.

– J'ai peut-être été un peu vite pour te déverser toutes ces nouvelles sur la tête, reconnut-il en riant. J'aurais dû attendre que tu sois confortablement installée. Mais puisque je suis allé si loin…

– Oui ? Continue.

– Ta mère voudrait venir te voir demain, révéla-t-il. Elle et son mari sont venus hier pour les funérailles de ta tante, et ils ont effectué toutes les démarches légales.

– Pourquoi ne sont-ils pas restés plus longtemps ?

– Je n'en sais rien. Peut-être ne se sentaient-ils pas à l'aise ? Ils sont descendus dans un hôtel. Ton avocat s'est entretenu avec Grant, qui m'a chargé de te transmettre l'information.

« Si tu ne te sens pas prête, c'est très simple : je peux rappeler pour qu'ils remettent leur visite à plus tard. Grant m'a laissé entendre qu'ils comptaient assister à notre mariage.

– Vraiment ? Mais… savent-ils que mon père doit venir de Londres ?

– Pas exactement, admit-il. Je te laisse le soin de l'annoncer toi-même à ta mère.

Je réfléchis quelques instants et suggérai :

– Peut-être aurait-il mieux valu aller nous marier secrètement quelque part, finalement.

– C'est toujours faisable, mais je crois que ton père serait déçu. Ma mère le serait, en tout cas.

Je l'approuvai d'un signe et il reprit avec entrain :

– Bon, essayons cet engin pour te monter à l'étage. J'ai pensé que tu n'aurais pas envie de retourner dans la chambre de ta grand-mère ; j'ai fait préparer pour nous celle que tu occupais avant. Ça te convient ?

– Oui, mais un de ces jours il faudra que je retourne dans celle de Grand-mère Hudson. Je sais qu'elle l'aurait voulu, Austin. Et il ne faut pas que les horreurs commises par Tante Victoria m'empêchent de le faire. Je ne le permettrai pas.

– Je comprends, approuva-t-il en m'aidant à passer de mon fauteuil au siège élévateur.

Et quand l'appareil me hissa le long de la rampe, il éclata de rire.

– Tu as l'air d'une reine dominant ses sujets, Rain.

Une fois en haut, j'insistai pour procéder seule au transfert dans le second fauteuil.

– Tu ne pourras pas être jour et nuit à côté de moi pour m'aider, Austin.

– D'accord. D'ailleurs tu te débrouilles très bien.

– Pour le moment, je vais me reposer un peu, soupirai-je en le laissant me rouler vers la chambre. Mais si tu veux que tout se passe bien, il faudra me permettre d'assumer ma part de responsabilités.

– Te le permettre ? Je t'y obligerai, dit-il d'un ton faussement sévère. En rentrant du travail, je veux trouver chaque soir un dîner chaud prêt à servir. Surtout maintenant que je connais tes talents de cordon-bleu !

– J'ai hâte de vous satisfaire, Monseigneur.

– Mais en attendant, tu as besoin de te reposer et de reprendre des forces, décréta-t-il. Tu vas en avoir besoin. Nous aurons notre lune de miel, tu sais ? Un mariage sans lune de miel est un anniversaire sans gâteau.

Son œillade lascive me fit rire, mais il avait raison. Le plus important pour l'instant était de me coucher et de me reposer. Je dormis comme un bébé jusqu'au moment où un alléchant fumet me chatouilla les narines. Austin entrait avec un plateau chargé de victuailles.

J'examinai d'un œil soupçonneux le poulet, les pommes de terre et les légumes.

– Ça sent très bon. Comment as-tu préparé ça ?

– D'après une vieille recette que ma grand-mère a transmise à ma mère. On appelle ça « le coup de fil au traiteur », si tu veux tout savoir.

Nous éclatâmes de rire en même temps. Comme c'était bon d'être ensemble, rien que nous deux, sans contrainte ! Il prit ma main, me sourit et m'embrassa.

– Tous les jours de notre vie seront des jours de joie, Rain, tu verras. Nous ne demandons pas grand-chose, rien que la chance d'apprécier notre bonheur.

– Es-tu certain que c'est ce que tu veux, Austin ? Vraiment, vraiment certain ? Tu peux toujours faire marche arrière, tu sais.

Il attacha sur moi un regard si intense, si résolu que j'en restai presque sans souffle.

– Tu te souviens de ce que je t'ai dit, quand tu t'es jetée dans ce lac ? Que j'avais eu l'impression d'y être avec toi ? Eh bien, quand j'ai vu l'ambulance t'emmener, c'était comme si je m'y trouvais aussi, Rain. Nous sommes reliés l'un à l'autre, pour toujours. Cela ne te rend pas heureuse ?

– Oh si, bien sûr ! Je n'aurais jamais cru pouvoir être heureuse à ce point, Austin.

Nous échangeâmes un long baiser, puis il eut un sourire attendri.

– Mange et prends des forces. Tu vas bientôt être maman, n'oublie pas !

Ma mère arriva en fin de matinée. Je la trouvai on ne peut plus en forme, pour une femme qui venait de vivre de telles épreuves. Le teint doré par un léger hâle, les cheveux brillants de santé, elle était resplendissante.

Assise devant la fenêtre de ma chambre, je regardais en direction du lac et au-delà, en évoquant mes longues chevauchées. Comme je me sentais libre et heureuse alors, pensai-je avec nostalgie. Je venais juste d'écrire à Roy, en l'implorant presque de me donner de ses nouvelles. Je n'en avais reçu aucune depuis le coup de fil de son avocat à l'armée, m'informant qu'il allait passer en cour martiale. Cela commençait à devenir inquiétant.

J'ignore depuis combien de temps ma mère se trouvait dans la pièce. Brusquement, j'éprouvai à la base de la nuque cette curieuse sensation de chaleur qui survient quand on est observé. Je fis rapidement pivoter mon fauteuil et me trouvai en face d'elle.

Ses yeux se voilèrent de tristesse et de pitié quand elle me vit agir ainsi, au lieu de me lever pour l'accueillir. Mais elle parvint à prendre un ton léger, presque enjoué.

– Bonjour ! Comment vas-tu ?

– Plutôt bien. Et vous ?

Elle haussa les épaules.

– Je survis, jour après jour. Certains passent comme un éclair, d'autres semblent durer des semaines.

– J'ai déjà entendu ça, observai-je.

Elle détourna les yeux et parcourut la pièce du regard.

– C'était ma chambre, tu sais.

– Je sais.

– Cela semble presque impossible, maintenant.

Où voulait-elle en venir ? Je haussai les sourcils.

– Qu'est-ce qui semble impossible ?

– Que j'aie vécu ici autrefois. Peut-être est-ce une bonne chose d'oublier. Peut-être est-ce le moyen dont se sert notre esprit pour éviter la folie. L'oubli n'est pas toujours un mal.

Elle passa devant moi pour aller vers le lit.

– J'aimais penser que ce serait merveilleux, si chaque jour était vraiment un nouveau jour. Je veux dire… si nous renaissions chaque jour. Si, parvenus à un certain point dans la vie, nous pouvions tout recommencer, avoir de multiples existences. Aujourd'hui, je suis Megan. Demain je serais… Diane. Après-demain, Clara.

« Et il ne s'agirait pas seulement d'un changement de nom, insista-t-elle. Chaque jour, j'aurais une histoire différente, une personnalité différente. Ce serait bien plus amusant, tu ne crois pas ?

Je répondis par une autre question.

– Si cela se produisait, comment pourriez-vous tomber amoureuse, entreprendre quelque chose de significatif, ou devenir quelqu'un ?

– Justement, c'est ça l'intérêt. Commencer quelque chose et ne jamais en voir la fin, n'être jamais déçu. Tout s'arrêterait avant qu'on ait connu l'échec et la tristesse, tu comprends ?

« D'ailleurs nous devenons quelqu'un d'autre avant de mourir, Rain. Je ne suis plus la personne qui a vécu ici, ni l'étudiante que j'ai été. Je ne suis même plus la femme que j'étais l'année dernière. Plus maintenant. Tu comprendras un jour, Rain. Tu verras.

– Peut-être ai-je déjà compris, répliquai-je.

Elle me dévisagea pensivement.

– Oui, je crois que oui. En tout cas, je suis heureuse que tout aille bien pour toi. Je n'ose même pas imaginer ce que tu as dû subir avec Victoria. Elle pouvait être tellement méchante ! Elle n'a jamais été heureuse, jamais. Je sais qu'elle me haïssait.

– Elle vous enviait, Mère.

– Cela revient au même. On finit par haïr ce qu'on ne peut pas avoir, ou ce qu'on ne peut pas être. C'est mon tour, à présent, déplora-t-elle d'une voix éteinte.

Puis elle agita la tête, comme pour secouer ces pensées déplaisantes, et me sourit.

– Alors ? Ai-je bien entendu parler de mariage ?

– Il est fou, Mère... Mais je l'aime et je suis certaine qu'il m'aime aussi. Personne d'autre n'aurait agi comme ça.

– Qu'est-ce que tu racontes ! protesta-t-elle avec sincérité. Tu es une fille ravissante, et très brillante par-dessus le marché.

Elle soupira, contempla une photographie de Grand-mère Hudson posée sur la commode, puis se retourna vers moi.

– Je tiens à te dire que je ne t'ai jamais reproché la mort de Brody. J'ai d'autant plus souffert que j'en étais la seule responsable, et que je le savais. Je m'accusais non seulement de sa mort, mais de la culpabilité qui t'accablait. J'avais le sentiment d'avoir détruit deux de mes enfants.

– Aucun d'eux ne peut vous haïr, Mère.

Elle esquissa un sourire.

– Non. À présent je suis la seule à pouvoir le faire, je suppose. Je n'ai pas le droit d'attendre quoi que ce soit de ta part, Rain, mais j'aimerais revenir en arrière. J'aimerais que nous essayions à nouveau d'être amies.

– Je n'ai jamais rien voulu d'autre, affirmai-je.

Son sourire s'élargit.

– J'ai hâte d'être au jour du mariage. Et puisque nous devons être amies... Accepterais-tu de me tutoyer ?

J'en eus la gorge nouée. Mais je me dominai vite, et c'est sur le ton le plus naturel que j'annonçai :

– J'ai quelque chose à te dire, Mère. En fait, il y a deux choses que tu devrais savoir. Parce que, désormais, je ne veux plus de secrets, ni dans cette maison ni dans ma vie.

– Parfait, approuva-t-elle. J'essaierai d'en faire autant.

– Mon père vient pour mon mariage.

– Larry ?

– Oui. Avec sa femme, Leanna.

– Oh !

Elle demeura silencieuse un bon moment. Je m'attendais à l'entendre dire qu'elle n'assistait plus au mariage, mais non.

– Je m'en arrangerai, fut sa réponse.

– Et Grant ?

– Il n'aura pas le choix, répliqua-t-elle avec une surprenante assurance. Et alors ? L'autre révélation ?

– Je suis enceinte.

Cette fois, elle perdit son aplomb.

– Quoi ! Mais comment… Tu peux donc être enceinte ?

– Oui, Mère, confirmai-je en riant. Je peux, et je le suis.

Si souriante un instant plus tôt, elle se rembrunit soudain.

– Qu'y a-t-il ? m'alarmai-je. Crains-tu que j'attire la honte sur la famille ?

– Oh non, et c'est bien le cadet de mes soucis !

Je comprenais de moins en moins.

– Alors où est le problème ?

– Tu ne rends pas compte de ce que ça signifie ?

– Eh bien… je sais ce que ça signifie pour moi, oui. Mais pour toi ?

– Je vais être grand-mère. Je suis trop jeune pour être grand-mère, gémit-elle d'une voix lamentable.

Pendant plusieurs secondes, nous nous dévisageâmes gravement… avant d'éclater de rire.

Notre fou rire ne s'apaisa que lorsqu'elle me serra dans ses bras.

Je sentis des larmes sur ma joue quand elle m'embrassa.

Des larmes qui déjà se mêlaient aux miennes.

Épilogue

Mon mariage fut une éclatante réussite, due en grande partie à l'enthousiasme de Belva Ann Clarke, la mère d'Austin. Elle était en tout point conforme à sa description : une vraie grande dame du Sud, qui par bien des côtés me rappelait Grand-mère Hudson. Elle possédait le sens de la nuance à un degré impressionnant. Pour l'église, elle avait commandé une arche de fleurs blanches et roses. Et l'une des nièces d'Austin, choisie par elle, fut pour nous la plus adorable des demoiselles d'honneur. Belva Ann avait tout supervisé, depuis l'impression des faire-part jusqu'à la mise en place du service d'ordre.

Ma mère m'aida à choisir ma robe, puis décida qu'elle participerait à la préparation de la réception. Tout devait se faire très vite, ce qui créait une animation extraordinaire. Chaque jour de nouvelles informations arrivaient, de nouvelles décisions étaient prises. Il régnait une telle effervescence autour de nous que j'en avais le vertige.

Mère et Belva Ann s'entendaient à merveille. Toutes deux accordaient une importance extrême à ces petits détails qui donnent aux choses, en pareille circonstance, un cachet absolument unique. Côte à côte, elles arpentaient les couloirs, réfléchissant aux aménagements et à la décoration de la maison pour la réception. Elles discutaient argenterie, linge de table, choisissaient la couleur des ballons qu'on accrocherait dans les arbres. Austin et moi nous sentions presque de trop, comme si l'on préparait devant nous le mariage de quelqu'un d'autre. Quand nous étions seuls, il s'amusait parfois à les imiter, ce que je trouvais du plus haut comique.

– Voyons, choisirons-nous ces assiettes de porcelaine peintes à la main, ou le service ordinaire ? Et pour le champagne ? Même si l'habitude se répand d'utiliser ces espèces de coupes en plastique, ne trouvez-vous pas cela… un peu fruste ? Que diriez-vous de serviettes rouge vif ? Pas en papier, surtout. J'ai horreur des serviettes en papier. Il faut au moins qu'elles soient en coton, n'est-ce pas votre avis ?

Il lui arrivait d'être si précis dans la ressemblance que je me tenais les côtes de rire. Ce jour-là, je ne résistai pas à l'envie de le taquiner :

– Maintenant, tu comprends pourquoi nous aurions dû faire une fugue pour aller nous marier discrètement, loin d'ici ?

– Mais elles s'amusent tellement ! Oh, bien sûr, nous pourrions les laisser tout préparer, puis tirer notre révérence avant la fête. Nous embarquer sur un yacht en laissant un mot derrière nous, par exemple.

– Et porter la responsabilité de deux suicides ? Non, merci ! rétorquai-je en riant.

La seule fausse note dans tout cela était ma demi-sœur Alison. Ma mère avait fini par lui dire tout ce qu'il y avait à dire à mon propos, et elle avait réagi comme on pouvait s'y attendre. Elle était passée du refus à la colère, et de l'indifférence à la révolte. Ma mère pensait qu'Alison ne voudrait pas assister au mariage.

– Nous avons eu des tas de problèmes avec elle, même avant ça, reconnut-elle. Je n'ai pas envie de parler de ces choses-là en ce moment, c'est trop déprimant, mais elle nous cause beaucoup de soucis. Elle a de mauvaises fréquentations, elle boit, et nous craignons même qu'elle ne se drogue. Grant est très inquiet. Il est prêt à tout tenter pour l'aider, y compris la psychothérapie.

– Je suis désolée, Mère. Sincèrement. Peut-être un jour deviendrons-nous amies, m'efforçai-je de la rassurer.

Mais dans mon esprit, c'était tout aussi vraisemblable que de me remettre à marcher. Ma mère hocha la tête, sans grande conviction, et nous cessâmes de parler d'Alison.

Deux jours avant la cérémonie, mon père et sa femme arrivèrent de Londres. Nous insistâmes pour qu'ils séjournent à la maison. Je voulais qu'ils apprennent à bien connaître Austin, et moi aussi, cela me donnait le temps de faire plus ample connaissance avec eux. Nous avions invité mon grand-oncle et ma grand-tante, mais ils alléguèrent qu'un engagement antérieur les en empêchait. Une réunion mondaine où devait se montrer la famille royale, précisaient-ils. Que ce fût vrai ou non, cela faisait bien mon affaire.

Après l'arrivée de mon père, et jusqu'au jour du mariage, ma mère se dispensa de venir à la maison. Évidemment, il était inévitable qu'ils se rencontrent. Et quand finalement cela se produisit, tout le monde se montra d'une courtoisie parfaite. Grant entama une longue conversation sur la politique anglaise avec mon père. Ma mère parcourut la maison et le parc avec Leanna, en discutant fleurs et arbres du pays. Malgré tout, j'avais l'impression que nous marchions tous à pas de loup sur une croûte de glace mince. Et qu'il suffirait d'un regard insistant, d'un mot malheureux, pour qu'elle se brise et nous envoie tous par le fond.

Grâce à Dieu, rien de tel n'arriva. Et le mariage se déroula de bout en bout sans la moindre anicroche, y compris ma montée à l'autel en fauteuil. Quelle joie exaltante ce fut, pour moi, d'être donnée à mon époux par mon vrai père ! Austin avait tout prévu, et l'emplacement où je me tenais avait été surélevé. De sorte qu'au moment de prononcer nos vœux, il nous fut aisé de nous regarder dans les yeux. Le baiser traditionnel lui aussi se passa bien, pour le plus grand plaisir de l'assistance.

Mais ce fut une impression étrange, pour moi, de voir la maison de Grand-mère Hudson s'ouvrir à cette réunion si nombreuse, et si joyeuse. La vieille demeure avait servi de cadre à tant d'événements douloureux, sombres et si déprimants. Mais avec les décorations, la nourriture exquise, la musique et l'atmosphère de fête, il était facile de refouler ces ombres lugubres dans les coins, et d'espérer qu'elles n'en sortiraient plus jamais.

Malgré tout, quand tout fut fini et que le moment des adieux fut venu ; quand j'eus quitté mon père et sa femme, en leur promettant que nous irions les voir dès que possible... mon cœur se serra. J'eus le sinistre pressentiment que toute cette joie, tout ce bonheur allait s'évaporer, telle une fumée dissipée par le vent, nous laissant seuls avec la froide réalité. Mais comment l'oublier ? J'étais toujours paraplégique, tenter d'être mère demeurait pour moi un défi, et mon accouchement serait forcément difficile. Il était temps d'ôter mes lunettes roses : le ciel gris faisait aussi partie de notre univers. Et ni les fleurs, ni les mets exquis, ni la gaieté, ni la musique n'y changeraient rien... en tout cas pas de sitôt.

Le beau temps continua, pourtant, du moins pendant toute la durée de notre lune de miel aux Bahamas. Mais au retour nous eûmes nos mauvais jours et nos heures de dépression, pendant toute la période d'adaptation à notre nouvelle vie à deux. Toutefois, Austin ne montra jamais ni lassitude ni regret. C'était merveilleux de l'avoir près de moi, lui qui avait une telle expérience de mes problèmes. Même pendant ma grossesse, il resta mon thérapeute. Il me grondait quand j'étais trop paresseuse, me rappelant que plus je serais vigoureuse, plus l'accouchement serait facile pour moi et pour notre bébé.

Libérés des menaces de Tante Victoria, son oncle et lui se consacraient activement au développement de leur compagnie, qui était en pleine expansion. Il détestait me quitter pour aller travailler, mais là-dessus je tins bon. Je ne voulais pas être un obstacle à sa carrière et je le mis en garde :

– Si tu dois te sacrifier pour notre mariage, je me sentirai bien trop coupable pour pouvoir être heureuse, Austin.

Il comprit, et consacra tout le temps nécessaire à sa profession. Après mon sixième mois de grossesse, nous engageâmes pour moi une infirmière à temps partiel. Austin dénicha une femme adorable, d'une cinquantaine d'années, Mme Meriweather, qui avait l'expérience requise. Elle avait déjà assisté, pendant leur grossesse et leur accouchement, deux jeunes femmes paraplégiques. Nous lui proposâmes de venir habiter chez nous après la naissance, jusqu'à ce que je n'aie plus besoin d'elle, et elle y consentit. Elle ne s'était jamais mariée, n'avait aucune famille proche à prendre en compte. Tout semblait donc parfait.

Mais plus le temps de ma délivrance approchait, plus mon inquiétude augmentait. Les complications graves évoquées par le Dr Baker n'eurent pas lieu, heureusement pour moi, mais je ne cessais pas d'imaginer le pire. Et si après tous ces efforts, toute cette préparation, quelque chose de terrible arrivait ? Si je perdais ce bébé, jamais plus je n'oserais envisager d'en avoir un autre, j'en étais sûre.

Au début de ce qui devait être ma dernière semaine de grossesse, je fus hospitalisée. Comme l'avait prévu le Dr Baker, l'extraction par aspiration se déroula normalement. D'un commun accord, Austin et moi n'avions pas demandé à connaître à l'avance le sexe de notre enfant. Nous voulions en avoir la surprise, et tout l'amusement qu'on prend aux prédictions. Il était à mes côtés en salle de travail. Et à l'instant où j'entendis le premier cri de mon bébé, il se pencha pour m'embrasser en annonçant :

– J'ai gagné, c'est une fille !

Nous avions déjà choisi des prénoms. Et pour une fille, notre choix s'était inspiré de notre saison préférée : l'été. C'était en été que nous avions appris à nous connaître et à nous aimer. Notre fille fut donc nommée Summer, et Austin s'empressa de citer un sonnet de Shakespeare : « Et que pour eux l'été dure à jamais. »

– Elle sera notre éternel été, ardente et pleine de vie, prédit-il quand je la pris pour la première fois dans mes bras.

Elle était là, bien vivante et endormie sur ma poitrine, mais une inquiétude subsistait en moi.

– J'espère que je pourrai être une vraie mère pour elle, Austin. Une mère à part entière.

– Mais bien sûr que tu le seras ! Qui d'autre saurait mieux que toi combien c'est important de l'être ?

– C'est bien ce qui m'inquiète, murmurai-je en câlinant Summer.

– Et c'est pourquoi tu n'échoueras pas dans ton rôle, s'obstina-t-il. Tu seras la meilleure des mamans.

Mon cher mari, toujours si optimiste, comme il savait chasser mes idées noires ! Il me sourit, et ce fut assez pour que je reprenne confiance en moi, en la famille que nous allions être et en l'avenir.

Ce ne fut pas avant le printemps suivant que Roy donna signe de vie. Pendant tout ce temps, il avait fait de la prison militaire, et il avait eu trop honte pour m'en parler. Quand j'entendis sa voix au téléphone, je ne soupçonnai pas une seconde qu'il se trouvait si près de moi.

– Je voulais être sûr que tu n'étais pas trop fâchée parce que je ne t'avais pas donné de nouvelles, reconnut-il.

– Roy, tu sais bien que je ne pourrai jamais me fâcher contre toi, mais quand même. Tu aurais dû me dire où tu étais.

– Je suis désolé… Pour des tas de choses.

– Où es-tu en ce moment ?

Il hésita une fraction de seconde avant de révéler :

– À environ dix minutes de chez toi.

– Non ! Tu es là ? Oh, Roy, je ne vais jamais pouvoir attendre, dépêche-toi d'arriver ! Nous avons des tonnes et des tonnes de choses à nous dire.

Il rit et se hâta de raccrocher.

Summer était dehors avec Glenda, une mère célibataire de vingt-quatre ans dont le fils, Harley, avait un an de plus que notre petite fille. C'était Austin qui l'avait découverte. Sa mère était une de ses patientes, et il était très impressionné par la façon dont la jeune femme assumait son rôle de maman. Elle avait besoin de cet emploi, et moi besoin d'être aidée, du moins pour le moment. Mais mon espoir était de pouvoir bientôt m'en passer. Austin, pour sa part, estimait que ce serait très bon pour Summer d'avoir un compagnon de jeu, même à cet âge. Tout semblait donc aller pour le mieux.

J'allai attendre Roy dehors, au bas de la rampe. Glenda et les enfants se trouvaient à plus de cent mètres à l'est de l'allée, sous un chêne majestueux. Austin lui-même avait installé, à l'ombre du vieil arbre, un bac à sable et quelques jeux d'extérieur. Je fis signe de loin à Glenda et lui criai de ne pas s'inquiéter pour moi, que j'attendais quelqu'un. Elle reporta aussitôt son attention sur les enfants.

Mon cœur battait à tout rompre tant j'étais impatiente ; il y avait si longtemps que je n'avais pas vu Roy ! J'éprouvais aussi un peu d'appréhension, ce qui n'avait rien d'étonnant. Il s'était donné tellement de mal pour tenter de me convaincre de devenir sa femme.

Il arriva dans une voiture de location, dont il descendit sans hâte apparente. Je vis tout de suite qu'il avait beaucoup maigri. Mais il tenait toujours la tête haute, et sa mine assurée proclamait sa confiance en lui-même. En me découvrant assise là, en train de l'attendre, il s'arrêta net. J'imaginai sans peine ce qu'il ressentait en me voyant dans un fauteuil roulant.

Il était habillé en civil, en jean et chemisette bleu clair. Ses cheveux étaient un peu plus longs que dans mon souvenir. Je roulai vers lui, mais il ne fit pas un geste. Il continuait à me dévisager.

– Je n'ai même pas droit à une accolade ? le taquinai-je.

Il sourit, s'avança vivement et me serra dans ses bras.

– Comment vas-tu, Rain ?

– Bien. Vraiment bien, je t'assure. Tout va pour le mieux.

Il inclina la tête, mais son regard trahit son scepticisme. Il s'empressa de le tourner vers la maison.

– Waouh ! C'est gigantesque, ici. Comment est-ce que tu te débrouilles ?

– Je suis très bien aidée, répondis-je en riant.

– Ça, je veux bien le croire !

– Mais toi, Roy ? Que t'est-il arrivé ?

Il baissa la tête et, du bout de sa chaussure de sport, envoya valser un caillou loin de l'allée.

– Quand j'ai appris ton accident, j'ai voulu rentrer tout de suite au pays. Mais comme j'avais déjà prolongé une sortie sans permission, quand tu étais à Londres, ils n'ont pas été très généreux. Ma demande a été rejetée. Alors j'ai décidé de partir quand même, et la police militaire m'a coincé à l'aéroport. J'ai pris trois ans, mais ils ont écourté ma peine. On m'a renvoyé à la vie civile pour manquement à l'honneur, Rain, avoua-t-il. C'est ça le pire.

– Je suis désolée. J'ai le sentiment que tout est ma faute.

– Mais non, protesta-t-il. Absolument pas. J'ai fait mon choix tout seul, Rain, et je ne regrette rien. Enfin, si, une seule chose : de n'avoir pas pu revenir près de toi.

– Tu es là, maintenant, et c'est tout ce qui compte.

– Oui.

Des rires d'enfants parvinrent jusqu'à nous et Roy se retourna brusquement. Il plissa les paupières, puis ramena le regard sur moi.

– Qui sont ces gens, là-bas ?

– Mon assistante maternelle, Glenda, et son petit garçon, Harley, qui jouent avec ma petite Summer.

– Ta fille ?

À voir son air choqué, totalement désemparé, on aurait dit qu'un bon coup de vent aurait suffi à le renverser.

– Oui, confirmai-je en souriant. Je suis mariée, Roy.

– Mariée ?

– Mon mari s'appelle Austin Clarke.

Il continuait à me dévisager, toujours sous le choc.

– Mais comment as-tu pu faire tout ça, si tu es…

– Paraplégique ? J'ai eu de la chance, Roy. L'homme dont je suis tombée amoureuse, et qui est tombé amoureux de moi, était mon thérapeute. J'ai tellement de choses à te raconter ! Allez, pousse-moi jusqu'en haut de la rampe et rentrons manger un morceau. C'est l'heure du déjeuner.

Je fis pivoter mon fauteuil, mais Roy ne bougea pas d'un pouce. Je repris d'un ton léger :

– Tout s'est arrangé pour moi, Roy, j'espère que tu es heureux de l'apprendre. Et moi, je veux tout savoir de toi, de tes projets, de ce que je peux faire pour t'aider.

Il secoua la tête et vida ses poumons en un long sifflement.

– Waouh ! J'ai l'impression d'avoir pris un bon coup de poing dans la figure.

– Je veux que tu restes avec nous, Roy. Que tu fasses partie de la famille. Tu es tout ce qu'il me reste du bon vieux temps.

Cela, au moins, lui arracha un sourire.

– C'est pareil pour moi, admit-il, sauf que j'espérais plus.

– C'est que cela ne devait pas être, Roy. Je ne t'aime pas moins qu'avant, et j'ai toujours autant besoin de toi. J'ai hérité d'une part majoritaire dans une affaire, et les gens qui la dirigent sont tous des inconnus pour moi. Tu pourrais peut-être m'aider ? suggérai-je.

– Je ne sais pas trop.

– Je veux dire… Je ne voudrais pas bouleverser tes projets, mais…

– Bouleverser mes projets ? (Il eut un rire forcé qui me fit mal.) J'ai l'impression que quelqu'un l'a déjà fait.

C'était dur de le voir ainsi, comme s'il se retenait de pleurer. Subitement, Summer courut vers moi en riant. Juste à point pour faire diversion.

– Regarde comme elle se tient bien sur ses jambes à quatorze mois, m'empressai-je de lui faire observer.

Summer se retourna et leva les yeux sur lui.

– Voici ton oncle Roy, mon trésor, lui annonçai-je avec douceur.

Elle se rapprocha prudemment de moi et passa le bras autour de ma jambe. Pendant quelques secondes, le silence régna, puis Roy dit d'une voix émue :

– Elle est ravissante…

Summer lui sourit et je le vis s'illuminer, mais elle se cramponnait toujours à ma jambe. Je me penchai sur elle.

– Tu veux l'embrasser, Summer ? Allez, vas-y.

Comme elle semblait indécise, Roy s'agenouilla et lui ouvrit les bras. Sans hésiter davantage, elle courut s'y jeter. Il la serra contre lui et la couvrit de baisers.

– Elle aurait pu être notre enfant, dit-il en relevant la tête.

– Tu en auras, toi aussi. Tu en auras beaucoup d'autres, mais elle sera toujours très proche de toi, tout comme moi. Bienvenue à la maison, Roy. Porte-la dans la maison pour moi, tu veux bien ? Je vous suis.

Sa réticence ne dura qu'une fraction de seconde. Il enleva Summer dans ses bras et gravit les marches, tandis que je me hissais le long de la rampe. Glenda se mit en route pour venir nous rejoindre.

Dans quelques heures, Austin serait à la maison. Nous serions tous réunis, et je fis des vœux pour que nous formions une nouvelle famille. Une vraie, soudée par notre besoin mutuel d'amour et d'espoir. Mais je n'osais pas tenter de voir trop loin dans l'avenir. Il restait encore tant de questions sans réponses…

Serais-je un jour vraiment proche de ma demi-sœur ? Mes nouvelles relations avec ma mère et mon père allaient-elles durer ? Roy parviendrait-il à se trouver lui-même et à vivre sa vie s'il restait près de moi, la femme qu'il avait rêvé de faire sienne pour toujours ? Austin resterait-il l'homme fort et optimiste qu'il était ?

Et Summer ? De quoi hériterait-elle, dans tout ça ? Le monde se montrerait-il plus accueillant pour elle qu'il ne l'avait été pour moi ? Ses débuts dans la vie étaient nettement plus favorables, c'est certain. Je ne pouvais pas m'empêcher de penser que, d'où elles étaient, Mama et Grand-mère Hudson veillaient sur nous, et en particulier sur Summer. Que toutes deux, d'un commun accord, soufflaient des pensées agréables à l'oreille de ma petite fille, et comblaient ses nuits de rêves dorés.

Sur le seuil, je fis halte et me retournai vers le lac. Le vent rebroussait les nuages noirs, pour les chasser avec force vers l'horizon.

– Retiens-les loin de nous, priai-je silencieusement. Retiens-les pour toujours.

Tel un présage heureux, mes corbeaux surgirent en rasant l'eau puis, d'un coup d'aile, s'élancèrent vers le ciel clair et les promesses du lendemain.

Achevé d'imprimer par GGP Media, Pößneck
en janvier 2003
pour le compte de France Loisirs,
Paris

N° d'éditeur : 37909
Dépôt légal : février 2003
Imprimé en Allemagne